UNA ESTRELLA CON TU NOMBRE

Grandes Novelas

SANDRA SABANERO

UNA ESTRELLA CON TU NOMBRE

EDICIONES B

MÉXICO · BARCELONA · BOGOTÁ · BUENOS AIRES · CARACAS
MADRID · MONTEVIDEO · MIAMI · SANTIAGO DE CHILE

Una estrella con tu nombre

Primera edición, febrero 2016

ISBN 978 - 607 - 480 - 924 - 4

Impreso en México | *Printed in Mexico*

En el plano personal, quiero expresar mi agradecimiento a mi hermano Moisés Sabanero, por sus acertadas observaciones. Mi inmenso afecto a mis hijos Alexandra y Martin por ser mi fuente de inspiración.

En el plano laboral, mi gratitud al grupo de Ediciones B México por confiar en mí y darme de nuevo la oportunidad de publicar esta novela. A Yeana González López de Nava, al grupo editorial con sus excelentes profesionales, Miguel Ángel Moncada Rueda y Víctor Adrián de Reza Trujillo.

Y a mi agente Antonia Kerrigan, a Hilde Gersen y a su excelente equipo por su apoyo y competencia.

Primavera de 2012

El pasado verano al caer el crepúsculo, Max y yo solíamos tumbarnos en la hamaca de nuestro balcón. Amábamos esas noches tibias en la veranda, donde la lavanda, las malvas y los geranios se disputaban el espacio con las rosas y las margaritas. Arrullados por el murmullo de voces y risas de los vecinos, yo contemplaba cómo iban apareciendo las estrellas en el cielo y uniéndose en grupos, mientras él, con el dedo índice, señalaba en el aire el contorno de las figuras estelares que se iban formando.

—¿Oyes el canto de los grillos? —me preguntó en una ocasión.

—Sí. Es como si estuviera en Los Remedios —respondí, y recordé que en nuestro anterior aniversario cuando estuvimos en mi pueblo, aquella noche observó atento el firmamento como si buscara algo que hasta ahora no hubiera podido descubrir. Aquel cielo estrellado parecía trasladarlo a otra dimensión, y a la luz de las velas sus ojos brillaban como los de un gato al acecho.

Al cabo de un rato pareció despertar de un sueño y murmuró:

—Un día nosotros ya no estaremos en este mundo, pero esos luceros seguirán ahí. En esta fecha domina la constelación zodiacal representada por una cabra con cola de pez. En la mitología se dice que Capricornio se creó a partir de la guerra de los dioses, cuando Pan escapó al río Nilo y la mitad de su cuerpo sumergido se transformó en el de un pez. Cuando terminó la guerra, Zeus le devolvió su forma natural y dejó en las estrellas un recuerdo de aquella criatura.

Añadió que buscaba la estrella que según algunas personas de los alrededores de la montaña de Cristo Rey aparecía cada 30 diciembre en la frente de Capricornio.

—Nuestro próximo aniversario lo festejaremos en Alemania y el siguiente en México —dijo él.

—¿Qué vas a regalarme en esa ocasión?

—¿Tienes algún deseo en especial?

—Sí. Regálame una estrella que lleve mi nombre: Esperanza.

El recuerdo de nuestro primer aniversario de bodas ha quedado imborrable en mi memoria y es la única visión de consuelo que poseo. Cuando lo evoco percibo un aire puro y un paisaje nevado. En aquella ocasión, cuando salimos de casa manejaste hacia las afueras de Stuttgart y dejaste el auto en un estacionamiento aledaño a un bosque. El sol se reflejaba sobre las congeladas aguas de un riachuelo, produciendo un manto de doradas estrellas.

Durante largo rato paseamos disfrutando del paisaje sólo nosotros dos. Pero al llegar a un claro del bosque descubrimos huellas de pisadas de personas y perros, que se entrecruzaban y formaban diversas figuras. Un gato salvaje se nos atravesó y su maullido se mezcló con el crujir de la nieve bajo nuestros pies. De súbito, mezclado con el eco del viento oímos el rumor de acordes de piano.

Orientados por la música llegamos a un restaurante ubicado tras una cerca de arbustos sin hojas. Cuando abrimos la puerta del local, una onda de aire tibio y oloroso a leña nos recibió acompañado del murmullo de voces. Era un salón con grandes ventanas y una chimenea que se elevaba hacia el techo. Las paredes estaban revestidas de madera y decoradas con cuernos de ciervos y las mesas cubiertas con manteles color marfil y adornadas con flores y velas. La gente hablaba y reía quedito, en tanto los meseros iban y venían entre las mesas balanceando charolas o con su bloc de notas en la mano.

En una esquina del local descansaba un piano y sobre el mismo una lámpara con pantalla de lino. Todo mundo comía y platicaba sin poner atención a la melodía interpretada por el pianista.

Nos sirvieron carne de venado y vino tinto. La vista de aquel asado en su jugo, la salsa, la jalea de frambuesa sobre la mitad de una pera, y como guarnición pasta de la región que me hizo agua la boca. Probé un bocado. La carne se deshacía antes de masticarla y el aroma de la salsa, donde podían adivinarse el gusto del laurel, la pimienta, el enebro, los hongos, la cebolla, el clavo y el vino, se imponía de manera suave al sabor de la carne. La armonía de los ingredientes en su conjunto y escanciado con vino sabía a gloria; una seducción para nuestros sentidos y espíritu.

Mientras comíamos, en nuestra mesa sólo se oyó el ruido del chocar de nuestras copas y el de los cubiertos, que sostenidos en nuestras manos iban y venían del plato a nuestras bocas. Sólo cuando dimos cuenta de la primera porción y el mesero nos sirvió la segunda, hicimos una pausa. Tú me miraste y te echaste a reír.

—Lo que no bebes de vino lo compensas con comida.

—Ya sé que debo medirme, pues a estas alturas del embarazo estoy tan alta como ancha; parezco un dado y si sigo comiendo así explotaré como un balón.

—Pobre de nuestra bebé, después de esta comilona tendrá menos espacio en tu estrecho vientre.

—O estará tan satisfecha con la deliciosa comida, que dejará de darme patadillas.

Cuando terminamos el postre, el músico hizo una pausa y un comensal que ya se disponía a marchar, pidió permiso a la dueña del local para tocar. Se sentó al piano, pasó ligeramente los dedos por las teclas y todo su ser pareció concentrarse en la melodía. Cuando las primeras notas invadieron el lugar fue como un hechizo; los ruidos, las voces y las frases se quedaron inconclusas, la pieza musical pareció embrujarnos en la claridad del atardecer.

Desde el primer compás, el instrumento y las manos del músico se unieron en un diálogo magistral, como si las teclas fueran la piel de su amada y sus dedos le dieran calor. Era como si trasladara sus sentimientos a sus manos y expresara con emoción auténtica las honduras de su alma. A la par de los acordes musicales, gesticulaba como acosado por una pena de amor. Aquellos melancólicos ojos y el mechón caído sobre la frente evocaban a un amante despreciado.

El piano y él eran un alarde de virtuosismo y la música tan sentida que tuve que limpiarme dos veces las lágrimas. Contuve la respiración, cuando él fue bajando el sonido, tocando con suavidad, haciendo con las teclas apenas un susurro como el del aletear de un gorrión. Luego aquel tono fue subiendo, creciendo lentamente hasta elevarse con la fuerza de un torbellino.

Cuando dio el último acorde, su cabeza cayó desmayada sobre su pecho y los oyentes aplaudimos efusivamente. Él se puso de pie y lo agradeció con una inclinación de cabeza. Tú y yo permanecimos en silencio, sobrecogidos por la emoción y antes de que saliéramos de aquel embrujo, el desconocido abandonó el local y desapareció entre la blancura del paisaje.

Luego, el viento agitó una cortina y por un instante penetró un rayo de sol. Aquella luz desvió nuestra atención hacia la mesa frente a nosotros, ocupada por una pareja de ancianos. El reflejo del sol sumió sus rostros en una dorada luz; unas caras de imperturbable serenidad. Él le decía algo y sus ojos centelleaban. Los de ella reflejaban infinita ternura. Sumergidas las miradas del uno en el otro y tomados de las manos parecía que sólo existieran los dos.

—Me gustaría que llegáramos a viejos como ellos —te dije.

—Lo lograremos —respondiste.

Nunca lo dudé. Jamás.

A menudo contaba a mis amistades sobre aquella experiencia en mi primer aniversario de bodas y recién llegada a Alemania, de aquel asado de venado con salsa de vino y jalea de frambuesas, tan exquisito como una poesía y la interpretación del desconocido pianista, que tocó como los mismos ángeles.

En vano intentamos dar con el lugar pues no pudimos recordar dónde quedaba. Llegué a pensar que aquel sitio había sido un invento de mi imaginación.

Prendo la computadora, abro un nuevo expediente y en la primera hoja escribo la fecha. Titubeo, no tengo orden en la cabeza. Pero un rato después en el trasfondo de mi mente se perfila tu silueta. Entonces anoto tu nombre bajo la fecha: Max, y me dejo llevar por la hilera de palabras que se unen cual perlas de un rosario, formando frases y dando comienzo a una historia que no sé adonde me llevará.

Max, cuando pienso en ti sólo me viene a la mente un cielo cuajado de estrellas. Muchas cosas se han quedado en la neblina de la confusión y se niegan a salir del fondo de mi mente. Desde la madrugada invernal que te fuiste no puedo recordar tu rostro, tu voz. Tampoco tus palabras. Sé que dijiste esto y aquello, que los años que compartí contigo pusieron un toque de originalidad en mi vida. No obstante, cuando te evoco sólo encuentro fragmentos de ti: la cicatriz en tu pierna, un mechón de pelo sobre tu frente, tus manos grandes y el aroma a mar pegado a tu piel; es como si nuestro pasado conjunto hubiera sido sólo un espejismo. Tengo una laguna en la memoria donde se ahogaron los ecos del ayer.

El tiempo a tu lado no puedo traerlo a la mente, es como si fuera algo que le sucedió a otra persona y en otro lugar del que ni siquiera he oído nombrar. He intentado ordenar las imágenes de hechos que vivimos juntos. En vano. Mi pasado se ha reducido a una página en blanco. El impacto de lo sucedido fue tal, que todo lo relacionado contigo lo percibo lejano, borroso, tanto que a veces dudo haberlo vivido. Y sin embargo, en todo momento pienso en tu presencia imposible.

Para rescatar pedazos de nuestra vida, a tientas comenzaré a escribirte esta carta. Iré anotando los eventos del pasado que pueda recordar desde el día que nos conocimos y los sucesos ocurridos desde aquella madrugada invernal en que nuestro pequeño mundo se derrumbó. Han sido muchos y no todos agradables. Sólo te contaré de mí porque nuestros hijos lo harán por su cuenta.

Nos conocimos en 1982. Fue después de una reunión de trabajo cuando espontáneamente me invitaste a comer salchichas alemanas con repollo blanco. En aquella ocasión me contaste que naciste en Alemania, cerca del Mar del Norte, donde el aire sabe a sal y silba con su ronca voz. Fue a finales de la Segunda Guerra Mundial, en medio de heridos, jeringas, apósitos, el estruendo de bombardeos y un cielo rojo. Desde joven soñaste con venir a México. Deseabas escalar el Popocatépetl, ver la puesta del sol en Acapulco, donde Richard Burton y Liz Taylor poseían sus mansiones de verano, visitar la pirámide de Chichén Itzá, ver un partido de fútbol en el estadio azteca y cantar en Garibaldi acompañado de un grupo de mariachis.

Tu padre había sido un hombre conservador que no salía a la calle sin los zapatos boleados, camisa impecable y corbata. Y al igual que tu madre, era muy apegado a su tierra; para ellos hubiera sido impensable vivir en otro sitio que no fuera su ciudad natal. Mucho menos fuera de Alemania. Ella no quería que fueras a sitios donde el sol ardiente cae sobre la gente como plomo, abundan los punzantes mosquitos, las tormentas y enfermedades tropicales. Pero tampoco te lo impidió, aunque siempre había soñado con que permanecieras en el lugar donde naciste y ahí verte convertido en un funcionario público o profesionista exitoso, donde serías admirado y respetado. La cosa con el extranjero no la entendía. Tampoco que te dejaras crecer la barba, el pelo y participaras en manifestaciones contra el gobierno.

—Tus padres deben sentirse solos sabiendo que estás tan lejos.

—No, porque tengo dos hermanas, y sobre todo los alemanes no somos tan apegados a la familia como los mexicanos.

En 1980 llegaste a México con la intención de quedarte dos años, que al final se convirtieron en cuatro. En un principio te asombró aquel ambiente agitado de la metrópoli mexicana, en comparación con la tranquilidad de tu ciudad natal en Alemania. Tus conocimientos del español eran tan rudimentarios como tu entendimiento de nuestra mentalidad. Estabas sorprendido de nuestro modo de conducir, del intenso tráfico en las avenidas de ocho líneas, de los autos que circulaban con rayaduras, abolladuras, la falta de un espejo o los dos, de cómo se gritaba la gente de un auto a otro y se atravesaba aunque el semáforo estuviera en rojo. Decías que los mexicanos nunca se preocupaban del estado del tiempo. Tampoco por ahorrar para la vejez. Todo lo tomaban a la ligera y vivían el presente, el mañana ya se vería luego. Mucho menos entendías el verano en diciembre.

No obstante, asegurabas que gustabas de la gente, el clima, el mar y las montañas. "México tiene una belleza hechizante. Algo relacionado con el origen del hombre que se lleva muy adentro. He aprendido a amar este país creyente, emprendedor y soñador. Me gusta el incesante bullicio de niños y jóvenes correteando tras una pelota o enzarzados en juegos callejeros. Aquí la gente está de permanente buen humor, como si nunca hubieran sufrido una pérdida o un fracaso amoroso. En cambio yo llevo a cuestas decepciones, que me han dejado en el alma cicatrices imborrables. Aunque lo que más me lastima es el distanciamiento entre mi hijo y yo. He tratado de ser un buen padre, pero a veces las intenciones no bastan".

A decir verdad, yo no había descubierto en tu sonrisa la huella de tus descalabros sentimentales. Sin embargo, en ese instante percibí la nube de tristeza que enturbió tu mirada y los surcos en torno a la boca; heridas que la vida te había hecho y que quizás ya habían cerrado porque sonreías.

Me contaste cuánto te dolía estar lejos de tu hijo, quien vivía al lado de tu ex esposa y solía visitarte durante las vacaciones escolares, días festivos y fines de semana. Y que viviendo en otro continente verías con menos frecuencia. Luego agregaste que la relación entre ustedes estaba casi rota, debido a que él estaba en la adolescencia, y a medida que tenía nuevos intereses, tu lugar en su vida se iba reduciendo. Para colmo de males existían serias dificultades entre él y tu actual esposa con la que estabas en proceso de separación. "Ah, mujeres, mujeres...".

No me acuerdo bien de tus palabras, lo que sí recuerdo es que las chicas te perseguían como abejas al néctar de las flores. Yo era la única que parecía inmune a tu encanto. Tú te diste cuenta de que no hacía coro en las admiraciones y eso te desconcertó. Fue por ello que comenzaste a invitarme a salir. Nunca acepté y te trataba como a cualquier otro colega en la oficina. Lo que no sabías es que detrás de la fachada de displicencia, en algún rincón de mi ser escondía el anhelo de querer y ser querida. Sin embargo, sospechaba que tú sólo deseabas que formara parte de la lista de tus conquistas. Asimismo, estaba convencida de que tenía pocas posibilidades de conquistarte pues mi presencia no paraba el tráfico ni dejaba a ningún hombre sin aliento.

Mi indiferencia y firme negativa llamaron tu atención y empezaste a interesarte en mí, según me contaste después. Tú que eras un hombre de mundo con varias relaciones amorosas tras de sí, te estabas enamorando de una joven inexperta y timorata, nacida el día y el año en que Frida Kahlo se fue de este mundo.

Hago una pausa. Bebo un poco de agua y pienso en nuestra primera cita.

Después de casi dos años de rechazar tus invitaciones, accedí a acompañarte al teatro para ver la obra *El extensionista*. Recuerdo cómo nos empujamos entre el gentío para llegar hasta nuestros asientos, y cómo, durante la función, me murmuraste al oído que apenas entendías la obra, pues los actores hablaban rápido y con costumbrismos que desconocías. "Lo importante para mí es que aceptaste salir conmigo", sentenciaste, y en la pausa, a pesar de la multitud arremolinada frente a la tienda, lograste comprar bebidas para nosotros.

Al salir del teatro entramos a un bar y, mientras bebíamos el campari con jugo de naranja que habías pedido, comentaste que fue tu padre quien te contagio su afición al teatro. A él le encantaba y desde la ocasión cuando te llevó a ver Otelo acudiste a ver toda clase de obras, sobre todo las clásicas, me comentaste.

—¿También llevaba tu padre a tus hermanas y madre al teatro?

—No ellas eran más jóvenes y a mi madre no le gustaba tanto. Por cierto, hoy he recibido una carta de ella.

—Debe tener curiosidad de conocer el país donde resides y saber lo que haces aquí.

—No estoy seguro de ello. A ella no le agradó la idea de que viniera aquí y tampoco entiende mi labor.

Añadiste que Ana, tu madre, nunca entendió tu gusto por irte a tierras lejanas y abandonar la ciudad donde todos te conocían. Noche a noche se iba a la cama con el Jesús en la boca, pidiendo a Dios por ese hijo con alma aventurera que gustaba ir de la Ceca a la meca por el mundo, que fumaba como chimenea, que cambiaba de novia como de camisa y llevaba una barba crecida como un comunista.

Tú tampoco la entendías a ella, decías. Creías que desde que eras niño, su única preocupación había sido hacerte la vida imposible imponiéndote reglas disciplinarias y sociales. "Camina derecho. No pongas los codos sobre la mesa. No interrumpas a los mayores. No hagas ruido, no hagas esto, haz lo otro...". Además de mostrar su amor a través de la comida, lo hacía manteniendo la casa impecable, la ropa planchada y vigilando que tú y tus dos hermanas aprendieran a conducirse en todos los ámbitos de la vida con corrección, o más bien como ella creía que debía ser. Tu padre le dejó la tarea de la formación de ustedes. Confiaba en ella porque en lo fundamental coincidían: disciplina y a veces mano dura eran las bases de una buena formación. Y Ana manejó con mano firme las tareas del hogar y la educación de ustedes.

En contraposición, tú desconfiabas de ella. Si te sucedía algo malo no querías decírselo porque temías su reacción. En realidad no querías decirle nunca nada. Tenía mal genio, asegurabas. Me contaste lo difícil que fue a veces vivir bajo su severa disciplina. Por ejemplo, el día que llegaste con un moretón en un ojo y le confesaste que un niño te había golpeado, ella te pegó por no haberte defendido. "Otro modo de castigo era encerrarse en un silencio reprobatorio, un silencio que dolía", dijiste.

Cuando creciste percibiste que se inquietaba sobremanera por la apariencia y el qué dirán de la gente. También su deseo de que fueras educado, inteligente y seguro de ti mismo. En una palabra, un ser perfecto. Tuviste la impresión de que para ella lo importante era un comportamiento ejemplar, buenas maneras y excelentes notas escolares. Entonces te opusiste a sus enseñanzas. No querías ser el mejor ni como ella quería. Sólo querías ser tú.

—Quizá desde entonces luché para no parecerme a ella, y por eso hice cosas que le desagradaban. Durante la época universitaria me dejé crecer el pelo y la barba sólo para llevarle la contraria.

Me contaste que entre los recuerdos gratos de tu infancia persistía el de los domingos, cuando en compañía de tus padres y hermanas paseaban, comían helado y por la tarde se entretenían con juegos de mesa hasta la hora de ir a la cama. Aunque nunca quisiste reconocerlo, eras muy apegado a tus padres. Sobre todo a tu papá, de quien no te separabas cuando estaba en casa. Los sábados lo acompañabas a comprar tabaco para su pipa y el periódico, juntos oían en la radio los partidos de fútbol que con tanta emoción un locutor describía. Pero tu recuerdo más agradable fue cuando cumpliste catorce años y te llevó a ver la obra Otelo. Y desde aquel día, ambos compartieron el gusto por el teatro, que persistió por el resto de tu existencia.

Cuando él murió, estuviste seguro de que a él lo amabas más que a tu madre. Habías tenido que pasar noches de pesadillas, de incertidumbre y de infinita melancolía antes de poder aceptar su pérdida.

—Al cabo de los años me di cuenta de que eso creí porque ya no lo tenía. Si hubiera sido mi madre la que hubiera fallecido hubiera pensado lo contrario —concluiste y diste el último sorbo a tu bebida, pediste la cuenta y me llevaste a casa.

A partir de aquella salida al teatro comenzamos a encontrarnos a menudo. Más tarde, cuando ya éramos novios, confesaste no comprender mi mundo lleno de tabúes y costumbres que no permitían que yo pasara las noches en tu casa, y mucho menos que tú durmieras en la mía. En otro tiempo hubieras terminado enseguida tu relación amorosa, pero en mi caso reaccionaste diferente.

Un día comenzamos a hablar sobre el abuso de poder y la injusticia social de la clase gobernante. Afirmé que ambos temas eran para mí de vital importancia y por eso admiraba a todo aquel que retara a gobiernos corruptos y luchara por el bienestar de las mayorías. Para mí eran héroes, hombres como Chucho el Roto, la versión mexicana de Robin Hood, aunque las autoridades lo tildaran de bandolero. Él era un hombre que robaba a los pudientes para apagar el hambre de una mayoría sumida en la miseria, a causa de la injusticia y la corrupción. No obstante, al final cayó prisionero y pasó el resto de su vida en la temida cárcel en las Islas Marías.

—Siempre he soñado que México se convierta en un país donde prevalezca la democracia, y los más capacitados, honestos y con sentido social, ocupen los puestos claves en el gobierno. Pero eso sólo es una utopía como el cuento de la "Cenicienta" —concluí.

—Es más fácil encontrar rosas en el mar que igualdad en la tierra —terciaste.

—Desde siempre me he rebelado contra la injusticia y he simpatizado con quienes la sufren. Me gusta soñar que alguna vez en la vida los desfavorecidos ganan. En general me gusta cuestionarlo todo, aunque por ello salga mal parada. Cuando era una adolescente soñaba con ser un personaje importante en la política nacional para erradicar los males que la aquejan. Sin embargo, pronto deseché esa aspiración porque de diplomática no tengo un pelo.

—Lo importante es que eres una luchadora.

—Más bien soy un rebelde ratón de biblioteca que mira el mundo con una perspectiva diferente al resto de la gente. Y por eso nunca llegaré a ser gobernadora, presidenta municipal ni secretaria de estado. Ni tan siquiera llegaré a edil de rancho.

—Pienso un poco como tú. De estudiante apoyé diversas causas sociales y sigo haciéndolo, aunque ahora de modo distinto, es decir, trabajando en proyectos de desarrollo. Y al igual que a ti, me gusta mucho leer —concluiste y me mostraste el libro que tenías a tu lado, *El Viejo y el mar* de Ernest M. Hemingway.

Entusiasmada enuncié el párrafo inicial de la obra.

> Era un viejo que pescaba solo en un bote en el Gulf Stream y hacía ochenta y cuatro días que no cogía un pez. En los primeros cuarenta días había tenido consigo a un muchacho. Pero después de cuarenta días sin haber pescado, los padres del muchacho le habían dicho que el viejo estaba definitiva y rematadamente salao, lo cual era la peor forma de la mala suerte, y por orden de sus padres el muchacho había salido en otro bote que cogió tres buenos peces la primera semana. Entristecía al muchacho ver al viejo regresar todos los días con su bote vacío, y siempre bajaba a ayudarle a cargar los rollos de sedal o el bichero y el arpón y la vela arrollada al mástil. La vela estaba remendada con sacos de harina y, arrollada, parecía una bandera en permanente derrota.

—Increíble, te lo sabes de memoria —respondiste con asombro haciéndome sonrojar.

Para nuestra sorpresa descubrimos que habíamos leído los mismos libros antes de conocernos, visto las mismas películas y, sin saber de la existencia el uno del otro, estábamos influenciados por los mismos filósofos y corrientes políticas.

Tanto a tus amigos como a los míos les era difícil comprender que nosotros, con orígenes y modos de ser tan diferentes, pudiéramos entendernos bien. Una tarde, cuando bebíamos café en un local de la Zona Rosa, lo comentamos.

—Todos ellos tienen razón al pensar que una relación entre nosotros no tiene futuro, pues somos una extraña pareja: tú, un alemán tranquilo y racional. Yo, una mexicana ruidosa y emocional, y además ni esquiar sé —te había respondido.

—Eso no importa. Te quiero por tu alegría y espíritu inquieto. Y te envidio. Tú vienes de una familia temperamental que sin problema deja salir sus emociones; ríen a carcajadas, lloran, pelean y vuelven a reconciliarse. No recuerdo que mi madre me haya abrazado espontáneamente o dicho te amo.

—A mí tampoco. Me refiero a tu madre.

—Eres terrible —respondiste y me reí de tu acento de erres dobladas.

—Vente conmigo a Alemania —me propusiste.

Te miré como si hubieras perdido la razón.

—Max, yo no puedo.

—¿Por qué no? Cásate conmigo.

Recuerdo cada sílaba, el calor de mis mejillas y mi deseo de que aquel instante se eternizara: aquella tarde veraniega, con una taza de café en la mano y tu propuesta de matrimonio en mis oídos.

—Pero tu madre, la gente, ¿qué van a decir?

—A nadie le daremos nunca gusto. Cásate conmigo y deja que el mundo hable. Te confieso, que al principio pensé sólo en divertirme contigo pues por aquel tiempo apenas hacía unos meses que me había separado de mi tercera esposa y estaba decidido a no volver a enredarme en conflictos amorosos. Pero cuando te fui conociendo me agradaron nuestras pláticas, tu modo de ser y sin darme cuenta me fui enamorando de ti —dijiste y me tomaste de la mano. Para mis adentros le pedí a Dios que esa mano no me soltara jamás.

Enseguida acepté tu propuesta, convencida de que la afinidad existe al margen de las diferencias culturales y de que con sinceridad podía conquistar a tu madre y al mundo. Mis padres, por su parte, no se opusieron pues ignoraban que antes de conocerme, de santo no tuviste un pelo. Tampoco que tu vida amorosa había sido azarosa y eras divorciado. Simplemente pensaron que si querías casarte conmigo era porque eras libre. Y cuando te vieron se dejaron seducir por tu sonrisa y aceptaron enseguida a aquel extranjero con cabellos de elote y dientes de ardilla.

En cambio, tal y como lo pensamos, cuando tus amigos se enteraron de nuestra decisión, pusieron el grito en el cielo. Habían creído que nuestro noviazgo no pasaría de ser un amorío pasajero y, al igual que mis amistades, apostaron a que nuestro matrimonio no duraría más allá de un verano.

—No te digo adiós sino hasta pronto porque dentro de un año ya estarás de regreso. Max y tú son como el agua y el aceite. Él lleva un par de divorcios a sus espaldas, aparte de quién sabe cuántas aventuras más. En cambio, tú no has pasado de tener noviecitos de manita sudada —sentenciaron mis amigos.

Muchos más no se explicaban cómo me las había apañado para conquistar al codiciado Max. En cuanto a tu madre, casi le da un soponcio al saberlo. Te llamó incauto y chiflado. Ni en sus peores sueños hubiera imaginado que quisieras casarte cuando hacía poco te habías divorciado.

—¿Cómo te atreves a llamarme ingenuo y loco?

—Es que, ¿cómo se te ocurre meterte de nuevo en líos cuando acabas de separarte de tu tercer mujer? No sales de una cuando ya te estás metiendo en otro lío. ¿Cómo puedes saber que va a funcionar ese matrimonio si nunca han vivido juntos? Su relación está destinada a fracasar. No protesté cuando en lugar de quedarte en nuestro país donde tenías un futuro prometedor y podías ocupar un puesto en el gobierno local o nacional, decidiste andar dando cátedra en países pobres. En contrapartida, hubiera deseado que tuvieras un hogar estable y llevaras una vida sin tanto escándalo amoroso.

Discutieron largo rato. No obstante, al final ella aceptó a regañadientes y haciéndose de cruces ante aquel matrimonio de disparate. Pero al encontrarse sus miradas, tú creíste hallar en sus ojos una interrogación y algo de reproche: ¿por qué si te he dado todo nunca has hecho lo que yo deseo?

—¿Nos visitarás?, madre.

—Sí —respondió ella con la mejor sonrisa que era capaz de mostrar.

Tú percibiste en aquel forzado gesto su inconformidad y desilusión. Pero no le quedó otro remedio que aceptar lo inevitable, como cuando te dejaste crecer la barba o decidiste trabajar en el extranjero.

—Seguro que tu mamá nunca nos visitará —murmuré cuando me lo contaste.

—Eso no debe preocuparte, si no lo hace ahora, algún día lo hará. Sin embargo, la vida en Alemania va a ser dura para ti.

—Estoy acostumbrada a las dificultades y nada me asusta. Además estaré ocupada, pues he obtenido una beca del intercambio académico alemán para hacer mi doctorado en la Universidad de Stuttgart.

Aunque el proceso de adaptación fue difícil, pues proveníamos de entornos diferentes, por fortuna las predicciones de los demás no se cumplieron. A veces peleábamos porque a mí me irritaba tu modo tan franco de decir las cosas. A ti te ponía los pelos de punta el modo indirecto de expresarme. También el tono alto de mi voz y los dicharachos que a veces tiraba al aire, porque a pesar de haber visitado un exclusivo colegio de monjas y la universidad, conservo el tinte arrabalero que es parte de mi esencia y saco a relucir de vez en cuando.

Pero nosotros estábamos dispuestos a no dejarnos atrapar por los obstáculos y la reconciliación venía pronto. Asimismo, desde un principio tu respetaste a mi familia y te incorporaste a ella. De ser un divorciado solitario, pasaste a convertirte en marido de una mujer con una numerosa y ruidosa familia. Y cuando venimos a vivir a Alemania, y yo echaba de menos a mi gente, a mi pueblo al pie de la montaña de Cristo Rey, el largo verano y el corto invierno, me ayudaste a sobrellevar la tristeza. Me hiciste comprender que la nostalgia era como un pago a cambio de la felicidad de mi nueva familia, y si era consciente de ello podía vivir mejor.

Entre nosotros se desarrolló una confianza única y si bien al principio diferíamos en muchas cosas, con el paso del tiempo llegamos a ser como almas gemelas. Nos gustaban los mismos libros, los mismos deportes, las mismas series policíacas y noticias. Aunque con pequeñas excepciones: tú te complacías con leer las noticias relacionadas con los deportes de invierno de cabo a rabo, a mí me eran indiferentes. Tú mirabas los programas de carnaval. A mí me aburrían. No obstante, en todo lo demás nos entendíamos. Me divertías con tus anécdotas. Aguantabas oír mis quejas. También mis narraciones sobre mi familia y país.

Con tolerancia y amor logramos vencer las restantes diferencias, y cuando llegaron nuestros hijos fueron recibidos en un ambiente de armonía.

Ahora cuando pongo punto final a mi narración por este día, las campanas de la iglesia cercana suenan dando las doce de la noche.

Esta mañana al hojear un álbum, encontré una foto donde estamos los dos: lucimos sonrientes, pegados el uno al lado del otro. Al reverso está la fecha: primero de diciembre de 1984, el día de mi llegada a Stuttgart. Habíamos estado separados tres meses; tú habías vuelto a Alemania para reincorporarte a tu trabajo y yo permanecí en México preparando mi examen de maestría, requisito indispensable para realizar el doctorado. Durante esos meses nos habíamos escrito largas cartas y telefoneado a menudo sin importarnos las horrendas cuentas de teléfono.

A las once y media de la mañana del primero de diciembre arribé al aeropuerto Stuttgart-Echterdingen cargando dos maletas repletas de recuerdos, un par de vasijas mexicanas, y en el corazón la intensa nostalgia por la despedida de mi familia y la emoción por el reencuentro contigo. Apenas crucé el umbral de la sala de llegada, te vislumbré entre la muchedumbre que esperaba a sus familiares o conocidos. Vestías abrigo y bufanda azul y llevabas en la mano un ramo de rosas rojas. Al verme corriste a mi encuentro y me levantaste en vuelo. Yo venía enfundada en un vestido de verano y mi amplia falda giró como un reguilete de colores.

Recuerdo cómo un turista japonés hizo el ademán de una imaginaria cámara para darnos a entender que si nos fotografiaba. Tú asentiste y le entregaste el aparato. Él hizo la seña para que acercáramos más las cabezas. Tomó la foto.

—Estamos recién casados y pronto nacerá nuestro primer bebé, será una niña —le dijiste.

—¡Felicidades! —respondió y con una profunda inclinación te devolvió la cámara.

A través de los ventanales del aeropuerto contemplé la calle y creí encontrarme en un país de cuentos: los postes de luz, los techos y las aceras parecían como envueltos en un manto de blanca espuma. Sonreíste al verme sin más protección que un rebozo de seda y me cubriste con tu abrigo. Cuando salimos a la calle, un gélido viento me pegó en la cara y el aguanieve empapó mis zapatos deportivos. De prisa entramos al auto y fuimos a comprar un ajuar de invierno para mí: abrigo, camisetas, suéteres, guantes, bufandas y botas.

Tu auto se deslizó a través de las avenidas de Stuttgart, donde el paisaje parecía como si le hubieran espolvoreado azúcar. Intenté leer el nombre de las calles y los anuncios publicitarios, pero los letreros me resultaron impronunciables, escritos de modo incomprensible como en un rompecabezas mal ordenado: consonantes como la STR, ZW o SCH pegadas a vocales con diéresis. Te pregunté qué era éste o aquel edificio y no paré de hacer comentarios entusiastas. Contento al percibir mi interés por las cosas de tu país, respondiste todas mis preguntas.

Embutida en tanta ropa y con mi enorme barriga de embarazada me sentía como la cucaracha de Kafka en Metamorfosis. Una vez dejamos mi equipaje en casa y enfundada en ropa invernal, fuimos a pasear por el Lago de los Osos, donde los árboles se inclinaban agobiados por el peso de la nieve. La nieve crujía bajo nuestros pies y nuestra respiración formaba nubes en el aire. En una vereda, una anciana repartía trozos de pan entre dos urracas, les hablaba y regañaba a la grande que comía demasiado y animaba a la pequeña a que se acercara más.

Con asombro vi un lago congelado convertido en pista de patinaje. Temí que el hielo pudiera quebrarse como en las películas americanas, donde de pronto una persona pisaba en un sitio frágil y antes de que alguien pudiera auxiliarla, se hundía ante la vista impotente de sus familiares. Replicaste diciendo que su firmeza estaba controlada por las autoridades correspondientes. Primero el miedo me robó el aliento, pero cuando miré tu gesto seguro, tomada de tus manos giré sobre el hielo y me sentí como una niña que se alegra al descubrir un nuevo y emocionante pasatiempo.

Recuerdo cómo recogí un puñado de nieve, lo comprimí, te lo arrojé y la bola aterrizó en tu cabeza. Me imitaste, nos arrojamos nieve mutuamente y yo intenté que te cayera dentro del abrigo o en el cuello. Casi puedo verte con el pelo veteado de blanco, las mejillas coloradas y riendo a carcajadas mientras corro tras de ti y a tu alrededor revolotea la nieve.

Más tarde entramos a un local en cuyo frente se erguían dos osos de bronce. Mientras bebíamos chocolate te agobié con preguntas sobre el clima y el paisaje; tú no te cansaste de responderlas. De cuando en cuando mirábamos a través de la ventana el lago ocupado por innumerables patinadores y niños resbalándose con su trineo en la colina. Afuera, la gente gozaba tanto de patinar como nosotros adentro de platicar. Me sentía en las nubes y reía por todo y por nada mientras te contaba que la semana anterior al viaje, por emoción, había pasado las noches sin apenas cerrar un ojo. Hablamos todo el tiempo unidos por un sentimiento de absoluta afinidad. Sentía la exaltación propia de la primera vez que conoces un mundo diferente, y ante todo la de mi próxima maternidad. Creía encontrarme en medio de uno de esos cuentos de hadas que tanto me gustaba leer en mi adolescencia.

Entretanto el sol se extinguió, las sombras del atardecer comenzaron a cubrirlo todo, dieron paso a la oscuridad y en algún momento el restaurante quedó vacío. Tú y yo éramos los únicos clientes y sólo lo percibimos cuando la mesera nos pasó la cuenta.

Los días siguientes, cuando recorrimos Stuttgart, no usamos planos de la ciudad, tomamos la dirección que se nos antojó, visitamos iglesias, museos, la zona peatonal con sus almacenes y negocios, donde se aspiraba el olor a perfumes caros, a café recién tostado y a pan fresco. Contemplamos las fachadas de las casas con sus frentes limitados por setos cubiertos de nieve, sus tejados y balcones solitarios.

Cuando sentíamos hambre y cansancio nos sentábamos en algún sitio a comer y a descansar. Nuestras pláticas se desarrollaban sin esfuerzo, como si no hubiéramos estado meses separados. Lo mismo conversábamos de nuestro bebé y nuestro futuro, que discutíamos sobre los conflictos mundiales: Pinochet, el dictador de Chile, la guerrilla salvadoreña y el sendero luminoso en Perú, temas que por aquel entonces mantenían a Latinoamérica con el alma en vilo.

Me mostrabas los sitios más hermosos de las afueras de la ciudad: castillos, monasterios y viñedos, campos de cebada, centeno y colza, que en esa época del año descansaban bajo una espesa capa de nieve.

Al final del día, agotados, regresábamos a casa a descansar y a hacer planes para el día siguiente.

Pero al décimo día de mi llegada, por la mañana al levantarte de tu pecho salió un ruido como de górgoros. Para cerciorarme de dónde venía el ruido pegue la oreja a tu pecho y entonces oí claramente un rumor de agua que corría en tu espalda. "¿Te tomaste la cerveza con todo y envase?", te pregunté a modo de broma. Enseguida fuimos a un hospital donde tuviste que internarte, el diagnóstico fue: infiltración de líquido en los pulmones. A partir de entonces pasé los días yendo y viniendo a visitarte; llevaba en un papel anotado el nombre de la parada del tranvía, donde debía subir y bajar, el número del autobús que debía abordar y las calles que debía caminar hasta llegar a la clínica. Aquella nota era un preciado tesoro, pues si lo perdía no tendría a quien recurrir para preguntar por la dirección de mi propia casa. Por las noches, en casa prendía la televisión para ver las noticias. Pero no entendía nada. Me limitaba a ver las imágenes que mostraban los periodistas y al final la información del estado del tiempo: un mapa señalando nubes negras, nieve y neblina.

Cuando los médicos te dieron de alta, te aconsejaron dejar de fumar, pues ya por aquella época tus pulmones empezaban a protestar por el excesivo consumo de tabaco. Sin embargo, sus consejos te entraron por una oreja y te salieron por la otra, y lo primero que hiciste al abandonar el hospital fue comprar una cajetilla de cigarros.

—Había tenido la esperanza de que dejaras aquel mal hábito —te dije.

—Sólo me fumo uno pues hace diez días que no lo hago —respondiste a manera de disculpa.

Hasta ahí había llegado tu resistencia. Por aquel entonces no tuve la fuerza para exigirte que dejaras el tabaco. De todos modos no me hubieras hecho caso. Tampoco me preocupó, pues al fin y al cabo te habías recuperado sin problema. Pero ahora…

Por mi parte, el ajetreo de los últimos meses en México trabajando de tiempo completo, preparando mi examen de maestría y el viaje a Europa, cobraron su tributo y dos días después de tu salida del hospital, permanecí internada en otro; había amenaza de aborto.

Recostada en la cama de aquel cuarto austero me aburría como una ostra. Aparte de una pintura abstracta y un crucifico, las paredes carecían de adornos. Sobre la mesita de noche descansaba una jarra con agua, un vaso y un libro en alemán.

Para matar el tiempo engullía la gramática alemana a la par de mis rebanadas de pan negro. Aparte de eso, lo único que hacía era dormir, bañarme, contemplar el paisaje, abrir la ventana, sacar la mano para sentir la nieve cayendo y deshaciéndose en la palma de mi mano, y esperar a que una monja-enfermera me tomara los signos vitales y la temperatura tres veces al día. Me dedicaba a mirar el techo y los rincones a la inútil búsqueda de alguna araña o alguna brizna de polvo. No encontraba ni lo uno ni lo otro. La monja le hacía la competencia a las hacendosas hormigas y aquella habitación podía sin duda alguna ganar el Récord Guinness de pulcritud.

La monja-enfermera era una mujercita pequeña y delgada que se perdía entre los pliegues de su uniforme almidonado que crujía al caminar. A las seis de la mañana entraba a los cuartos como un torbellino, abría las ventanas para airear la habitación y mientras las pacientes íbamos al baño, ella hacía las camas. Luego servía el desayuno y nos tomaba la temperatura, presión y pulso. Apenas terminaba, recogía las charolas, traía a las madres los bebés para que los amamantaran y los devolvía a la sala de pediatría. A las doce del día repartía las charolas con la comida, a las tres el té y a las cinco y treinta la cena.

Al final del día, iba a sentarme a un rincón del jardín. Desde ahí contemplaba el edificio; iluminado por varias lámparas semejaba un bote de cristal navegando sobre las aguas dormidas de un lago congelado. Escuchaba el ulular de alguna ambulancia. En la penumbra del lugar, me acosaba la nostalgia. Extrañaba mi pueblo. Anhelaba ver el amontonamiento de casitas coloridas y hasta la tierra seca convertida en terrones duros. Me sentía feliz y extraña a la vez. Confundida. Sólo sabía que mi vida era diferente de la que hasta entonces había llevado. Inmersa en ese círculo de deseos y de realidad, en algún momento me ponía de pie y volvía a mi habitación.

Una tarde, cuando la monja-enfermera me colocó el termómetro bajo la axila, en un descuido suyo, lo metí en la taza de té hirviente. Ella, al ver que marcaba más de cuarenta grados, alarmada, oprimió el botón de emergencia y llamó al médico. Cuando éste me examinó, no encontró nada anormal y no pudo explicarse la causa de la elevada temperatura. Fuera de aquel incidente que me hizo reír un rato, pasé los días mirando el techo, las paredes y la caída de la nieve. Tú venías a verme ya entrada la noche, después de salir del trabajo, hacer compras y continuar con la renovación de nuestro departamento.

Pero aquellos contratiempos quedaron olvidados, cuando junto con el fin del invierno nació Emilia. Tú fuiste el primero en tenerla entre los brazos mientras yo, bajo los efectos de la anestesia, apenas lograba mantenerme despierta. La miraste con infinita ternura y afirmaste que en ella veías reflejado parte de ambos. Luego la pusiste en mi regazo, te sentaste a nuestro lado y nos dedicamos a contemplarla y aspirar su olor. Y cuando ella bostezó y por un par de segundos abrió los ojos, nuestros corazones sintieron estallar alegría, pero guardamos silencio para no romper el correr de aquel instante mágico.

Anoche en el sueño retrocedí en el tiempo a la primavera de 1985, con ansia mis ojos aprisionaron todas las imágenes como si temiera que se esfumaran. Tú y yo con Emilia paseábamos por un sendero que nos conducía entre musgo, flores silvestres y árboles. Percibí el olor a primavera, a hierba mojada, el canto de los pájaros, el rumor del agua de una cascada serpenteando desde lo alto de la montaña sobre piedras para formar un riachuelo tierras abajo.

Asombraba observé el despertar de la naturaleza. Tras el largo sueño invernal la vegetación estaba ansiosa por recuperar el tiempo perdido. Las flores y las hojas de los árboles semejaban a las habichuelas mágicas del cuento y crecían con vertiginosa velocidad. De la noche a la mañana, de aquellas ramas secas salían tiernas hojas verdes y de la tierra congelada después de deshacerse la nieve emergía musgo, hiedra, flores amarillas, blancas, rojas, etcétera. Las magnolias con sus majestuosas flores rosadas y lilas competían en belleza con los arbustos lluvia de oro y los tulipanes. Y los cerros otrora desnudos y cubiertos de nieve lucían vestidos de verde y de las flores blancas de los manzanos y cerezos, y según dijiste, luego florecerían los castaños y jazmines.

Aquel sendero nos condujo entre la luz del sol y las sombras de los árboles a un lago de aguas color aguamarina donde patos y cisnes nadaban en grupos. En una esquina del lago, las flores amarillas caídas de los árboles formaban un tapete de oro, dominando el paisaje, al fondo, se erguía un grupo de montañas con la cúspide cubierta de nieve. Conmovida ante aquella vista te tomé de la mano y no pude reprimir una expresión de entusiasmo.

Cuando desperté, me arrebujé entre las cobijas y con los ojos cerrados continué recordando detalles de aquellos lejanos días cuando recién llegué a Stuttgart: mi asistencia a las clases del idioma y a las ponencias universitarias. También, cómo poco a poco conocí a los vecinos y a la gente de los negocios de los alrededores. El de la tabaquería donde semanalmente compraba un billete de la lotería, la panadera, el vinatero con su cabeza reluciente como bola de billar y sus ojos del color del acero. Y al vendedor de la tienda de té. Me gustaba ver con que cuidado pesaba las aromáticas hojas en una báscula de latón y al final me regalaba un sobrecito de otro diferente para que lo probara.

Al regresar a casa platicaba con nuestra vecina, la señora Riedler a quien siempre encontraba trapeando la escalera y al verme comentaba el estado del tiempo. Úrsula y Otmar Birk eran mis vecinos preferidos. Ambos habían sido funcionarios públicos y por aquel entonces ya estaban jubilados. Ella nos invitaba a menudo a tomar café y a probar sus pasteles de cerezas, manzana y zarzamoras. Su marido venía a casa a beber a escondidas un trago de whisky, pues ella se lo tenía prohibido. Y su hija Birgit gustaba de cuidar a Emilia.

¿Te acuerdas cómo olvidamos el paso del tiempo, ocupados en atender a Emilia: en comprarle la cuna, el portabebés, su ropa, sus biberones y chupones. También en prepararle sus papillas, bañarla y leerle cuentos, y en amueblar nuestro departamento? Y cómo, sin percibirlo, se fue la primavera con el mar amarillo de los campos de colza bajo los cerros ocupados por viñedos, el verano con sus jardines de cerveza y días calurosos. También cómo, cuando llegó el otoño, una brisa fresca sustituyó al calor veraniego, las hojas perdieron su verdor y adquirieron el color del oro y el cobre. Después en noviembre el cielo tomó el color del acero, el viento arrastró las últimas hojas de los árboles, los días se tornaron cortos y comenzó el invierno.

En el centro de Stuttgart acudimos al concierto decembrino en el *Alte Schloss*, el viejo castillo y deambulamos entre los puestos del mercado navideño, donde flotaba el olor a canela, a vainilla y a almendras tostadas. Pasamos las noches invernales frente a la chimenea platicando y con Emilia dormitando en nuestros brazos, bebiendo chocolate caliente mientras veíamos a través de la ventana la caída de la nieve. Aquella fue nuestra primera Navidad como una familia completa y fuimos tan felices que desee que el tiempo se congelara y permaneciera así para siempre.

Sin embargo, nuestra felicidad la enturbiaba tu insatisfacción en el trabajo donde te sentías como fiera enjaulada porque extrañabas el ancho mundo y las aventuras. Un domingo después de comer, cuando paseábamos por el bosque, me confesaste que te sentías agobiado ante la certeza de volver al día siguiente a la oficina.

—En México fungí como experto internacional, di ponencias dirigidas a funcionarios bancarios y ahora me encargo de resolver problemas rutinarios que hasta un estudiante de primer semestre de economía podría solucionar. No quiero pasarme la vida vegetando atrás de un escritorio.

—Si no te gusta tu trabajo, ¿por qué quisiste volver?

—Porque supuse que desempeñaría una labor acorde a mi experiencia. Pero ya me di cuenta de que no tengo oportunidad de ascender y lo que hago me disgusta. Quisiera volver al extranjero.

—Acuérdate que siempre contarás con mi apoyo —remarqué.

—Las esposas acompañantes de los expertos internacionales no tienen permiso de trabajo y tendrías que renunciar al apoyo del intercambio académico alemán —me advertiste.

Cavilé durante varios días y tuve el sentimiento de que aceptándolo arruinaría mi vida, porque apoyarte significaba renunciar a mi beca del doctorado y con seguridad convertirme en ama de casa de tiempo completo. Sin embargo, después pensé que sólo pospondría mis estudios y más tarde podría retomarlos. Asimismo, no tenía un profundo vínculo con Europa y aunque me gustaba vivir en Alemania, podía imaginarme en otro país y me fascinó la idea de conocer otros lugares del mundo, culturas y mentalidades. Y Emilia y tú eran mi patria y hogar. Por eso, tras unos días de vacilación, estuve de acuerdo con que te postularas para algún proyecto internacional.

Fue así como comenzó nuestro continuo ir y venir por diversos países en tres continentes.

Observo con cuidado el cuadro al óleo colgado en la pared del comedor. Acaricio el marco. Lo compraste durante nuestra estancia en Malaui. Es la representación de una plantación de té donde mujeres con un canasto a la espalda cortan las hojas tiernas y al fondo se sitúa una montaña. Es un cuadro sereno donde brilla el verde de los arbolillos, el azul del cielo y el rojo de los vestidos de las recolectoras. El pintor nos contó que de modo inconsciente había delineado la cara de un Dios protector entretejido entre las rocas. Y en efecto, en la superficie de la montaña se vislumbra un rostro humano.

Cuando pienso en Malaui me viene a la mente la imagen de un elefante a la orilla de un lago, hipopótamos chapoteando en el agua, el rumor del viento entre los árboles de nuestro paradisiaco jardín, el olor a maíz cocido y a mangos maduros, la tierra colorada, la blanca sonrisa de Davis, el cocinero, y la mirada pícara de Gogo, la niñera.

También veo el taxi que se detiene frente a nuestra casa alumbrada por dos faroles, cuyas luces semejaban a los ojos de un cocodrilo al acecho, y cómo la encontramos la noche de nuestra llegada:

tú, de pie en medio de la sala comedor, recorriendo la habitación con la mirada como si quisieras memorizar cada detalle: piso de cemento y paredes encaladas. En medio de la pieza una chimenea de ladrillos con cuarteaduras a los lados, dos sofás y una mesa. El resto de la morada: tres recámaras con muebles de Ikea y sábanas a modo de cortinas. En la cocina una estufa, un fregadero, un refrigerador, utensilios de cocina y un par de anaqueles.

Afuera todo eran tinieblas y aparte de una gata que maullaba insistente reclamando entrar, en la oscuridad no pudimos distinguir nada del jardín convertido en basurero. La casa estaba deshabitada desde hacía seis meses.

—Necesitamos trabajar duro para hacer de esto nuestro hogar —sentencié.

—En cuanto lleguen nuestros muebles la haremos más acogedora. También podemos hacerle algunos arreglos como cubrir el piso con linóleo, restañar las grietas de las paredes, colocar cortinas en las ventanas, alfombras en los pisos y muchas cosas más. ¿Verdad, osita? —dijiste dirigiéndote a Emilia, que cabeceaba en mis brazos.

Pusiste tu chaqueta sobre el sillón, ella se recostó sobre ésta y de un instante al otro se durmió.

Cuando pienso en nuestra estancia en África, evoco el primer día en el mercado de la ciudad vieja y la gente observándome de reojo con una mezcla de asombro y curiosidad. No pude explicarme la causa de aquellas miradas hasta que una extranjera se nos acercó y me tendió un chal. "Póngaselo alrededor de la cintura, por orden presidencial está prohibido que las mujeres traigan pantalón en público. Si la policía la descubre tiene veinticuatro horas para abandonar el país", sentenció.

Para agradecerle su ayuda la invitamos a tomar un café en el hotel de la ciudad vieja. Aquella señora inglesa de la que no recuerdo su nombre, aseguró que la ley que prohibía llevar pantalones en público había sido dictada a instancias de la amante del dictador Kamuzu Banda, quien no podía llevarlos por poseer un trasero de elefante. Por eso decidió que si ella no podía usarlos, nadie lo haría.

Con la confianza que une a extranjeros en tierra ajena, nos aconsejó dónde conseguir pollo y carne fresca pues a menudo escaseaban a causa de los problemas logísticos para transportar la mercancía. También nos sugirió con quién cambiar en condiciones favorables moneda extranjera por la nacional.

Al final intercambiamos direcciones para más tarde devolverle su lienzo.

Al volver del mercado nos esperaban en la entrada de la casa los cinco empleados de su antiguo ocupante. Tenían la esperanza de que contratáramos sus servicios. Al verte, la niñera se puso de rodillas y con la vista en el suelo te solicitó empleo. Era una costumbre impuesta muchos años atrás por los colonizadores ingleses y más tarde continuada por los políticos del país. Abochornado por aquel gesto, la ayudaste a levantarse y pediste no arrodillarse ante nadie, pues todos los seres humanos éramos iguales. Al igual que a los demás, la invitaste a pasar a la sala y sentarse en el sofá. Ella llevaba un turbante rojo de donde se escapaban algunos rizos entrecanos. Poseía unos lindos ojos castaños y una sonrisa tan amplia como su boca. Alta, de huesos fuertes, pero delgada. Se llamaba Cecilia, pero le decían Gogo. Era una mujer sin edad en el sentido literal de la palabra. Fue la segunda de quince hijos y su madre no recordaba la fecha de su nacimiento. Davis, el cocinero, iba vestido de blanco; su cabeza, cual bola de billar, relumbraba en el sol del mediodía tanto como sus blancos dientes. Winter, el chofer, Albert, el jardinero, y James, el vigilante, eran más jóvenes y poseían una abundante cabellera negra. Todos iban descalzos. Los cuatro hombres estaban casados y tenían muchos hijos. En cambio, Gogo no tenía marido. Tampoco niños porque se había pasado la vida cuidando a los ajenos.

Los contratamos a todos.

Luego de revisar el deplorable estado de los cuartos de servicio, decidimos renovarlos. Compramos una estufa, utensilios de cocina, camas, sábanas, almohadas, toallas, jabón y papel sanitario. Les ofreciste el terreno de atrás del área de servicio para que sembraran maíz, tomates, espinacas y lo que desearan. Además enviaste al jardinero y al cocinero a un curso de capacitación al hotel de la ciudad. Querías prever que el día que ya no estuviéramos aquí, aparte de las cartas de recomendación, contaran con un certificado que avalara sus habilidades. Gogo decidió ocupar su tiempo libre en aprender a manejar mi máquina de coser.

Para deshacernos de la basura y dejar limpio el jardín fue necesario el trabajo de tres hombres durante un mes. Después de aquella laboriosa actividad, los fines de semana, Albert y tú se dedicaron a desbrozar lo que aún faltaba, a abonar la tierra, sembrar flores y a podar árboles y arbustos. En poco tiempo, con mucha devoción y el buen clima de Malaui, el jardín se convirtió en un paraíso.

Davis resultó ser un gran acierto, pues cocinaba como los mismos ángeles. En cambio el vigilante era un adorno. Por las noches, pese a recibir un termo con café, solía dormir como un lirón ya que durante el día trabajaba en otra casa como jardinero. Winter tenía poco trabajo como chofer y por ello se encargaba de hacer lo que se necesitara: sacudir tapetes, lavar el auto, llevar el gato al veterinario y ayudar al jardinero a sembrar arbustos espinosos en torno a la casa para ahuyentar a las víboras. Gogo poseía el don de hacerse invisible, mimetizarse con los muebles cuando lo creía conveniente, y con su agradable carácter en un abrir y cerrar de ojos se ganó nuestro cariño.

Muy pronto todos ellos pasaron a formar parte de nuestra familia y, por supuesto, la gata de tres colores también. Emilia la bautizó con el nombre de Vicky, luego de que el veterinario confirmara que se trataba de una hembra y estaba embarazada. Cuando tuvo a sus crías regalamos dos a tus colegas y nos quedamos con Nico, un gato de pelaje rojo y ojos verdes que se pasaba el día echado sobre la cómoda del comedor, tomando el sol que entraba por la ventana. Vicky y Nico constituyeron una protección contra las víboras que merodeaban la terraza, pues éstas temían a los gatos que las levantaban en vilo y jugaban con ellas hasta desgarrarles la piel.

Por aquel entonces en Malaui no había canales de televisión. Cuando queríamos ver una película alquilábamos videos en la tienda hindú y para evadir el calor instalamos la televisión en la terraza. En el silencio nocturno no sólo se oían los balazos de los vaqueros del oeste y el zumbido de las flechas de los apaches, sino también los suspiros de los espectadores. La gente que vivía en los alrededores se paraba frente a la cerca del jardín y desde ahí veía la cinta. Algunos hasta aplaudían al final.

Para utilizar el tiempo que me quedaba ancho sobre las espaldas, en la noche oía música y leía libros que pedía prestados en la biblioteca del consulado inglés, daba a los empleados clases de higiene y salud, iba al zoológico a llevar comida a los animales, y sembraba tomates, chayotes, perejil, chiles y flores en el jardín.

Cuando evoco nuestra vida en Malaui, también veo la imagen de Ana. Allá nos visitó tu madre por primera vez. Llegó un domingo a fines de otoño. Winter venía tras ella cargando sus maletas. Tú te habías quedado en el jardín conversando con el jardinero y yo contemplaba en la sala el recién instalado librero. Le abrí la puerta y ella se detuvo un instante en el umbral para mirarme.

—Bienvenida a casa, Ana. Me alegra que por fin te hayas decidido a visitarnos.

—También yo. Deseaba conocerte pues no tenía ninguna foto tuya, sobre todo estoy ansiosa por ver a mi nieta.

—Está durmiendo, pero no tardará en despertarse.

—El jardín es inmenso y precioso.

Asentí mientras ella miraba con asombro la amplitud de la sala y detenía la vista en la ventana hacia el jardín, como si estuviera contemplando un salón de fiestas en medio de la selva. Y, aunque cansada, en lugar de reposar me pidió que le mostrara la casa. Pero en ese instante Emilia comenzó a llorar.

—Ya despertó tu nieta. Ven para que la conozcas.

Ana asintió encantada y permaneció tras de mí, porque temía que Emilia, aún adormilada pudiera asustarse de ver una persona desconocida. Luego se acercó con cautela y al cabo de un rato ya la arrullaba y le cantaba una canción de cuna. Con ella en brazos, me pidió que abriera una de sus maletas de donde extrajo una muñeca con cara de porcelana y un vestido y un gorro de algodón que ella misma había confeccionado.

Cuando nos sentamos a comer, te asombraste de ver con qué cariño Ana se dirigía a Emilia, le daba puré de papa en la boca y la llamaba *tesoro*. "Si no lo hubiera visto con mis propios ojos no lo hubiera creído. Mi madre jamás fue paciente o cariñosa con nosotros. A lo mejor los años la han cambiado", comentaste.

En cuanto a su impresión sobre el país, aunque Ana expresó admiración por el jardín de la casa, encontró el clima demasiado seco y caliente, propicio para la proliferación de toda clase de insectos y enfermedades. Tampoco pareció agradarle la comida porque rechazó el chambo al horno, aunque el olor del pescado de la región le hizo agua la boca.

—Si no tienes inconveniente, Esperanza, preferiría comer cosas a las que estoy acostumbrada como pollo, papas o ensalada de tomates.

—No hay problema, tú me dices lo qué quieres y cómo lo quieres y Davis lo hará. Siempre y cuando hayan esos alimentos porque aquí no se consigue todo.

Cuando Davis sirvió el postre, también se abstuvo de probarlo y se limitó a suspirar por la falta de cerezas, zarzamoras y ciruelas.

—Lo siento, pero tendrás que prescindir por un tiempo de tus frutas favoritas, aquí no las tenemos y es una pena que no pruebes el pudín de mango, no sabes de lo que te pierdes.

—Prefiero ser cautelosa, no quiero enfermarme pues ya tengo suficiente con el peligro que significan los mosquitos y zancudos.

—Tu cama está protegida por un mosquitero y cuando andes en el jardín o en la calle puedes ponerte loción repelente de insectos.

Nuestras medidas de protección no la convencieron del todo, y aunque tenía planeado quedarse un mes, a la semana quiso volver a Alemania. Extrañaba su vida normal: su departamento, su ciudad, las tardes con sus amigas bebiendo café y comiendo pastelillos; echaba de menos hasta cosas que antes le molestaban como el frío y el rudo viento.

Se quejó del ruido de los ventiladores ronroneando como cotorras acatarradas, del zumbido de mosquitos y hormigas voladoras, de las arañas y de los nocturnos ronquidos del vigilante. Amén del calor y el polvo colorado que se levantaba con el viento y se pegaba a la piel como una maldición.

La gota que colmó el vaso de su paciencia fue la noche cuando al entrar a su dormitorio y prender la luz, detrás de la cama oyó violentos aleteos y enseguida vio bichos alados que emitían agudos chillidos, y enceguecidos por la luz de la lámpara chocaban contra las paredes. Aquel día el jardinero había limpiado las ventanas, pero había olvidado colocar los mosquiteros en su sitio y varios murciélagos se habían colado en la habitación.

Ofrecí prepararle un té para que se repusiera del susto y juntas fuimos a la cocina. Cuando iba a prender la estufa descubrimos sobre las hornillas la tarántula más grande que jamás habíamos visto. Gritamos tan fuerte que tú viniste a la cocina en nuestro auxilio. Pero al ver aquel inmenso bicho peludo uniste tu alarido a los nuestros. Hicimos tal alboroto que despertamos al vigilante, quien armado de un garrote entró a la casa, creyendo que se encontraría con un ladrón. Y al ver la causa de tanto escándalo, apenas logró disimular la risa, enrolló un periódico y con éste, de un golpe aturdió a la tarántula. Luego la tomó de una pata y la arrojó por la ventana.

—¿Es venenosa? —le pregunté.

—No, madame. El único problema es que no puede comerse.

—Esto es la locura, no aguanto un día más aquí. Si no muero a causa del piquete de un animal venenoso será de susto, me voy mañana mismo. Lo único que lamento es que no voy a ver más a Emilia… y a ustedes, por supuesto.

—Madre, si deseas cambiar el boleto de avión tendrás que pagar tanto por el vuelo de regreso como pagaste por el viaje redondo —replicaste tú.

Ana se resignó a quedarse el resto del mes aguantando aquel barullo permanente de los ronquidos del vigilante, el bisbiseo de las avispas que habían anidado en el techo, víboras arrastrándose por la terraza, bichos alados acechando en algún rincón de la casa, y tarántulas y arañas colgadas del techo. Había argumentos a favor: sus paseos diarios por el jardín repleto de flores exóticas, la contemplación de aquella explosión de colores, la suave luz del atardecer y el rojo cielo del crepúsculo, mientras invisibles empleados, cual abejas laboriosas en un panal, se encargaban de lavar y planchar nuestra ropa, de tener la casa en perfectas condiciones y de que sus habitantes recibieran a tiempo sus comidas.

También la distrajeron nuestras visitas al zoológico local adonde íbamos con Emilia tres veces por semana con una canasta repleta de verduras, frutas y pescados para alimentar a sus ocupantes: un par de cebras, un viejo cocodrilo, dos venados y algunos monos. Y sobre todo el cariño que sentía hacia su nieta.

Una mañana, cuando Ana leía en el sofá, Emilia se le acercó, le plantó un beso en la mejilla y la llamó: "*Oma*". Conmovida hasta las lágrimas, ella volteó a verme: "¿la oíste? me ha llamado abuela", me preguntó. "Sí, la he oído". Ana le murmuró al oído: "*Mein Schatz,* mi tesoro¨ y con la niña en brazos se fue a pasear por el jardín, donde fue señalando cada flor, pronunciando su nombre en alemán y esperando que Emilia lo repitiera. Finalmente, la acabaron de convencer los exquisitos guisos de Davis, que Ana un día decidió probar y comprobó que era una comida digna de dioses.

Davis era un maestro en el arte de cocinar. Había trabajado durante veinticinco años con familias francesas, italianas, hindúes y portuguesas, que habían pasado por Malaui. Poseía el don de preparar manjares con un trozo de carne o pescado y las frutas, verduras y hierbas de nuestro huerto. No necesitaba de básculas o recipientes para pesar los ingredientes; todo lo hacía al tanteo y con improvisación. Tampoco ponía reparos por la cantidad de personas para las que tenía que cocinar. "Donde comen cuatro comen seis o más, madame", me respondía, cuando le anunciaba que teníamos invitados a comer.

Tras varios días de nostalgia por Europa, algo pasó en su interior y Ana cambió de parecer. Comenzó a frecuentar la cocina, donde observaba a Davis trajinar entre ollas y cazuelas, amasar la masa del pan, aromatizar las papas, la ensalada y la sopa con las hierbas del jardín y con los mangos, guayabas y naranjas, hacer helados y mermeladas. Mientras él iba de aquí para allá, ella le soltaba algunos monosílabos. Él la oía, asentía y sonreía. Ana estaba convencida de que el mundo entero entendía el idioma alemán y Davis de lo contrario.

—No comprendo cómo se entienden usted y mi suegra. Usted no habla alemán y ella no entiende una palabra de inglés.

—Tampoco yo, madame.

—¿Qué tanto le cuenta ella?

—Tampoco lo sé, madame. Además ella habla poco, es decir, sólo pronuncia monosílabos.

Pero la cortedad de palabras de Ana, propia de quien ha vivido años de soledad y silencio, comenzó a hacerse más fluida y a los pocos días se convirtió en un torrente, que, aunado a los gestos y buena voluntad de Davis, los ayudó a intercambiar secretos culinarios. Risas y frases alegres llenaron las paredes de la cocina y estallaron en el ánimo de Ana. Por la tarde, cuando tú llegabas bebíamos té mientras ella te contaba de sus horas en la cocina. Hacía muchos años que nadie la oía con tanto interés y atención como lo hacía Davis, y ella se sentía necesaria. Y cuando recordó el incidente con los murciélagos y la tarántula, rio a carcajadas transformando aquella catástrofe en una divertida anécdota.

Un día, con asombro, Ana confirmó que no tenía ganas de volver a Alemania. Por lo menos no en los próximos meses, estaba encantada por el interés de todos nosotros hacia su persona, pues también Gogo le había pedido que la enseñara a confeccionar ropa. Y se había encariñado con Emilia. La víspera de su vuelo de regreso, se levantó temprano, abrió su ventana, aspiro el aire mañanero y, dominada por un sentimiento de infinita armonía, nos informó que quería quedarse tres meses más porque había descubierto que Malaui era un paraíso terrenal.

En aquel lado del mundo las estaciones caminan al revés y en junio es invierno. Los primeros días del mes la temperatura descendió considerablemente, y aquella casa de paredes de ladrillo y grandes ventanales se convirtió en un refrigerador. Por la noche tomamos la costumbre los cuatro de sentarnos frente a la chimenea, y mientras yo cosía ropa para los hijos de los empleados y tú leías el periódico, Ana, con Emilia en su regazo, navegaba en recuerdos de su juventud durante la Segunda Guerra Mundial, tan nítidos que se sobrecogía de miedo, como si aquello estuviera ocurriendo en ese instante.

Ana nació en el norte de Alemania en 1923. Era una mujer hermosa —alta, esbelta, rubia, facciones delicadas, dientes de perla y ojos de un azul imposible— admirada por muchos hombres, y en las fiestas de la ciudad y festejos en las casas de amistades, el centro de atención. Cuando empezaba el baile todos la solicitaban y aprovechaban para cortejarla. Pero ningún hombre logró atraer su atención hasta que apareció Frederick. Un joven con ojos castaños, pelo ondulado y amplia sonrisa. Se conocieron cuando ella rondaba los diecinueve años y él los veinte, se casaron un año después y se instalaron en una ciudad cerca del mar, donde él fungía como empleado municipal. A la boda sólo acudieron los padres de ella, pues el progenitor de Frederick había fallecido cuando él apenas tenía cuatro años y por razones de seguridad, desde el principio de la guerra su madre vivía en el sur de Alemania con una pariente lejana.

Una tarde Frederick regresó a casa muy alterado; su jefe le había informado que el privilegio de laborar en las oficinas municipales debido a su columna desviada, había sido anulado y en unos días tendría que partir al frente; el ejército alemán necesitaba reclutas con urgencia. Ana aún recordaba esa tarde cuando él le dio la mala nueva. Ella estaba de pie junto a la estufa y con la cabeza inclinada continuó meneando la sopa de papa. Lo había estado esperando con ansia para darle la noticia de su embarazo. Había imaginado decírselo mientras él saboreaba su sopa favorita, y cómo la levantaría en vilo loco de alegría así como los planes que harían para el futuro. Nada de eso sucedió. El anuncio de su inminente partida fue un duro golpe para ella. Hasta aquel día se había sentido a salvo de los horrores de la guerra que desangraban al país y a Europa, porque no era lo mismo saber las tragedias de los demás que experimentarlas en carne propia. Sin poder contenerse escondió la cara entre las manos, para que él no la viera llorar.

¿Qué se podía decir a alguien que acaba de recibir una noticia como aquella?, se preguntó Frederick. No obstante la abrazó y dijo:

—No te preocupes, Ana, no va a pasarme nada malo.

—¿Cuántos de nuestros conocidos se han ido y han vuelto metidos en un cajón? —le preguntó ella.

—Yo volveré con vida y sano.

Ella le puso un dedo en los labios.

—Calla, eso no lo sabes. Nadie lo sabe.

—Lo intentaré.

Ana titubeó un instante y luego respondió:

—Y si te pasa algo, por lo menos me quedaré con algo de ti: estoy esperando un hijo.

Frederick no la levantó en vilo como ella había pensado y tampoco pareció feliz. Al contrario, su cara adquirió un aspecto severo, inquieto por dejarla sola y no saber quién la protegería a ella y al hijo de ambos. No obstante, él no tenía elección. Pelear en el campo de batalla era su obligación.

—Me preocupa dejarte sola ahora que estás embarazada. Estarías más segura en casa de tus padres, porque aunque hasta ahora esta ciudad se ha librado de ser atacada, no tardará en ser objetivo de ataques aéreos; el enemigo bombardea día a día nuestras ciudades.

—Eso no puede ser, la nuestra es pequeña y nadie se interesará en gastar bombas para matar a los cuatro gatos que estamos aquí.

—No olvides que vivimos cerca de Hamburgo, una ciudad importante y grande. Entiéndelo, Ana, es mejor que te quedes con tus padres en el campo. Además si se te ofrece algo, ellos estarán al pendiente de ti.

Continuaron discutiendo si ella debía quedarse en su casa o volver a la de sus padres, intentando dilucidar cuál era la mejor decisión.

La noticia de la próxima incorporación de Frederick al ejército alemán el veinte de julio de 1944 coincidió con el fusilamiento de Claus von Stauffenberg, acusado de alta traición al descubrirse su plan de asesinar a Hitler. El repudio de este militar hacia la figura central del partido de los nazis comenzó la Noche de los cristales rotos, *Kristallnacht,* del 9 al 10 de noviembre de 1938, cuando fue testigo de cómo miembros de la *Sturmabteilung, SA*, la *Schutzstaffel SS* y las juventudes hitlerianas, apoyados por el *Sicherheitsdienst SD,* servicio de seguridad, y la Gestapo, conjuntamente con la población civil, cometieron todo tipo de vejaciones y crímenes a judíos y a sus casas, escuelas, hospitales, tiendas y el incendio de sinagogas. Los ataques dejaron por las calles un reguero de vidrios rotos pertenecientes a los escaparates de las tiendas y a las ventanas de su propiedad. Su rechazo hacia los nazis aumentó cuando durante los ataques contra la Unión Soviética fue testigo de las matanzas de judíos por parte del servicio de seguridad alemán.

A finales de 1942, cuando los alemanes fueron derrotados en la Batalla de Stalingrado en el frente oriental, se reforzó su decisión de acabar con Hitler. No obstante, a principios de 1943 fue enviado a la campaña del Norte de África, en una unidad del general Rommel y durante una invasión en Túnez, su vehículo fue atacado por un avión británico; Stauffenberg perdió el ojo izquierdo, la mano derecha y dos dedos de la izquierda, y fue trasladado a Múnich.

Una vez recuperado de sus heridas se reintegró al servicio activo en Berlín, y a partir del primero de julio de 1944 tuvo acceso a las reuniones del comité de planificación que el mismo Führer encabezaba. Su estrategia era adaptar el Plan Valquiria para los fines de la resistencia que tenía entrelazada a gente de diversos estratos de la sociedad y militares alemanes. Por desgracia, Hitler salió ileso de la conspiración, y su cabecilla Claus von Stauffenberg y tres de sus colaboradores fueron fusilados en un cuartel en Berlín.

Los siguientes días, cuando Frederick volvía del trabajo, Ana y él paseaban por el campo, extendían una cobija sobre el pasto y ahí se recostaban uno al lado del otro. Aspiraban el olor de la tierra y la hierba húmeda, de la piel del otro, de sus ropas. Tomados de la mano permanecían en silencio contemplando el cielo sin nubes, disfrutando de la felicidad del momento. Hacían planes para un futuro sin fecha, viviendo en una ciudad cerca de Hamburgo, del mar. Seguro que a su hijo le gustaría pasarse los días mirando la llegada y salida de los barcos, la caída del atardecer y nadar entre el vaivén de las olas.

Pero luego volvían a quedarse en silencio, pues las noticias de lo que sucedía en aquella ciudad eran malas. Se decía que gran parte del puerto estaba destrozado y varios puentes y tramos de vías del tren seriamente dañados y los trenes descarrilados.

La víspera de su partida, cuando hablaban sobre Hamburgo, Frederick dejó caer la mirada en la distancia y balbuceó:

—En la guerra no sólo hay pérdidas humanas sino también materiales: los edificios de la estación del tren, bibliotecas, iglesias, hospitales y miles de casas han sido bombardeados y están hechos escombros.

—Ya vendrán tiempos mejores —replicó ella.

Él asintió con firmeza. Pero con la llegada de la oscuridad volvieron a casa y con ello a la cruda realidad que les desgarraba el corazón.

—Todo va a salir bien —aseguró él.

—¿No temes a lo que pueda sucederte?

—Sí, pero no puedo cambiar nada.

—¿No puedes hablar con uno de tus superiores y explicarle que estoy embarazada? Quizás hagan una excepción.

—No lo harán y tampoco lo pediría. Es mi deber.

—Tengo miedo de que no regreses.

—También yo, Ana.

Callados, continuaron pensando en la proximidad de la separación, y para sus adentros, esperando la llegada de un milagro. Por la noche dieron vueltas en la cama, cavilando hasta que el sueño los venció, pero sólo para que su mente diera paso a pesadillas.

A la mañana siguiente, ella lo acompañó hasta la estación. Él la abrazó y ella escondió la cabeza en su pecho, y sólo se separaron cuando el controlador del tren dio un silbatazo anunciando la partida. "Cuida de nuestro hijo", dijo él. "Lo haré", prometió ella. Luego él abordó el ferrocarril que ya empezaba a ponerse en marcha. Ella permaneció viéndolo partir a un incierto destino hasta que la máquina desapareció en el horizonte.

Ese mismo día, a cientos de kilómetros de ahí, en el cielo de Grenoble desapareció el avión del francés Antoine de Saint Exupéry. Muchos años después, los libros de aquel escritor serían los favoritos de Frederick, y hasta llegaría a identificarse con él debido a que ambos habían perdido a su progenitor a temprana edad.

Ignorando los mareos, las náuseas, los calambres y la hinchazón de los pies, en casa de sus padres, Ana cocinaba, amasaba la harina del pan, lavaba la ropa, tallaba los pisos y daba de comer a las gallinas, conejos y cerdos. En el huerto ayudaba lo mismo arrancando la mala hierba que sembrando tomates, papas, repollo y zanahorias.

Desde que ella supo que sería madre, soñó con que aquel hijo suyo fuera un joven brillante, inteligente y que acudiera a la universidad. Se imaginaba paseando los domingos de su brazo y del de su marido, y a su paso despertar la envidia de los vecinos, cuando supieran que su muchacho era funcionario público, profesor universitario o médico. Cualquiera de aquellas profesiones daba igual, en cualquier caso un hombre de categoría, que impusiera respeto y admiración. También anhelaba que se casara con la hija de una familia adinerada y de reconocido apellido.

"Ana". La voz de su padre llamándola, seguida de una retahíla de regaños por no apurarse con el trabajo la sacaba de sus ensoñaciones.

—¿Ya diste de comer a los animales?

—Sí, padre.

—¿Y el almuerzo?

—Ya está listo. Cuando quiera puedo servírselo.

El padre de Ana respondía con un gruñido y se dirigía a la cocina seguido por ella. Era un hombre de pocas palabras y mal genio, que desde el amanecer iba y venía por el establo y los gallineros rumiando su rabia y escupiendo maldiciones. Más aún cuando platicaba con la gente que pasaba por ahí y contaba cosas sobre la guerra. Unos decían que todo iba muy bien y Alemania pronto vencería. Otros, en cambio, aseguraban que la guerra estaba perdida, el ejército alemán había ya emprendido la retirada en el frente oriental y los aliados habían tomado París. Sin embargo, Hitler no se rendía. ¿Cuál era la verdad? Nadie la sabía a ciencia cierta y tampoco querían saberla. Unos tenían vergüenza de ser los perdedores. Otros miedo a la venganza de los vencedores.

Todos los domingos por la tarde, sus padres y ella iban a la ciudad a visitar a algún pariente para enterarse de las últimas novedades. Al finalizar el otoño, en una ocasión se enteraron por boca de conocidos del fallecimiento de la madre de Frederick; aunque gozaba de plena salud, su corazón no pudo soportar la angustia de saber que su hijo se encontraba luchando en el frente. El padre de Ana se enfureció al oír la noticia. Su confianza en la propaganda gubernamental había durado hasta que vio llegar los primeros muertos, y cómo familias que él conocía estaban de luto porque el hermano, el padre, el esposo, el hijo o cualquier otro pariente había caído en el frente. Su desconfianza aumentó cuando lo experimentó en carne propia: la pérdida de su hermano Hans, los cuatro hijos de éste y dos de su hermana Erna, quien tras el fallecimiento de sus vástagos, vagaba por su casa como un fantasma en pijama y chancletas, transida de dolor y extraviada entre la niebla de la locura. Él siempre había renegado porque Dios no le había dado más hijos que Ana. Ahora le daba las gracias por haberle ahorrado el dolor de perderlos en el campo de batalla.

Asimismo, los conocidos que volvían a casa contaban que muchas ciudades estaban convertidas en ruinas por los bombardeos de aviones enemigos que desde el cielo abrían sus vientres y dejaban caer las bombas en las colonias donde más gente vivía. Y que por doquier yacían heridos, desmembrados, agonizando y, en el mejor de los casos, muertos instantáneamente.

Durante el regreso a casa, el padre de Ana repitió para sí mismo las noticias radiales "... que los ejércitos de los aliados habían aterrizado en algún lugar de Francia y habían expulsado al ejército alemán, que el ejército rojo estaba por alcanzar la frontera alemana en Ostpreussen y los aliados bombardeaban regularmente las ciudades alemanas", mientras él hablaba, Ana y su madre lo observaban cómo gesticulaba y caminaba a grandes trancos.

Al final, él despotricó en contra del dictador llamándolo loco, porque por su culpa él había perdido a varios familiares y su hermana estaba muerta en vida.

—Baje la voz, padre. Si alguien lo oye puede denunciarle con la autoridad —le pedía Ana. Ella sabía que nadie debía hablar mal de Adolf Hitler, el Führer.

—¿Quién lo haría? ¿Tú acaso? —preguntó con desdén.

—Usted sabe que no.

—Entonces cállate la boca.

Y Ana calló, temerosa de enfurecerlo más.

El padre de Ana, incapaz de controlar la cólera que lo carcomía como un gusano bajo la piel, cuando descubrió en un poste de luz un póster de propaganda que mostraba a Hitler lo arrancó y lo llevó consigo. Al llegar a casa lo arrojó al fogón y sonrió con satisfacción al ver sobre la leña cómo se iba calcinando la cara tiesa del dictador.

Siete meses después de la marcha de Frederick, una noche invernal mientras su padre se iba a la cama añorando la paz, Ana y su madre se sentaron a zurcir ropa en torno al calor de la estufa. Golpes de viento sacudían la puerta. "¡Que ventarrón! ¡Dios nos ampare! ¿Qué será de nosotros? Yo con este reumatismo que no me deja en paz, tu padre viejo y sin contar con quien le ayude y, tú con el marido ausente y una criatura en las entrañas". "Ya se verá", respondió Ana sin mucho convencimiento.

Su madre siguió lamentándose.

Incapaz de seguir oyéndola, Ana se retiró con el pretexto de que al día siguiente debía levantarse temprano. Tardó en conciliar el sueño en aquella cama vacía. Duro invierno con mucho trabajo, un padre rumiando su cólera, una madre rezumando tristeza, un hijo a punto de nacer y un marido en el campo de batalla. La incertidumbre la consumía. ¿Dónde andaría Frederick? ¿Cuándo volvería a verlo? No lo sabía. No tenía idea. No se lo había dicho y la última señal de vida fue la carta que le había mandado tres meses atrás. En aquella ocasión, en lugar de escribir sobre lo que hacía, dónde se encontraba y cómo la estaba pasando, él le confesó cuánto la extrañaba, de su deseo de estar a su lado y del futuro de ellos con el hijo que venía en camino. ¿Era eso una buena o mala señal? Tampoco lo sabía. De preferencia se metería bajo las cobijas y dormiría días enteros para no pensar ni saber nada de nada. No quería quejarse. Sólo deseaba que la guerra terminara y su esposo regresara.

Suspiró y se dio ánimos. Pronto llegaría la primavera y con ella el sol y el término de la guerra. Entonces Frederick regresaría y junto con su bebé volverían a casa, y cada domingo acudirían a la iglesia y pasearían por el centro de la ciudad. ¿Y si no volvía?

En esas estaba cuando una punzada en el vientre la hizo encogerse. El malestar se fue tan rápido como vino y ella respiró hondo, segura de que se trataba de un calambre por haber cargado haces de leña tan pesados. Eso debía de ser, pues faltaba un mes para el alumbramiento.

Un nuevo piquete en el vientre le arrancó un grito y la hizo levantarse e ir en busca de su mamá. Ella le preparó un té para el malestar. En vano, los dolores volvieron. A sacudones, su madre despertó a su padre, que aún adormilado fue a buscar su abrigo, bufanda y zapatos. "Tienes que llevarla al hospital, no podemos esperar a que un doctor venga a ayudarla en este apuro, los que hay deben estar ocupados atendiendo heridos", sentenció ella. "Y el único hospital que funciona está demasiado lejos de aquí, ha nevado mucho, los caminos están intransitables y no podemos ir en bicicleta. ¿Cómo vamos a llegar hasta allá?", preguntó Ana a su padre. "Andando", respondió él.

—Cuando mi padre y yo salimos de casa era la medianoche y la nieve continuaba cayendo en grandes copos. Los caminos estaban infranqueables, montículos de nieve nos obligaban a caminar con movimientos descoordinados. El viento rugía como bestia hambrienta y la nieve caía contra mi cara, cual agujas de hielo. Y mientras yo murmuraba oraciones a Dios para que me permitiera llegar al único hospital que funcionaba en varios kilómetros a la redonda, mi padre profería maldiciones contra la guerra, la noche, el invierno y la vida.

"Ni una luz en el camino, ni una estrella, la oscuridad era total y la tormenta de nieve había borrado los contornos del camino. No sabía ni por dónde caminaba y sólo me guiaba por la voz de mi padre, quien conocía de memoria los alrededores. A medida que transcurría el tiempo, los dolores en el vientre se agudizaban y los pies me pesaban como plomo. Y sólo el recuerdo de la criatura que llevaba en las entrañas me impulsó a seguir adelante. ¿Cómo iba a sobrevivir si no lográbamos llegar al hospital? ¿Su vida ni siquiera iniciada acabaría tirada en medio de aquel paisaje de hielo?, me pregunté y ese pensamiento me impulsó a seguir caminando.

"Comencé a tararear una canción de cuna mientras acariciaba mi vientre y por un instante olvidé mis malestares. Pero al cabo de un rato, la humedad se filtró en mis botas, los pies se me congelaban y el frío se me metía hasta los huesos. ¿Cuánto faltaba para llegar? El camino hasta el hospital me pareció el más largo del mundo. A cada paso trastabillaba, mis pies se enterraban hasta la rodilla y llegó un momento en que ya no los sentí porque se me habían adormecido. Para entonces la idea de morir ya no me pareció tan terrible, lo que no quería era sentir dolor y cansancio. No más. Sólo quería descansar aunque fuera sobre la nieve. 'No puedo más, no puedo más', murmuré.

"Impávido, papá siguió caminando y yo tras de él. Las punzadas y el cansancio eran tan intensos que sentí que se me quebraba el alma, empecé a caer en una espesa modorra. Al cabo de una eternidad, sentí la mano de mi padre posarse sobre mi hombro. Oí su voz diciendo: "estamos llegando" al tiempo que señalaba con el dedo hacia un punto donde apenas pude distinguir la silueta de un edificio. Entonces vi en su cara un gesto de alivio, era claro que estaba preocupado por mí aunque no se permitiera mostrarlo. Pero en aquel instante sus sentimientos estuvieron por encima de su apariencia rígida. 'Gracias, papá', musité aliviada, pese a llevar las manos y pies agarrotados por el frío y la garganta seca de tanto jadear.

"Mi entusiasmo se enturbió casi enseguida, cuando no lejos de ahí el aire se llenó con el zumbido de aviones que cruzaron el cielo y del ulular de las sirenas de alarma seguidas de la detonación de bombas y llamaradas. El cielo se tiñó de rojo y el aire de un espantoso estruendo. Aparte de las llamaradas, todo era negrura.

"Entramos al hospital tropezando con los cuerpos de heridos acostados en camillas y sobre su propia sangre. Ahí dominaba el caos puro. Gritos de auxilio, lamentos y voces llamando a un ser querido se mezclaban en el aire con el olor a humores humanos y a medicina. Médicos y enfermeras corrían de un lado a otro atendiendo a los numerosos pacientes. Sentí que iba a desmayarme ante la vista de un soldado con el vientre desgarrado y en cuyo interior un médico maniobraba, mientras la sangre iba formando un charco en el suelo. De pronto el herido irguió la cabeza, clavó su mirada en mí y abrió la boca como si le urgiera decir algo. Pero de su boca brotó un borbotón de sangre que le impidió hablar. Luego su cabeza cayó pesadamente en la almohada y calló para siempre. Muchos años después aún soñaba con aquella boca llena de un cuajaron rojo y aquellos ojos aterrados, en donde se leía la cercanía de la muerte y la imperiosa necesidad de decir algo de vital importancia.

"'A usted no podemos ayudarla, hay casos más urgentes que el suyo. Regrese a casa y busque una comadrona', farfulló una enfermera al verme. No pude responderle porque me abandonaron las fuerzas, apenas alcancé a acercarme a la pared y me dejé caer pesadamente en el suelo. ¿Regresar el camino andado? Imposible. No podría. ¿Cómo dejar aquel refugio tibio? 'Vamos, levántate', me conminó papá. Intenté ponerme de pie, pero un pinchazo en el vientre y un caudal corriendo entre las piernas me lo impidieron. Todo me dio vueltas, las imágenes a mi alrededor desaparecieron y me hundí en la nada.

"Una contracción y la voz de la enfermera diciéndome: '... respire hondo, puje fuerte', me hicieron recuperar la conciencia. Bañada en sudor, pujé y seguí pujando hasta que sentí que algo se desprendía de mis entrañas, se deslizaba entre mis muslos y un llanto infantil invadía el aire. Al clarear el alba, en medio del estruendo de bombardeos y el retumbar de la tierra, el quince de enero de 1945 nació Max entre una multitud de heridos, lamentos, órdenes y las sirenas de alarma aullando a lo lejos.

"La enfermera lo tomó en sus brazos y al contemplar su carita rosada, por un instante su rostro marcado por el agotamiento, se iluminó con una sonrisa. Luego me lo entregó, volteó a la ventana, miró la caída de la nieve, con el dorso de la mano se limpió la frente y enseguida se apresuró a atender a un soldado con la pierna destrozada.

"Max lloró sin necesidad de que le dieran la consabida nalgada, pues su primera experiencia en este mundo fue el ruido de bombardeos y resplandores de llamaradas iluminando las escarchadas ventanas. Cuando comencé a arrullarlo, él se tranquilizó. Recuerdo bien aquel amanecer con el cielo rojo y cruzado por aviones, su profundo rezumbar y la blanca estela que iban dejando tras de sí.

"El nacimiento de Max dio una pincelada de luz a nuestra existencia, y la casa paterna, silenciosa y sombría, se llenó con su llanto y risas. Cuando mi padre se acercaba a la cuna, su rostro se iluminaba con una sonrisa y con disimulo su tosca mano acariciaba las mejillas de su nieto. Por mi parte, seguí escribiéndole a Frederick, anunciándole el nacimiento de Max, preguntándole cuándo regresaría. Con qué orgullo le mostraría cómo iba creciendo, su cabeza tupiéndose de cabellos del color del trigo y cómo sus ojos se sombreaban con unas espesas pestañas. No recibí respuesta. Aunque tampoco malas noticias, lo que significaba que estaba con vida. Cada noche rezaba y pedía a Dios que lo mantuviera vivo y volviera pronto.

"Cuando terminó la guerra, me pregunté ¿Qué seguía después? ¿Qué había sido de Frederick? ¿Había sobrevivido? ¿Estaría muerto, herido o prisionero en algún lejano lugar? Me acordé de su última carta, arrugada y manchada de lodo con olor a humedad y a pólvora, y donde escribía sobre su anhelo por reunirse con nosotros. No había mencionado el sitio donde estaba. Luego ya no supe más de él. 'Dios mío, devuélvemelo con vida', pedía con fervor.

"Durante meses estuve con el alma en vilo y la esperanza de su regreso. Por fin, una mañana recibí un telegrama suyo: Frederick había sobrevivido y encontrado el modo de informarme su llegada. Era tanta mi alegría que con Max en brazos me puse a bailar en la cocina.

"La noticia de su regreso fue motivo de tanto júbilo, que hasta mi gruñón padre sacrificó al cerdito que teníamos escondido en el sótano para preparar una comida en su honor. Aquel animal era su única posesión, porque al término de la guerra, temiendo la llegada de los vencedores, quienes estarían ansiosos de vengarse por el daño que les habíamos infringido, él intercambió con la gente de la ciudad sus cerdos, conejos y gallinas por alfombras, lámparas y muebles, y sólo se quedó con aquel cerdito escondido a cal y canto en el sótano.

"Era mediodía, cuando con Max en brazos fui a esperarlo a la estación del tren del pueblo cercano. Mientras miraba cómo brillaba el sol en las vías de acero, me pregunté si Frederick estaría lisiado, ciego o sordo. Le pedí a Dios que no le faltara un brazo, una pierna o un ojo. Sin embargo, enseguida rectifiqué mis pensamientos: estaba con vida y eso era lo más importante. ¿Cuántas mujeres de nuestra ciudad pudieron decir lo mismo? Pocas. Muy pocas. Salieron del pueblo Frederick y sus nueve amigos —Otto, Peter, Otmar, Helmut, Hans, Walter, Dieter, Hartmut y Jakob— y ahora sólo volvía él.

"No obstante, temblé de miedo cuando en la lejanía apareció el tren y el aire se llenó con su silbido, el traquetear de las ruedas sobre las vías y al final con el resoplar de la locomotora que se detuvo en el andén abierto. Se abrieron las puertas y los pasajeros empezaron a bajar: mujeres solas o con niños adormilados de la mano, ancianos, parejas, el sacerdote y el cartero. Entre ellos no había ninguno con muletas, un parche en un ojo, sin un brazo, una pierna o sin las dos. Cuando por fin descendió del último vagón apenas lo reconocí: de su cuerpo otrora musculoso y ancho como un ropero no quedaba nada. Aquel día tenía frente a mí a un ser esquelético con la cara consumida, una barba de meses y un fleco largo, cayéndole cerca de los ojos en los que se adivinaba una mezcla de cansancio y melancolía. En la mano derecha llevaba una maleta, y la izquierda estaba envuelta en una venda manchada de sangre y sujetada con un seguro. Iba vestido con ropas deslavadas y los zapatos atados con pedazos de cuerda. Demacrado y pálido como un fantasma... Pero con vida y entero.

"Lo observé tratando de descubrir algo parecido a la alegría en su rostro. Sin embargo, sólo encontré un gesto serio y esquivo. Aunque tuve ganas de abrazarlo, me retuve cohibida por su reserva. Nuestro encuentro no fue efusivo como lo esperaba. Él se limitó a rozarme la mejilla con los labios, como si se tratara de una vieja conocida.

—¿Qué fue? —preguntó hurgando en la cobija donde llevaba envuelto a Max.

—¿No lo sabes? ¿No recibiste mis cartas?

Negó con la cabeza.

—Tuvimos un varón —dije.

Sólo entonces esbozó una leve sonrisa y con la mano ilesa acarició la mejilla de Max.

—¿Qué te pasó? —le pregunté señalando su mano vendada.

—Una lesión, y como no hubo manera de curarla se ha infectado.

"En ese instante percibí sus ojos lagrimosos, afiebrados y las gotas de sudor que le corrían por la frente. Temblaba y parecía que en cualquier instante se desmayaría. Sin poder contenerme, besé con infinita ternura su reseca mejilla, lo seguía queriendo igual o más que antes. Cuando llegamos a casa, le serví el asado de cerdo y las papas que mamá y yo habíamos preparado. Pero cuando las probó, salió corriendo y apenas alcanzó a llegar hasta el excusado, donde vomitó y se convulsionó tan fuerte que temí que se le saliera el estómago. "Le ha caído mal la comida, pues sabrá Dios cuándo fue la última vez que él comió como Dios manda", afirmó mi padre. 'Con ayuno y té se curará', sentenció mi madre.

"Frederick nos contó que desde hacía dos semanas padecía de diarrea, sangre en el excremento, vómito, fiebre y la mano hinchada como un balón, y a causa de sus malestares, el sargento, bajo cuyo mando estaba, lo había dejado libre, seguro de que pronto moriría. A renglón seguido, se quitó la venda y nos mostró la herida: la tenía tan infectada que ya olía mal. Mi madre se la lavó con jabón y agua hervida, y para desinfectársela le puso un emplasto de hierbas medicinales.

"Al día siguiente, él ardía de fiebre, y a causa de la diarrea estaba tan débil que ya no pudo levantarse de la cama. Un doctor vino a casa y cuando auscultó aquel saco de huesos que apenas respiraba, con aire grave me sugirió prepararme para lo peor.

"Por fortuna, tanto aquel sargento como el médico se equivocaron pues tras varias semanas de luchar entre la vida y la muerte, el cuerpo de Frederick se recuperó. No sucedió lo mismo con su alma ya que desde su regreso, él se volvió callado y de pocas palabras. Y al igual que la primera noche, las siguientes aún cuando lograba dormir, lo hacía inquieto dando vueltas en la cama, peleando con enemigos invisibles.

"Despertaba sobresaltado y bañado en sudor. Tardaba un rato en cerciorarse de que se encontraba en casa y la guerra había terminado. Se levantaba y caminaba de un lado al otro en la habitación, agobiado por inquietudes interiores. Quizá pensando en las escenas de las que fue testigo y de las cuales siempre se negó a hablar.

"Salía del dormitorio, se sentaba en la mesa de la cocina y con la cabeza entre las manos murmuraba frases ininteligibles. Yo dejaba la cama, preparaba té y permanecía a su lado. Lo inquiría por la causa de su desasosiego, pero él callaba aunque para sus adentros reviviera los eventos que habían cambiado su vida. 'Debe haber sido horrible lo que viviste por allá', le decía yo. Él se encogía de hombros y guardaba para sí las palabras con los hechos importantes. Reinaba un espeso silencio, él con la cabeza entre las manos y mi mano en su hombro.

"Luego trataba de recobrar la compostura. Y cuando yo le reprochaba su falta de confianza, él replicaba diciendo que su reserva nada tenía que ver conmigo, y nada podía hacer para remediarlo. Nada. La guerra lo había cambiado y lo mejor era no hablar del pasado. Me pregunté si tenía razón y para sobrevivir era mejor callar que recordar, y si él un día lograría llevar una vida normal. No tenía respuesta a ello.

"Aquellas alucinaciones lo torturaron durante meses o quizás años. Sin embargo, nuestro hogar fue su refugio y la presencia de Max y la mía lo ayudaron a recuperar un poco la alegría de antaño. Y más tarde la llegada de las gemelas, —pese a que agravó nuestra ya precaria situación, en aquella época de escasez—, contribuyó a arrancarle el resto de aquellas pesadillas agazapadas en lo más recóndito de su ser, y se recuperó por completo.

"Gracias a mi padre las verduras y frutas nunca nos faltaron. Sin embargo, carecíamos de todo lo demás. Sobre todo en invierno. Los primeros cuatro años de su vida, Max no pudo salir de casa por falta de zapatos adecuados, sólo contaba con un par de zuecos. Ni qué decir de lo que necesitaban las niñas. Y en casa el único lugar donde había una estufa era en la cocina, en invierno era tanto el frío que en las ventanas se formaban flores de hielo.

Ana suspiró y añadió:

—Tanta destrucción, tanta sangre derramada, lágrimas y luto. ¿Para qué? ¿Por qué todos nos dejamos convencer de un hombre que nos arrastró a la guerra? Aunque hay que ver que Hitler poseía labia para convencer, sus discursos encendían el ánimo de la gente que bebía cada una de sus palabras como si fuera néctar... Y por aquel entonces nadie sabía lo que ocurría con los judíos o sobre la existencia de crematorios y campos...

—Decir que se desconocía la existencia de los campos de concentración y lo que ahí sucedía es la mejor protección para la conciencia. Es como querer tapar el sol con un dedo. Resulta inverosímil que nadie haya sabido o visto nada. No conozco a alguien que haya dicho yo sabía, lo vi y no hice nada en contra. O yo participé en tal matanza, saqueo o tortura —dijiste tú.

"A fin de cuentas resulta que todos desempeñaban tareas técnicas, de construcción o de servicios médicos. Sin embargo, murieron y fueron torturados millones de seres humanos. ¿Quiénes lo hicieron? Nadie asumió la responsabilidad de haber participado o callado ante ese genocidio. Nadie aceptó por lo menos ser simpatizante o cómplice de los nazis. Nadie.

La mayoría de la gente de tu época, cuando se les entrevista siempre recalca haber sido apolítica o enemiga del régimen. Siempre fueron otros, quien sabe quién pero no al que se le preguntaba. ¿Dónde quedaron los once millones de afiliados al partido Nacional Socialista? ¿Dónde está la muchedumbre que aclamaba a Hitler como a un dios y lo veía como un ejemplo a seguir? Todos callaron y negaron su parte de responsabilidad. Tu generación es la de la canción "*no sabíamos nada...*" —replicaste tú con desprecio y le clavaste una mirada inquisitiva.

Ana desvió su mirada incapaz de enfrentar la tuya. En otra época te hubiera respondido con firmeza y reprochado ser un mal hijo. "¿Cómo te atreves a cuestionarme? ¿Qué sabes tú de las privaciones que pasamos, de los horrores de una guerra que tú sólo conoces a través de los libros? ¿Qué sabes tú lo que es soportar casi cada día el ulular de las sirenas de alarma, el horror de los bombardeos, de no saber si es tu último día en esta tierra? ¿Por qué me hablas así, si sacrifiqué mi juventud cosiendo por las noches vestidos para boutiques de lujo para darte lo mejor, enviarte a la universidad, algo que ni yo ni tu padre pudimos hacer? ¿Ése es el pago a mis esfuerzos?". No obstante, para ese entonces el carácter fuerte y la autoridad de otros tiempos de Ana habían desaparecido y sólo acertó a balbucear avergonzada:

—Es cierto que se hablaba de campos de concentración, pero no lo suficiente como para saber lo que ahí ocurría. Era algo difuso, incomprensible, sólo rumores. Y en aquel entonces yo era muy joven... además...

—Además de ignorante —terciaste tú.

—Así es, por aquel entonces yo sólo era una muchacha del campo que de política no sabía nada. Lo mío eran las tareas domésticas y cuidar de la familia. ¿Qué podía hacer yo? ¿Cómo podía ayudar o qué debí hacer? Para ti es tan fácil juzgarme porque no viviste en aquellos tiempos; cada día, quizás con algunas pausa, por más de tres años soporté el ruido de las sirenas y la visión de aquellos aviones de hélice abrir sus vientres no para arrojarnos chocolates sino bombas. ¿Sabes lo que es eso? Y lo único que se te ocurre es llamarme ignorante.

—Discúlpame madre por hablarte con tanta crudeza. Pero detesto la cobardía de tu generación, su falta de valor para asumir las consecuencias de sus actos. Creo que han repetido tanto esa canción de "yo no lo sabía", que han terminado por creerse sus propias mentiras.

—De niño eras tan obediente y apegado a mí. Pero a medida que fuiste creciendo, te fuiste alejando de mí y te volviste insolente. Yo nunca le respondí así a mis padres aunque se equivocaran, nunca les falté al respeto. En cambio tú... En fin, da igual lo que pienses, aparte de eso yo estaba contándole a Esperanza de tu padre —zanjó ella con frialdad, y dirigiéndose a mí continuó su relato.

Habló de cuánto tuvieron que trabajar tu padre y ella. De la cantidad de botones, ojales y dobladillos que debió coser, de las montañas de tela que debió recortar, de los malabarismos que hacía con el dinero para ahorrar y que jamás desperdició el mínimo trozo de pan, el resto de salsa o de sopa. Ella siempre evitó mostrar sus dificultades y poco les contó a ustedes al respecto. Tus hermanas y tú no debían saber cuánto añoraba descansar, sentarse en una cafetería, comerse un trozo de pastel y una taza de café. Los domingos cuando compraba un helado para ustedes, ella argumentaba no tener ganas de probar uno para ahorrarse algunos centavos. Sin embargo, todos aquellos años fueron una familia cuya vida transcurrió como las aguas de un lago; serena y sin grandes sobresaltos.

—Nunca nos faltó trabajo y en pocos años pudimos hacernos de una casa, un automóvil y más tarde de un departamento. Gracias a nuestro espíritu ahorrativo vivimos con comodidades, y hasta año con año tuvimos vacaciones tanto en Alemania como en Italia y España. Además, Max y sus hermanas estudiaron; él en la universidad y ellas en una escuela técnica.

"Cuando Max rondaba los veintisiete años y las gemelas los veintitrés, murió Frederick. Jamás pude superarlo. Tampoco pensé en volver a casarme aunque tuve varias oportunidades y me sentía tan sola, pues a esas alturas los tres ya se habían casado.

"Quise tanto a Frederick, que cuando falleció el mundo se me vino abajo. Fue como si la mitad de los pilares que sostenían nuestro hogar se hubieran derrumbado y yo junto con ellos. Qué no daría por tenerlo con vida aunque estuviera inválido y tuviera que darle de comer en la boca, ponerle pañal o bañarlo. Lo único importante sería tenerlo a mi lado —murmuró y ante sus ojos aparecieron escenas de días lejanos, de la noche en la que lo conoció, de cómo habían bailado y de los planes que habían hecho de envejecer juntos.

"¡Qué se le va a hacer!, así es la vida. Y con el paso del tiempo su ausencia fue doliendo menos y un día decidí que no iba a desperdiciar lo que me quedaba de vida encerrándome entre las cuatro paredes de la casa. Desde entonces mi pesar no me detiene para sentir gusto por la vida. Disfruto de un buen asado, de pastel, de pasear, ir a la peluquería regularmente y una vez al mes de reunirme con amigas a tomar café.

Ella siguió hablando y tú leyendo el periódico.

—Pon atención a tu madre —te dije en español.

Me miraste sobre tus lentes y replicaste:

—Cuando le he preguntado cosas de fondo no da lugar al diálogo y a lo único que se restringe como ahora es a hablar de trivialidades.

—No seas grosero.

—¿Grosero por decir la verdad?

A mí me gustaba lo que narraba de ti, del tiempo antes de que yo te conociera, de un Max celoso ante la llegada al mundo de sus hermanas, de un Max que al crecer se convirtió en un niño flaco, paliducho al que tuvieron que internar en una clínica para niños desnutridos, un Max que recorría Europa sin más equipaje que una muda de ropa y unos cuantos billetes en el bolsillo. Un Max que dormía donde el cansancio lo venciera; lo mismo era a la orilla del mar que en el banco de una estación de tren. Un Max que compartía con las gaviotas sus panes con queso y gustaba retar el oleaje de un mar embravecido. Te imaginaba caminando con paso seguro entre la gente en un día de verano con un pantalón de algodón, lentes de sol y al fondo un mar azul.

Ana relató que en una ocasión, cuando estabas en la universidad y hablaste durante una manifestación estudiantil, al escucharte sintió que tu modo de expresarte tenía el color del saber y te convertía ante ella en un extraño. Aún menos entendió tu gusto por irte a tierras lejanas y abandonar la ciudad, donde todos te conocían.

Tú tampoco la entendías a ella. Me contaste lo difícil que fue para ti vivir bajo su severa disciplina.

Sin embargo, a partir de aquella visita la fuiste comprendiendo y las historias que contó en aquella ocasión tuvieron más peso que antes. Dijiste que ella no fue diferente a otras madres de aquellos tiempos. Así eran las costumbres y ella había actuado con ustedes de acuerdo a las creencias heredadas por sus padres y como a ella la educaron.

—Después de la guerra, ocupada en conseguir un par de huevos, un poco de harina o azúcar, le faltaba el tiempo para jugar con nosotros. Tanto ella como mi padre trataron de darnos lo mejor de sí mismos y trabajaron duro para que mis hermanas y yo gozáramos de las comodidades que ellos no tuvieron. Cometieron errores porque no son perfectos. Nadie es perfecto. Aunque yo no haré esos errores, cometeré otros. A su lado nunca me faltó nada en cuanto a limpieza y comida. Ella me demostró su cariño a su modo, a través de cuidar mi salud y educación, y eso debo agradecerle. Aunque no recuerdo un solo gesto o palabra cariñosa de ella hacia mí, quizá durante mi infancia me acarició o besó en la frente antes de mandarme a la cama y no lo recuerdo.

Diste un largo suspiro y proseguiste:

—¿Por qué sólo la he juzgado a ella, si mi padre tampoco aludió jamás a lo sucedido durante la guerra? ¿Por qué a él no le reproché su silencio? ¿Por qué? ¿Significa eso que hice concesiones con uno y con el otro no? Quizá después de los horrores de la guerra ninguno de los dos pudo pensar sensatamente y por eso callaron.

"La verdad es que desde niño lo admiré más a él. Me gustaba ir a su lado por la calle y ver cómo la gente lo saludaba y trataba con respeto: 'Buenos días, señor Klug. Saludos a la familia'. Y cuando él se detenía a platicar con algunas personas sobre política o fútbol, los demás lo escuchaban con respetuosa atención y asentían con la cabeza. Entonces yo lo tomaba de la mano, orgulloso de que los demás supieran que él era mi padre.

"También mi madre, con sus comentarios, contribuyó a aumentar esa admiración. 'Todos sus amigos y conocidos quedaron tirados en el campo de batalla… menos él. El sargento y el médico aseguraron que no sobreviviría a la enfermedad y mírenlo, ahí está'. Siempre que hablaba sobre papá acababa diciendo que él había logrado evadir las balas del enemigo, y para llegar a casa había recorrido a pie miles de kilómetros, cruzado cerros y bosques, vencido al frío, el hambre, la falta de higiene, las enfermedades que adquirió en un campo de prisioneros y hasta a la propia muerte. Entonces yo dejaba volar mi imaginación en actos heroicos y de valentía increíbles de mi padre, y soñaba con emularlo.

"Además, su intempestiva muerte me impidió pensar en él como en un ser humano con cualidades y defectos. Por mucho tiempo, en mi mente él continuo siendo un ser por encima de los demás. Mi tristeza por su pérdida fue tan intensa que creía verlo en todos lados y a toda hora: en la sala de un cine, entre la multitud de un centro comercial, en la cara de algún hombre de su edad, dormido, despierto, él estaba ahí, ahí adonde yo estuviera.

"En cambio las actividades de mamá jamás me parecieron dignas de reconocimiento.

Guardaste silencio y en ese momento te diste cuenta de las trampas de la nostalgia y comprendiste que la verdadera heroína había sido Ana, ella había rescatado a tu padre de las alucinaciones del pasado y construido para ustedes un hogar estable y pacífico.

Luego concluiste:

—Ahora intentaré retener en la mente las cosas buenas de mi madre —y al decirlo fue como si por fin hubieras encontrado el camino de la reconciliación con ella, y a partir de entonces mostraste interés en sus relatos y respeto hacia su persona.

En aquellos meses juntas conocí mejor a Ana. A través de sus narraciones supe de sus amores, pérdidas, tortura de su alma, de sus alegrías, tristezas y lo que ella amó. Y llegamos a convertirnos en amigas. A decir verdad, desde el primer instante pese a mis prejuicios formados por tus comentarios, Ana me inspiró una simpatía a la que no opuse resistencia, fue como si nos conociéramos desde siempre y en ningún momento me pareció distante o fría como me la habías descrito. Emilia sintió lo mismo que yo porque desde que la vio no se separó de su lado y le encantaba oír sus cuentos y canturreos.

Para despedirse de Davis, Ana le estrechó las manos cuando él amasaba la masa del pan, sin importarle que la embadurnara de harina. A Gogo le dio un efusivo abrazo y prometió enviarle hilos y telas para que siguiera haciendo costuras. Y a nosotros nos aseguró que volvería para estar al lado de Emilia con quien se había encariñado tanto.

Antes de marcharse, Ana me dijo: "Max por fin parece haber sentado cabeza. El matrimonio es difícil de por sí y más entre ustedes que son tan diferentes, sin embargo con buena voluntad van a lograr que perdure. Habrá días en los que deberán luchar por su amor, como los pájaros que aletean durante la tempestad para no caerse. Otros en que sus temperamentos, uno plácido y el otro impetuoso, chocarán y cada uno se preguntará si habrán acertado en la elección de su pareja y entonces volverán días en que todo sea armonía.

Aquella noche de septiembre, después de su partida, aún creí percibir el rumor de sus pasos cansinos, su olor a agua de colonia, su risa y su voz lo mismo cantando canciones de cuna a Emilia que contando episodios de su vida. Tú me tocaste el brazo para devolverme al mundo real y, mientras espantaba el calor nocturno con un abanico, percibí el canto de los grillos entre la hierba y lo asocié con mi pueblo mexicano. El clima, aquel monótono canto y las matas de maíz en el huerto me inclinaron a evocar a Los Remedios.

Y esa misma noche comencé a escribir una especie de diario que años después se convertiría en mi primera novela: *Boda Mexicana*.

—¿En qué piensas? Mamá —me pregunta Markus mientras imprime los formularios de la declaración de impuestos.

—En el día que naciste, al inicio de la primavera de 1988 cuando vivíamos en Guatemala. Aquel día, aprovechando la visita de tu tío Jesús que ofreció cuidar a Emilia, tu papá y yo hicimos una excursión a Tikal, las ruinas mayas. En el momento en que subíamos a la pirámide, comenzaron las contracciones de parto y cuando me senté en un escalón vi a mi alrededor un charco incontenible. Tuvimos que apurarnos para encontrar un refugio improvisado donde dar a luz.

”Apenas alcancé a llegar a la choza de la curandera del lugar, ella de cabellos negros y mirada enigmática me ayudó a dar a luz. Después de palparme el vientre, aseveró que había complicaciones pues te habías atravesado en el último momento. De un morral sacó un manojo de hierbas color purpura, azul y blancas, las molió en un molcajete, puso el polvo en un jarro de barro, lo mezcló con agua, me lo alcanzó y dijo: ‘bébelo, señora, te ayudará a aguantar los dolores pues te voy a sacudir como a un saco de papas para acomodar a tu criatura’. Después me frotó el estómago con una olorosa pomada, mientras entonaba cantos en idioma maya.

”Increíble, pero con la ayuda de aquel brebaje, la pomada y los cantos, al cabo de un rato los dolores se hicieron tolerables y me sentí flotando en las nubes. Y minutos después naciste tú en medio de una vegetación voluptuosa, olor a hierba y entre los gritos de los monos aulladores, la presencia de los majestuosos quetzales y la mirada desconcertada de zorros grises y cuatíes”.

—Esa historia te la inventaste, mamá. Te conozco.

—No, es tan verdadera como la reacción de Emilia cuando volvimos a casa y te vio envuelto en una manta. Preguntó para qué queríamos a aquel bebé que gritaba como un gato. “Es tu hermano, se llamará Markus y pronto aprenderá a reír, a hablar y jugará contigo”. “No tiene dientes y está arrugado”, fue su respuesta. En un descuido mío te sacó de la cuna y te tomó en los brazos. Al verla sosteniéndote sólo con la mano izquierda, mientras con la derecha giraba la manija de la puerta casi me muero del susto, pues ya veía tu cabeza rebotando en las baldosas del piso.

"Por fortuna, nada de eso sucedió y pronto te convertiste en su compañero de juegos con quien pasaba el día entero. Emilia te enseñó a cantar, a hablar, a tomar las crayolas de colores entre los dedos y a dibujar. Su juego favorito era el de la escuelita, donde tú y los muñecos de peluche eran los alumnos y ella la maestra. Les ponía nombres, los hacía hablar y contaba cuentos de osos polares traviesos, zorros astutos, ratones ágiles y pícaros, y gatos gordos y lentos. Tú la oías atento y cuando terminaba su relato le pedías que te ayudara a armar tus aviones de legos.

"Y tú con apenas cuatro años te convertiste en su protector, como la ocasión cuando fuimos a nadar con otras familias y la encontraste acongojada al borde de la piscina. '¿Qué tienes?' le preguntaste. 'Axel me tiró una piedra en la espalda', murmuró ella. Diste la media vuelta sin responder, buscaste al chamaco y le arrojaste arena en los ojos. 'No vuelvas a tocar a mi hermana', le advertiste al niño que te llevaba tres años y varios centímetros de estatura, pero ante tu firmeza se puso a llorar como ratón asustado".

—De eso sí me acuerdo. Pero todavía creo que la historia de mi nacimiento te la inventaste.

~

La vecina del primer piso ha comenzado sus ejercicios de piano y Emilia, que está revisando unos estados de cuenta, propone hacer una pausa. Markus asiente y suspende el llenado de los formularios.

—¿Una taza de té? —les pregunto a los dos mientras me dirijo a la cocina.

—No, mejor chocolate —replica Markus.

Leo maúlla quedito, me sigue hasta la cocina y me mira fijamente como diciéndome: "¿Qué esperas para darme mis croquetas, no ves que tengo hambre?".

Max, ¿te acuerdas cuando después de largas discusiones sobre quién se haría cargo del cuidado del gato, aceptaste que compráramosmos uno? Al día siguiente, Emilia y Markus esperaron impacientes tu llegada del trabajo para que los llevaras a la granja donde vendían unos de apenas unos meses de nacidos.

Cuando la dueña de las mascotas se los mostró, para su sorpresa eligieron uno enclenque con una oreja herida y la cola pelada, que vagaba por el establo y alguien había abandonado cerca de la granja. En vano, la señora trató de disuadirlos de su idea mostrándoles las crías de su gata persa, pues ellos se empeñaron en llevarse al gato de la cola pelada. Al final la mujer dio un largo suspiro y se los entregó por el simbólico precio de cinco euros.

Ese gesto de ellos me conmovió mucho. ¿Recuerdas cuántos perros, gatos y pájaros recogieron cuando eran niños?, y el murciélago que Markus encontró en nuestro jardín en Bolivia. Él y Emilia lo envolvieron en uno de tus pantalones, le dieron agua, hojas y lo cuidaron durante varios días hasta que una noche el murciélago voló y desapareció en la oscuridad del jardín.

Ellos siempre decidieron con el corazón y no por el aspecto.

Aunque con Leo sucedió como con el patito feo. Con el paso del tiempo, y una vez que la veterinaria lo vacunó y le curó las heridas se convirtió en un gato de suave pelaje, andar elegante y unos ojos ambarinos que irradiaban seguridad y donaire.

Desde el día que llegó a casa se convirtió en nuestra adoración y pasó a formar parte de nuestro pequeño mundo. En el primer instante cuando lo sacamos de su jaula se sintió inseguro. Pero no tardó en tomar confianza, sentirse en casa y encontrar su ritmo diario. Él es un aventurero a quien le fascina la vida al aire libre y dejarse conducir por las exigencias de su placer, lo mismo lo veo deslizarse por las ramas de los árboles tratando de atrapar algún pájaro, que trotar por el jardín intentando cazar algún insecto. Los primeros días tú no querías que saliera por temor a que se extraviara, que lo atropellara un auto o pudiese comer ratas que le contagiaran enfermedades. Preferiste ponerle una caja de arena en el baño de visita, pero a los pocos días el olor de su orina, que se extendía por el pasillo, te convenció de dejarlo salir.

Así que por las mañanas, apenas termina de desayunar croquetas con carne, asearse y afilarse las uñas en su árbol de mecate, se pone frente a la puerta y maúlla para que lo lleve hasta la salida del edificio. En cuanto abro la puerta corre al jardín, se mete entre los arbustos para hacer sus necesidades y cuando termina, escarba la tierra para tapar *el cuerpo del delito.* Se pasa las horas acechando a los pájaros, les clava la mirada sopesando la posibilidad de poder cazar alguno, aunque hasta ahora sin éxito.

Al mediodía se las ingenia para entrar a la par de algún vecino y al llegar frente a nuestro departamento, rasca la puerta hasta que le abrimos. Cuando le abro se va directo a la cocina, donde en un instante devora su plato de carne. Luego repite el mismo rito de rascar su árbol de mecate, asearse y salir de nuevo a pasear.

En la noche es el mismo procedimiento y al final se echa en el sofá donde duerme como una marmota. A veces, cuando hay un partido de fútbol deja su lugar de descanso, se para frente al televisor y fascinado observa el ir y venir del balón e intenta atraparlo con sus patas. En otras ocasiones, salta al ropero y durante horas permanece escondido entre la ropa. La primera vez que lo hizo me asusté, cuando al abrir el ropero entre la ropa descubrí un par de ojos ambarinos mirándome fijamente.

A Leo le gustaba dormir en nuestra cama aunque tú no lo querías allí. Pero eso no le impidió quedarse. Aprendió que no debías enterarte de su presencia, y con sigilo, en un descuido tuyo, se metía debajo de la cama y cuando suponía que ya dormías, dejaba su escondite y se echaba a nuestros pies.

Leo posee carisma. Basta con que clave su mirada en las personas para que éstas se derritan de afecto por él. Se deja acariciar y cuando no quiere más, se levanta con elegancia y estira con suavidad sus patas. Un día nos dimos cuenta de que estaba engordando y lo pusimos a dieta. Lo extraño es que no protestó. Tampoco perdió peso. Luego por boca de los vecinos supimos que se mete a sus casas y ahí recibe desde trozos de salchichas hasta chuleta de cerdo empanizada.

Suele echarse en el jardín frente al edificio a tomar el sol y desde ahí deja pasar el mundo frente a sus ojos. Pasea orondo por los alrededores lanzando una mirada autosuficiente como diciendo que es el rey y no tolera la presencia de otros gatos en su territorio y el que osa hacerlo, se las aviene con él.

Es cosa de todos los días que Leo pelee con sus congéneres. Siempre sale ganando. Sólo en una ocasión se encontró con la horma de su zapato, y después de aquella batalla campal el médico veterinario tuvo que zurcirle la oreja y curarle las cuantiosas heridas.

—¿Qué le pasó a Leo? —preguntó el veterinario horrorizado.

—Se peleó con otro gato —respondí.

—Por el tamaño de las heridas, debe haberse peleado con un puma.

La mayor parte del tiempo, él es tranquilo y juguetón. No obstante, basta que yo no le sirva su comida, que no le abra la puerta a tiempo para que haga su paseo diario, o bien ocupe su sillón preferido para que el tierno gato se convierta en un león salvaje que, con los ojos brillantes y las orejas paradas, arañe cuanto mueble encuentra a su paso. Las huellas de sus ataques temperamentales están a la vista en el tapiz desgarrado de algunas sillas del comedor, cuyos respaldos semejan una falda hawaiana.

Sin embargo, no puedo enojarme con él porque sus ataques de ira son parte de su naturaleza felina. A Leo nada lo asusta, con excepción de dos cosas: los ruidos estrepitosos de los rayos cuando llueve y el estallido de los fuegos artificiales. Por eso cada treinta y uno de diciembre a la medianoche, cuando la gente prende cohetes para festejar el nacimiento del año nuevo, él esconde la cabeza dentro de una de mis botas o bien se mete bajo la cama y no sale de ahí hasta la mañana siguiente.

Ahora Leo se dirige hacia Markus, salta sobre su regazo donde se dispone a dormitar. Su suave ronroneo llena el silencio del comedor, mira la luna a través de la ventana y al hacerlo sus ojos brillan como dos luciérnagas.

Mientras Emilia y yo bebemos té y Markus chocolate, volvemos a platicar sobre nuestra estancia en Centroamérica, y al final Emilia murmura: ¡Qué bonita es Guatemala! La palabra *Guatemala* y el recuerdo de una guacamaya azul y roja agitando las alas en la rama de un árbol atrapa todos mis pensamientos, y el resto de la conversación con los muchachos se extravía entre las paredes de la habitación. Evoco las imágenes del ayer y las voces de Emilia y la tuya, una encima de otra hablando con un muñeco de peluche. Percibo sobre mi piel el sol tibio y la humedad del aire.

Es una tarde veraniega y pasamos un fin de semana cerca del mar. No recuerdo el nombre del lugar, sólo que es una playa de arena negra con un hotel y un muelle. Entre las rocas, una pequeña barca se agita al compás del movimiento del agua. Estamos en el comedor del alojamiento, tengo a Max en los brazos, tú estás comiendo pescado y Emilia acerca su oso de peluche a tu plato y dice: "dale de comer, tiene hambre". Y tú simulas darle un trozo de pescado. En ese instante los perros comienzan a aullar, los pájaros vuelan alto y se pierden en la lejanía, y un rato después el hotel se remece, se oye un rugido infernal como si la tierra bramara; los muebles se mueven de un lado a otro y algunos empleados se ponen de rodillas y comienzan a rezar en voz alta: "Ave María Purísima...". También percibo mi grito de horror.

De prisa, yo con Markus en los brazos y tú con Emilia, corremos a colocarnos en el quicio de la puerta del hotel, el lugar más seguro de una construcción. El sacudón que dura quizás un minuto, resquebraja techos y cuartea algunas paredes. Nada opone resistencia al ímpetu de esa fuerza de la naturaleza: árboles, las casas contiguas, postes de luz y carros en un abrir y cerrar de ojos quedan reducidos a una masa de materiales indefinidos. Por fortuna no hay pérdidas humanas que lamentar.

Recuerdo que en el transcurso de aquella noche hubo treinta y cinco temblores más, que aunque más débiles y de menos duración, nos tuvieron con el alma en vilo. Después de cada movimiento telúrico, suspiros y carreras, todo se hundía en un silencio acartonado y espeso. Después de correr una docena de veces al quicio de la puerta, optamos por dormir en la playa.

~

A principios de diciembre de 1989, cuando Emilia acudía al kinder y Markus pronunciaba sus primeras frases, llegamos al pulgarcito de América, El Salvador. Lejos de las colonias donde vivían los políticos y los militares se sitúa el barrio donde encontramos una casa encaramada en la pendiente de una colina y cerca de una universidad. Una elevada tapia escondía un jardín, una piscina y una sombreada casa. Era una fortaleza protegida del mundo exterior por un muro y un portón asegurado con varios cerrojos y custodiado por un vigilante.

En aquel entonces el país se encontraba hundido en la guerra civil que ya duraba cerca de diez años; pobreza y miseria prevalecían en el grueso de la población. La causa del conflicto entre el ejército y la guerrilla, representada por el Frente Farabundo Martí para la Liberación Nacional (FMLN), era la inmensa brecha entre ricos y pobres. El FMLN estaba formado por obreros, campesinos y estudiantes. El gobierno y la oligarquía predominante trataban de reprimirlos a través de agrupaciones paramilitares. Estos grupos y el ejército durante el día permanecían en los cuarteles, pero apenas oscurecía entraban a las casas, derribaban puertas a punta de balazos y sacaban a los sospechosos de sus camas para llevarlos a lugares desconocidos y quizá para no volver jamás. Los detenidos eran sometidos a interrogatorios y torturados en los cuarteles y casas especiales para este fin. Para convertirse en sospechoso, bastaba con ser campesino, obrero, estudiante, llevar el pelo largo o barba, ser propietario o leer libros de autores como Carlos Marx, Engels o a poetas como Pablo Neruda. Mucha gente quemaba sus libros pues ello podía salvarles la vida.

A los paramilitares, mejor conocidos como los escuadrones de la muerte, se les atribuía el asesinato de maestros, estudiantes, líderes sindicales, campesinos, obreros y de cualquier persona a quien el gobierno considerara sospechosa. Entre estos últimos se contaban los jesuitas, a quienes el gobierno acusaba de estar alejados de sus tareas eclesiásticas, ser marxistas, simpatizar con la guerrilla y de impartir ideas perniciosas entre los estudiantes de la Universidad Centroamericana José Simeón Cañas, UCA.

Algunos de ellos, como Monseñor Romero, ya habían pagado las consecuencias por haber condenado públicamente la situación de injusticia, el asesinato, la tortura, la represión gubernamental y denunciado a sus responsables. Como si él presintiera su fin, en una ocasión declaró: "Si me matan resucitaré en el corazón del pueblo salvadoreño". Meses después de haber pronunciado aquella frase fue asesinado de un disparo en el corazón cuando celebraba misa, en el momento que daba la comunión. Se presumía que los autores intelectuales del atentado pertenecían al sector derechista al que él había criticado.

El once de noviembre de 1989, tras diez años de combates, el FMLN decidió cambiar de táctica y lanzar la ofensiva *Hasta el tope* planeada después de la fallida reunión de negociación en Costa Rica, donde la guerrilla y el gobierno salvadoreño no llegaron a ningún acuerdo, con miras a forzar al gobierno a negociar la paz.

Los hechos previos a este asalto fueron la creciente ola de represión en el país: atentados dinamiteros, cateos, torturas y asesinatos. El FMLN atacó las instalaciones del ejército en el momento en que La tandona, es decir, la cúpula militar de las fuerzas armadas, estaba reunida. En respuesta, el gobierno colocó una bomba en el local de las madres de desaparecidos, Las comadres, y otra en el local de la Federación Nacional Sindical de Trabajadores Salvadoreños, FENASTRAS. También realizó actos vandálicos contra la imprenta de la Universidad Centroamericana José Simeón Cañas, donde laboraban y vivían ocho sacerdotes jesuitas, uno de ellos era salvadoreño y los siete restantes españoles.

Fue entonces cuando la guerrilla decidió lanzar una ofensiva en diez de los doce departamentos del país, y en la capital atacar las colonias exclusivas. Hasta entonces, los guerrilleros se encontraban atrincherados en el Cerro de Guazapa, a veinte kilómetros de la capital y jamás habían entrado a las zonas residenciales de la ciudad de San Salvador. Para movilizarse a la capital sin despertar sospechas, con días de anticipación, los miembros de la guerrilla organizaron eventos multitudinarios como bodas y entierros falsos. En las bodas, los supuestos novios caminaban por las calles seguidos de bandas musicales y numerosos invitados vestidos con ropas festivas y portando cajas envueltas en papel de regalo; el contenido de los obsequios constaba de municiones, granadas y bombas caseras. En los entierros, los féretros iban repletos de armamentos y tras ellos docenas de guerrilleros en calidad de dolientes.

A las ocho de la noche del once de noviembre, mientras en Europa caía el muro de Berlín, en Centroamérica la guerrilla salvadoreña atacaba el cuartel de la guardia nacional, la casa del Presidente de la República, Alfredo Cristiani, y se atrincheraba en el interior de casas de las zonas residenciales. En un principio, los habitantes de la capital creyeron que se trataba de uno de los rutinarios encuentros entre la guerrilla y el ejército, que iniciaban a las seis de la tarde y terminaban a las seis de la mañana. Pero en esa ocasión, clareó el alba, llegó la mañana y los ataques continuaron, y muchas familias acomodadas vieron invadidas sus casas por los guerrilleros, y por primera vez en más de diez años sintieron en carne propia los rigores de la guerra. De inmediato, el gobierno decretó estado de sitio, toque de queda, y encadenó a todas las emisoras radiales del país a la del ejército y hasta la televisión pagada por satélite. Los insurgentes hicieron labor de propaganda a través de radio Venceremos.

El ejército respondió con artillería pesada y bombardeos en las colonias populares donde se presumía que apoyaban a la guerrilla. A su vez, miembros del partido derechista en el poder, como Roberto D'Aubuisson, a través de la radio y la cadena de televisión lanzaron ataques verbales contra los jesuitas profesores de la Universidad Centroamericana, a quienes señalaron como fachadas del FMLN.

El trece de noviembre, un contingente del batallón élite Atlacatl, que desde el inicio de la ofensiva tenía rodeado el campo universitario, se presentó en la residencia de los jesuitas ubicada dentro del recinto educativo para hacer un cateo. Reconocieron cada habitación, cada rincón y a cada religioso. Revisaron todo y se marcharon.

Pero la madrugada del día dieciséis, mientras se intensificaban los bombardeos en los barrios populares, treinta hombres uniformados irrumpieron en las instalaciones del campus. Los soldados forzaron las puertas de entrada a la zona de los dormitorios en el piso de arriba y a los seis sacerdotes que ahí se encontraban —dos estaban fuera de la ciudad— los sacaron al patio a medio vestir, y antes de dispararles a la cabeza con balas expansivas, los obligaron a tumbarse boca abajo. Y así aparecieron en las fotografías que al día siguiente recorrieron el mundo. También liquidaron a la cocinera y a su hija, quienes nada tenían que ver en el conflicto, pero según ellos, fue una medida de seguridad para no dejar testigos.

Una vez perpetrados los crímenes destruyeron archivos, máquinas de escribir, computadoras, grabadoras, aparatos de videos, y se llevaron dinero, papeles y reliquias. Amanecía y faltaban unos minutos para que diera fin el toque de queda, cuando los uniformados abandonaron las instalaciones universitarias. Minutos después de las seis de la mañana, cuando el esposo de la cocinera fue a la casa de los jesuitas a iniciar su trabajo, se encontró con los cadáveres de ellos, de su hija y de su esposa.

El ejército pretendió hacer creer a todo mundo que los asesinos habían sido los guerrilleros, lo cual era imposible porque desde el comienzo de la ofensiva, tropas del batallón Atlacatl tenían rodeada toda aquella área debido a su cercanía al Estado Mayor y de las montañas donde se refugiaban los guerrilleros. Y hubo varios testigos que, sin ser vistos, se encontraban dentro del campus, y otros que desde las casas vecinas, con la ayuda de la claridad de la luna, pudieron ver que los asesinos pertenecían al mencionado batallón de la fuerza armada salvadoreña.

A pesar de la situación de violencia que prevalecía en el país, el Secretario de la Organización de los Estados Americanos, J. Clemente Baena Soares, arribó al país el diecinueve de noviembre con la intención de promover las conversaciones de paz. Y él mismo quedó atrapado junto con varios extranjeros y marines estadounidenses en el hotel Sheraton de la exclusiva colonia Escalón.

Más tarde, todos quedaron en libertad y al término de la ofensiva a principios de diciembre del mismo año, con la intervención de las Naciones Unidas, se iniciaron las negociaciones para la salida del conflicto.

Fue en esos días cuando nosotros llegamos al país y enseguida buscamos soluciones a los percances producidos por la guerra civil: bombardeos nocturnos, destrucción de las plantas de electricidad, y por consecuencia la falta de agua, luz y la descomposición de los alimentos en aquel calor tropical. Para resolver el problema de los apagones, colocamos por toda la casa velas, cerillos y lámparas con baterías. Hasta en nuestros bolsillos teníamos una lámpara por si nos agarraba el apagón en un sitio inesperado.

En lo que se refería a los alimentos perecederos como huevos, mantequilla, leche, carne o pescado, sólo compraba lo que necesitaba día a día. En cuanto al agua me aprovisionaba de garrafones de agua purificada para nuestro consumo, y para los excusados, bañarnos, trapear y lavar la ropa usábamos la de la piscina.

Las contiendas comenzaban a las seis de la tarde y terminaban a las seis de la mañana. El rumbo de los helicópteros militares sobrevolando al ras del jardín de nuestra casa daba cuenta de las bajas en el ejército. Si volaba en dirección al hospital transportaba heridos y si tomaba el rumbo al panteón, llevaba muertos. Por su parte, los guerrilleros recogían a sus muertos y heridos, y desaparecían entre veredas hechas a corte de machete en la montaña, en medio de un paisaje impenetrable; un amasijo de hierbas, ramas y maleza de un verde imposible, donde ni el sol podía colarse. Nadie sabía a ciencia cierta a cuántas víctimas ascendían las bajas de ambos bandos, porque la prensa carecía de libertad de expresión.

Los horarios de guerra determinaban el ritmo de la vida cotidiana. A partir de las seis de la mañana la gente andaba por la calle, iba al mercado, a trabajar, a nadar o bien se sentaba en los cafés de la zona rosa. Y con la puntualidad de un reloj suizo, a las dieciocho horas la gente ya estaba en sus casas y las calles quedaban vacías como en un pueblo fantasma. Claro que eso a nadie lo libraba de que cayera una bomba sobre el techo de su casa o le alcanzara una bala perdida. Tampoco de que estallaran bombas en pleno día en algún sindicato, ni de ser detenido y torturado por la policía.

En San Salvador, Ana volvió a visitarnos, cuando apenas teníamos dos semanas de habernos instalado en aquella casa. Se sorprendió de ver los cuadros colgados en las paredes, la ropa en los armarios y los muebles en su lugar. Le expliqué que lo había logrado gracias a la ayuda de una firma de mudanza.

—¿Dónde están Vicky y Nico? ¿Los dejaste en Malaui? —me inquirió ella al no ver a nuestros gatos por ninguna parte.

—Un día, cuando fueron unos albañiles a reparar el techo, deben haberse asustado con el ruido y se salieron de la casa. Por la tarde ya no aparecieron. Durante semanas los buscamos por todos los alrededores, preguntamos a todos los vecinos, ofrecimos recompensa, pero todo fue en vano. Gogo nos contó que a mucha gente allá le gusta comer carne de gato y los nuestros estaban limpios y sanos. Max y yo no quisimos oír más, nos resultó insoportable la idea de que nuestros gatos hubieran terminado en la olla de caldo de algún vecino. Por fortuna, Emilia era muy pequeña cuando eso sucedió y lo olvidó. Él no quería volver a tener mascotas porque duele mucho perderlas. Pero al llegar a Guatemala, en el hotel Emilia vio varias guacamayas en una jaula y se empeñó en tener una. El loro se ha acostumbrado tanto a los niños que no se les despega y lo hemos traído con nosotros a San Salvador.

Desde el primer instante a Ana le fascinó el país, la cordialidad de la gente, la casa, y pasó por alto los problemas que el conflicto bélico provocaba. Aseveró que después de lo experimentado durante la Segunda Guerra Mundial aquello le parecía un juego de niños. Por nuestra parte, aún a sabiendas de la guerra civil que se libraba en el país, nuestra vida pasaba por una etapa feliz, porque con nuestros hijos nos sentíamos flotando en la dicha más pura. Además, tú estabas satisfecho con la labor que desempeñabas y te permitía contribuir con tu granito de arena a la pacificación del país a través de la capacitación de la gente joven.

Pero aunque en aquella época éramos muy felices con nuestra familia entera, aquella noche cuando oímos la balacera no lo éramos. A las siete de la noche, Ana, tú, los niños y yo estábamos en la terraza donde con intervalos irregulares parpadeaba la luz de las lámparas. De repente se oyó un estruendo ensordecedor seguido de llamaradas, y al final la ciudad entera quedó en tinieblas. No encendimos ninguna batería o velas; tus colegas nos habían recomendado comportarnos así en casos como éste: "conserven la calma, quédense en casa, no prendan ninguna luz, retírense de las ventanas y no hagan ruido".

Con el paso de los minutos el aire se llenó de otros ruidos: el tableteo de metralletas, bombardeos y el silbido de balas. Tuve ganas de gritar, pero me contuve para no asustar a Emilia y a Markus. Tú y yo con los niños en brazos corrimos a protegernos en los cuartos que daban a la piscina y largo rato permanecimos ahí sin movernos, hablando quedito. En cambio, Ana anunció con serenidad que se iba a dormir. "Por suerte me acuesto con la oreja sana sobre la almohada y la otra me falla tanto que podría aterrizar un avión a mi lado y no lo notaría". Quise pedirle que se quedara con nosotros y ella pareció adivinar mi súplica: "no temas, por suerte hay un hombre aquí en la casa" , sentenció y te señaló. Estabas tan asustado como yo y en broma preguntaste : "¿dónde?".

Más nos asustamos cuando por la parte trasera de la casa, el retumbar del tableteo de metralletas y el silbido de las balas atravesó las paredes del cuarto. Con el correr de las horas arreció el estrépito y se oía muy cerca. Me sentí como una rata acorralada, que no sabe hacia dónde correr. "No estábamos seguros en ningún lado. Las paredes de la casa no opondrían resistencia a las balas o a una bomba que cayera en el techo", pensé, y de inmediato deseché aquel pensamiento.

La batalla continuó, parecía interminable. Durante largo rato, nosotros no nos atrevimos a mover un dedo. Al final colocamos los colchones en el suelo y nos recostamos a un lado de los niños. Les conté el cuento de los tres cochinitos y el lobo feroz, y aseguré que no nos pasaría nada malo porque la casa era tan resistente como la que había construido el tercer cochinito del cuento, la misma que el lobo quiso tirar y jamás lo logró aunque sopló hasta quedarse sin aliento.

—Pero otra gente no tiene una casa como ésta y la van a matar o a herir —replicó Emilia mientras me miraba con los ojos muy abiertos.

—¿Quién te contó eso?

—Blanca. Dice también que los helicópteros que pasan cerca de nuestro jardín llevan a soldados muertos y heridos. Por eso me dan miedo.

Hasta ese momento, siempre había creído que Emilia tomaría el paso de los helicópteros al ras del jardín como parte de nuestra cotidianidad. No era así, a ella le inquietaba su sobrevuelo y los comentarios de la niñera le habían reforzado esa inquietud.

—No le creas a Blanca, a ella le encanta inventar historias que no existen. Yo ni soldados he visto por aquí —le dije con el afán de tranquilizarla.

—Yo sí, en la puerta del Dunkin Donuts siempre está un soldado, ¿qué hace ahí? y ¿para qué quiere el fusil? —preguntó.

—Él trabaja ahí haciendo las donas y el fusil lo necesita para hacerles el hoyo —le expliqué.

—¿Y los helicópteros para que los necesita?

—Para entregar las donas a domicilio —respondí y Emilia pareció satisfecha con mi explicación.

Odiaba engañarla, pero era una mentira piadosa para quitarle el temor a los estruendos nocturnos. Ella creyó que las historias de heridos y muertos eran producto de la imaginación de la niñera y que no había peligro. Y por fortuna Markus era demasiado pequeño para comprender lo que sucedía, y cuando estallaban las bombas creía que se trataba de fuegos artificiales.

Y mientras le llegaba el sueño, Emilia te contó las cosas que durante tu ausencia pasaban en la casa. Por ejemplo que a su abuela Ana le gustaba bañarse desnuda en la piscina y yo me preocupaba de que pudiera verla el jardinero. "Pero yo tengo mis dudas si ella tan viejecita y con los cabellos blancos pueda interesarle a él, tú qué crees, papá".

La memoria me regresa a la imagen del dormitorio en aquella madrugada. En algún momento cesaron los ruidos y comenzaba a adormilarme, cuando el brusco frenar de un vehículo en la calle, voces y portazos me hicieron levantarme de un salto. Entonces recordé lo que se rumoraba sobre las detenciones y torturas de que eran objeto los opositores del gobierno por parte de los escuadrones de la muerte.

—¿Qué pasa, Esperanza? —preguntaste tú, que también te habías despertado.

—No sé, acerquémonos a la terraza para ver qué está pasando en la calle —dije y salí de la habitación seguida por ti.

Al llegar a la puerta de vidrio de la terraza, aparté una esquina de la cortina que la cubría, desde ahí podía verse la calle sin ser visto. Arriesgamos una mirada hacia la calle y seguimos los sucesos con atención. Con la penumbra que prevalecía gracias a la luz de la luna, advertimos una camioneta en la calle y dos hombres abriendo la puerta trasera y tratando de meter a punta de culatazos a un muchacho en el interior. Éste se resistía y ellos gritaban: "Subversivo, hijo de puta". A su vez el joven se desgañitaba lanzando consignas a favor del comunismo y acusando al gobierno de venderse con los imperialistas del norte, y algunas frases más que me llegaron deformadas al mezclarse con el ladrido de un perro y que el viento se llevó. Siguió un golpe seco, un quejido lastimero, el cerrar de la portezuela y el sonido del motor anunciando su marcha.

Después todo quedó en calma.

Dejé caer la cortina y largo rato permanecí ahí sumida en mi perplejidad: las voces y las imágenes de lo que había sido testigo se mezclaron con mi somnolencia. Pensé que el ruido que oí al principio no sólo había sido el de la portezuela de la camioneta sino de la puerta de la casa de enfrente, y hasta me pareció haber visto por un instante la silueta de un hombre en el umbral y luego cerrarla de prisa.

"A mí también me lo pareció", comentaste cuando te expresé mi duda. ¿Quién era mi vecino? ¿Había colaborado en la captura del detenido? ¿Pertenecía a los escuadrones de la muerte? Quizás él no era trigo limpio; hasta entonces yo no lo había visto porque los vehículos que ahí entraban y salían llevaban los vidrios polarizados.

"Quizá cerca de nosotros habitaba un denunciante al servicio de la policía secreta", pensé. Pero, ¿lo había visto y oído? ¿Lo había soñado o imaginado? No estaba segura porque todo había sucedido muy rápido y tanto tú como yo estábamos adormilados.

—Mañana veremos en el periódico lo que pasó —dijiste.

—Eso no sale en el periódico ¿O sí? —te pregunté.

—Quizás no.

Intentamos conciliar el sueño, pero acosados por el sobresalto de nuevos disparos y el silbido de balas, permanecimos despiertos hasta que clareó el alba. Con el nacimiento del nuevo día menguó la intensidad del estrépito nocturno, hasta ser sustituido por el rumor del viento mañanero. Y apenas dieron las siete de la mañana telefoneé al colegio y pregunté si se suspenderían las clases aquel día, debido a los encuentros armados de la noche anterior.

—Esas contiendas ocurren a menudo desde hace una década. Si por ello interrumpiéramos las clases, entonces los niños nunca vendrían a la escuela —respondió la secretaria, habituada a ese tipo de alborotos.

Cuando salí a la calle vi que todo lucía como el día anterior y casi llegué a creer que mi imaginación me había hecho una mala jugada. A las afueras del colegio se detenían los autos de los padres de familia, la gente platicaba y reía como siempre. Después de dejar a los niños en el colegio, en compañía de la niñera fui al mercado cercano a una colonia populosa.

Al llegar a aquel lugar me encontré con un paisaje desolador. El resultado de los encuentros entre la guerrilla y el ejército se veían por doquier: casas bombardeadas, llantas incendiadas, aceras destrozadas, postes de luz caídos, paredes pintarrajeadas, y a mitad de la calle en medio de un charco de sangre, como si se tratara de un perro callejero, un cadáver a quien nadie se atrevía a acercarse. Una mujer se percató de mi asombro y comentó:

—Ese muchacho estuvo ahí desde la madrugada desangrándose como res en el matadero y con los ojos muy abiertos como pidiendo auxilio. De repente siento que pudo haber salvado la vida, pero nadie se atrevió a ayudarlo. Los guerrilleros siempre recogen a sus muertos y heridos para que no se sepa quiénes son. Pero a lo mejor hoy en las prisas no les dio tiempo de hacerlo o se les olvidó. Hace rato unos uniformados anduvieron preguntando en el vecindario si alguien sabía quién era el difunto. Todos negaron conocerlo pues nadie confía en quien lleva uniforme. Y el muerto no llevaba papeles consigo.

Después de un momento, en el mismo tono quedo añadió:

—Anoche los soldados entraron en las casas de por aquí y se llevaron a varios muchachos, quizá ya nunca más volverá a saberse de sus paraderos. O aparecerán tirados en algún basurero con el cuerpo lleno de marcas de quemaduras de cigarro y hasta partes cercenadas. Así pasa seguido, los agarran y torturan en los cuarteles para que denuncien a quienes pertenecen a la guerrilla. Lo peor es que a veces no saben nada o se trata de algún pariente, pues cómo van a denunciarlo. ¡Qué se le va a hacer!, así es la vida de los pobres —concluyó ella en un tono que mezclaba impotencia y resignación.

Horrorizada, sólo acerté a presionarle el brazo y murmurar que lo sentía mucho.

Al volver a casa, encendí la televisión para ver las noticias y saber lo que había sucedido la noche anterior. Pero sólo hubo información sobre la inauguración de un parque citadino por parte del presidente municipal, la visita de un cantante argentino, el alza del dólar y el estado del tiempo.

Tampoco logré descubrir la identidad de mi vecino de enfrente, ni aquel día ni nunca. Y cuando narré a la madre de una compañera de Emilia sobre lo que me contó aquella señora en el mercado y del cadáver nadando en un charco de su propia sangre, le restó importancia. Ella pertenecía a las familias acomodadas, quienes representaban una minoría de la población y a quienes no parecía tocar aquel conflicto. Ella y su familia vivían separadas de la realidad por una campana de cristal que las protegía de la violencia y la ruda realidad social de la mayoría. Vivían en un mundo feliz de casas lujosas, servidumbre, campos de golf, playas exclusivas y casas de vacaciones a la orilla del mar. Adujo que la represión y torturas a los opositores del gobierno eran embustes de resentidos pagados por Rusia y la guerrilla nicaragüense. Y el gobierno en turno lo que hacía era proteger a la población y combatir la subversión.

Una semana más tarde mi suegra se marchó.

Ana volvió un año después. Llegó la víspera de la Navidad y los niños al verla se precipitaron a abrazarla, seguidos de una guacamaya verde y amarilla que sobrevolaba sobre sus cabezas. Al escribir estas líneas me llega nítida la imagen del largo corredor hasta su cuarto, del sonido de su voz, su silueta vestida de azul cargando una maleta repleta de golosinas y regalos para los niños. La veo desempacando una muñeca, un auto, galletas, jaleas, dulces y cajeta de avellana, meterlos en los cajones del ropero y la maleta debajo de la cama. La veo enternecida mirando a Emilia colocar su diente de leche en una rendija cercana a la puerta de la terraza para que el ratón Pérez lo recogiera.

El día veinticuatro cuando Emilia y yo salimos al jardín ya estaba ahí Ana con un libro en la mano.

—Te gusta levantarte temprano —le dije.

—No. Lo que pasa es que los viejos ya no tenemos sueño —respondió.

Y al rato, mientras pongo la mesa para el desayuno, veo a Emilia entretenida platicando con su abuela. Hasta mi llega parte de su conversación. "Mis papás, aunque a veces discuten, también ríen y platican mucho. Papá siempre me corrige y dice que él oye y mamá habla. También quiero mucho a mi hermano". Emilia también le contó sobre sus nuevas mascotas: un pájaro con un ala rota y un lagarto sin cola que estuvo a punto de terminar sus días entre las fauces de un gato.

Por la tarde entre todos decoramos una palmera con esferas, estrellas y luces, mientras damos cuenta de los chocolates que Ana nos había traido de Alemania. Cuando terminamos de adornar la palmera y poner la mesa del comedor, nadamos un rato. Al final nos sentamos bajo la sombra de los naranjos y mientras echa la cabeza hacia atrás, Ana se percata de las miradas de borrego a medio morir que el jardinero lanza a Rosy, la cocinera, una joven de piernas torneadas y trasero opulento. Ella, al cruzar el jardín, frunce la boca en una sonrisa y contonea de aquí para allá sus prominentes caderas, provocando que él casi se corte los dedos en lugar de recortar los rosales.

—De lejos se nota que se muere por la muchacha y sería capaz de venderle su alma al diablo si ella se lo pidiera.

—Ellos son novios y están enamorados —sentencié.

Ana hizo un gesto de desaprobación con la mano.

—¡Qué va! Él estará enamorado, ella no.

—Pienso que sí.

—Tonterías. ¿Qué puede verle ella a ese cuarentón?

—Quizá tiene una belleza escondida: buenos sentimientos, cariñoso…

—Esa no es la base para una relación —añadió Ana —Rosy es muy atractiva y no va tardar en encontrarle sustituto, porque admiradores deben sobrarle.

—El día que eso pase, Manuel se va a morir de pena porque él sí la quiere. Aunque pienso que él haría buena pareja con la niñera y creo que ella lo quiere —respondí.

—Por desgracia, los hombres se enamoran por los ojos y no se fijan en los sentimientos. Blanca es tan buena como el pan, pero él jamás pondrá sus ojos en esa muchacha lomuda como un toro y con el trasero de un elefante —sentenció Ana, después suspiró y añadió—: Creo que es hora de empezar a preparar la cena.

Ana y yo horneamos pan y preparamos pescado al limón, camarones en mantequilla, papas al horno y pudin de mango. Fue una Nochebuena tropical con una cena a base de pescado, mariscos y frutas. Y por supuesto con el canto de villancicos, toma de fotos, reparto de regalos, música y mucha alegría. La mejor sorpresa de la noche para los niños fue entregarles dos conejos que compramos en el mercado.

A la medianoche, en el jardín asamos bombones en una fogata; quedaron algo quemados y sabían a humo, pero nos divertimos mucho. Después, Ana se metió a la piscina.

Ana amaba el agua y nadaba como un pez.

La noche del sábado, Emilia me está ayudando a responder la correspondencia.

—Pásame el contrato con la compañía de electricidad —me pide.

Al abrir la carpeta de pendientes se desprende un sobre y cae al suelo. Debe haberse traspapelado ayer que estuvimos revisando una caja con fotografías. Me inclino para recogerlo. Lo miro un instante y saco su contenido: una foto de Ana y nosotros. Si se hubiera tratado de cualquier otra, quizá no hubiera recordado la fecha en que la hicimos. Pero a causa de lo sucedido al día siguiente de tomarla me quedó grabada en la memoria. Ana está sentada en medio de Markus y Emilia. Tú y yo atrás de ellos. Observo mi pelo negro y suelto que contrasta con el rubio y recogido de ella. Fue el veinticinco de diciembre de 1991, el día que Ana, de manera trágica, desapareció de nuestra vida.

—¿Te acuerdas de lo que pasó aquel día? —me pregunta Emilia.

—Sí.

Era un día soleado con un cielo sin nubes y para Ana, una Navidad extraordinaria con sol y mar. Había dejado atrás la nieve, el frío y el verdadero invierno. Aquella mañana cuando el sol se había puesto en el horizonte y haces amarillos caían sobre el jardín, ella se levantó, despertada por la claridad tropical en lugar de la oscuridad invernal europea.

Durante el desayuno Emilia y Markus se mostraron ansiosos por marchar a la playa. Y apenas terminaron de desayunar, corrieron a cepillarse los dientes y a preparar su bolsa de baño.

—El café recién tostado y el jugo de mango supieron exquisitos. Todo estuvo delicioso, gracias Esperanza —dijo Ana al terminar de desayunar.

—Me alegra que te haya gustado.

En ese instante los niños salieron corriendo de sus cuartos. Traían bajo el brazo su bolsa de baño y anunciaron que ya estaban listos.

—También yo. Sólo me lavo los dientes y preparo unos panes con jamón —respondió Ana.

Aquel día fuimos al mar Emilia, Markus, Ana, tú y yo. En el auto tú y yo adelante, y en el asiento trasero Ana y los niños. Permanente bullicio, cantos y risas. Markus y Emilia pelearon porque él le arrancó la corbata a su conejo de peluche y ella de venganza tiró por la ventana la tela rosada con la que él solía dormirse. Gritos, acusaciones mutuas y una llamada de atención de nosotros. El paisaje verde que se deslizaba por las ventanillas producía un efecto tranquilizador y, quizá por ello, al rato ya reinaba de nuevo la paz en el interior del vehículo y en el aire el olor de las galletas de canela que Ana repartió entre todos.

Encendí la radio, busqué una estación a nuestro gusto y todos tarareamos la melodía.

—En un ratito ya estaremos nadando —dijiste.

—Mi amiga Berta me dijo que a lo mejor viene con sus papás a la playa, pero ellos dicen una cosa y luego hacen otra. ¿Crees que los papás de Tina Hernández vengan? —me preguntó Emilia.

—No lo sé. Pero si vienen van a llegar después de la comida.

—¿Trajiste tu traje de baño? —preguntó Emilia a Markus.

—Sí —respondió Markus, al tiempo que señalaba su bolsa de baño.

—El otro día por poco lo olvidas.

—Cuando Max era chico lo olvidaba a menudo, pero su olvido era intencional. Cuando lo llevábamos a la piscina al primer descuido se quitaba el calzón de baño y esa costumbre no se le quitó nunca —intervino Ana y añadió—: Una vez cuando tenía veintidós años, de madrugada se metió a nadar desnudo en una alberca pública. Alguien lo vio y denunció el hecho ante el encargado del lugar. Días después, Max recibió una carta de la oficina del orden público, en la que se le informaba el monto de la multa: veinticinco marcos. Aclararon que sólo impusieron dicha sanción porque daban por hecho que se había tratado de una acto irreflexivo y sin mala intención.

—La multa fue por nadar fuera de horario y sin permiso, y no por hacerlo como Dios me echó al mundo.

—Quién sabe —dijimos todos y reímos al unísono.

Cerré los ojos y te imaginé entrando al balneario público a la luz de la luna de una noche de verano, cómo subías la escalera, saltabas del trampolín, el rumor del agua cuando caías y cómo salías del agua con el cabello empapado pegado al cráneo y la cara ocupada por una sonrisa pícara. Creí descubrir atrás de aquella imprudente acción, tu deseo de hacer algo absurdo, banal, para llevarle la contraria a tu madre, lo cual te proporcionaría satisfacción.

Emilia se inclinó hacia adelante y tocó tu hombro.

—Yo creo que tú eras bien divertido, papá.

Tú sonreíste y le diste una palmadita en la mano.

—¿Verdad que cuando eras joven ganaste en las competencias de natación? —preguntó ella.

—Sí, pero al principio era tan miedoso que antes de echarse un clavado temblaba como gelatina —intervino Ana.

—Con esta madre para qué quiero enemigos —respondiste.

Detrás de la última curva aparecieron el mar y el edificio del nuevo hotel. Las olas iban y venían produciendo un suave rumor. El sol estaba en su apogeo cuando caminamos por el cemento ardiente del estacionamiento para allegarnos a la playa del hotel; los adultos cada uno con una bolsa de baño y los niños con una cubeta, rastrillo y pala de plástico para jugar en la arena.

Tú pediste una jarra de limonada mientras Ana y yo colocábamos toallas sobre tres tumbonas cerca de la piscina y nos recostábamos a tomar el sol. Los niños te retaron a hacer una competencia de carreras, y al cabo de un rato te dejaste caer en la arena, al tiempo que ellos tomaron tus sandalias.

"A que no nos alcanzas", te desafió Emilia y corrió en dirección al mar. Tú la perseguiste y cuando ya casi la alcanzabas, las arrojó al mar. Te zambulliste en el agua y enseguida saliste a la superficie resoplando y enarbolando las sandalias.

Tú, que habías dormido poco por terminar un informe de trabajo, ocupaste una tumbona a mi lado, encendiste un cigarro y desplegaste el periódico para leerlo. "Es tu turno", dijiste. Me levanté y los niños y yo nadamos durante largo rato en la piscina del hotel. Después me acosté en la tumbona a tu lado y saqué de mi bolso un libro, mientras ellos se disponían a construir un castillo de arena, rodeado de una muralla y un foso.

Cierro los ojos y veo con nitidez la escena de aquella tarde: cómo una gaviota vuela cerca de nosotros y aterriza en la superficie del agua. Tengo un libro en las manos, veo las tuyas sostener el periódico, cerca de nosotros están Emilia y Markus que con su pala y rastrillo en mano juegan en la arena. También a Ana. Ella tiene la mano izquierda sobre los ojos para cubrirlos del sol, mientras come los panes con jamón que se había preparado en casa. Escucho su voz.

—La vista del mar me fascina aunque también me hace pensar en su impetuosa fuerza.

No supe qué responder y me limité a mirar la gaviota atrapar un pescado y perderse en la lejanía.

Ana se limpia la boca con una servilleta y dice:

—Voy a caminar por ahí ...

—¿Quieres que te acompañe?

—No es necesario, Esperanza, no tardo, sólo quiero que se me baje la comida... —replica y se aleja con paso cansino, pero con la cabeza en alto.

Retomo la lectura de mi libro mientras me llegan las voces de los niños discutiendo si deben construir un foso para proteger el castillo del ataque de los enemigos. Al cabo de un rato me duermo.

Cuando despierto, las aguas del mar con el reflejo del sol lanzan destellos, las olas llegan a la playa y se retiran en forma de espuma. Murmullo de voces y el rumor del oleaje. Un hombre llama a su perro, le arrebata el palo que lleva en el hocico y lo arroja al agua. El animal corre tras el palo, lo recoge y vuelve hacia su amo. Los niños caminan por la playa. Emilia con su cubeta plástica recolecta conchas y piedras pulidas a la orilla del mar, y Markus con una vara dibuja un pez en la arena. A mi lado estás tú en traje de baño, un cigarro entre los labios y lentes de sol. Clavo la mirada en tus piernas flacas y peludas, mientras percibo el aleteo de un pelícano en el aire del atardecer.

Dejas el periódico a un lado y con la cabeza apoyada entre las manos, me preguntas por Ana; ya debía estar de regreso.

—¿Han visto a la abuela? —pregunto a los niños.

—Hace rato se metió al mar, hasta levantó la mano para saludarnos —responde Emilia.

Tú miras hacia todos lados buscándola con los ojos, y al no verla te levantas para indagar su paradero.

Claro que Ana sabía que con el estómago lleno no se debe nadar. Pero quizás el canto de las olas la invitó a sumergirse en el mar y ella no opuso resistencia. Entró, volteó, levantó la mano e hizo una seña a sus nietos. Ellos le devolvieron el saludo y la vieron perderse en la lejanía, en el mar que se unía con el cielo en el horizonte.

Nadie supo más de ella.

"Detente, Ana. Es peligroso nadar en mar abierto y sola. Aunque eres una excelente nadadora ya no tienes treinta años", le gritó una voz interior. Demasiado tarde. Si sólo lo hubiera pensado un instante, pero no lo hizo. Un repentino calambre le paralizó el cuerpo. Aterrada, luchó por mover las piernas y brazos que parecían de concreto. Aguantó la respiración pero al cabo de un rato se asfixiaba, necesitaba aire. Aspiró hondo, abrió la boca y sus pulmones se llenaron de agua salada. Una ola grande la envolvió y Ana supo que le había llegado la hora, sin tiempo para despedirse de nadie y de arrepentirse de sus pecados. Sin embargo, no opuso resistencia, se dejó arrastrar por aquel manto de agua y, antes de irse al fondo, lo último que vio fue el mar infinito y de un azul imposible.

Al cabo de largo rato, una turista canadiense que nadaba lejos de la playa vio un bulto flotar entre las olas. Se acercó y al ver que se trataba de un cuerpo, gritó pidiendo auxilio. El mar se tragó sus gritos y los cubrió con el rumor de sus olas. Cuando la joven ya estaba cerca de la playa, algunos bañistas la vieron jalando el cuerpo. Alguien llamó a la cruz roja, y fue cuando a nosotros nos sobresaltó la sirena de una ambulancia cuyo ulular terminó a la orilla del mar.

De un salto me pongo de pie y busco a los niños. Ellos siguen jugando con arena. Te echas a correr hacia donde se arremolinan los curiosos. Te abres paso entre ellos y ahí está ella: te arrodillas a su lado, la llamas a grandes voces y tratas de reanimarla dándole respiración de boca a boca. Ana no responde; está muerta. Entre los curiosos divisas a los Hernández, amigos nuestros y les pides que me llamen.

Los Hernández llegan hasta mí y en susurros me cuentan lo sucedido y ofrecen hacerse cargo de los niños. Markus y Emilia me miran desconcertados, sin acabar de comprender lo que sucede. "Por favor hijos, vayan con doña Maribel, yo iré más tarde a recogerlos y platicaremos sobre lo que pasó", les pido con el tono más sereno que soy capaz de expresar. Ambos intuyen que se trata de algo grave y, sin hacer preguntas, asienten con la cabeza.

Corro hacia donde se encuentran Ana y tú. El tramo de playa a recorrer me parece largo, el más largo del mundo. Cuando llego hasta ahí, me dejo caer a tu lado. Ana está tendida boca arriba y alguien le ha cubierto la cara con un trapo de playa. Tú estás a su lado; lívido como la cera, con la mirada fija en el mar y la cara embarrada de arena. Pareces al borde del desmayo. Abrazados, lloramos en silencio. Al cabo de una eternidad, con la vista baja, miro en torno a nosotros. Veo pies de mujer con las uñas pintadas de rojo, descalzos, con sandalias, pies de hombre descalzos y tostados por el sol, y cuando levanto la mirada me encuentro con varias cabezas inclinadas sobre nosotros, caras de ojos compasivos y curiosos.

¿Cómo pudo suceder esto si Ana nadaba como un pez? ¿Por qué se había metido al mar con el estómago lleno?, pienso, pero no te digo nada. Tampoco hay palabras de consuelo porque en momentos como ése no sirven de nada, carecen de sentido. Ni en mis peores sueños hubiera imaginado semejante fin para ella y en el lugar que más amaba: el mar.

Algunos voluntarios nos ayudan a colocarla a la sombra de un edificio en construcción, y la cubrimos con un trapo que alguien nos ha ofrecido. Al cabo de largo rato, desde la recepción del hotel me comunico con un empleado de una funeraria para que venga a recoger el cuerpo. El empleado me informa que por tratarse de una muerte no natural, tenemos que presentarnos a declarar el hecho en la oficina del Ministerio Público, y que el cuerpo primero será llevado al anfiteatro donde le practicarán la autopsia de ley.

Asiento con la cabeza, al tiempo que percibo ardor en las mejillas y arena pegada en mis brazos y piernas.

Mientras esperamos la llegada de la carroza, pienso en los últimos instantes con vida de Ana. Aquella mañana cuando se levantó de la mesa la noté pensativa, me había dado las gracias por el desayuno, pero había sido como si le estuviera dando gracias a la vida por lo que le había dado. "Nos vas a hacer tanta falta, Ana", murmuro y al igual que tú permanezco a su lado, asombrada como si aún no pudiera dar crédito de lo ocurrido.

El sol ya se esconde tras el horizonte y las primeras sombras de la tarde caen sobre la playa, cuando llega una carroza. Veo cómo bajan el chofer y su acompañante; cómo abren la cajuela y sacan un féretro; cómo, consternado, la contemplas; cómo su cuerpo es colocado en la caja y cómo ésta es empujada en la parte posterior del vehículo. Luego cómo cierran la cajuela y el auto parte, mientras una punta de la tela floreada que cubre a Ana queda afuera y revolotea con el viento.

Ana, que había amado la vista del firmamento y el mar, murió con la cara al cielo y recostada en una alfombra de agua en continuo vaivén. Quizás en sus últimos instantes se quedó mirando las gaviotas sobrevolando y oyendo la alharaca de los pelícanos. Quizás, mientras se alejaba bogando al capricho de aquel haz cristalino, soñó con el cuerpo de su amado Frederick tendido al lado del suyo y su mano rodeando su cintura: el paraíso. Quizás su corazón no pudo aguantar tanta felicidad y explotó.

Al salir de mis cavilaciones, veo el sol brillar en la superficie del agua. A esa hora todo está tan silencioso que sólo se oye el rumor de las olas. De súbito la playa me resulta extraña, el mar desolado y en el pecho siento el peso de una piedra. No obstante, intento conservar la calma para no aumentar tu aflicción y la de los niños. Me concentro en los innumerables trámites que debemos llenar para regresar el cuerpo a Alemania.

Una hora más tarde llegamos a la oficina del Ministerio Público. Es una oficina con dos ventanas frente a las cuales se encuentran dos escritorios y un par de sillas. Hace mucho calor y con las persianas bajadas y el lugar en penumbra, la agencia adquiere una atmósfera opresiva. El agente en turno nos ofrece asiento, pide nuestros documentos de identidad y dice: “siento lo sucedido a su madre y suegra, respectivamente, sin embargo tengo que hacerles algunas preguntas de rutina para dejar constancia de que el fallecimiento de la señora Ana Klug se ha tratado de un accidente. Cuéntenme todo desde el principio”, sentencia con un tono cortés, profesional, pero indiferente.

Al oír al agente pronunciar el nombre de Ana, el recuerdo de lo sucedido en aquel día insólito y tan largo cobró vida, las palabras me salieron como cascada y como en una telaraña fui hilvanando los hechos. Evoqué la escena en la playa, detalles que se grabaron en mi mente con intensa precisión. Describí paso a paso lo que habíamos hecho durante el día y dónde nos encontrábamos a la hora en que Ana se metió al mar. Tú hiciste lo propio.

—Usted dice que su suegra quiso hacer un paseo para que se le bajara la comida —me inquirió el agente.

—Así es.

—¿Supone que ella sufrió una indigestión?

—No lo sé, porque no advertí cuando se metió al mar. Aunque dudo que lo haya hecho de inmediato, ella era una persona cuidadosa y responsable con su salud. Pero como le repito no puedo decir cuándo se metió a nadar. Nosotros estuvimos todo el tiempo en la playa del hotel leyendo, y los niños estuvieron cerca de nosotros jugando en la arena. Eso lo pueden confirmar los empleados del restaurante y la gente que ahí se encontraba.

El funcionario guarda silencio y tamborilea con los dedos sobre el escritorio.

—¿Cuándo decidió usted ir a buscar a su madre?, señor Klug.

—Cuando desperté y no la vi por ningún lado y casi en el mismo instante oí la sirena de la cruz roja. Sería alrededor de la una de la tarde —respondes tú.

El agente vuelve a tamborilear con los dedos, se quita los lentes, los limpia, se los pone, y tras un corto silencio da por terminado el interrogatorio.

—Necesitamos un certificado de defunción para que el consulado alemán lleve a cabo los trámites del traslado del cuerpo —dices tú.

Él asiente con la cabeza.

—Pienso que la autopsia arrojará que se trató de un accidente y mañana podrán pasar por el nosocomio para recoger los resultados de la autopsia y el certificado.

Cuando salimos de ahí ya pasan de las nueve de la noche y estamos agotados. Habríamos deseado dormirnos enseguida, pero teníamos que ir a casa de los Hernández a recoger a los niños.

Cuando llamo a su puerta, encuentro a Maribel y a su marido viendo la televisión, sus hijos y los míos están jugando en el patio. Les pido una disculpa por las molestias que les hemos ocasionado.

—Para eso están los amigos —dicen ellos, nos dan el pésame y ofrecen su ayuda.

Una vez en casa, cuando voy a la cocina, en el fregadero miro los trastos del desayuno. Apenas hacía unas horas ella había comido y bebido en algunos de esos platos y vasos. Apenas hacía unas horas había estado ahí, reído y platicado con nosotros.

Saco del refrigerador una jarra de limonada, ensalada, queso y pan. Ninguno de nosotros prueba la comida, se nos ha ido el apetito. Por fortuna los niños han cenado en casa de Maribel y cuando los llevamos a acostar les explicamos lo sucedido con su abuela y ofrecemos contestar todas sus preguntas. También que si desean pueden dormir en nuestra cama.

La muerte de Ana afectó mucho a Emilia. A la mañana siguiente, cuando la buscaste para que viniera a desayunar, la encontraste sentada en el jardín, deshojando una flor. La imitaste. Desde la terraza, los vi cuchicheando y sólo oí pedazos aislados de su conversación: "¿Te gustaba?", "Mucho. Mi abuelita me trajo una muñeca, un broche para el pelo y libros de canciones y de aventuras... Mamá y ella eran como amigas. Siempre que ella decía que en Alemania los niños hacen esto de este modo o de éste otro, mamá sonreía y le respondía que en México lo hacen de este otro modo. Y la abuela no le volvía a replicar", dijo con un hilo de voz y se echó en tus brazos. Tú la abrazaste en silencio. Después, le hablaste largamente hasta que la sombra de un pájaro cruzó el cielo y la distrajo. Y cuando te pusiste de pie, en la cara de ella advertí una leve sonrisa.

Después de desayunar vamos a la funeraria. Markus es demasiado pequeño para captar el alcance del suceso. Tú vuelves a explicarle a Emilia lo ocurrido y le aseguras que la abuela no sufrió. Ella al ver a Ana en el féretro se abraza a nosotros y haciendo pucheros dice que la extrañará mucho.

Al salir de ahí, enfilamos hacia el anfiteatro para conocer los resultados de la autopsia: el patólogo supone que Ana debió padecer un calambre, intentó darse la vuelta y en ese intento tragó agua. Por eso la causa del deceso no había sido una indigestión como yo había pensado, sino el agua que entró en sus pulmones. El médico nos entrega el acta de defunción, la que junto con los documentos de identidad de Ana llevamos al consulado alemán para arreglar la repatriación del cuerpo. Mientras narras a un funcionario del consulado lo sucedido, te observo. La expresión de tu cara delata una honda pena y serenidad a la vez; en tu gesto parecen juntarse la fatalidad y la dignidad.

Pasa de la una de la tarde, cuando abandonamos el consulado y entramos a un restaurante.

—¿Dónde podemos llevarle flores a la abuela si ella ya no está aquí? —pregunta Emilia al terminar la comida.

—Al mar, a ella le gustaba... —propones y dejas la frase inacabada.

—Buena idea. Ella amaba el mar, los paseos en barco, y en el atardecer mirar el sol esconderse en el horizonte y reflejar sus últimos rayos sobre las aguas —tercio yo.

Al atardecer, compramos rosas en una florería y nos dirigimos a la playa. A esas horas, el paisaje estaba envuelto en la luz de incendio del sol del crepúsculo, y el mar tan azul como el cielo. Nos descalzamos, arremangamos los pantalones, rezamos una oración en su honor, arrojamos las rosas al mar y nos quedamos ahí viéndolas desaparecer entre la espuma de las olas. Retengo aún las imágenes de aquel día, la mirada fija de Emilia, tu gesto inalterable y Markus con una rosa roja en la mano, roja como el sol en el horizonte por donde se había ido Ana.

Con la muerte de Ana algo en ti se sumergió en el caos, y los meses que se sucedieron trabajaste con ahínco porque la actividad excesiva te liberaba de hurgar en tus sentimientos y emociones. Nunca mencionaste tu tristeza por su pérdida. Tampoco tu impotencia por no haber podido ayudarla cuando lo necesitó. Era como si hubieras querido arrancar de tu mente lo sucedido cubriéndolo con un velo de silencio y falsa serenidad. Pero, aunque querías ocultarlo en las arrugas de tu frente y tu pensativa mirada, se reflejaba tu sufrimiento. Yo lo notaba cuando clavabas la vista en la distancia con un gesto que delataba tus sentimientos. Cuando percibías que te observaba, cambiabas tu expresión cabizbaja por un semblante vivaz; una perfecta pantomima para el telón de fondo de la pena que te embargaba. Te ofrecía desahogarte y contarme tus sentimientos. Pero replicabas diciendo que estabas bien.

Sin embargo, no lo estabas y actuabas con dureza contigo mismo. Me dolía verte prisionero de principios que siempre rechazaste, pero los hombres no lloran. Tampoco muestran un ápice de debilidad sino que se conducen con dignidad y fortaleza. No obstante, yo sabía que cuando te quedabas mirando a la nada, estabas pensando en Ana.

Tu inquebrantable control y silencio eran un lado desconocido para mí y no quedaba con tu modo de ser. ¿Quisiste acaso comportarte como pensabas que a tu madre le hubiera gustado? ¿Quisiste así mostrarle cuánto la querías? ¿Te sentías culpable por no habérselo demostrado antes? ¿Por haber desperdiciado el tiempo en rencores y discusiones banales, en lugar de aceptar que los seres humanos son diferentes y debemos aceptarlos como son? ¿Porque sólo la juzgaste por su lado negativo y no viste las cosas buenas que había hecho por ti, los buenos momentos a su lado, su esfuerzo por hacer de ti una persona de bien? O bien, muy a tu pesar había una parte de su carácter en el tuyo y te quedaste atrapado en él.

¿Cuánto tiempo tardaste en recuperarte de su pérdida? Lo ignoro. No obstante, el dieciséis de enero de 1992, cuando te enteraste de la firma de los acuerdos de paz entre la guerrilla y el gobierno salvadoreño en el castillo de Chapultepec, en México, por primera vez mostraste un sincero ánimo festivo. Aquel acontecimiento te devolvió la sonrisa y me mostró que aún tenías fe en la vida.

Levanto la vista, la deslizo por la habitación y la detengo en la mirada fija y la sonrisa congelada de la mujer del cuadro colgado en la pared. En la esquina inferior derecha está la firma del pintor y la fecha en que terminó el cuadro. Santa Cruz, Bolivia, 1995. De ese país guardo muchos recuerdos. Algunos agradables y otros desagradables.

Mientras recorro la sala de nuestro departamento, evoco una lejana tarde de primavera, cuando festejábamos el cumpleaños de Emilia; la veo apagando las velas de su pastel. A los agasajos de nuestros hijos acudían no sólo sus compañeros sino los hermanos de ellos, sus madres y varias niñeras. En sus fiestas, a diferencia de otras y a petición nuestra, los niños acudían vestidos con ropas sencillas para que jugaran sin temor de arruinar sus finas vestiduras. El cajete, en torno al árbol de mango, lo llenábamos de arena húmeda y legos para que pudieran construir lo que quisieran. En aquella ocasión, como de costumbre, organizaste competencias de carreras con los pies dentro de un costal, y cubetas con agua donde flotaban manzanas y el que sacara la mayor cantidad con la boca ganaba un premio; también jugabas a enredar a los chicos como momias con papel sanitario y a la búsqueda del tesoro, poniendo señales por toda la casa y los alrededores.

Mientras tanto, las madres y niñeras bebían café y comían empanadas, bocadillos de atún, pollo y queso. Entre juego y juego los niños también comían bocadillos y bebían refrescos. Más tarde rompían una piñata, cantábamos las mañanitas y partíamos el pastel. Y al anochecer, cuando todos ya se habían marchado y la casa parecía un campo de batalla, Emilia abría los numerosos regalos…

En los años noventa, en Bolivia las diferencias sociales eran enormes. Una minoría vestía ropas caras y zapatillas importadas de los Estados Unidos o de Europa, en cambio el resto de la gente calzaba y vestía cualquier cosa. Unos cuantos habitaban en residencias lujosas y rodeados de sirvientes, otros más vivían en modestas casas y una gran parte de la población en chozas paupérrimas.

Y por aquel entonces, el país aún se encontraba sumido en la lucha contra el narcotráfico y no era raro ser testigo del asalto de la casa y la aprehensión de un "pez gordo" por parte del servicio secreto norteamericano. Tampoco de las luchas internas por el poder y atentados a algún político incómodo, como por ejemplo la explosión de un helicóptero en el aire.

Este último recuerdo provoca que mis pensamientos se deslicen hacia otro escenario. Estamos en las instalaciones de la feria de una ciudad de la zona tropical de Bolivia. El sol ya se esconde en el ocaso y en el aire se difunde una cumbia. Hay puestos de ropa, comida, bebidas, lotería, apuestas, juegos mecánicos y toda clase de espectáculos. Nos detenemos a ver un rodeo. Impresionados, Markus, Emilia, tú y yo miramos cómo los jinetes saltan de un caballo hacia el lomo de un toro. Uno de ellos calcula mal el salto y cae al suelo. Con claridad oímos el chasquido de los huesos de su brazo al romperse. El organizador del evento no detiene el espectáculo. Tampoco parece importarle que el vaquero se haya lastimado. Se limita a ordenarle que se levante y a pedirle a un ayudante que llame a otro para que lo sustituya. El herido abandona el rodeo como puede y sin que nadie lo ayude. "¿Tendrá seguro médico, un puesto de trabajo seguro? O ¿será sólo un trabajador temporal? Quizá tiene una numerosa familia que alimentar...", me pregunto.

De súbito, una voz salida de los altoparlantes me arranca de mis cavilaciones: "interrumpimos un momento la música para comunicarles que el helicóptero donde viajaba el candidato a la alcaldía municipal acaba de estrellarse en un cerro cerca de aquí. No hay sobrevivientes. Enviamos nuestro más sentido pésame a su madre, quien al igual que muchos de sus seguidores se encontraba en la plaza de toros cercana al lugar de la tragedia...".

Enseguida imaginé que se había tratado de un asesinato, pues el candidato era un joven emprendedor, ajeno al partido en el poder y que deseaba cambiar el orden arbitrario de las cosas. Pensé en la madre del político, en cómo se habría sentido al ver incendiarse la avioneta donde iba su hijo, y supuse que ella quizás asumiría la candidatura.

La noticia me impactó tanto que esa misma noche comencé a escribir la primera escena de mi novela *La Alcaldesa*.

> Emiliano Quiroga, el candidato a la Alcaldía de Santa Ana, abandonó la plaza de toros, oyendo a sus espaldas aplausos y las voces de la multitud. Él no pudo disfrutar de las muestras de afecto de sus seguidores porque, a última hora, el jefe de su campaña le notificó un cambio en los planes. Por eso, al finalizar su discurso y rodeado de cinco colaboradores, se encaminó a la salida. Al pasar al lado de Camila, su madre, le dio un beso fugaz en señal de despedida.
>
> Y mientras en el recinto se escuchaba el ole, ole, el toro salía a la arena y dos novilleros ondeaban sus capotes llamando su atención y esquivando sus acometidas. Emiliano llegó a la improvisada pista de aterrizaje y abordó la avioneta a las 17:09 horas. En medio de un torbellino de polvo y el ruido de los motores, la máquina levantó el vuelo. Casi al instante algo crujió en su interior y se tambaleó. Volvió a tomar impulso, ronroneó cual bestia agónica, zigzagueó de un lado para otro y se precipitó pesadamente a tierra, cerca de un grupo de árboles. Luego se escuchó un golpe seco, seguido de una explosión y la aparición de llamas...
>
> El retumbar del estallido discorde llegó nítido hasta la plaza de toros. Dominada por un mal presentimiento la gente enmudeció como si se le hubiera atravesado una bola de masa en la garganta. Un segundo estallido les sacudió la parálisis y todos corrieron hacia la salida. Se armó un pandemónium. El torero arrojó la capa al piso y se unió a la muchedumbre. Nadie se acordó del toro que, sin saber adónde dirigirse, optó por echarse pachorrudamente en medio de la arena.
>
> Al llegar a la salida, Camila vislumbró a lo lejos las llamaradas que, cual lenguas anaranjadas se trenzaban en el aire para

enseguida fundirse en una columna de humo. Acezando por la carrera y sin importarle el peligro, intentó acercarse a la avioneta. No pudo y cayó de rodillas contra el cielo rojizo del ocaso. Intentó ponerse de pie, pero continuó clavada en la tierra. ¿Qué había pasado con sus piernas que no le respondían? Se arrastró por el suelo. La gente se le fue acercando. Sintió asfixiarse, el aire no entraba a sus pulmones. Quiso hablar, tampoco pudo, tenía la lengua pegada al paladar. Haciendo un esfuerzo sobrehumano logró abrir la boca y suplicó:

—Ayúdelos, busquen a un médico.

Alguien le respondió:

—Ya no vale la pena. Es demasiado tarde.

—¿Qué quiere decir con que es demasiado tarde?

Levantó la mirada y, al ver la avioneta convertida en una bola de fuego, tembló con todo el cuerpo y le zumbaron los oídos. Súbitamente la asaltó el bisbiseo de voces que le hicieron pensar en los murmullos en una iglesia. Aquel remolino de rumores aumentó hasta convertirse en un galope de caballos sobre piedras. Se tapó los oídos y con el pelo revuelto sobre la cara, se quedó suspendida, oscilando en un espacio vacío. Entre la multitud, Camila creyó distinguir al agorero, Atonal, enfundado en una túnica encarnada, arrojando al aire un puñado de hojas de coca y pronunciando un augurio aciago. La visión duró el tiempo inasible que transcurre entre el inicio y la terminación de un suspiro. Fue entonces cuando ella empezó a gritar, sintiendo la muerte deslizarse a su lado. Su clamor se ahogó en el crepitar de las llamas. Adelante, a los lados y atrás, rostros de curiosos y por encima de ellos, una nube de humo. Silencio. Sólo se escuchó el arrastrar de pies levantando el polvo del suelo.

Todo desapareció, las siluetas humanas, los gritos, las llamas y el sol, y ella se dobló como muñeca rota.

La memoria me trae una imagen de nosotros en aquel tiempo. Es un domingo por la tarde y estamos en un restaurante cercano al Río Piraí comiendo carne asada. Contemplo el río que en el crepúsculo aún está iluminado por la claridad rojiza del sol, percibo la suave brisa, los papagayos sobrevolando entre los árboles, el ruido de los cubiertos y el tintinear de vasos.

Aquella tarde festejábamos que por fin habíamos terminado de colgar los cuadros y colocar los muebles de la sala en su lugar, después de que los albañiles terminaron de tapar las hendiduras existentes entre los marcos de puertas y ventanas, por donde se filtraban desde hormigas hasta cucarachas voladoras. También por ahí entraba el polvo que siempre encontraba un resquicio por donde colarse y mezclado con la humedad del aire, en un abrir y cerrar de ojos, lo cubría todo —la ropa, los zapatos, los libros— con una pátina mohosa.

A decir verdad, en todas las casas que vivimos siempre encontraste algo que reparar o mejorar. Creo que a ti te agradaba tener trabajadores en casa, compartir con ellos la comida y un cigarro. Quizá lo hacías porque aquellas labores te igualaban a ellos. O quizá para jugar el papel de patrón. Quién sabe.

Durante mi estancia en Bolivia escribí regularmente cuentos y poemas para la sección cultural de los periódicos locales, y fue entonces que saqué del fondo de un cajón del escritorio las hojas escritas en África. Tú te empeñaste en publicarlas y te pusiste en contacto con varias editoriales mexicanas. No te desanimaste aunque no recibimos ninguna reacción, pues nadie se tomó la molestia de leerlo o responder.

Un día alguien te sugirió mandarla a un agente literario en Alemania y se lo enviaste a Ingrid Kleihues. Semanas más tarde, ella nos envió un fax para informarnos que estaba dispuesta a representarme. Consideraba bueno el texto, pero eso no era ninguna garantía para que una editorial lo tomara. No sólo yo era una autora desconocida sino que el manuscrito estaba escrito en español y había que considerar los costos de traducción al alemán.

Diez días más tarde, recibimos otro fax donde nos informaba que la editorial Krüger, filial de la renombrada editorial Fischer estaba decidida a publicarla. Y seis meses después, una indescriptible emoción me dominó, cuando recibí el primer ejemplar de *Boda Mexicana*. Como si se tratara de un hijo lo apreté contra mi pecho con infinita ternura y con embeleso contemplé la portada: una foto color sepia de una pareja mexicana de principios del siglo veinte.

En los años de nuestro recorrido por diversos países, estuve contenta de poder experimentar aquel sentimiento de novedad y de permanentes vacaciones. No nos asustaron las incomodidades; las encontrábamos como un evento curioso que enriquecía nuestras experiencias. Casi enseguida nos acostumbrábamos a los ejércitos de hormigas que en cualquier descuido atacaban los restos de comida, a los sapos enormes que aparecían en la tina del baño, las cucarachas voladoras rondando por los armarios, a las iguanas interrumpiendo nuestro sueño con sus chillidos y a despertar con el croar de una rana en la oreja, a las víboras arrastrándose por la terraza, los murciélagos rondando en el aire y a las hienas merodeando en el camino. Al contrario, vivimos en la ilusión de una eterna fiesta.

Tampoco nos arredró vivir en medio del desasosiego político; amenazas de golpe de estado en Guatemala, guerra civil en San Salvador, guerra al narcotráfico en Bolivia, etcétera. Todo aquello agregaba un sabor a riesgo, y los eventos de que fuimos testigos me sirvieron de inspiración para escribir mis próximas novelas *El Balcón de las gardenias* y *La Alcaldesa*. Además, el continuo viajar tenía su lado agradable: conocer un nuevo país, paisaje, gente, costumbres y culturas, disfrutar del sol, mar, playa y disponer de un jardín grande donde podía plantar flores, frutas y verduras, y la posibilidad de hacer labor social. Me gustaba impartir clases de alfabetización y salud entre quienes lo necesitaran, al igual que sembrar toda clase de semillas de flores, frutas o verduras. En África logré obtener chayotes, en Guatemala rosas de varios colores, en San Salvador sembré con éxito hibiscos, aguacates y chiles. Y en el jardín de Bolivia diseminé semillas de naranja, limón, toronja y papaya. Tuve mucha suerte con los cítricos y cinco años después vi dar frutos a una docena de arbolitos de limón y toronja que doné a un parque recreativo.

Además, nos resultaba fascinante ese continuo trajinar, empacar y desempacar de baúles, volver a acomodar la ropa, la vajilla y los libros en nuevos armarios, y comprar nuevos muebles o armar los anteriores. En un par de días, con la ayuda de la gente de una firma de mudanza, nuestra nueva casa ya tenía el aspecto de un hogar.

No obstante, llegó el día en que las mudanzas de un país a otro cambiaron de aventura a pesadilla. Sin duda era una vida fascinante plena de novedades, pero donde siempre teníamos que decir adiós a los amigos y a los empleados, que por la estrecha convivencia pasaban a formar parte de la familia, y a veces dejar tras de sí a nuestras mascotas.

La decisión de volver a Alemania la tomamos el día que en la escuela a Markus le preguntaron de dónde venía y respondió:

—No lo sé. Mi madre es mexicana, mi padre alemán, nací en Guatemala, hice el kínder en San Salvador y ahora vivo en Bolivia.

—¿Y tu hermana?

—Tampoco lo sé. Ella nació en Stuttgart, Alemania y lo primero que habló fue inglés porque cuando ella era pequeña mis padres vivían en África.

En el año 1999 arribamos a Alemania con siete maletas: cuatro llenas de ropa y tres de libros. Seis semanas más tarde, cuando llegó el contenedor con nuestras pertenencias, ya estábamos instalados aquí. La vivienda llena de luz, rodeada de verde y de olor a hierba, y lugar para todo —muebles, libros, plantas y fotos—, nos gustó y enseguida se convirtió en nuestro hogar, donde resonaban por igual palabras en alemán que en español.

El departamento lo encontramos en un suburbio de Stuttgart que fue habitado por americanos después de la Segunda Guerra Mundial y hasta fines de los noventa. Edificios de los años cincuenta ordenados en líneas, de paredes pintadas de beis y azul, y rodeados de jardines y campos. En invierno la nieve parece un turrón sobre los tejados. En verano los niños corretean por los jardines, y al anochecer los balcones se iluminan con la luz de las velas y se llenan de murmullos y risas.

La colonia está rodeada de granjas y un club de golf. Al otro lado de la avenida se atrinchera un pequeño aeropuerto y hay sembradíos que conducen hacia otros pueblos existentes desde hace una eternidad, divididos por ringleras de árboles y sembradíos de maíz, trigo y colza.

En aquella época, en la plaza del pueblo había una oficina municipal, una carnicería y una panadería. Pero en los últimos trece años se construyeron la actual panadería, la cafetería, la papelería, la farmacia y el restaurante italiano donde en verano ibas a comer sopa de tomate fría, y en invierno a beber chocolate caliente. Y nuevos edificios se propagaron como fuego en un trigal.

Un par de calles adelante se sitúa la escuela superior donde comenzaste a dar clase. A ti la enseñanza, la preparación de las clases y la corrección de exámenes te tomaban buena parte de tu tiempo. A pesar de ello, siempre encontraste tiempo para ayudar a nuestros hijos en sus tareas escolares, ver el fútbol los fines de semana y pasear con la familia, acudir al teatro, a un concierto y por la noche beber conmigo una copa de vino a la luz de las velas.

Los muchachos que habían vivido en tres continentes, en medio de una guerra civil, golpes de Estado, balaceras entre bandas de narcotraficantes, adversarios políticos y bichos venenosos acechando en algún rincón de nuestras casas, pronto se acostumbraron a todas las cosas nuevas: el clima, las costumbres, escuela y a los alrededores. Y nuestro nuevo hogar se convirtió en nuestro pequeño mundo.

Los años transcurrieron y en un abrir y cerrar de ojos Emilia y Markus terminaron el bachillerato y se mudaron de casa para acudir a la universidad. Primero ella y él tres años después. Terminaron las comidas del mediodía y las conversaciones diarias a la hora de la cena, los paseos familiares de los fines de semana, recogerlos de la disco, las idas al cine y las vacaciones con ellos. Al quedar el nido vacío entristecí. Pero tú, con imperturbable serenidad me ayudaste a aceptar y gozar la nueva etapa de nuestra vida. Me arrastrabas a toda clase de eventos que considerabas que me gustarían. Me llevaste al concierto de Paul Pott, a ver el ballet de *El lago de los cisnes, La fierecilla domada*, al estadio de fútbol, a bailar salsa y hasta a una pelea de box. Cocinabas conmigo, viajábamos a algún lugar, pero sobre todo me dabas el sentimiento de que todo estaba bien. Así, poco a poco me fui acostumbrando a vivir como habíamos empezado; sólo los dos.

¿Recuerdas que desde que nos instalamos en Alemania, tomamos el hábito de permanecer en el balcón hasta bien entrada la noche, sentados uno al lado del otro, para en la oscuridad rota por la claridad de una vela contemplar el cielo y buscar la constelación de estrellas que lo iluminaban? Con el tiempo aquella costumbre se convirtió en un ritual de verano y hasta principios del otoño, cuando los árboles comenzaban a pintarse de amarillo, dorado y rojo, y al final perdían el follaje. Y al abrirse paso el invierno con su manto de nieve y su aroma a canela, a almendras tostadas y a vainilla, se cerraba el balcón. No obstante, nuestra vida continuaba tranquila y sin cambios bruscos.

Por algún tiempo pensé que lo sucedido la madrugada del veintiocho de enero de 2012 destruyó mi hogar, pero entre tanto me he dado cuenta de que en realidad comenzó a resquebrajarse cinco meses antes. La primera señal fue quizás el presagio que tuve una noche de otoño del 2011, cuando me encontraba en México.

En el sueño estaba de pie en la cima del cerro de Tula, con una ciudad blanca a mis pies y arriba un cielo sin nubes. A mi lado se erguían los Atlantes, en cuyos rostros pétreos centelleaba el sol. De súbito, éste se apagó, un relámpago desgarró el cielo y fue a reventar con un estrépito ensordecedor en las imponentes efigies, que rodaron cuesta abajo, levantando una nube de polvo. Al cabo de un rato, cuando la polvareda se aquietó, pude verlas en el fondo del abismo convertidas en añicos.

Al despertar aún me pareció oír el estruendo del rodar de las estatuas y que terminaba con un estallido como si predijera el final de un modo de vida. Me pregunté si aquel sueño era un augurio como el que tuve sobre mamá y tomé como un modo de expresar mi loca imaginación.

En aquella ocasión soñé que estaba en Los Remedios, y mamá y yo íbamos a bordo de mi auto. De pronto en una callejuela oscura, ella me pedía que bajara y se sentaba al volante. Yo le preguntaba desde cuándo sabía manejar. Sin responder arrancaba, dejándome tras de sí. "Espérame", le gritaba. No hizo caso. El vehículo se perdía en las tinieblas y yo me quedaba parada en aquel callejón, sin comprender su actitud.

Resignada echaba a caminar de regreso a casa. Cuando iba a dar la vuelta en la esquina, sobre la pared se dibujaba una sombra. Al levantar la mirada, ahí estaba ella con su piel transparente y su aroma a violetas. Lucía frágil como una hoja marchita en el otoño. "¿Por qué me dejaste?", le preguntaba. "Lo siento Esperanza, pero tengo que irme y adonde voy tú no puedes venir", sentenció y se esfumó tan rápido como apareció.

Dos días después murió mamá.

La inquietud que me produjo la pesadilla sobre las estatuas de los Atlantes me persiguió por unos días. Pero se esfumó como el humo de un cigarro en el aire por la emoción de presentar mi novela *La Primera Reina Tolteca* en el escenario donde siglos atrás se habían levantado pirámides, el Salón de los Códices y dónde habitó el dios Quetzalcóatl y un pueblo que por su sabiduría lo llamaban tolteca, *el que sabe*.

A mediodía, cuando bajé del auto para dirigirme al lugar del evento, me detuve un instante al pie de la escalera. Desde ahí vislumbré el sol en su cenit, cuyos rayos centelleaban sobre los rostros de los Atlantes. Frente a las monumentales efigies, un sacerdote tolteca y su séquito de danzantes me dieron la bienvenida con una bendición, oraciones, danzas y en medio del humo de los incensarios en donde se quemaba copal.

Y un rato después estaba yo en aquella plaza detrás de una mesa leyendo del libro *La Primera Reina Tolteca*. Frente a mí tenía a doscientos oyentes que seguían atentamente la narración que describía la grandeza de Tollan, un pueblo sorprendente, y cómo el soberano Mitl descubre en Xiuhtlatzin el amor, y juntos encumbrarán a una nación destinada a la luna y el sol. Concluí la lectura narrando la conversación de ambos ante el lecho de muerte del soberano:

> La vida es como el cauce de un río, donde todo navega y nada permanece. Un verdadero guerrero sigue el derrotero de la vida con respeto, humildad, y al servicio de nuestros dioses, no se aferra a la vida y acepta la muerte como tal y como ellos nos enseñaron. Todos debemos emprender el mismo camino. Unos antes. Otros después —sentencia él.
>
> Vivirás. Voy a buscar a Yolihuatl. La chamán conoce el poder de muchas plantas, sabe preparar bebidas, ungüentos y... —replica Xiuhtlatzin.
>
> No la busques. Ya nadie puede cambiar la voluntad de los dioses. ¿Sabes?, en todos estos días de enfermedad y descanso, me he ido desprendiendo de mis sentimientos sombríos y aceptado con serenidad la partida final. Me alegra dejar este cuerpo maltratado, así como la serpiente deja su vieja piel. En cuanto a mi espíritu, ya he descargado mis errores con el Recogedor de Inmundicias. Cuando llegue el amanecer emprenderé el camino hacia el otro mundo. Nuestra vida en la tierra sólo es transitoria, nuestro verdadero hogar está al lado de los dioses, donde no existe

la enfermedad, el hambre ni los malos sentimientos. Mi espíritu seguirá vivo porque es como la serpiente que muere y renace de sí misma al cambiar de piel, y aunque no me veas estaré cerca de ti. Habitaré en tus sueños por siempre..

Los oyentes se levantaron y aplaudieron. En los siguientes quince minutos respondí preguntas. Después vino la firma de ejemplares y el evento terminó en jolgorio cuando se abrió el bufet preparado para la ocasión. Hubo gran variedad de platillos típicos de la región: mariscos, pescado, carne de res, mole, guacamole, bebidas a base de tuna, jamaica y arroz. Sobre las mesas cubiertas de bordados manteles, los platillos y las jarras con bebidas típicas formaban un calidoscopio de colores.

Mientras comía me rodearon algunas personas que querían hablar conmigo sobre el argumento del libro. "Esperanza", una voz conocida pronunció mi nombre y entre los asistentes descubrí a mi amiga Marisa. Su voz gruesa me regresó a la memoria los años de convivencia en la infancia, adolescencia y la época universitaria. Dejábamos de vernos por largo tiempo, pero cuando volvíamos a encontrarnos era como si nos hubiéramos visto el día anterior. Entre ella y yo existía una amistad a prueba del tiempo y la distancia.

Con paso seguro se dirigió hacia mí. "Gracias por venir de tan lejos para acompañarme en este día", le dije. "Si soy honesta te diré que no lo hice tanto por acudir a la presentación de tu libro, sino porque quiero hablar contigo". "¿Por qué?", le pregunté. "Se trata de Roberto. Estoy a punto de tomar una decisión radical...". Ella miró a nuestro alrededor y notó que algunas personas esperaban a una respetable distancia. "Veo que estás ocupada, pero podemos hablar más tarde, ¿dónde estás hospedada?". "En el Principal". "Estamos en el mismo hotel". "¿En serio?", le pregunté. "Claro". "Entonces podemos encontrarnos allá y cenamos juntas". "De acuerdo, Esperanza". "Te espero a las ocho en el restaurante", le dije, la abracé y me despedí de ella.

Durante la cena evocamos nuestra época universitaria, cuando ambas llevábamos el cabello largo, vestíamos minifalda y creíamos que el mundo nos pertenecía y podíamos lograr cuanto quisiéramos con sólo desearlo. La época en que ella y yo, a pesar de que estudiábamos y trabajábamos, nos dábamos tiempo para acudir a demostraciones de campesinos, obreros, y los fines de semana a veladas estudiantiles donde con el corazón rebosante de fervientes ideas sociales cantábamos canciones que hablaban del Che Guevara, Emiliano Zapata, declamábamos poemas de Pablo Neruda y debatíamos con energía sin límite sobre política, literatura, y como reza el título de un libro de García Márquez, *Del amor y otros demonios.*

—Todo eso queda tan lejos. Me acuerdo de las reuniones con cigarros, tequila y el sentimiento de poder cambiar el mundo. Pero de cómo queríamos conquistar las calles y los auditorios universitarios no puedo acordarme —manifiesta.

Cuando el mesero nos sirvió el postre, le pedí que me contara de sus problemas con Roberto, su marido. Sabía que estaba esperando el momento de hablar de ello, pues por la tarde lo había mencionado.

—Árbol torcido ya no se endereza. Ya no podemos seguir juntos. Peleamos por todo y por nada. Ayer nos echamos nuestro consabido pleito sólo porque mencioné a mi amiga Carmina. No la puede ver ni en pintura —sentenció y, mientras me contaba sobre su disputa matutina, fui poniendo su relato en imágenes.

Durante el desayuno, cuando ella bebía café y miraba hacia alguna parte, Roberto leía el periódico. Cuando él llegó a la sección política, hizo una pausa y afirmó que la creciente violencia en el país, la inseguridad y el auge del narcotráfico en el norte se debían a la ignorancia y pereza de la gente joven que quería ganar dinero rápido y fácil. Ella replicó que la causa de tales malestares residía en la falta de oportunidades de trabajo para los jóvenes, a pesar de contar con un título universitario. Dicho problema lo causaban la corrupción, la ineficiencia gubernamental y la injusticia social...

—Tú qué vas a saber —la interrumpió él irritado.

—Conozco los hechos relevantes…

—¿De quién lo sabes?

—Por boca de gente en quien confío.

Él la miró y con su mirada que daba un aire de buitre de las montañas, le preguntó:

—¿Y a esos pertenece Carmina?

—Sí, ella dice que…

—Carmina no sabe de qué habla, es tonta de remate. Se casó tres veces. Tres hombres, tres profesiones, tres idiotas.

Marisa bebió café y argumentó:

—Ella estudio en la universidad y…

—¿Estudió? ¿Qué es ella? ¿Historiadora, antropóloga o feminista? Loca con seguridad. Dices puras tonterías. Piensa antes de hablar.

—Carmina estudio Ciencias de la comunicación… en fin, la tolerancia no es tu fuerte. De hoy en adelante voy a cerrar los ojos para…

—Estarías mejor con los ojos bien abiertos y la boca cerrada. Tu amiga Carmina es tonta y un parásito —la interrumpió él.

—De mi marido espero un vocabulario más cuidado.

—De acuerdo. Entonces la llamo "insecto con alas", si lo encuentras más fino. Y acuérdate que quien con lobos se junta a aullar se enseña —le respondió él, se levantó y se despidió de ella con un gruñido como de bulldog.

La observé. Lucía agotada y en su mirada pude leer sobre sus batallas ganadas y perdidas. Contra eso no había cosméticos que ayudaran. A pesar de ello sonreía. La entereza es el rasgo más sobresaliente de su personalidad, esa capacidad de tomar los tragos amargos con una sonrisa, ese estoicismo que me indigna.

—Cuando insinuó que soy tonta como Carmina me dieron ganas de cachetearlo, pero para no hacerla más grande no dije nada —y después de unos momentos en silencio agregó—: En realidad Roberto no es malo. Él dice que…

—Roberto dice esto y dice esto otro. Él parece tener mucho qué decir —comenté.

—Él tiene defectos, pero también cualidades. Por ejemplo nunca me pide cuentas de cuánto gasto —concluyó.

—Y antes de hacerlo lo consultas y él decide si compras las cosas o no.

—Quizás yo soy culpable de su conducta porque ya no soy la mujer que él conoció.

—Pobre amiga, si por lo menos él apreciara cuanto haces.

Marisa parpadeó y desvió la mirada para que yo no viera el efecto que le habían hecho mis palabras. Quizás le provocaron el sentimiento de vulnerabilidad y así no quería que la viera.

—Sea como sea al principio formamos una buena pareja.

—No estoy segura de que puedas hablar de un buen matrimonio —respondí y añadí—: Jamás le tuve simpatía a tu marido; lo tildé de machista, fanfarrón y te aconsejé que lo pensaras dos veces antes de casarte con él. ¿Te acuerdas?

Asintió con un movimiento de cabeza, miró su taza y se dio cuenta de que se había bebido todo el café.

En la época universitaria, ella era alegre, decidida y hambrienta de libertad. Por eso me desconcertó su matrimonio con un controlador y machista como Roberto, pues ellos son tan diferentes como lo son el agua y el aceite: ella es una mujer hecha de lágrimas y risas, él de acero y dinero.

Y ella como si hubiera adivinado mis pensamientos replicó:

—Quién me lo hubiera dicho. Todos esos clichés de telenovela barata que tanto odiaba han caído sobre mis hombros: celos, lágrimas y perdones inmerecidos. Pero ahora estoy decidida a pedirle el divorcio —guardó silencio algunos minutos y después agregó—: Esperanza, tengo miedo de equivocarme de nuevo, de que un día me arrepienta de dejarlo, pues nuestros hijos aunque ya son mayores son muy apegados a la familia y a la casa. Quizá los estoy obligando a renunciar a una familia íntegra.

—Tus hijos ya son mayorcitos y tienen su propia familia, con excepción del más chico, y ellos pueden seguir viéndolos a los dos por separado. Pienso que deberías pensar más en ti.

—Entonces, ¿crees que hago bien separándome de Roberto?

—Ésa es una decisión que sólo tú puedes tomar.

—Tienes razón… En fin, brindemos por que Emilia y tú tengan un buen regreso a Alemania.

~

Al día siguiente Markus y tú nos recogieron en el aeropuerto de Stuttgart y luego los cuatro comimos en casa. Tú habías cocinado salmón con pasta y brócoli. A Leo no le pasó desapercibido el olor del pescado, y estuvo todo el tiempo a los pies de Emilia, quien le pasaba bajo la mesa pedacitos de salmón.

La comida estuvo amenizada por los chistes y anécdotas de Markus. Él contó con lujo de detalles sobre el viaje a Bruselas que ustedes habían hecho durante nuestra ausencia. Sobre el museo de chocolate que habían visitado: del chocolatero con su uniforme blanco y su acento afrancesado, sus vajillas llenas del cremoso líquido, moldes de todas formas, conejos, conchas, caballitos de mar y flores. También de la imponente plaza donde la gente tomaba el sol, oía tocar a músicos callejeros y comía waffles con crema, fresas y azúcar de polvo que al darle un mordisco ésta se quedaba alrededor de la boca como delicada nieve. Reímos a carcajadas cuando él imitó a la perfección la voz y ademanes del francés. Habló hasta que agotó el tema.

Al final, los cuatro brindamos con limonada y tarareamos una canción al tiempo que golpeábamos la mesa con las manos. Leo, que a esas alturas dormitaba en un sillón, abrió los ojos, maulló irritado y corrió a refugiarse en el estudio.

—Ya no le den tanto de comer al gato, se está poniendo tan gordo que ni correr puede —nos aconsejaste.

En el balcón, Markus sirvió el té y tú repartiste el pastel de manzana, mientras Emilia contaba sobre mi padre, hermanos y sobrinos, y sobre la presentación del libro. Al final añadió:

—Las autoridades municipales de Los Remedios le entregaron a mamá la llave de la ciudad por su trayectoria como escritora. La próxima llave le será entregada el año que viene al Papa Benedicto.

—Esto merece un brindis —sentenciaste y fuiste en busca de una botella de vino tinto y copas.

Mientras Emilia, Markus y tú seguían platicando, los observé para retener en mi memoria la imagen de aquella escena. Aunque sabía que cada uno era feliz en su nueva etapa de vida, no podía concebir que lo fueran más que en aquel momento, estando los cuatro juntos. No podía imaginar instantes más maravillosos y plenos de armonía.

Poco a poco golpearon en mi interior sentimientos y emociones que era imposible separar unos de otros, y deseé con el alma que, pasara lo que pasara, los lazos de nuestra familia jamás se disolvieran. La nostalgia me invadió, quizá porque la llegada de la despedida colgaba en el aire como el olor de la manzana y canela del pastel. El sentimiento del nido vacío que dejan los hijos cuando se van aún persistía, porque aunque Markus y Emilia venían a casa con regularidad, sabía que el capítulo de vivir a nuestro lado había terminado.

Tú adivinaste mi sentir y dijiste:

—La mamá gallina ya está extrañando a sus pollitos, ¿Cierto?

—Qué puedo hacer, soy una madre chapada a la antigua.

—Venimos tan seguido a casa que no tienes razón para ponerte triste —replicó Emilia y Markus reforzó su afirmación con un movimiento de cabeza.

—Lo sé.

Cuando comenzó a oscurecer y las lámparas de la calle se habían encendido, los muchachos se marcharon. Al día siguiente Emilia empezaría a trabajar y Markus tenía una ponencia en la Universidad. Desde el balcón los vi desaparecer al final de la calle y la desazón se apoderó de mí. ¿Cómo acostumbrarme a ser una figura periférica en sus vidas? No me importaba disponer de tiempo libre para mis pasatiempos, viajar o dormir hasta que quisiera. Lo único que añoraba era verlos a la hora de las comidas, sentados en la mesa del comedor o jugando con Leo, oír sus voces discutiendo de política, fútbol o economía. ¿Por qué crecieron tan rápido?

Tú notaste mi melancolía y dijiste:

—Ahora sólo te queda este viejo.

Te miré. Eras esbelto, tu pelo invadido de canas en las sienes se confundía con tu rubio cabello. Traías una playera azul, pantalón blanco y zapatos deportivos. Lucías como un golfista profesional. Pero sobre todo, tú eras el hombro firme en el que siempre podía apoyarme.

—Olvidas a Leo —respondí en broma.

—Tienes razón.

Serviste vino y brindamos. El tintinear de nuestras copas formó la nota de una indefinida melodía, y te narré el sueño sobre la caída al abismo de las estatuas de los Atlantes, que tuve durante mi estancia en México.

—Temo que ese sueño sea un presagio, Max —sentencié.

Tú no quisiste enfrascarte en una discusión que consideraste producto de mi estado de ánimo y pusiste los ojos en blanco porque desconfiabas de los sueños, las premoniciones y otros desvaríos. Yo conocía ese gesto, era el que hacías cuando había dicho algo absurdo.

—Todo fue tan real. Fue como una corazonada o algo así —después de algunos momentos en silencio en los que no decías nada agregué—: ¿Max?

—Dígame señora.

¿Oíste lo que te conté?

—Sí.

—Quizás ese sueño tiene más importancia de lo que crees. Es como si el destino hubiera querido prevenirme, diciéndome: "cuidado, estás en peligro" —repliqué, mientras con inquietud miraba hacia el balcón de enfrente.

Ante mi insistencia frunciste el ceño y miraste hacia arriba, gesto muy tuyo cuando te sentías impotente ante mi terquedad.

Sin responder te pusiste de pie, recogiste las copas y la botella y las llevaste a la cocina. Luego fuiste al estudio y regresaste con un envoltorio.

—Lo mandé reparar mientras estabas de viaje. Ábrelo —dijiste y me lo tendiste.

Era mi diccionario alemán—español que me habías regalado a mi llegada a Alemania, donde habías escrito: *Para que nos entendamos mejor. Ich liebe dich, te amo.* Conmovida te abracé, lo habías mandado encuadernar en tapas de lino y debió salir más costosa la restauración que comprar uno nuevo. Pero tú sabías lo que significaba para mí aquel ejemplar.

La vida siguió su curso, y el resto del año fue agradable como la tibia brisa de un atardecer otoñal. Rutina, bella rutina de desayunos leyendo el periódico, tardes de paseos y nuestros fines de semana de fútbol y en familia. Entonces pensé que aquel sueño había sido un extravío en el laberinto de mi fantasía.

Quién iba a decirme que meses después iba a caerme hasta el fondo de un abismo, pero como soy una simple mortal y sin una bola mágica como la de las brujas, no pude saberlo. Quizá Dios y la vida me dieron tanta felicidad para darme fuerzas y soportar lo que iba a venir.

A fines de enero del 2012 la paz terminó. Todo empezó con tu tos y con el inicio del más crudo invierno que he experimentado.

—Abrígate bien pues está helando y esa tos no se oye bien.

—Es sólo un carraspeo mezclado con tos —replicaste.

Después de que insistí mucho, llamaste a tu médico.

—Harald opina que se trata de una reacción por haber dejado de fumar y me recetó algo para combatir el malestar.

—¿Cómo puede prescribirte algo sin haberte examinado personalmente?

—Desconfías de mi médico y no hay razón para ello, él sabe lo que hace.

Por la tarde fuiste con Markus a una feria de equipos de golf, y cuando regresaste te noté decaído.

—Hace rato casi me desmayé y tuve una baja del azúcar, pero luego comí una sopa y ya estoy bien —dijiste y no le diste importancia a la indisposición y la atribuiste al no haber comido suficiente, luego propusiste—: Salgamos esta noche. En el cine Luna se anuncia la película *Amigos,* que tiene excelentes críticas.

En el cine tu malestar había desaparecido y reíste mucho. Sobre todo cuando aquel enfermero con dientes tan blancos como los de un anuncio de crema dental, va a ver la ópera de Wagner y ríe a carcajadas cuando aparece el hombre vestido de árbol.

No obstante, al amanecer volvió la tos y tenías dificultades para respirar. A decir verdad, aquel día debiste quedarte en cama. Sin embargo, te levantaste temprano para tomar el tren porque querías ver el juego del Schalke contra Stuttgart. Quise pedirte que permanecieras en casa. No lo hice porque supe que sería en vano, ya que cuando tú decidías algo y más aún si se trataba de fútbol era imposible hacerte cambiar de opinión. Te preparé té de manzanilla y vaporizaciones con aceite de eucalipto para que respiraras mejor.

Cuando te recogí en la estación del tren lucías pálido como la cera, el resto de la noche te quejaste de dolor en el pecho y a la mañana siguiente habías desmejorado notablemente. Tú médico de cabecera vino a casa y te dio una orden para internarte en una clínica de Stuttgart. Cuando Markus habló conmigo se alarmó y más aún cuando le informé que querías esperarte y pasar la noche en casa. Una hora después estaba en casa para llevarte al hospital, donde te diagnosticaron bronquitis y palpitaciones cardiacas.

Al día siguiente, cuando fui a verte intentaste verte saludable y con voz alegre comentaste que lo único que lamentabas era no poder ir al estadio el sábado a ver el partido del Stuttgart, pues el médico calculaba que debías pasar una semana en el hospital. Sin embargo, el gesto agobiado de tu cara no concordaba con el tono entusiasmado de tu exclamación. Después vimos las noticias en la televisión colocada frente a tu cama y donde aparecieron imágenes del Costa Concordia, el barco atracado en algún lugar de Italia. Paramédicos se apresuraban a atender a los heridos, mientras un reportero ponía un micrófono frente a la cara de un extenuado pasajero.

Apagué la televisión.

—Tienes que ponerte bien pronto, Max, para que veamos juntos el regreso de las cigüeñas que hacen su nido sobre el techo de la iglesia de Pattonville.

—Ya para entonces estaré sano. Ahora ve a casa. Estar aquí es aburrido.

—Prefiero quedarme un rato más, puedes necesitar algo.

—Aquí hay personal que puede hacerlo. Estoy en uno de los mejores hospitales del país.

—¿Ya te hicieron un electrocardiograma?, pues según los médicos que te atendieron ayer eso era urgente.

—Primero quieren controlar el problema con los pulmones. Aunque seguro que todo estará bien, Harald dice que tengo corazón de atleta.

—Atleta para creerte las mentiras que él quiere venderte. Tienes seguro médico privado y te dice lo que quieres oír, así lo sigues consultando.

—De todos modos vas a sobrevivirme por lo menos veinte años, porque aparte de que eres diez años más joven que yo, tienes una salud de hierro —dijiste en tono de broma.

—Por eso debes de dejar de fumar como chimenea.

—De todos modos yo no viviré tantos años como tú.

—Entonces nos morimos juntos. Tú de enfermedad y yo de tristeza.

—Tonterías. Tú deberás cuidar de nuestros hijos y nietos. Además deja de preocuparte, chica, porque eso ocurrirá dentro de muchos años. Muchos.

Estábamos convencidos de que pasaríamos el resto de nuestra vida juntos, hasta que la muerte nos separara y eso estaba muy distante aún. Pero el destino decidió otra cosa y lo que sucedió a finales de enero, cuando el tardío invierno se hizo presente, no lo imaginamos nunca, ni tú ni yo. Hasta entonces había creído que todo permanecería igual en nuestra vida familiar. ¡Qué ingenuidad creer que tenemos el destino en nuestras manos! En la vida real, de repente la claridad termina y aparece la oscuridad. Tu partida fue uno de esos eventos y yo quedé en las más profundas tinieblas.

El veintisiete de enero cuando desperté, escuché el rumor de una rama que se rompió cerca de mi ventana, luego todo quedó en silencio. Sentí a través de la insonoridad algo invisible y pesado que me presionaba el pecho. A través de la ventana vi apenas un atisbo de luz, pues una espesa neblina impedía la visibilidad a lo lejos, y tuve la sensación de que algo cambiaba en la atmósfera como la calma que precede a la tormenta.

Al abrir el balcón que da a la cocina el aletear de dos cuervos me sobresaltó. Se posaron en el barandal y permanecieron inmóviles con sus plumas relucientes y la mirada clavada en la ventana, como si fueran estatuas producidas por mi imaginación. Al cabo de un rato levantaron el vuelo. Estremecida, como si me traspasara el filo de un grave presagio, las vi diluirse en el cielo neblinoso y cuando di la vuelta para entrar a la sala vislumbré una pluma negra que se había posado en el alféizar.

Por la tarde, cuando fui a verte, me informaron que te habían pasado a terapia intensiva. Era sólo una medida preventiva porque seguías teniendo dificultades con la respiración. Al caminar por aquel espacio hospitalario, observé el trajín que reinaba en los corredores: carros con medicamentos eran empujados por personal del hospital, enfermeras y médicos iban y venían. También familiares de los pacientes en cuyos rostros se leía la preocupación.

Te besé en la frente y me senté en una silla al lado de la cama, donde yacías sujeto a varios aparatos a través de una maraña de cables. Sobre la nariz tenías una máscara de oxígeno, respirabas con dificultad como pez fuera del agua y un ronroneo inquietante se te escapaba del pecho. Sin embargo, me tranquilizaron las luces verdes de las máquinas, mostrando que todo estaba en orden. Vi los números y líneas en la pantalla del electrocardiograma. También las anotaciones en el block a los pies de la cama: nada de aquello indicaba ningún empeoramiento de tu estado de salud.

Pero dos horas más tarde, sonaron varias veces las alarmas de los monitores. Tu pulso era irregular, tu respiración y el latido del corazón también. Las enfermeras tardaron en venir a atenderte o así me lo pareció. Incapaz de esperar, salí a llamarlas. Cuando una de ellas llegaba, ya revisaba y acomodaba la mascarilla, controlaba el goteo de la infusión y las cifras de los monitores.

Aquel ajetreo me inquietaba.

—Yo veo mal a mi esposo. Quizás necesita de otro tipo de medicamento, otro tratamiento... —le dije a la enfermera que pasó a revisar la infusión y te tomó los signos vitales. Como no me contestó, insistí de nuevo—: Además está tan inquieto que puede caerse.

—Le pondremos un barandal si eso la tranquiliza.

Luego añadió:

—Aquí todo está bajo control, el especialista que lo está atendiendo ha dicho que en unos días su marido estará bien. Si desea hablé con él, en un rato pasará a visitar a sus pacientes —concluyó y se marchó.

—Sólo estoy aburrido, Esperanza. Cuéntame algo.

—Tienes que recuperarte pronto para que podamos ir al campo y ver el florecer de los cerezos, las magnolias...

Te estaba hablando de la llegada de la primavera cuando entró el especialista acompañado de dos colegas. Tomó las radiografías que estaban sobre la mesilla de noche, las colocó a contraluz examinándolas; líneas lechosas cruzaban tus pulmones. Miró unas gráficas del electrocardiograma, leyó la hoja médica y pareció satisfecho.

—¿Puedo hablar con usted? —le pregunté.

Antes de responderme, se rascó el copete, se acomodó los redondos lentes y su boca formó una línea. Su aspecto me recordó a un búho malhumorado.

—Dispongo de sólo unos minutos pues tengo que visitar a todos mis pacientes...

—No voy a entretenerlo mucho… Quizá mi esposo necesita algún tratamiento o medicamento para su malestar cardiaco. Su colega que lo atendió la primera noche dijo que padece de arritmia y…

Él se irguió con toda la magnitud de su rango y con sus ojos del color del acero me miró sobre las gafas, como diciendo: "¿Cómo puede usted sugerirme algo a mí, el jefe de médicos".

—A su esposo se le está dando el tratamiento adecuado para sus malestares y su recuperación es cuestión de tiempo. Hay que ser pacientes —sentenció y se marchó seguido por sus colegas.

Aquel hombre de bata blanca tenía tu vida en sus manos y yo no confiaba en él. Había pasado de prisa, dándonos explicaciones técnicas a nosotros y a sus colegas. Me pareció más interesado en tener la razón y mostrar quién era, que en tu recuperación.

Cuando quedamos a solas, suspiraste hondo y en un tono de irritación contenida murmuraste:

—Tú quieres que ya regrese a casa y por eso exageras. Él sabe lo que hace. Mejor cuéntame qué sucedió con el barco que se hundió en las costas de Italia.

—Calla no hables, debes descansar —dije y comencé a contarte de las últimas noticias sobre El Costa Concordia, mientras con un pañuelo te limpiaba el sudor de la frente.

—¿Qué hay de nuevo en el equipo de Stuttgart? —me preguntaste. El enfado había desaparecido en el tono de tu voz.

—Compraron dos nuevos jugadores. Creo que uno estaba en Hohenheim…

Tú gemiste.

—Max, te veo mal.

—Mujer, que estoy bien.

No lo creí. Algo en tus gestos y comportamiento delataba un desgarro entre lo que afirmabas y cómo te veías. Además, la atmósfera a tu alrededor me inquietaba, la luz parpadeante, el pip pip de los monitores y hasta aquel aire de recogimiento que me inclinaba a hablar en susurros. Preocupada, me recargué en el pretil de la ventana, mientras el paciente a tu lado agonizaba ante la mirada impotente de su esposa. La mujer en un vestido oscuro y con la cabeza cubierta con un velo, observaba el rostro de su marido.

—Anda, vete a cenar con tus amigas, aquí no puedes hacer nada.

—Siempre estaré agradecida con la vida por haberte conocido, eres el mejor padre y marido que conozco —te dije y me alegré de habértelo dicho.

—Sólo me conoces a mí, no tienes mucho con que compararme.

—Tampoco quiero conocer a otro.

—Te quiero, Esperanza —proferiste y me sorprendiste. Tú eras un hombre parco que no solía decir palabras cariñosas a menudo. Afirmabas que las palabras no valían, sino los hechos.

Antes de salir, te envié un beso con la mano. Tú sonreíste y me lo devolviste. Luego dejaste caer la cabeza en la almohada.

Al cerrar la puerta sentí un pálpito, como si el corazón me dijera que nunca más volvería a verte. No obstante, cuando apagué la luz de la sala y me fui a la cama, no pensé en lo que vendría después; que con una llamada telefónica y una frase mi mundo rodaría al abismo en mil pedazos.

Algo era diferente aquella noche. El silencio tenía un latido como un signo de mal augurio que me hizo pasar horas en vela. Cuando logré dormirme, entre el sueño oí el timbre del teléfono. En la insonoridad nocturna sonó agudo, chirriante. Tardé un instante para saber qué era aquel ruido, y de un salto salí de la cama y a tientas logré localizar el teléfono. " Esperanza Klug, diga". La sangre se me heló en las venas cuando oí al otro lado de la línea las palabras que, con tono apremiante, pronunciaba una voz desconocida. "Señora Klug, tiene que venir enseguida, su esposo ha tenido un infarto...". El modo de decirlo me dejó clara la gravedad de tu estado. Como petrificada por una fuerza invisible me quedé con el auricular en la mano hasta que éste cayó al suelo.

Después todo quedó en silencio y yo sola con el terror y la perplejidad.

El corazón me aleteó en el pecho como un pájaro prisionero. Intenté ordenar mis pensamientos, mientras a lo lejos oía el paso de un auto. Quise darme prisa, pero mis pies parecían de cemento. Encendí la luz, llamé a Magda, mi vecina, le expliqué lo que sucedía y le pedí que me acompañara al hospital. Con torpeza me vestí y marqué el número de Markus. Su celular estaba apagado. Llamé a Emilia. "Tu papá ha tenido un infarto". "Salgo enseguida para allá", respondió y colgó. Mientras esperaba la llegada de mi amiga, limpié un pedazo del opaco vidrio de la ventana y miré hacia fuera. La luz de las lámparas callejeras y la blancura de la nieve nada podían contra las tinieblas de la madrugada invernal. En sus frágiles destellos apenas pude distinguir las siluetas de los árboles. Después salí a la oscuridad ocupada por el rumor del caer de la nieve y el rugido del viento.

En la calle, la espesa niebla en el ambiente daba un aspecto fantasmagórico al paisaje, congruente con el desasosiego que me embargaba. Magda dijo algo, pero el viento se tragó la frase. Entré al vehículo. Dejamos tras de nosotros la colonia y al tomar la avenida principal, ella se acomodó en el carril derecho. No cesaba de nevar. Arreciaba, decrecía y de nuevo regresaba con más ímpetu. Rachas de viento sacudían los árboles. Los quince minutos de viaje hasta el hospital fueron una agonía.

Cuando alcanzamos la puerta principal, Magda se detuvo. Mi corazón latía con el estrépito de un tambor. Bajé y empujé la puerta principal. Estaba cerrada. Oprimí todos los botones que encontré a la vista, hasta que alguien contestó y le dije a qué venía. Un chirrido indicó que podía abrirla. La empujé y entré. Corrí a través de un pasillo en penumbra y la vacía sala de espera. Pasé al lado de cuartos cerrados y ventanas, de donde alguna sombra se dibujaba a través de las cortinas. Jadeando por la carrera y la angustia, alcancé la sala de terapia intensiva.

Llamé a la puerta. Tras un rato que me pareció una eternidad, ésta se abrió. En el umbral aparecieron una enfermera y una doctora. Las dos se miraron. Fue una mirada fugaz que no me pasó desapercibida; supe lo que había sucedido. Y ahí mi mundo se derrumbó. Sentí como si un abismo se abriera a mis pies y me arrastrara hasta sus entrañas.

—Tratamos de reanimarlo durante media hora... —murmuró la doctora.

Agregó algo más, pero no quise oírla y me tapé los oídos, como si con aquel gesto pudiera escapar de la tragedia que aquella boca pronunciaba como un genio del mal. Algunas vivencias quedan impresas de modo imborrable en nuestra mente, y aquella fue una de esas. Al abrir la puerta del cuarto, penetró un rayo de luz que cayó sobre la cama y alumbró tu cuerpo. Sobre la mesilla de noche yacía una veladora encendida y su débil destello era insuficiente para alumbrar la habitación. Oscuridad te rodeaba, nuestras sombras se reflejaron en las paredes. La mía de aquí para allá, la tuya quieta, inmóvil.

En tu rostro se reflejaban los destellos de la veladora. Tenías una expresión de paz. Parecías sonreír. Pero no sonreías. Tampoco respirabas. Apenas reparé en los monitores y máquinas apagadas. Mis ojos sólo pudieron ver tu cuerpo inerte con un ramito de flores entre las manos, que crecía bajo la luz parpadeante del cirio como un silencioso aleteo de la muerte.

Me senté en el borde de la cama. Besé tu frente, acaricié tu cara y la empapé con mi llanto. Todo había ocurrido en fracción de minutos. Quizá las peores cosas suceden de modo inesperado. De mi garganta empezó a salir un rumor como de lluvia que fue creciendo hasta desembocar en roncos sollozos y una colérica negación. Me golpeé la frente y mascullé. "Max. Tú no puedes irte. No debí dejarte aquí".

Tu vida se apagó así como así. Sin aviso. Sin decir adiós tu corazón dejó de latir la madrugada invernal más fría que recuerdo. De repente, el envejecer juntos ya no sería realidad. Había creído que estarías toda la vida a mi lado, y de pronto ya no estabas. No estarías más, te habías ido para siempre y eso era como si las tinieblas se hubieran cerrado sobre mí. Nuestra familia era un plan inacabado, un mañana que ya no se cumpliría, un espejo roto cuyas astillas se clavaban en mis entrañas.

Con expresión abatida, Magda intentó consolarme. En vano. No encontró las palabras para hacerlo. No existían. Una enfermera entró a la habitación, en la palma de la mano tenía tu anillo y lo extendió hacia mí. Al tomarlo entre las manos me quemó como una brasa de carbón ardiente; aquella sortija significaba casi tres décadas de vida juntos y la promesa de *hasta que la muerte nos separe*. Lo apreté con fuerza y murmuré: "¿Por qué él y no otros?".

Ella bajó la cabeza, dio la vuelta y se marchó.

Enseguida llamé a los padres de Lisa, la novia de Markus.

—Estoy en el hospital. Max ha muerto y Markus debe venir a verlo antes de que lo lleven al depósito de cuerpos. He intentado avisarle, pero tiene el celular apagado.

Hubo un silencio profundo.

—Salgo enseguida para allá —respondió Gunter, el padre de Lisa.

Emilia y Markus llegaron al mismo tiempo. Ella quiso entrar enseguida a tu habitación. Una enfermera quiso explicarle primero lo sucedido, pero ella replicó: "Quiero verlo". Y corrió hacia el cuarto donde te encontrabas, se sentó en la cama y te miró. Parecías dormir y por un instante quiso creer que se trataba de un malentendido. No obstante, tu rostro tenía una palidez y frialdad inusual. "Dime que no es verdad, que estoy soñando, por favor, papá". En vano. Tú continuaste inmóvil. Ella te abrazó, recostó su cabeza sobre tu pecho y en esa posición lloró largo rato. Luego se incorporó y mientras te miraba, te iba hablando quedito como para no interrumpir tu descanso. "¿ Recuerdas la ocasión que sacaste del escondite mi diente de leche y en su lugar colocaste una moneda con una carta para el Ratón Pérez?, pues te vi papá y eso fue lindo de tu parte. También te descubrí en otra ocasión: fue la Navidad cuando recibimos nuestros patines. Tú los sacaste del ropero y los pusiste frente a nuestros zapatos creyendo que Markus y yo dormíamos? Sabes, siempre me gustó que movieras el trasero como un pato para hacerme reír. Eras tan divertido".

"Lo era", afianzó Markus, se sentó a tu lado, te acarició el pelo y con ternura acomodó un rebelde mechón de tu frente. "Te prometo algo que siempre quisiste", dijo y te murmuró algo al oído y al hacerlo creyó ver en tu rostro una sonrisa. Después tu cara siguió quieta y seria, y ambos se quedaron ahí mirándote como si quisieran grabar con fuego en su memoria los rasgos de tu cara.

En la madrugada del veintiocho de enero de 2012 viví más tragedia que en toda mi vida, y nuestro mundo dio un vuelco completo. ¿Dónde estaba Dios cuándo esto ocurrió? ¿Por qué lo permitió? No esperaba una explicación satisfactoria. Tampoco la recibí. Nada en el mundo nos aliviaría de aquella pérdida.

Al cabo de un rato, Markus se puso de pie y pidió hablar con el médico que lo atendió esa noche. Emilia y yo lo acompañamos y alguien nos hizo pasar a la sala donde se encontraba el doctor. Él nos informó que habían actuado de inmediato y hecho todo lo posible por salvarle la vida. En vano. Markus lo escuchó cabizbajo, pero cuando éste terminó su informe levantó la vista del suelo y el doctor se encontró con una mirada interrogante y de áspera severidad, y por un instante pareció que iba a pronunciar un exabrupto.

—¿Cómo pudo suceder esto? Yo hablé con su colega apenas hace unas horas y él me aseguró que todo estaba bien.

—El desprendimiento del coágulo que taponó una de las arterias vitales fue algo impredecible.

—Quien lo atendió antes del infarto fue mi colega.

Markus volteó hacia ella y con la mirada la inquirió.

—Minutos antes, cuando lo examiné estaba muy inquieto y decidimos entubarlo. Todo fue muy repentino pues tenía serias dificultades para respirar…

—¿Padeció mucho por la falta de aire?

—No porque el infarto fue fulminante —respondió ella. La doctora era una mujer de pocas palabras y rostro inexpresivo.

Markus no quería buscar culpables, sólo deseaba que le devolvieran a su padre con vida, o por lo menos saber que no había sufrido y que en el último instante había pensado en su familia, en él. Recoger una postrera frase de su boca.

—¿Cuáles fueron sus últimas palabras? ¿Preguntó por nosotros, sus hijos, mi madre? —la inquiere él y la expresión de su rostro se torna suplicante. Parece esperar una frase consoladora, una mentira piadosa, que ella dijera: "tu padre preguntó por ti, por ustedes, los llamó, y con su último aliento de vida dijo que los amaba".

La doctora no percibió la expresión de su mirada y respondió en tono neutro:

—Claro que no. No hubo tiempo para conversar. Sólo se limitó a darnos su consentimiento para entubarlo.

Al oír aquella respuesta, en el rostro de Markus se dibujó la más pura desilusión.

—Si desean pueden ordenar la autopsia; es su derecho. Sin embargo pienso que no sería necesario, pues en su caso las causas del fallecimiento son claras —sentenció la doctora.

—No podemos decidirlo ahora. ¿Hasta cuándo podemos hacerlo? —respondí.

—Tienen veinticuatro horas para pensarlo.

Markus no dijo nada. Se quedó mirando a la nada y al final asintió con la cabeza.

Al margen percibí que la doctora me entregó folletos de funerarias y preguntó por nuestro número de teléfono, pero lo había olvidado. Si me hubiera preguntado mi propio nombre no lo hubiera sabido.

—Vámonos de aquí —propuso Emilia.

—Sí, vámonos —afiancé.

Él asintió y me pasó el brazo por los hombros. Di la vuelta y salí de la habitación. Mis piernas se movieron mecánicamente, y como en trance recorrí los pasillos del hospital, mientras oía el rumor de nuestros pasos sobre el piso. Mi ropa estaba arrugada, mi cabello revuelto y en algún momento me di cuenta de que cojeaba pues llevaba una bota sin cerrar.

En la calle, Magda me tomó del brazo y me condujo al auto.

Cuando llegamos a casa, del sentimiento de irrealidad se apoderó de mí la certeza de la tragedia. Los tres fuimos directo a nuestro dormitorio. Markus se recostó en el lado de la cama donde tú dormías, hundió la cabeza en tu almohada y abrazó tu pijama. Emilia permaneció a su lado, estupefacta, como si aún no alcanzara a comprender la dimensión del suceso. Mientras tanto, yo permanecí de pie en el umbral de la habitación.

Luego me senté al filo de la cama, tomé el libro de poemas de Hermann Hesse que descansaba sobre tu mesa de noche, y abrí en la página señalada con el separador y que habías leído la última noche en casa. El poema *Das Glück*, (*La felicidad*).

> Solang du nach dem Glücke jagst,
> Bist du nicht reif zum Glücklichsein
> Und wäre alles Liebste dein...[1]

Al cabo de un rato, Markus se puso de pie, se dirigió al estudio y se sentó frente a tu escritorio. Miró tu block de notas, tu grueso diccionario, la lámpara, volteó hacia un lado y se encontró con tu cara, que desde un marco de madera lo miraba fijamente. Luego, él comenzó a llamar a nuestras amistades. Emilia se limpió la cara con la palma de la mano y empezó a leer los folletos de una funeraria en tanto encendía tu computadora. Con la mirada recorrí la habitación: los libros compartían el cuarto con diplomas tuyos, el cuadro del Popocatépetl y un pizarrón donde colgaban fotos nuestras, boletos de entradas al estadio y conciertos. Sobre el escritorio descansaba un pisapapeles de barro, que Markus te regaló un día del padre y el calendario de citas detenido en el 26 de enero. También percibí el altero de carpetas, archivadores y periódicos sobre una silla. Todo estaba igual que siempre. Y al mismo tiempo la

---

1 Mientras persigas la felicidad
es que aún no estás maduro para poder gozarla,
es que lo que más amas no ha sido nunca tuyo. (Traducción de Rafael de la Vega).

familiaridad se había roto, como si en un instante se hubiera evaporado y desaparecido.

Max, tengo frente a mí un tortuoso camino.

Apenas lo saben aparecen allegados y amigos con la más noble intención de ayudarnos y consolarnos. Pero las palabras de consuelo suenan vacías, pues no hay nada tan inmune a las buenas intenciones de los demás como el luto. Las visitas se sientan en la sala. También yo permanezco ahí frente a una taza de té. La luz del sol filtrándose por la ventana cae sobre la mesa, donde descansa un florero repleto de rosas. Las coloridas flores hacen pensar en un ambiente agradable y acogedor; un brusco contraste con la realidad.

Sentado en una orilla del sofá, Markus luce tan perplejo como sorprendido de estar viviendo aquella escena. Su mirada se desliza entre las visitas, el reloj del comedor, los folletos de la funeraria, las tazas sobre la mesa y la calle cubierta de nieve. La atmósfera es tan opresiva que hasta Leo, con una intuición sobrenatural, percibe el olor de nuestro horror. ¿Quién dice que los gatos son insensibles? Por lo menos el nuestro es distinto. Es tanto su asombro que no se atreve a exigir comida. Tampoco se pone detrás de la puerta mostrando que quiere salir. Al contrario, contagiado por nuestro estado de ánimo, con el lomo tenso y las orejas paradas nos observa. Sus ambarinas pupilas se han tornado negras, mientras las clava en nuestras compungidas caras, como preguntando: ¿qué pasa?

Al mediodía llega la encargada de una funeraria.

—Será mejor que avises de lo sucedido a la aseguradora y al banco —sugiere Emilia a Markus. Él se levanta y se encamina hacia el estudio y, antes de cerrar la puerta, sentencia—: No quiero que sea incinerado.

—Tampoco nosotros —respondo.

Cuando él por fin cierra la puerta, la señora Rau nos extiende varios folletos.

Abro el primero y veo los diferentes tipos de féretros.

—Estaría bien uno verde. Le gustaba ese color, quizá porque semejaba a una cancha de golf.

—¿Jugaba golf?

—El golf era su pasión y jugaba cuanto torneo podía. A veces con éxito. El año pasado ganó una bolsa de golf de la marca que usa Tiger Wood.

—Debe ser de buena calidad.

— Sí y lo mejor es que me la regaló a mí —responde Emilia y se frota la frente.

—¿Su esposo era católico o evangélico?

—Ni una cosa ni la otra. ¿Por qué?

—Tenemos que buscar alguna frase que acomode a su modo de ser para el anuncio del periódico y decidir el tipo de ceremonia luctuosa. Creo que en su caso podría dirigirla un teólogo. ¿Qué profesión tenía su esposo?

—Dirigía proyectos de desarrollo en América Latina y África, pero en los últimos trece años se dedicó a dar clases, amaba la enseñanza y tenía mucha paciencia con sus alumnos... No comprendo por qué de pronto se agravó así, estaba tan sano. Tampoco cómo no me di cuenta de la gravedad de su estado. Creí en la palabra del doctor y pasé la última noche con amigas, comiendo botanas y bebiendo vino tinto mientras él...

—Pienso que debemos tomar una decisión, mamá —dice Emilia.

—Sí.

—En cuanto a la ceremonia conozco a un teólogo que podría dirigirla. Vive aquí cerca, si desea lo llamo, es posible que pueda venir ahora mismo.

Asiento con un movimiento de cabeza.

Toma su celular, marca un número y me confirma que el señor Wissner puede venir en una hora. Luego hablamos sobre la música, las gladiolas blancas que adornarán la capilla. Te gustaban las gladiolas. También le extiendo un papel con la frase que Emilia y yo elegimos para el anuncio del periódico:

> Lo único importante en la vida son las huellas de amor que dejamos tras de nosotros, cuando de manera intempestiva tenemos que marchar sin despedirnos.

—Pasaré mañana para que afinemos los últimos detalles.

Por la ventana veo perderse en la calle a la señora Rau y media hora después llega el teólogo. Él, con su cálida sonrisa, su piel traslúcida, sus cabellos blancos y su traje negro semeja un fantasma bueno.

—Un poema. Debe leer el poema *Das Glück* de Herman Hesse. Está en la página diecinueve. Fue lo último que mi esposo leyó y uno de sus favoritos —digo y le entrego el libro.

Emilia aprieta las manos entre las piernas y sus ojos se humedecen.

—Es normal que el evocar cualquier detalle sobre nuestro ser querido dé paso a nuevas olas de luto y nos hundamos de nuevo en la aflicción —dice el teólogo y cuando comienza a hablarnos, percibimos su comprensión y su capacidad de ponerse en nuestro lugar.

Sin duda, él posee un gran don de la palabra, porque al cabo de un rato logra reconfortarnos.

—Quizás fue mejor que todo sucediera de modo repentino. Así ni cuenta se dio —murmuro.

—Todavía no elegimos la música. Esta noche hablaremos con mi hermano para ponernos de acuerdo sobre ello —dice Emilia.

La nieve devora todo viso de color, cubre de blanco techos, árboles y calles. En contraste, mis noches son negras, las paso inquieta revolviéndome de un lado al otro como una fiera en una selva llena de peligros. Duermo en el sofá de la sala con la televisión prendida.

Intento conciliar el sueño mientras escucho la caída de la nieve. Antes de dormir, Markus, Emilia o yo hacemos algún comentario gracioso sobre Leo, pero apenas logramos esbozar una sonrisa vacía, sin nada por dentro.

Agobiada por la congoja, permanezco despierta y cuando consigo dormir, en sueños percibo el olor a medicina, el zumbido de monitores, un ramo de flores amarillas aferradas a unos largos dedos y siluetas vestidas de blanco. Aquel interminable carrusel de imágenes y rumores me dejan extenuada. Siento el aturdimiento que se experimenta en las tinieblas, que poco a poco desaparece al avecinarse el amanecer.

El nuevo día llega inexorable cuando a través de las laminillas de las persianas cerradas se cuela la luz del nuevo día. Al despertar me siento agobiada por ese torbellino de imágenes y rumores. Abro la ventana y mientras la frialdad invernal penetra en la habitación, llamo por teléfono al hospital y doy mi consentimiento para que se te realice la autopsia. Emilia y Markus se levantan, van a nuestro dormitorio, se acuestan en tu sitio, abrazan tu pijama y se cobijan con tu cobertor; es como si aquellos objetos pudieran acercarlos a ti.

No tenemos apetito, sin embargo bebemos litros de té y comemos cualquier cosa. Necesitamos tener energías para organizar el funeral y arreglar los asuntos más urgentes: concertar citas con el banco, la aseguradora médica, la notaria del gobierno, la oficina de pensiones, etcétera. Los primeros días son para mí la más pura confusión, tratando de encontrarle pies y cabeza a aquella montaña de información, de pilas de archivadores, anotaciones en papeles aislados, correspondencia privada y oficial y un buen número de cuentas por pagar al hospital, laboratorios y a médicos; una vida suspendida entre una telaraña de papel.

Como autómatas, los tres respondemos emails, escribimos cartas, contestamos llamadas telefónicas, cancelamos contratos, etc. Tanto a Emilia como a Markus les han dado una semana libre en los sitios que laboran. Después del sepelio ambos volverán a sus actividades normales: ella a su puesto de trabajo y él a su práctica universitaria en un despacho jurídico. Y yo, ¿qué haré?

Todo es tan espantoso que rebasa mi capacidad de asumir la tragedia. Mañana te diré adiós para siempre. La perplejidad me domina, no puedo creer que ya no estés con nosotros. Todo esto es un engaño óptico, un espejismo. No puede ser cierto que yo esté viviendo esta pesadilla. ¿Cómo voy a pasar la Navidad, nuestros cumpleaños, Pascua, aniversario de bodas, el verano, el invierno, el otoño; todo sin ti? ¿Cómo voy a soportarlo?

Febrero de 2012

El tres de febrero tiene lugar la misa en la capilla del panteón local. Es un mediodía invernal, la tierra está congelada y el helado viento fustiga la cara de los asistentes. Los coloridos vidrios de las ventanas con el reflejo del sol forman mosaicos de colores en las paredes, veladoras titilan y un aroma a incienso inunda el aire. No recuerdo cuánto hacía que no entraba a una iglesia. Tampoco desde cuándo dejé de creer en Dios. A veces murmuraba oraciones no acordes con mi ateísmo, pero eran palabras que salían mecánicas, pues las había aprendido desde niña.

A las once y media de la mañana el féretro está sobre un catafalco frente al altar. Sobre la tapa descansa un ramo de gladiolas blancas. A un lado una foto te muestra con un paisaje primaveral al fondo. Llevas un suéter verde y en la mano sostienes un palo de golf; una mano que ahora se ha quedado inmóvil. En el retrato sonríes alegremente... Ahora tu risa ha enmudecido para siempre. Qué frágil es la vida, semeja a la luz de una vela que al menor soplo del viento se termina. ¡Todo esto me resulta irreal! Como si estuvieran hablando de otra persona y yo no fuera yo, como si esto fuese una pesadilla de la que pronto despertaré.

Estoy sumergida en el absoluto estupor, es como si me hubieran dado un golpe en la nuca y mi mente estuviera entumecida.

En la primera fila estamos Emilia, Markus, Lisa, la novia de éste, y yo en medio de ellos. Nuestras miradas se concentran en el ataúd atraídos por la certeza de que en su interior yaces tú. En la capilla sólo se oye el rumor de suelas de zapatos sobre la loza del suelo y de toses contenidas. Quizá los asistentes piensan en ti, que apenas hace unos días habían platicado contigo, reído o discutido sobre política y la vida.

El teólogo habla. Sus palabras me llegan lejanas, imprecisas, no las entiendo. Tampoco me interesa comprenderlas. Esta ceremonia jamás debió tener lugar. Me ahogo, suspiro hondo para aliviar la presión en el pecho, y cuando los acordes de guitarra entonando *México lindo y querido* flotan en el aire y rebotan en mis oídos, cierro los ojos y en mi mente corre un film como en cámara lenta.

Estoy en el patio de nuestra casa en Bolivia donde se oye la misma canción. Es una tarde de verano. Markus y Emilia lucen divertidos, ocupados con juegos plenos de fantasía y sol, la vida les sonreía. Seguidos de Terry, nuestro perro, corretean en torno al árbol de mango. Markus arroja a Terry una pelota. Éste corre tras ella y se la trae de regreso. Tú estás sirviendo limonada y platicas con nuestro amigo Antonio. Percibo el olor del tabaco, las risas, las voces, el tintineo de los vasos y el rumor de las cucharas dando cuenta del postre.

Veo a Terry a un lado de los niños con la lengua colgando y cómo nuestros amigos poco a poco se van despidiendo, dando las gracias por la agradable tarde y tú y yo acompañándolos hasta la puerta.

Después tú llevas a los niños a la cama y colocas al lado de Markus un conejo con traje de ferrocarrilero, y al lado de Emilia, un oso sin pata. Te piden que les cuentes un cuento. "Bien ahí les va uno del oso ferrocarrilero", dices. Ellos ríen divertidos al oírte. Desde el umbral de la habitación, los secundo, pues la doble erre nunca lograste pronunciarla correctamente. Les haces cosquillas y a mí me arrojas un cojín. "Mejor que se los lea su madre", añades. "Sí, pero con la condición de que vuelvas a repetir la palabra ferrocarrilero", replican Emilia y Markus. "Canallas", les dices y vuelves a hacerles cosquillas. Ellos ruedan hacia un lado de la cama riendo a carcajadas.

Cómo me gustaría oír aquella voz con sus erres dobladas, la misma que era igual de competente para discutir de política, que para aconsejarme cuando lo necesitaba, la misma con la que me pediste que fuera tu esposa.

Abro los ojos y aquella reminiscencia se derrumba como casa de naipes, las imágenes se diluyen y en su lugar percibo las luces de las velas, el olor a incienso y el rumor de una plegaria. "¿Porque me creí una privilegiada y que en mi vida nada iba a cambiar? No obstante, de súbito este suceso inesperado ha hecho polvo mi pequeño mundo con la velocidad de un rayo. De un segundo al otro has dejado de existir. ¿Qué hay después de la vida? ¿Qué pasa con el espíritu de la gente?".

Tengo que ser fuerte por nuestros hijos, y sin embargo me siento tan frágil como una hoja arrastrada por el viento. ¡Oh, Max! Cuánta aflicción, donde quiera que estés ayúdame a seguir. Nuestra vida en común fue como un verano donde abundaba lo mismo el ruido que el silencio plácido, y con tu partida desapareció todo dejando sólo desolación. Observo a Emilia y a Markus. Sus ojos permanecen secos, pero se les pueden sentir hinchados de sollozos, y al oír la melodía "Recuerdo cuando mi padre murió…", preámbulo para salir de la iglesia, su fachada se derrumba y el llanto humedece sus mejillas; son los últimos instantes junto a ti.

Nadie merece tanto dolor. Nadie.

Nos echamos a andar tras el féretro por un sendero de lápidas y cruces, mientras las campanas de la iglesia repican una última vez en tu honor. Detenemos nuestros pasos frente a una fosa recién abierta y a cuyo frente descansa una canasta con gladiolas blancas, ramos de flores y coronas. La voz del teólogo leyendo una oración fúnebre, suena clara en aquel silencio sólo interrumpido por el rumor del viento.

Por un instante el sol brilla sobre el camposanto. Si por lo menos hubiera podido desmayarme para no darme cuenta de nada. Pero no tuve ninguna reacción histérica porque eso sólo pasa en las telenovelas y permanezco consciente enfrentando aquel desconsuelo que, como ácido, me corroe por dentro. Rozo el féretro antes de que los panteoneros lo bajen a la fosa, tomo un puñado de tierra y lo dejo escurrirse entre mis dedos. Beso la gladiola que tengo en la mano izquierda y la arrojo sobre el ataúd. "Max, nunca he podido decir adiós y ahora tengo que despedirme de ti... para siempre".

De pie frente a tu tumba, tirito. El mordiente frío me corta la piel de las manos, pues he olvidado los guantes sobre el banco de la capilla. Pero eso no importa. Ahí bajo tierra estás tú, te has quedado cautivo en ese hoyo, y contigo nuestros sueños quedan encerrados entre las paredes de la sepultura, convertidos en un puñado de nada.

Cuando el último asistente se retira, Emilia, Markus y yo permanecemos de pie frente a la tumba, como si nos negáramos a creer que todo ha terminado. Meto la mano en el bolsillo del abrigo y percibo el hueso llamado ojo de buey que solías llevar contigo. Lo aprieto entre los dedos como si aún esperara que aquel talismán tuviera la fuerza de borrar esta pesadilla, y al final lo coloco a los pies de la provisoria cruz de madera. Era para la buena suerte; no sirvió de mucho.

Después, los tres caminamos en dirección a la salida, mientras el camposanto cubierto de nieve vuelve a sumirse en el silencio.

Aquella tarde, amigos y conocidos nuestros se reúnen en nuestro departamento. La sala comedor y la cocina se llenan de ruido de tazas, cucharillas y murmullo de voces. Giovanna, la dueña del restaurante de Pattonville ha preparado en tu honor tu sopa de tomate favorita y panecillos. Otras amigas han horneado pasteles de manzana, queso, zanahoria, ciruela, cerezas y duraznos. Emilia y Lisa, la novia de Markus, preparan café, y él y yo lo servimos.

En torno a la mesa del comedor están sentados tu hermana, tu sobrina y amigos tuyos llegados de varias partes del país y que, como luciérnagas en la oscuridad, aparecen de pronto iluminando el ambiente con el recuerdo de tu época de juventud. Ellos narran historias y anécdotas tuyas y con cada una reímos y lloramos. Sobre todo yo que agoto el contenido de la caja de servilletas de papel. Todos ustedes habían estudiado juntos en la Universidad de Münster, habían ido en invierno a esquiar a Los Alpes, habían jugado cartas, habían discutido sobre política, compartido sus confidencias amorosas y acudido a fiestas estudiantiles, eran fans de los Beatles, Los Rolling Stones y Jimi Hendrix.

A su vez, Markus comenta que eras la serenidad en persona y con tu gesto de ingenuidad salías airoso de apuros. Cuenta sobre la ocasión cuando fueron a Puerto Vallarta, México, y al presentarse en la firma de alquiler de autos te diste cuenta de que habías olvidado la licencia de manejar, y en su lugar mostraste la tarjeta del tren alemán. Markus había deseado que se lo tragara la tierra, temía que el empleado descubriera el engaño y para que sus gestos no delataran su bochorno, se distrajo leyendo los anuncios en la pared. "Alquile un mercedes por sólo cien dólares al día. El volkswagen por cincuenta. Tome un seguro de viaje...". En cambio, tú con la mayor tranquilidad del mundo esperaste a que el empleado anotara los datos de la tarjeta y firmaste el contrato de alquiler.

Narró también lo que sucedió en Las Islas Canarias, cuando a unas horas de volar de regreso a casa, antes de entregar el auto se te ocurrió meterte al mar y al momento de querer abrir el coche, Markus te preguntó: "¿Dónde está la llave?, papá". Tú rebuscaste en el bolsillo de tu calzón de baño y respondiste: "En algún lugar en el mar". A causa de ese contratiempo, casi pierden el vuelo, pero tú jamás perdiste la calma.

—Papá era un hombre que hablaba con seguridad y precisión. Sin embargo, en su carácter había un tinte de ingenuidad y picardía infantil, y con su gesto de inocencia siempre salía airoso de sus problemas —concluye Markus, para después comentar—: Antes de conocer a mamá, papá tuvo mujeres para tirar hacia arriba. Ahora que hemos revisado las cajas del sótano encontramos una con cartas de varias de sus conquistas.

—Quién lo hubiera pensado con esa cara de "yo no rompo un plato" —dice Magda.

—Caras vemos, corazones no sabemos —agrega Isolde en tono de broma y añade—: pero cuando te encontró se le acabaron sus aires de conquistador.

—Yo no creo que Max anduviera como las abejas de flor en flor. Lo que pasa es que fue consecuente y cuando una relación no funcionó simplemente la terminó. Contigo funcionó y por eso su matrimonio duró casi treinta años —tercia Miriam.

La plática continúa, preparo más café y sirvo los últimos trozos de pastel.

Alrededor de las diez de la noche, cuando todos se han ido, permanezco en silencio mirando la mesa con migas de pastel, tazas con restos de café y velas apagadas. Pero sonrió al ver a Leo en el sofá tirado panza arriba mirándome, como diciendo, "qué esperas para venir a acariciarme".

Es muy difícil escribir esta carta y revivir de nuevo los días que precedieron a tu muerte. ¿Por qué tú? ¿Por qué nosotros? No vale la pena hacerse preguntas, porque con ello ya no te devolveré la vida. Sin embargo, no ceso de hacerlo.

Abro el ropero en nuestro dormitorio y aspiro tu ropa donde percibo tu olor. Apago la luz y salgo de la habitación. Voy al cuarto de Emilia y me acuesto. Llevo tantas noches en vela que enseguida me duermo.

A la mañana siguiente cuando despierto me estiro, me tallo los ojos y todavía medio dormida, extiendo la mano hacia el lado izquierdo buscándote a tientas. La realidad en esa mañana invernal llega irrevocablemente. Todo sigue igual, aunque por un instante deseo que sea un sueño. Estoy sola en el dormitorio de Emilia. Hasta mí llegan ruidos provenientes del jardín: la risa de niños y la voz de una madre. El viento ruge, agita la ventana, las contraventanas se baten y regresa la nieve.

Adentro todo es silencio. Cierro los ojos y me concentro en oír el rumor del viento con la ilusión de que al abrirlos te vea entrar con la charola del desayuno, oír tus pasos en el pasillo o tu tos en el baño. En vano. Ningún aroma a café, ninguna voz llamándome o regañando al gato por echarse en la cama. Tampoco ningunos pasos acercándose al cuarto.

Vislumbro a Leo intentando abrir la puerta con sus patas delanteras. Aparte de sus maullidos, todo está silencio. Como sonámbula recorro el departamento. En el estudio, la computadora apagada, en el baño tu cepillo de dientes, tu rasuradora en su estuche. A través del espejo del armario de medicinas puedo ver tu bata azul colgada en un gancho tras la puerta y un dolor agudo se me clava en el pecho.

Recuerdo lo que me dijiste cuando festejamos nuestro veintisiete aniversario de casados. "Con ninguna mujer he durado tanto tiempo como contigo, Esperanza. Tú vas a sobrevivirme por lo menos veinte años. Lo único que te pido es que me guardes luto un año y luego te busques otro". "¿Y quién va a quererme tan vieja?". "Muchos".

Te fuiste sin que yo pudiera decirte lo mucho que te quiero, sin poder decirte adiós. Ya no habrá más peleas y reconciliaciones. Tampoco paseos por la nieve o noches en el balcón a la luz de las estrellas. Nada volverá a repetirse. Ya no volverás. Ni hoy, ni mañana, ni nunca, pienso. Así permanezco largo rato inmóvil, con un sufrimiento que corre hasta la última célula de mi cuerpo.

Por fin logro moverme. Voy a la cocina. En un estante está la mermelada, la miel, las servilletas, una fuente con plátanos y la cafetera apagada. Abro el refrigerador y saco la lata de comida de Leo.

"¿Por qué te fuiste?, Max. Sin ti estoy perdida", murmuro, rompo a llorar y mis sollozos rompen el silencio de la habitación. La lata resbala de mis manos y cae al suelo. Leo brinca asustado y huye de la cocina.

Al cabo de largo rato, él regresa y devora su comida. Después lo llevo hasta la calle para que haga su paseo diario.

Suena el teléfono. Es mi hermana Rosario. Llama desde México.

—Vénganse para México —dice nomás al oír mi voz— les haría bien estar con la familia, aquí los vamos a cuidar y nos haremos cargo de ustedes.

—Gracias, pero tengo muchas cosas que concluir, asuntos de Max que quedaron inconclusos.

Ella pronuncia palabras de consuelo y mientras la escucho, en mi interior domina el más puro luto. Insiste en que vayamos a Los Remedios y me reitera su ayuda.

—No sé. Lo pensaré y te llamaré uno de estos días —respondo sin mucho convencimiento y cuelgo porque olas de tristeza vuelven a invadirme y amenazan con ahogarme.

Miro a mi alrededor. "No quiero estar aquí. No quiero vivir aquí ni un minuto más".

Me miró en el espejo del baño y sonrió con amargura, con estas negras ojeras parezco un mapache. Llaman a la puerta y me estremezco. Cada día amigos van y vienen. Nunca falta quien traiga un pastel, comida, flores o palabras de consuelo. Abro la puerta y ahí, en el umbral, está Magda que se ha convertido en mi ángel de la guarda. Con un canasto en la mano derecha entra directo a la cocina y me cuenta sobre los avances en la renovación de su recién adquirida casa. Luego sigue hablando sobre el arroz con pollo que preparó para mí y las compras en el supermercado que coloca sobre la mesa de la cocina: leche, pan, verduras y frutas.

Luego pone la mesa.

—Gracias, Magda, pero no tengo hambre.

—Nada, nada. Si sigues así vas a desaparecer, ya pareces un palo de escoba con vestido —replica y me pica las costillas—. Y no me pasé horas en la cocina para que dejes la comida ahí botada.

Se sienta a mi lado y yo intento comer, pero el trozo de pollo se me queda pegado en la garganta y bebo agua para poder pasarlo. Hago el plato a un lado y murmuro:

—Es como si me hubieran sacado el piso bajo los pies. Siento que ya no pertenezco a este lugar. Mi hogar me es ajeno y yo una intrusa en éste. Toda la casa exhala nostalgia. Luto. Sin su presencia se me viene encima. Apenas unas semanas atrás vivía en una absoluta normalidad, me sentía segura de mí misma y contenta con mi destino. Pero después del veintiocho de enero mi vida dio un brusco viraje que me ha convertido en la sombra de mí misma. Y a medida que más lo pienso, más me convenzo de dejar este departamento como se abandona un barco en el vendaval. Quiero irme de aquí.

—¿Adónde?

—No lo sé.

—¿Y el gato? ¿Qué harás con él? ¿Lo llevarás adondc vayas?

—No lo sé —digo y los sollozos me sacuden.

Magda me entrega un pañuelo.

—Ahora que lo pienso, en los últimos meses Max a menudo hacía un recuento de la época cuando nos conocimos, cuando nacieron nuestros hijos, de nuestros viajes, de todo. Era como si sintiera nostalgia por el tiempo pasado.

—Piensa que fue un privilegio haber amado y sido amada por casi tres décadas.

—Al contrario, mientras más hermosos los recuerdos, más duelen. Es tan duro perder a quien has querido tanto. Con Max conseguí una intimidad y confianza que no había alcanzado con nadie. Cuando lo veía venir a casa tenía que hacer esfuerzos para no correr con los brazos abiertos a recibirlo como hace un niño al ver llegar a un ser querido. Y qué alegría cuando yo estaba en la cocina lavando la vajilla, él se acercaba por atrás y me rodeaba la cintura. Qué hermosas nuestras tardes en el balcón; yo leyendo o zurciendo calcetines y él reparando algún utensilio descompuesto.

"Tenía sesenta y siete años. Claro que no era tan joven ni había sido el más sano del mundo, pero cuando queremos a alguien siempre es demasiado pronto su partida. A veces me asalta la sospecha de que un error de los médicos pudo haberlo privado de unos años de vida, pues según los que lo atendieron la primera noche, padecía de bronquitis, pero lo más grave era la arritmia que debían tratarle de inmediato. No obstante, el médico que al día siguiente se encargó de él, decidió controlar primero sólo su dolencia pulmonar.

"También pienso que su doctor de cabecera tampoco tomó en serio sus malestares. Cuando Max lo consultó, le aseguró que sus problemas respiratorios y el dolor de pecho eran la consecuencia de haber dejado de fumar y le recetó un medicamento para la tos. Pero como la indisposición continuó le dio una orden para internarse en un hospital. Me pregunto si alguna vez se culpó de su negligencia, de su incompetencia o desinterés. Si así fue, no lo mostró. Quizás pensó que errar es humano.

—La ventaja de los médicos es que sus errores no hablan. Tampoco se quejan porque están enterrados en el panteón. Y en mi opinión, quien se queja se topa contra el muro de sus abogados defensores de renombre y un juicio que tardará años, y con seguridad la familia del afectado lleve las de perder —terció Magda.

Mejor no pensar en ello, pues podría quebrarme bajo el peso de mi carga: el dolor de mis hijos, organizar todos los asuntos burocráticos, la mudanza, empacar todo y encontrar un hogar para mi gato… ¡Qué horror!

—A veces pienso que Max, con su despreocupada apariencia trataba de aparentar una salud de la que carecía. A él le gustaba consolarme y oír mis quejas cuando me sentía mal, pero consigo mismo era diferente: no tomaba en serio sus malestares ni emocionales ni físicos. Por ejemplo, cuando murió su madre se derrumbó por semanas. Sin embargo, jamás habló de sus sentimientos. Mucho menos aceptó que lo consolara, era como si no hubiera querido mostrar alguna debilidad. Siempre que le ofrecí hablar al respecto desvió la conversación y le quitó importancia al asunto.

—Así son los hombres —replica Magda y señala el platón con arroz.

—Las penas con pan son menos. Asimismo, debes pensar en lo que tienes y no en lo que perdiste. Tienes a tus hermanos y padre. Pero sobre todo a tus hijos —dice con tono de gran bondad.

—Tienes razón. Estoy tan ocupada conmigo misma que olvido que ellos han perdido a su padre —respondo y me siento una mala madre.

Cambio de tema y le pregunto cómo está Matías, su marido.

—Ni idea. No ha llamado desde que lo eché de la casa. A él lo único que le interesa es comer, ver televisión e ir al sauna.

—Cuando reflexione se dará cuenta de lo mucho que vales y correrá a buscarte.

—Pues parece que reflexionar no es su punto fuerte, porque ya hace cuatro meses que de él ni sus luces —replica ella con sarcasmo.

Desde hace años, aunque vivían bajo el mismo techo, apenas se dirigían la palabra y lo único que queda de su unión es un papel y el recuerdo desvaído de un viejo amor. Magda percibió demasiado tarde que algo andaba mal entre ellos, el hastío y el desamor le sobrevino, sigiloso, desbaratando su matrimonio.

—¿Lograste que el banco te dejara disponer de la cuenta de Max?

—No. Necesito tramitar en la notaría pública un poder de herencia, porque no encuentro el testamento.

—¿Por qué no lo has hecho?

—Porque en la notaría pública están de vacaciones, con suerte en quince días pueden recibirme. Tienen tres semanas libres y apenas hace una que se fue.

Cuando Magda se marcha, pongo la lavadora y sacudo el polvo de los muebles. Luego voy a la cocina, tomo agua mineral y ordeno el refrigerador. Tiro a la basura la lechuga marchita y las zanahorias enmohecidas, y lavo el cajón de las verduras. Al toparme con una caja de fresas la memoria me devuelve la imagen del día que llegué con los resultados de mi examen de naturalización. Estabas sobre un taburete limpiando los estantes más altos de la cocina, y al verme llegar suspendiste la tarea y te volviste para preguntarme si traía las fresas para el postre. "Mejor que eso, traigo mi certificado, pasé el examen de conocimientos con la nota más alta", sentencie orgullosa. "No esperaba otra cosa de mi esposa. Pero aun así espero que hayas traído las fresas".

Salgo de la cocina y voy a la sala. Dispuestas en el librero un par de fotos enmarcadas dan testimonio de los tiempos felices: tú y yo sentados en un bar brindando a la luz de las velas en un hotel de Marruecos. Una foto de Markus, un niño risueño luciendo su primer par de zapatos y a su lado Emilia, en pose de modelo, mostrando una muñeca con turbante.

En el dormitorio abro el ropero. Al lado de una hilera de pantalones de pana, mezclilla y algodón, tus trajes de lino. Cierro el armario y encamino mis pasos hacia el cuarto de Emilia. En la cama hay dos cojines azules, uno de ellos tiene al frente la foto de ella con un grupo de amigas de la escuela. En un estante hay libros y recuerdos de su estancia en África: figuras de ébano de una jirafa, un elefante y monos. También una muñeca con la cabeza cubierta por un turbante floreado y el cuerpo envuelto en una túnica del mismo color. Y en las paredes, cuadros de una aldea africana. Todos esos objetos afilan mi pesar y lo tornan insoportable. Duele mucho recordar el tiempo feliz en la desventura.

Voy al comedor. Apenas hace unos meses este sitio estuvo lleno de voces y risas, desayunos domingueros de panqueques con miel, café fresco y cenas con velas y vino. Ahora todo es silencio y vacío, pues ya nadie viene a comer. Prendo la laptop que descansa sobre la mesa y abro el expediente *Carta a Max* y escribo la fecha: ocho de febrero de 2012. Titubeo. No obstante, un rato después, mis manos se deslizan por las teclas y arriba en la página escribo:

Esperanza y Max.

Te has ido para siempre Max, pero la vida no termina por eso: cada día amanece, la cafetería y panadería siguen llenas de clientes, el restaurante italiano abierto, niños y jóvenes acuden a la escuela, los adultos van a trabajar como si nada hubiera sucedido.

¿Para qué te escribo si tú no leerás estas páginas?, me pregunto.

Acordes musicales flotan en el atardecer invernal; la vecina del piso de abajo ha comenzado a tocar el piano.

~

Es catorce de febrero, día de la amistad y del amor.

Despierto acuciada por el ronroneo de Leo, quien duerme a mis pies. Después de vestirme recorro el departamento. Las paredes cubiertas de cuadros, uno al lado del otro, apenas se ven. Tú eras un amante de las pinturas, te fascinaban y desde que obtuviste tu primer sueldo gastaste parte del mismo en comprarlas, y a lo largo de tu vida coleccionaste tantas que nuestro departamento luce un poco como un museo. De todos lados me veo rodeada de paisajes, objetos y personajes de diversas partes del mundo. El cuadro de un lago azul con una montaña en el fondo era tu favorito, porque te recordaba que lo compraste el día del nacimiento de Markus y yo lo había elegido entre los dos que el pintor te ofreció. "¿Por qué te gusta colgar pinturas por doquier?", te pregunté una vez. "Porque al verme rodeado de esas obras de arte me invade un sentimiento de placer y de seguridad".

Cuando estoy en la cocina preparando avena, el timbre del teléfono suena y la pantallita del aparato muestra el número de Miriam. Le agradezco mucho que se ocupe de mí, cada día llama o me lleva a comer o a pasear.

—Hola, Esperanza, ¿cómo estás? —dice con voz afectuosa.

—Igual que ayer y anteayer.

Ella carraspea. Puedo imaginarme su gesto de preocupación. Miriam al igual que otras amigas busca maneras de distraerme llevándome a pasear, tomar café, a una exposición, etc. Pero apenas lo logra porque las alas de la tragedia me ensombrecen.

—Paso por ti a la una de la tarde para que vayamos junto con Isolde a festejar el día de la amistad. Peter no viene pues tiene un compromiso. ¿De acuerdo?

—Sí.

—Entonces hasta al rato.

—Gracias —respondo y cuelgo. Pienso que por consideración a mí y a Isolde, cuyo marido murió hace seis meses, Miriam ha evitado que el suyo nos acompañe.

Mientras hablaba con ella se derramó la avena. En torno a la olla se hizo una costra y mi desayuno se volvió una papilla incomible. La arrojo a la basura, me preparo un emparedado y me dispongo a trabajar. En la mesa del comedor hay un altero de carpetas a un lado de la computadora. Paso la mañana respondiendo la correspondencia y el tiempo vuela. Miro el reloj. Son las doce cincuenta de la tarde, leo la carta que he escrito a la aseguradora médica y al terminar de revisarla la firmo.

Suena el timbre de la puerta.

—Ya llegué, te espero en el estacionamiento.

—Bajo enseguida, Miriam.

Meto la carta en un sobre y la cierro, me calzo las botas, me pongo el abrigo, tomo mi bolso y cierro la puerta tras de mí.

Miriam y Peter, su esposo, fueron contigo a la universidad. Al terminar los estudios a fines de los setenta, ellos se quedaron en Alemania trabajando como maestros de bachillerato, mientras tú marchaste a trabajar al extranjero. Los conocí cuando te visitaron en México hace treinta años, y en ese encuentro Miriam y yo descubrimos que teníamos muchas cosas en común. Años más tarde, ella me presentó a Isolde y simpatizamos enseguida. Entre las tres se inició una sólida amistad afianzada por nuestro gusto por la literatura, los conciertos, el cine, las visitas a tiendas de antigüedades y la buena comida. Además, el hijo de Isolde y Emilia tienen edades similares y por casualidad estudiaron en la misma facultad.

Este mediodía estoy sentada en un café con sofás azules, mesas de madera oscura y rodeada de los ruidos típicos de una cafetería: el zumbido de la moledora de café, voces de los meseros repitiendo los pedidos, sonido de las teclas de la caja, ruido de tazas, vasos y cucharas. Mis manos están heladas y mi nariz roja. Frente a mí una taza de té de manzanilla y mi bolso en el regazo. Sobre la mesa hay una vela cuya luz me envuelve en una romántica atmósfera fuera de lugar.

—Fíjate que el abrigo que compré no es de mi talla. Más bien de la tuya —dice Miriam y me tiende una bolsa.

—Puedes cambiarlo —replico.

—No puedo, porque la fecha para cambiarlo ya pasó. A ti va a quedarte a la medida.

—Gracias, pero no puedo aceptarlo —replico, convencida de que lo ha comprado para mí, en un afán de levantarme el ánimo.

—Por Dios, era una oferta.

Ella viste un abrigo negro con una chal beis del color de sus botas y bolsa. Su cabello rojo lo lleva corto y la boca pintada del mismo color.

—Miriam… —sólo alcanzo a decir eso y me echo a llorar. Cuando logro controlarme, digo—: Disculpa.

—No tienes por qué.

—Voy a echarles a perder el día.

—Si sigues llorando lo lograrás.

—Te llamé por teléfono ayer en la noche, pero no te encontré. ¿Dónde andabas? —pregunta Isolde.

—Fui al estadio con Markus —le respondo y es la verdad. Sin embargo no le cuento que un mes atrás tú habías comprado los boletos para el juego de Stuttgart contra Bayern, porque el fútbol era tu pasión y tu equipo favorito el VFB Stuttgart. Tan detallado no creo que hubiera querido saberlo Isolde, a ella no le gusta el fútbol.

A las siete y media de la tarde, cuando Markus y yo llegamos al estadio las tribunas estaban repletas de banderas rojas y blancas, los colores de nuestro equipo. Y la vista de tu asiento vacío nos produjo un dolor que penetró hasta la médula de los huesos. En lo alto dominaban dos pantallas luminosas, la gente bebía cerveza, comía salchichas y hacía gran alboroto. Risas, cantos y porras a favor del equipo de casa, y abucheos contra el adversario. Todo estaba igual que siempre, pero ya nada era igual. Ya nunca sería igual. Ya no estabas ahí. No estarás jamás. Nuestro mundo se ha venido abajo como una casa de naipes, y se ha convertido en un puñado de nada.

Cuando el equipo de casa metió un gol y en el aire atronó el coro de voces de los asistentes entonando canciones y gritos de euforia, Markus y yo nos miramos con entendimiento; aquello nos resultó ajeno, opresivo y hacía más evidente tu ausencia, e incapaces de soportarlo, abandonamos el estadio. Al alcanzar la calle apresuramos el paso para alejarnos de ahí cuanto antes, sin importarnos el áspero viento invernal que nos hizo apretar el cuello de nuestras chaquetas.

Isolde y Miriam continúan hablando y yo me limito a asentir para llenar los vacíos. Un grupo de personas entra al local platicando animadamente. Poco a poco el lugar se va llenando de gente. Echo un vistazo a mi alrededor y me horrorizo. Adónde quiera que dirijo la mirada sólo veo parejas que bromean, platican, ríen y se toman de las manos. Parejas de novios, esposos jóvenes, de edad mediana y ancianos, amigos, amantes. Deberían haber puesto un anuncio a la entrada del local: *exclusivo para parejas.*

La mujer sentada en la mesa frente a nosotros por un instante posa su vista en mí. Me observa y con los ojos parece preguntarme: "¿Dónde está tu esposo? ¿No sabes que hoy es día del amor y este sitio no es para mujeres solas?". O al ver mis ojos hinchados y mis negras ojeras que semejan una mezcla de ojos de sapo y mapache, ¿estará preguntándose sobre mi salud física, mental o estado civil? "¿Escapada del psiquiátrico, anoréxica o borracha? ¿Divorciada, abandonada o… viuda?". Que piense lo que quiera.

Con un gesto intento apartar lejos tales pensamientos como si intentara espantar un moscardón. Cómo me gustaría que mamá estuviera aquí, me abrazara y consolara. Pero ella ya tampoco está entre nosotros. Intento poner atención a la plática de mis amigas sobre el sabor del café arábico y cuando Isolde cuenta algo gracioso rio, pero suena más a un graznido que a risa.

Miriam propone un viaje a París.

—A mí no me gusta ir en verano cuando está repleta de turistas —replica Isolde.

—Podemos ir en otoño. París bien vale una misa. Allá siempre hay algo que ver.

—Cierto.

Ambas hacen planes de los sitios que podemos visitar y donde comer. Me limito a asentir.

—¿Qué quieres tomar para brindar? —me pregunta Miriam.

—Algo que me levanté el ánimo.

Brindamos con cava. Las burbujas cosquillean en mi lengua y el sabor fuerte me reanima un poco.

Cuando salimos a la calle está nevando: los techos, los árboles, las calles y el capó de los autos están cubiertos de una gruesa capa blanca. Caminamos en dirección a la plaza oyendo el crujir de la nieve bajo nuestras botas. El paisaje invernal es maravilloso. Pero yo no aprecio esa belleza. Todo carece de sentido, me siento separada del mundo por una impenetrable barrera.

Sobre la amplia plaza dominada por una fuente, nos detenemos frente a la iglesia. Miriam recuerda que nos conocimos por insistencia tuya.

—Persistencia no le faltaba. Cuando se proponía algo no cesaba hasta lograrlo.

—Max estaba seguro de que podíamos ser amigas y no se equivocó —asevera ella.

—Siento un dolor intenso aquí —digo y me golpeo el pecho—. No sabemos cuánto amamos a alguien hasta que desaparece y el sentimiento de culpa nos agobia incapaces de justificar la actitud que alguna vez tuvimos con ellos, por haber discutido por tonterías, de no haberles dicho más veces cuánto los queríamos, de no haberlos querido lo suficiente. Nada nos consuela del zarpazo del remordimiento. Extraño a Max, las noches y los días junto a él. A su lado el mundo era bueno y hermoso.

—Él está cerca de ti.

—Pero no puedo tocarlo, ni tan siquiera recordar su voz, su rostro; nada.

—A menudo Peter y yo recordamos sus ideas y ocurrencias. Max fue un gran amigo y mejor ser humano.

—Él y mi marido se llevaban de maravilla. Me gustaría que los dos estuvieran aquí —tercia Isolde.

Ella y yo nos miramos, unidas por un pensamiento que no expresamos: es el día del amor y las dos estamos solas. Los sollozos nos sacuden el cuerpo entero. Miriam se acerca y las tres nos abrazamos, mientras la nieve cae sobre nuestras cabezas como blancas plumas.

En ese instante las campanas de la iglesia comienzan a dar la hora y su repiqueteo se mezcla con el rumor de nuestro llanto.

Las semanas que se suceden a tu partida no mejoran mi ánimo. Empeora. Los días resbalan en la blancura invernal que parece tornarse eterna. Siento congelarme y subo la temperatura de la calefacción. Aunque paso el tiempo con la bufanda liada hasta las orejas y embutida en ropa de lana, el frío no se me quita. Es un frío que viene de adentro y no se elimina con nada.

Los fines de semana, desde el viernes por la tarde, Markus y Emilia vienen a casa y su presencia es un bálsamo sobre mi destrozado corazón. ¿Qué haría sin su ayuda? Estaría todavía tratando de descifrar los parágrafos de la ley sobre herencia o llenando formularios. Al principio, ni siquiera sabía a quién debía dirigirme para tramitar la pensión, cancelar las cartas de temporada para los juegos de fútbol, de los conciertos, el teatro, el ballet, los periódicos, requerir reembolsos o bien hacer la declaración de impuestos, etcétera. Y gracias a su ayuda no he tenido que tomar sola las decisiones más importantes. A pesar de su inmensa congoja, domina un agudo entendimiento y resuelven los problemas sin la ofuscación que todo lo embrolla. A ratos pienso que se intercambian los papeles, y ellos asumen el rol de padres y yo de hija.

Mis días se reducen al ir y venir de una oficina a otra, arreglar trámites burocráticos, y a planear la desocupación del departamento. Es una tarea inmensa que llena mi vida cotidiana. Cada mañana me levanto y funciono. La mesa del comedor está cubierta de papeles. A diario recibo numerosa correspondencia: cuentas de los médicos y del hospital, cartas del banco, de la aseguradora, la oficina de pensiones, facturas de teléfono, luz, cable, electricidad, notificaciones, cartas de pésame que aún siguen llegando, pagos correspondientes al recogimiento de la basura, cable de televisión, etc. Cuando lleno un formulario y llego al apartado estado civil se me hace un nudo en la garganta. ¿Cómo puedo después de casi tres décadas de anotar *casada* escribir *viuda?*

Mientras estoy en el comedor comiendo de un plato rábanos, tomates y un trozo de salmón, miro la superficie de la mesa con algunas raspaduras y rasguños, imagino cuando nosotros comíamos en ella adornada con flores y cubierta con un lindo mantel. Pienso en el día cuando los muchachos vuelvan a ocuparse de lleno en sus actividades y ya no vengan tan a menudo, ¿qué haré entonces en este departamento lleno de pinturas y libros? Ese pensamiento me estremece y hago a un lado el plato.

Esta tarde, como de costumbre, hago un largo paseo. Al volver y subir la escalera, mi paso se torna lento y frente a la puerta del departamento pongo la mano en el pomo sin decidirme a entrar. Temo encontrar tu sillón vacío, la oscuridad y el silencio. Leo me roza la pierna y su presencia me decide a entrar. "¿Entiendes lo que me pasa?", le pregunto mientras lo tomo en brazos. Él me observa, atento con sus vivaces ojos verdes, como si quisiera comprender el significado de mis palabras. Tiene un pelaje tan suave, como la seda, que no resisto la tentación en recargar la mejilla en su lomo. Leo se deja querer, pero al cabo de un rato, se revuelve inquieto porque estoy retrasando su hora de descansar. Su ronroneo se transforma en un bostezo, salta al suelo y se dirige a la cocina. Lleno su plato de croquetas y él las devora en un instante.

A través de la ventana contemplo la noche. Las luces callejeras están encendidas y sus reflejos dibujan los contornos de los árboles y de las casas. Comienzo a apagar las luces y a medida que las voy apagando, voy dejando tras de mí un manto de tinieblas. En el dormitorio de Emilia, donde ahora duermo, la luz de la lámpara cae sobre la cama como un sable. Intento leer pero no puedo concentrarme en la lectura. Apago la luz. De afuera me llega el rumor del viento, y como en trance permanezco a oscuras viendo el caminar de las manecillas del reloj sobre la mesilla de noche.

Desde la ventana veo cómo el viento tumba el anuncio de la inmobiliaria y dobla la sombrilla de la cafetería. El estruendo del ventarrón hace que Leo se esconda bajo la cama. Recorro los cuartos sin un fin concreto. Cada vez que entro a nuestra recámara o al estudio me invade un dolor seco. Desde el veintiocho de enero no he vuelto a dormir en nuestro dormitorio, en ese cuarto donde el tiempo parece haberse congelado. La cama sigue hecha con las mismas fundas de franela roja con líneas doradas que usaste la última vez. Nuestro estudio, una habitación llena de libros con dos escritorios y dos sillones frente a las ventanas, tampoco he vuelto a ocuparlo. Necesito hacer un esfuerzo para traspasar el umbral de esas habitaciones. Qué difícil ver tu ropa en el armario, el estudio con tus fotos y libros. ¡Qué opresivo oír tu voz en el contestador!

Cómo desearía dormir y esconderme del mundo y de la realidad.

Al principio creí que entre tus pertenencias podía encontrar consuelo y paz. No obstante, ante la vista de todo esto sólo experimento un hueco en el corazón. Sé que en algún momento tendré que desocupar los armarios, descolgar tus diplomas de la pared, tu pizarra con tarjetas postales, las pinturas; todo. No obstante, ahora eso es imposible.

Siento la debilidad de mis piernas, incapaces de sostenerme y llevar la carga de mi melancolía. Comer, dormir, caminar, todo me cuesta trabajo. Sin embargo, una voz en mi cabeza me repite, sigue adelante. Adelante. Obedezco y sigo cumpliendo mis deberes, maquinalmente como un robot. Intento consolarme pensando que fue mejor para ti que todo sucediera así; rápido y sin aviso. Quizá si los médicos te hubieran salvado la vida y hubieras quedado inválido, tendrías que depender de otros y serías desdichado porque siempre fuiste muy independiente.

Leo ronronea cerca de mi cara como diciendo: "¿Qué esperas para servirme el desayuno?". Maúlla impaciente y se dirige a la cocina. Voy tras él, saco del refrigerador su lata de comida y lleno su plato. En el silencio suena el arrastrar de su plato sobre el suelo de la cocina. Cuando él lo deja limpio, se lame el lomo, cara, orejas y patas. Luego se para frente a la puerta mirándome como si dijera: "¿qué esperas para abrirme?".

Me inclino para levantarlo y murmuro: "Perdóname Leo porque voy a dejarte en manos ajenas, pero no tengo otra opción". Él clava sus ojos ambarinos en los míos y durante un rato me observa como si quisiera descifrar mis gestos y palabras. Después se revuelve incómodo.

"No seas impaciente, gordito. Acompáñame un rato, no me dejes sola. Ahora la única presencia consoladora en este lugar es la tuya". Leo no se deja impresionar por mis palabras. Se tira al suelo y araña la alfombra para mostrar su mal humor porque quiere salir al jardín. Le acaricio el cuello y sus patas traseras. Él serpentea entre mis piernas, choca su cabeza contra mis tobillos para luego dirigirse al balcón. Trata de abrir la puerta con una pata y lo ayudo. Raras veces utiliza el tilo cercano al balcón trasero para salir del departamento; hoy es una de esas ocasiones.

Prendo la radio de la cocina y la voz de Frank Sinatra cantando *My Way* llena la habitación. Me sirvo un vaso de jugo mientras observo a un mosquito revolotear cerca de la ventana. Salgo de la cocina; el jugo permanece sin probar sobre la mesa en tanto *My way* se termina.

Las horas siguientes respondo correspondencia y hago varias llamadas telefónicas para cotizar los precios entre diversas empresas de mudanzas. Al mediodía, cuando Leo vuelve a casa, después de comer, se echa en el sofá panza arriba y dormita estirado a todo lo largo que da. Me recuesto a su lado y me vence el cansancio. Durante la siesta tengo un sueño. Me encuentro paseando por un bosque, cuando a lo lejos diviso la figura de un hombre. Primero sólo veo una silueta con las manos en los bolsillos y el cabello moviéndose en el aire. Poco a poco la visión se va haciendo más nítida, y al notar que se parece a ti corro a su encuentro. Pero a medida que me voy acercando a él, me doy cuenta de que no eres tú; tú ya no existes.

Despierto.

"Ahora que te has ido, qué no daría por volverte a ver, poder abrazarte y decirte cuánto te quiero, aunque sólo fuera por última vez".

Aunque la noche anterior dormí poco, apenas amanece me levanto. Luego de tomar una taza de café y comer un poco de cereal, Markus y yo salimos rumbo al hospital. Han transcurrido dos meses de tu partida y hoy volvemos ahí para conocer los resultados de la autopsia. Al acercarnos a la puerta principal, me quedo enceguecida por el calidoscopio titilante de luces de una ambulancia, cuyos reflectores lanzan destellos como llamas. Y al caminar por los pasillos que recorrí dos meses atrás, siento los pies pesados, como si se negaran a seguir adelante, y con gran esfuerzo logro llegar hasta el área de terapia intensiva.

La clínica está en el apogeo de actividad, llena de voces, rumores y del abrir y cerrar de puertas. Un olor a medicamentos y a antiséptico enrarece el aire. Mientras esperamos la llegada del médico pido permiso para pasar al cuarto donde viviste tus últimos instantes. Por suerte no está ocupado. Recorro la habitación, como esperando que las paredes derramen todo lo que saben sobre aquella noche y me den la certeza de que no hubo errores o descuidos por parte del personal médico. ¿Qué sucedió en ese sitio? ¿Qué pensaste? Pero aquellas paredes blancas como sudarios permanecen en silencio.

La voz de la asistente del médico interrumpe mis cavilaciones:

—El doctor Geiger ha llegado y los espera en el consultorio número uno.

Markus y yo nos encaminamos hacia el sitio que nos indica. El consultorio es un cuarto de paredes blancas y con una ventana que da a un jardín. El lugar está lleno de la luz benévola de la mañana y ocupado con un escritorio, tres sillas, carteles de un cuerpo humano, cerebro, pulmones y corazón.

Alguien toca. Se abre la puerta y en el umbral aparecen dos médicos: un hombre y una mujer. Él dice: "Buenos días" y nos tiende la mano. Tiene la mirada distraída y el gesto esquivo. La doctora, con muchos kilos y años, deja sobre el escritorio las gráficas del electrocardiograma. Con la mirada sigo el curso de las ondulaciones hacia arriba y hacia abajo. No miro más que las ondulaciones.

El médico abre el fólder y comienza a leer el informe de patología. Su voz y el rumor de pasos por el pasillo se mezclan en una masa que sube y baja a la par de las ondas del electrocardiograma. Parpadeo. Mi ojos tiemblan. Los cierro. Vuelvo a abrirlos y el temblor continua. El doctor nos bombardea con términos médicos: arritmia, coágulos, arteria aorta, pleura, derrame… y cuando no tiene nada más que decir, Markus lo inquiere:

—¿Cómo pudo suceder este desenlace si unas horas antes el doctor Schmidt me aseguró que mi padre estaba bien y su recuperación era cosa de días.

—Un coágulo se desprendió repentinamente y cerró el paso de sangre de la arteria más grande del cuerpo. Eso es algo que no puede preverse.

Markus tiene una taza de té entre las manos, la aprieta tan fuerte que temo que pueda hacerla añicos. Pregunta a la doctora sobre los detalles de tus últimos momentos, si sufriste por la falta de aire.

—No, porque todo ocurrió en fracción de segundos —asegura ella y eso es un pensamiento consolador porque no tuvo tiempo de sentir dolor.

Sin embargo, ¿era eso verdad?

—¿Cuáles fueron las últimas palabras de mi padre? —la inquiere con expectación.

En la pregunta de Markus percibo el deseo ferviente de saber que lo recordaste con tu último aliento de vida, que cerraste los ojos evocando su nombre, diciéndole cuánto lo querías, que le encargabas a su madre, a su hermana, algo a lo que pueda aferrarse. Saber que no te fuiste así como así, sin darle oportunidad de decirte cuánto te amaba, que él seguiría al pie de la letra tus consejos y sería un hombre de bien. Quizás anhela que la doctora pronuncie una mentira piadosa, algo que le permita despedirse de ti, que le arranque la incertidumbre de no saber qué pensaste o sentiste en el momento de tu partida y saber que él no se quedó con un puño de nada entre las manos.

Sin embargo, la doctora de nuevo se limita a decir:

—Lo siento, no lo recuerdo. Hace ya dos meses de eso y cada día tenemos tantos pacientes que lo he olvidado.

—¿Tiene alguna duda? —cuestiona el doctor dirigiéndose a mí.

Lo miro con desconcierto, como preguntándome a quién le está hablando. Tengo la garganta anudada y no puedo hablar, es como si se hubiera roto el hilo de comunicación entre mi boca y cerebro. Sólo el temblor en mi ojo izquierdo persiste.

—Señora, ¿tiene alguna duda? —repite y me mira con la cabeza erguida y sus ojos del color del acero.

Se me atragantan mil preguntas que quiero hacerle. Pero de mi boca no sale una palabra, por lo menos ninguna congruente. Permanezco en silencio; en mi interior sólo hay una profunda desolación. Yo, que siempre expresé mis inquietudes y airada reclamé cuando algo no me pareció en orden, sin importarme de quien se tratara, ahora adopto una actitud mansa. Tengo la sensación de ser un objeto en manos del destino, ante el cual no puedo luchar. Además, qué sentido tiene discutir por algo que ya no tiene vuelta de hoja, ya nada te devolverá a la vida. El destino es así; misterioso y extraño.

Miro a Markus, la crispación de su mano y su mirada contrita. Tengo los brazos cruzados, apretados como si tuviera frío. Tocan a la puerta, la asistente del médico asoma la cabeza y anuncia al doctor que los familiares de otro paciente le esperan.

Él mira su reloj de pulsera, me alcanza el acta y dice:

—Pueden llevársela y leerla con cuidado.

La recibo mientras miro en la pared el afiche mostrando un cerebro.

—Será mejor que vayamos a casa —sugiere Markus y me toma del brazo. Sus dedos están helados.

Asiento, saliendo de mi letargo.

El médico, seguido por la doctora, se despide y ambos desaparecen por el pasillo. Nosotros caminamos en dirección a la salida, llevando a cuestas aquel documento que parece pesar una tonelada.

Cuando salimos a la calle nos recibe el gélido soplo del viento invernal.

Con la lentitud del paso de una tortuga se arrastran los meses. Pasa uno, otro y el calendario muestra abril. Se va la oscuridad, la nieve, el frío del invierno, y con la llegada de la primavera se anuncia el crecimiento de la naturaleza y los colores de la nueva estación del año. Acuciada por la pena no percibo cuando las desnudas ramas de los árboles comienzan a llenarse de tiernas hojas verdes y los jardines de flores silvestres. Tampoco cuando retornan los pájaros de su viaje invernal y llenan el aire con sus trinos. El paisaje rezuma vida y alegría. No obstante, yo estoy separada del mundo por una coraza de acero y ante mis ojos el paisaje se torna yermo y sombrío, porque sólo pienso en tu sillón vacío que encontraré al abrir la puerta de nuestra casa.

Observo a la gente del vecindario que se dirige a su trabajo, a hacer compras, correr, reír, andar en bicicleta y platicar en sus balcones. Todo esto me parece ajeno y no me toca. Ni siquiera leo los periódicos que se amontonan sobre la mesa de la sala. No me interesan las noticias, la política, las guerras o ponerme al día en el quehacer político en el mundo. Veo todo con indiferencia. Yo, que siempre me he interesado por las elecciones e indignado ante actos de corrupción, injusticia y sobornos, he perdido el coraje, los arrebatos de pasión y la capacidad de emocionarme por las cosas que suceden a mi alrededor.

Tampoco he vuelto a leer noticias trágicas o ver películas violentas. Mucho menos aquellas que tengan que ver con hospitales y salas de terapia intensiva; temo identificarme con las aflicciones de los personajes. Hay tanto dolor en el mundo. Ahora sólo me queda la soledad, más evidente aún por el bullicio en la calle y los murmullos de las parejas en los balcones.

Un atisbo de sensatez me impulsa a seguir adelante. Cuando estoy con mis hijos o amigos olvido por ratos mi pesar. Pero son sólo instantes. Basta con la evocación de una imagen, una frase, para que vuelva a sumirme en la pena. Las vivencias de lo sucedido están presentes y siento como si me hubieran arrancado la piel y tuviera el corazón en carne viva.

Durante el día, con la mente flotando en el limbo, funciono como autómata: abro el correo electrónico, respondo algunos mensajes y otros los desecho por tratarse de publicidad. Despacho la correspondencia, lavo las ventanas, descuelgo y lavo las cortinas, plancho, lavo los baños, empaco libros y cuadros, llevo ropa y libros a la tienda de ayuda social. Me muevo de un lado a otro porque en cuanto me quedo quieta los recuerdos se atropellan en mi mente y no me dan tregua.

Voy a la cocina y preparo café. Con una taza en la mano recorro el departamento y divago entre pilas de cajas y objetos que se acumulan en el estudio y dormitorio. Miro la sala comedor silenciosa y solitaria. Hubo un tiempo en donde aquí todo fue risas, voces y alegría. Durante años aquí tuvieron lugar muchas festividades: navidad, cumpleaños y reuniones con amigos. Ahora, tras tu partida, sólo se oye el rumor de mis pasos.

Dejo la taza sobre la repisa de la ventana y te imagino fumando un cigarro tras otro, como si quisieras consumir tu vida en bocanadas de humo. ¿Fumar era más importante que vivir? ¿Por qué si sabías el riesgo que corrías no lo dejaste? Si pudiera te reclamaría tu irresponsabilidad. Fuiste egoísta, no pensaste en nosotros y te dejaste guiar por tu debilidad, sin importarte dañar tu salud, morirte pronto y hacernos sufrir de este modo. A decir verdad, creo que sólo viviste como quisiste vivir.

Suspiro hondo y pienso en lo que haré con nuestras cosas: guardaré en un almacén los muebles, libros, objetos y cuadros que deseo conservar, daré a Markus y a Emilia lo que ellos quieran llevarse. Lo demás lo venderé, regalaré y el resto lo arrojaré a la basura. Tengo frente a mí una tarea titánica. ¿Cómo podré organizar la mudanza de todas nuestras pertenencias en un par de meses?

Retomo la escritura de esta carta, pasa el tiempo y cuando levanto la vista percibo que ya ha oscurecido. Hago una pausa. Salgo al balcón y me parece verte ahí. En una camisa verde y un pantalón del mismo color. Una taza y la tetera sobre la mesa de madera. Tú leyendo, sin mover más que la mano que da vuelta a las hojas de tu libro mientras yo hago lo propio. Recuerdo que cuando me levantaba para irme a dormir, decías: "quédate un rato más, quédate conmigo".

Hasta mí llegan las risas y voces de los vecinos, el ruido del tráfico y del taconeo de alguna transeúnte. Miro todo con desinterés. Es como si fuera un cuerpo sin alma, mi expresión alegre se borró desde el día que te fuiste y sólo quedó un alma triste. Estoy separada del mundo por el luto. Tengo la mente confusa y el alma en un hilo. Me pregunto, ¿cuándo volveré a interesarme por cuanto me rodea y sentir gusto por la vida?

Me he vuelto temerosa y me siento rodeada de peligros. Los peores presagios me asaltan apenas a Markus o a Emilia les duele la cabeza o lucen cansados. En todos lados veo paros cardíacos y enfermedades múltiples. El mínimo malestar de ellos me asusta y enseguida insisto en que consulten a un especialista.

Al sentir un vacío en el estómago recuerdo que desde en la mañana no he probado bocado. Voy a la cocina a buscar algo de comer. Con un vaso de leche en una mano y en la otra un plátano, me siento a la mesa del comedor. A un lado de la computadora descansa la cajita verde donde guardabas nuestro libro de familia. La abro y ahí están: nuestra acta de matrimonio, las de nacimiento, bautizo, comunión, confirmación de nuestros hijos; documentos testigos de una vida en común. Y entre aquel papeleo la factura de nuestros anillos de bodas. ¿Te acuerdas del día que los compraste? Sin importarte gastar todos tus ahorros, te empeñaste en que mi argolla llevara un diamante, y con lo poco que te quedó compartimos una copa de helado en una heladería del centro de México.

Ahora, al ver la factura recuerdo la madrugada en que una enfermera en el hospital me entregó el tuyo. Al tenerlo en mis manos el anillo me quemó la piel y en la confusión del momento no supe dónde lo puse. ¿Dónde quedó?, me pregunto. Lo he buscado por todas partes y no lo encuentro.

Vuelvo a colocar la nota dentro de la caja verde y la cierro.

Miriam llama por teléfono para recordarme que al día siguiente desayunaremos juntas.

—¿A qué hora? —le pregunto.

—Cuando despiertes.

—Gracias y hasta mañana.

Tomo un álbum del librero, me siento en el sofá y abro la primera página. Aliso con los dedos la esquina del papel de china protector y comienzo a ver las fotos. Tú, imitando el caminar de un pato, y Emilia riendo divertida. Aquel día, de ese modo habías logrado distraerla, luego de que ella se había caído y tenía un chichón en la cabeza. En otra foto ella luce sus frenillos en los dientes y Markus un carrito en una mano. Tú les despeinas el pelo y los miras con infinita ternura, como si no existiera nadie más importante que ellos. Siento como si mi corazón fuera a explotar y en un acto de defensa, cierro el álbum. Es tiempo de irme a otro lado. No soporto esta casa, tú estás en cada cosa que tocaste, que usaste y en cada lugar; todo te recuerda. Tengo la pena pegada a la piel, las sombras de lo sucedido me acechan y la tristeza llega sin aviso.

Acordes musicales flotan en el aire. La vecina del piso de abajo ha comenzado a tocar el piano.

Iré a caminar hasta que el cansancio logre mitigar mi aflicción. Por lo menos por un instante. Tomo las llaves y huyo del departamento. De prisa bajo la escalera y salgo del edificio.

Atrás quedan los acordes de piano interpretando *Claro de Luna*.

¿Cómo puede salir el sol, la gente encaminarse al trabajo, reír y ser feliz? ¿Cómo puede todo continuar su ritmo si tú ya no estás? Aún no puedo concebir que te hayas ido para siempre. Las semanas transcurren y yo las veo pasar a mi lado como en trance. Por la noche me defiendo de las pesadillas que me acosan y en las que aparece la silueta de un médico con unos zuecos grandes y unos ojos del color del acero. Él se interpone en mi camino mientras tú desapareces al final de un pasillo. Grito sin voz hasta cuando el canto de los pájaros, el correr de persianas y el rumor de autos anuncian el inicio del nuevo día.

Esta noche, mientras transito entre el sueño y el despertar, te sueño. Es un amanecer invernal. Los árboles cubiertos de nieve dibujan figuras fantasmales sobre las calles dominadas por una plateada y, a la vez, sombría claridad. Estás de pie frente a nuestro edificio y tu silueta se alza en la penumbra e impregna la calle de un halo de luz. Te ves como el hombre joven que conocí hace treinta años, esbelto, con un traje de pana café, el pelo abundante, los lentes redondos y la barba espesa. Sólo las finas líneas alrededor de los ojos y algunos cabellos blancos sobre las sienes insinúan tu edad. Tienes un cigarro entre los labios, la brasa rojiza revive a cada aspirada y se mueve hacia arriba y abajo como el aleteo de una luciérnaga. Luego entras a la casa y nos sentamos en torno a la mesa del comedor, donde yo había estado revisando y respondiendo nuestra correspondencia.

—Max, por fin regresaste. Ahora puedo decirle a todos que estás vivo —musito. No obstante, casi enseguida, la realidad me alcanza y añado—: de ti, de nosotros ya sólo puedo hablar en pasado. Por eso, aunque la vida sigue su curso yo me he quedado anclada en el ayer. Nada me alegra, ningún café, ninguna comida, ninguna ropa nueva. Nada, porque tú ya no estás aquí.

—¿Por qué no te distraes y emprendes alguna actividad con tus amigas?

No hablas, es más bien como si fuera una transmisión de pensamientos.

—Nuestras amistades me invitan a todos lados para hacerme más tolerable tu ausencia. A veces acepto sus proposiciones, pero me siento como un animal herido que se deja arrastrar por su salvador, con la esperanza de que pueda curarlo. En otras ocasiones rechazo las invitaciones. Las aprecio todas, pero la pena me roba toda energía. Desde aquella madrugada invernal todo se ha detenido en mi vida, a excepción del vacío en mi interior que crece a medida que transcurre el tiempo.

"Este departamento es un sitio muerto: tú ausente, y yo arrastrando mis pasos por los cuartos como por el laberinto de una realidad rota. Sé que dirás que exagero, pero así lo siento. Hoy mi futuro se desenmascara como un espejismo, como la luz de una vela que ante el soplo del viento se ha apagado. El dolor me roba hasta el aire para respirar y parece penetrar en las paredes, los muebles, las cortinas, las cobijas, en todo.

"Hoy sólo soy la sombra de la que conociste, la Esperanza incansable y firme que conociste desapareció en el umbral de la habitación de aquel hospital, y ha sido reemplazada por una mujer hecha de espuma y de dolor.

Después de unos minutos en silencio, agrego:

—Ahora con quién compartiré la vida que siempre imaginé pasar junto a nuestra familia. Tú te has ido, los muchachos ya viven fuera de casa y a Leo no podré llevarlo conmigo. Cada día, cuando lo tomo en los brazos, le pido perdón por dejarlo en manos ajenas. También a los muchachos les haces falta. Markus había arreglado hacer sus prácticas en el despacho jurídico cercano a nuestra casa, porque planeaba pasarse las tardes contigo y gozar de esa amistad de padre e hijo. Y eso comenzaría exactamente un día después de que ingresaste al hospital. Desde tu partida él se ha vuelto silencioso y pensativo como si viera la vida a través de un cristal. Emilia no está mejor. Sin embargo, prefiero que lo sepas por boca de ellos mismos. Sin ti no me queda nada.

—Te quedan los recuerdos —pareces decirme con la mirada.

—Con el recuerdo no puedo tocarte, sentirte. Tampoco oír tu voz. Quédate conmigo.

Me pones un dedo sobre los labios.

Me incorporo bruscamente, golpeó la mesa con la palma de la mano tan fuerte que los papeles que la ocupan caen al suelo. Siento ira contra ti por el sentimiento de abandono que me causas.

—¿Por qué te fuiste?

No respondes. Sólo me miras.

—Desde el día que te marchaste se me acabó la alegría por la vida. Aferrada a mi espléndida levedad nada había estado más lejos de mi imaginación. ¿Quién decide por qué unos viven muchos años y otros tan pocos? ¿Por qué me ocurrió a mí y a mis hijos? Ahora, en mi mente obnubilada no hay un viso de realismo y tu muerte me ha dejado al garete. La tragedia se ha colado en mi mundo y lo cubre con sus negras alas. Es como si el destino quisiera cobrarme la factura por los años de felicidad. La intensidad de mi aflicción es tan grande que no puedo soportar vivir cerca del recuerdo, y por eso me iré de aquí.

Por la noche, cuando me acuesto no puedo conciliar el sueño y cuando lo consigo duermo en retazos. Al amanecer me alegra despertar, oír el rumor del motor de un auto, unos pasos, una tos, ver la claridad colándose a través de las persianas; señales de vida que significan el inicio del día, el fin de la noche, de las tinieblas y de mis sobresaltos.

—El destino está escrito y nada podemos hacer contra eso —pareces sentenciar y me miras; es una mirada cargada de conmiseración.

Das la media vuelta y comienzas a alejarte en dirección al balcón.

—Quédate —grito. Pero tú sigues alejándote hasta que tu silueta se diluye entre la incierta claridad del alba.

Un golpe de viento me despierta, y con la luz que se filtra entre las persianas puedo percibir el contorno de los muebles y la esfera luminosa del despertador. En esos instantes que oscilan entre el sueño y la vigilia, repaso lo que he soñado. Luego hago la cobija a un lado y me levanto. Voy hacia la ventana y corro las cortinas, la calle está apenas iluminada por las lámparas callejeras que dan al paisaje una visión espectral, panorama que entona con mi estado de ánimo.

Incapaz de volver a conciliar el sueño, me siento en la alfombra de la sala y frente a varias cajas apiladas traídas del sótano. Reviso su contenido, cada una tiene en un lado escrito el año y el lugar en que fueron empacados aquellos objetos. En una encuentro un cuadro enrollado. Tú amabas las pinturas. Adonde quiera que íbamos comprabas cuadros. Tenemos muchos más de los que podemos colgar en las paredes de nuestro departamento. Aunque desvelada, continuo trabajando con la esperanza de que el agotamiento ahogue la tristeza y a la espera de la llegada de la resignación, que quizá tarde o temprano acabará imponiéndose.

Al cabo de un rato el sol desgarra el velo mañanero de la niebla. En el instante que levanto las persianas, un pájaro detenido cerca de la ventana agita las alas y emprende de nuevo el vuelo.

Nunca supe que era un ser bendecido por la varita mágica de la felicidad hasta que te perdí. Los últimos tiempos, a pesar de que nuestros hijos ya vivían fuera de casa, fueron años felices como sólo pueden serlo esos que se viven sin saberlo. Tú ya estabas pensionado y solías levantarte más temprano que yo, comprabas pan y recogías el periódico, mientras yo ponía la mesa para el desayuno. Un desayuno con café, pan fresco, el periódico y nuestro gato echado a nuestros pies; una vida hermosa.

Más tarde, cada uno se dedicaba a sus actividades, resolver algún asunto administrativo, escribir, cocinar o limpiar la casa. A mediodía comíamos juntos, íbamos a pasear, leíamos en el balcón o bien jugábamos golf, y al final bebíamos cerveza con amigos en la terraza del club. Por la noche, después de cenar solíamos tumbarnos en la hamaca a contemplar las estrellas.

Los sábados eran días de ir al estadio o ver en la televisión el juego del equipo de Stuttgart y el resumen de los de la liga alemana. Los domingos, las sobremesas con nuestros hijos y sus parejas platicando sobre política, economía y de sus intereses, logros y problemas. Cuando ellos se marchaban, nosotros, con un jarro de café, y un platón con queso, frutas y nueces nos instalábamos frente a la televisión. Leo regresaba de su paseo diario, comía croquetas y se echaba a mi lado, mientras se limpiaba la cara, patas y cuerpo. Juntos veíamos el documental cultural *Espejo del mundo*, una serie policíaca, las noticias, y cuando terminaban íbamos a la cama.

Así era nuestra vida y así hubiera podido continuar durante muchos años. Muchos más.

¿Sabes?, hoy jugó Stuttgart contra Frankfurt. Lo supe porque vi jóvenes vistiendo la camiseta del VFB. Lo había olvidado. Desde que tú no estás ya no veo los partidos. Tampoco he vuelto a pisar el estadio, he perdido el interés en ese deporte que formaba parte de nuestro ritual del fin de semana.

¿Te acuerdas cómo los sábados íbamos temprano al estadio para encontrarnos con amigos antes del inicio del partido? Allá comíamos salchichas y bebíamos cerveza antes del comienzo del juego. Hacíamos comentarios sobre lo sucedido en el juego pasado; un posible faul, un tiro de esquina, un penalti, cuál jugador era mejor y a cuál sustituir. Yo conocía los nombres de todos los jugadores de la liga alemana, (Timo Hildebrandt, Mesut Özil, Sami Kedhira, Cacau,

Philipp Lahm, Jérôme Boateng, etcétera), las recientes compras de los equipos, a qué entrenador habían despedido o contratado, quién era el mejor goleador, etcétera.

Cuando nuestro equipo, el VFB anotaba un gol, nos felicitábamos mutuamente como si se tratara de nuestro propio triunfo, participábamos en la ola y nos uníamos al coro del estadio para gritar vivas a su favor. Cuando terminaba el partido, oíamos los resultados de todos los juegos entre murmullos de admiración, y al final abandonábamos el estadio oyendo tras de nosotros la canción: *una estrella que lleva tu nombre…*

Hoy festejamos el cumpleaños de Miriam. Isolde y ella ya están en el restaurante cuando llego. Mientras un mesero enciende la vela sobre la mesa, nosotros brindamos con Cava a la salud de la cumpleañera y le entregamos sus regalos.

Les cuento que el jueves pasado puse un anuncio en internet para vender muebles y que el fin de semana vinieron dos jóvenes que acaban de obtener un puesto en una empresa automovilística cerca de Stuttgart, y como no contaban con muebles, compraron nuestra cama, las mesillas de noche, un escritorio, sillas, anaqueles, roperos y hasta el canasto de la ropa sucia.

—Pareces decidida a llevar a cabo hasta el final el plan de mudarte.

—Claro, sólo me quedo en el departamento hasta finales de junio.

—Sí, pero…

—Pero, ¿qué?

—¿Sabes el inmenso trabajo que significa una mudanza? Empacar en tan poco tiempo la gran cantidad de cuadros que tienes, libros, figuras, ropa, muebles y mil cosas más.

—Lo sé.

—¿Y aún así quieres hacerlo?

—Sí y lo llevaré a cabo, cueste lo que cueste —respondo.

—No te imaginas el trabajo de organizarlo todo.

—Lo imagino. Será una hazaña. Me paso los días trabajando a marchas forzadas, empacando, tirando, limpiando y ordenando. Son tantas las cosas que salen de los roperos y sótano, que ignoro cómo lograré desocupar el departamento en tan poco tiempo. En mi desesperación, imagino que todas mis pertenencias, como en los cuentos infantiles, una hada con una varita mágica las hace del tamaño de un frijol y entran en un cofrecito que ella misma lleva hacia el sitio deseado, dejando tras de sí un dorado polvo.

—Nosotros podemos ayudarte a empacar.

—Gracias, pero prefiero hacerlo sola, así no tengo tiempo de pensar en nada.

—¿Que harás con Leo? —me inquiere Isolde.

—Los padres de una vecina han ofrecido quedarse con él. Ellos tienen una casa con un jardín grande y adoran los gatos.

Me duele el alma al pensar en separarme de Leo. Para mí y nuestros hijos es un duro golpe, porque él es como un miembro más de nuestra familia. Daría cualquier cosa por llevarlo conmigo, pero a partir de julio no tendré un hogar propio.

—¿Estás bien?

Niego con la cabeza.

—No tienes que fingir fortaleza, puedes desahogarte y decir cómo te sientes.

—¿Para qué? ¿Para repetir como un disco rayado la misma canción? Todos me dicen que el tiempo cura todas las heridas, que ayuda el hacer ejercicio, el trabajo y el contacto con las amistades. Lo he intentado todo. A veces con éxito y por ratos consigo olvidar. Sin embargo, son sólo instantes. Cuando me preguntan: "¿Cómo estás?", respondo: "bien". La verdad es que me siento miserable y quisiera gritar: "por favor, ahórrense sus consejos, no repitan las frases de ten valor, la vida continua, tienes que hacer algo para salir de esto, los recuerdos hermosos te darán fuerza para seguir adelante". No es así. Entre más hermosos, más duelen. No tolero ver sus fotos, su bata en el baño o su silla vacía. Nada. Sus consejos podrían ahorrárselos.

"Quisiera gritar que mi hogar sin él es como una casa a la que se le han caído la mitad de los pilares y amenaza con venirse abajo, que no soporto despertar en nuestra cama y ver su lado vacío, que trabajo sin cesar para evitar pensar en su ausencia y sonrío para darle valor a mis hijos y seguir adelante. No es justo que a tan temprana edad hayan perdido a su padre. Aunque tampoco vale la pena preguntarse por qué él. Eso no lo traerá de regreso. Es una cuestión de buena suerte y Max no la tuvo.

Ellas me miran sin decir nada.

—Quizás un día pueda ver sus cosas y recordarlo sin derrumbarme. Ahora me es imposible. He guardado todas sus pertenencias; no soporto verlas. Tampoco puedo acudir a los sitios adonde íbamos juntos: al club de golf o al estadio. Me estremezco sólo de imaginar que debo confrontarme con conocidos y oír sus condolencias. Sé que lo hacen con buena intención, pero no puedo soportarlo.

—Date tiempo —replica Miriam y cuenta un par de anécdotas tuyas que yo desconocía y, por primera vez desde tu muerte, las tres hablamos de ti con alegría.

Rio. Ojerosa como un mapache, pero puedo reír.

—¿Por qué no abres tus regalos? —le sugiere Isolde a Miriam y le alcanza su regalo.

Emocionada, Miriam desgarra la envoltura y el papel roza la flama de la vela. Enseguida el fuego se esparce por el papel de china y, para apagarlo, ella le sopla. Con ello sólo logra avivarlo y que se extienda hacia la cubierta del otro regalo. La llama se levanta airosa y pedazos de papel ardiendo serpentean tercos y caen al suelo alfombrado.

—No le soples —le dice Isolde, pero Miriam parece no oírla y vuelve a arrojar todo el aire de sus pulmones. Los pedazos de envoltura vuelan hacia los lados. Con la mirada buscamos cualquier líquido para ahogar la flama que se extiende con vertiginosa rapidez, pero nos hemos bebido de un tirón la cava y el té. Intentamos apagarlo con la base de las copas, tropezamos, nos estorbamos entre nosotras, y con desesperación pisamos los trozos de papel. Miriam toma la jarra de café y la copa de helado rebosante de crema de la mesa de al lado y las arroja al papel encendido, ahogando así el último fuego.

Al cabo de un rato, después de ayudar a un mesero a retirar los estropicios y ordenar café y helado para el cliente de la mesa a nuestro lado, volvemos a tomar asiento en nuestros lugares.

—Gracias a Dios, pues más acción que ésta no podría aguantar por hoy —dice Isolde.

—¿Otro té? —nos pregunta el mesero al acercarse.

—Mejor una copa de Cava —replico.

—Intenta recordar algún defecto de Max, eso te haría sentir enojo. Es mejor sentir rabia que melancolía —sentencia Miriam.

—Puede que tengas razón —respondo y para sentir cólera en lugar de esta aflicción que me persigue como mi sombra, intento evocar tu necedad o incapacidad de reconocer tus equivocaciones y disculparte cuando no tenías la razón. O que cada que íbamos a cenar a alguna parte, antes de que nos sirvieran el postre salías al jardín a fumar, y al volver el café se había enfriado, el helado derretido y yo me enfurecía por ello. Pero ya no necesito ofuscarme, pues ya no iremos más de viaje.

En vano me devano los sesos tratando de rememorar otros detalles de tu lado negativo. Tus fallas y defectos han desaparecido, como en una computadora cuando uno aprieta el apartado *borrar* y la página queda en blanco.

Sólo extraño nuestra vida en común.

—Vénganse a pasar una temporada en México, Esperanza —me sugiere Rosario, mi hermana.

—¿Piensas que es una buena idea? —le pregunto, mientras con la vista recorro el librero de la sala, de donde he retirado nuestras fotografías.

—Claro, les hará bien estar con la familia y sentir nuestro apoyo. Aquí, con el apoyo de todos, se van a sentir mejor.

—No sé —digo aunque pienso que nos haría bien un poco de calor de hogar.

—Hagan su maleta y vénganse.

—Pero y...

—Si necesitas ayuda, dilo y los ayudaremos en lo que sea. ¿Qué podemos hacer?

—Nada que sea ya posible.

—Lo importante es que vengan. Tomen el próximo vuelo, iremos a recogerlos al aeropuerto de la Ciudad de México.

Acepto porque veo en ese viaje una tabla de salvación para escapar del escenario de mi tragedia, y cuando cuelgo el auricular, Markus y Emilia me miran expectantes a la espera de que les cuente lo que he hablado con mi hermana.

—Tu tía Rosario y toda la familia nos invitan a México. Podemos irnos la semana que entra.

—Vayan ustedes, yo tengo que trabajar —replica Emilia.

Coloco mi mano sobre la suya y desvío la mirada; temo que la frágil entereza que me sostiene pueda hacerse añicos en cualquier momento. Intento distraerlos contándoles sobre las últimas novedades en la familia de México. Pero ellos apenas me ponen atención, quizá ni me oyen.

Cinco días después, Markus y yo volamos a México. "¿Cuánto tiempo se puede escapar de la realidad?", pienso mientras con la última reserva de fuerzas entro al avión. Ocupamos nuestros lugares y abrochamos los cinturones. Y cuando el enorme pájaro de acero comienza a deslizarse en dirección al Continente Americano y se mete entre las nubes, rompemos a llorar: es el primer vuelo que hacemos sin ti.

Estamos sentados en la primera fila del avión, cuando Markus recuerda pasajes de nuestra vida familiar que ya casi había olvidado.

Cuando él era un niño y tú le enseñaste a nadar y a silbar, cuando después de cenar y lavarse los dientes, a él y a Emilia les leíamos cuentos. Contarles un cuento era parte del ritual antes de dormir, y ellos se dejaban arrullar por nuestras voces y palabras.

Recordó cuánto te esforzabas en organizar sus cumpleaños con toda clase de juegos —la búsqueda del tesoro, construcción de castillos con la arena que mandabas traer para la ocasión, competencias de saltos, el rompimiento de varias piñatas repletas de golosinas, etcétera— todo para que ellos disfrutaran un día inolvidable junto a sus compañeros de clase. Durante el vuelo convertimos el avión en un rincón de bonitos recuerdos, rodeados de la cruda realidad, y al evocarlos Markus vuelve a sentir la devoción y la dulzura de aquellos tiempos. "Cómo quisiera retroceder el tiempo y volver a estar con papá", murmura. "También yo", respondo y le acaricio el cabello, mientras me pierdo en mis propias cavilaciones.

¿Cuántas veces volamos juntos durante casi treinta años? He perdido la cuenta. Los aviones formaban parte de nuestra vida. Durante el vuelo, los niños recibían de mano de las azafatas golosinas, juguetes, cuadernos y lápices de colores. Dibujaban, armaban rompecabezas, comían chocolates y dulces, y anotaban en su libro de vuelos el número de millas y vuelos que tenían en su haber. Nosotros platicábamos, leíamos, oíamos música y con emoción esperábamos llegar al nuevo país a conocer otra cultura, gente nueva y obtener otras experiencias. Lo mismo daba que fuéramos a África, que a América Central o a Sudamérica. En todos lados nos esperaban cosas interesantes, nuevos amigos y una nueva casa. No temíamos a lo desconocido. Tampoco a la soledad, nos teníamos a nosotros. Los cuatro éramos los pilares de un hogar de firmes fundamentos.

Max, ¿te acuerdas del remoto día cuando te lleve a conocer mi pueblo asentado a las faldas de la montaña de Cristo Rey? Por aquel entonces Los Remedios era un municipio pequeño y anónimo, donde el aire olía a limas, a canela y a azúcar quemada. El cielo era azul y las nubes parecían como lomo rizado de borrego. Pero en los últimos años se ha convertido en asiento de empresas automovilísticas del mundo entero, y ahora cuenta con aeropuerto, autopista, hoteles, cafés, restaurantes, central de autobuses y supermercados.

La casa de mis padres queda en la calle principal, cerca del rio y no lejos de la montaña de Cristo Rey. El caserón es un laberinto de ladrillo, cemento y cerámica lleno de remiendos, al que con el paso del tiempo se le añadieron cuartos para acomodar a los que iban llegando: nuera, yernos, nietos y bisnietos. La nuestra es una numerosa parentela, alegre y a veces dramática, que se junta los fines de semana a platicar sobre esto y aquello, mientras saborea opulentas comidas. En el aire flota un olor a canela, a pan fresco y a caldo de res; a un mundo familiar.

En el frente de la casa corre un barandal con una puerta de hierro. Tiene dos ventanas que dan a la calle por donde entran toda clase de ruidos: autos que pasan de largo, gritos de niños comiendo hielo raspado y jugando a la pelota, música de radios, voces de mujeres conversando mientras barren la calle, voces de hombres que se saludan palmoteándose la espalda con la confianza de quienes han crecido juntos o asistido a la misma escuela.

En la parte trasera de la casa se extiende un patio, donde los tomates, el romero, los geranios y las dalias se disputan el espacio con el eucalipto y los mezquites. Cuando voy a Los Remedios me gusta quedarme en la casa paterna. Aunque nadie entienda que me sienta a gusto en un lugar donde todo parece estar deshaciéndose ante el peso del tiempo y del calor. Pero las paredes color melón, cuarteadas, y las ventanas de fierro son parte de mi infancia.

En la casa de mis padres, Markus y Emilia conocían cada rincón, cada armario y escondite y se sentían tan a gusto, que pasaban por alto su deterioro. No se fijaban en que algunas baldosas del suelo estuvieran reventadas, sueltas, o que por la cuarteadura de una pared entrara el sol en el verano, o que en invierno se filtrara el frío y en época de lluvia semejara a una coladera. Tampoco se fijaban en los desgastados sillones y tapetes, pues eran parte de la atmósfera de la casa, igual que el olor a canela y a guayaba.

Tampoco les preocupaba la insistente plaga de hormigas que se instalaba en la despensa, entre los paquetes de pasta, azúcar y las galletas. Ellos la pasaban bien con sus primos jugando entre los telebrejos arrumbados en el desván: anaqueles sin puertas, la vajilla desportillada, sillas cojas, viejos silabarios con las cuentas despintadas, muñecas de aserrín sin un ojo, una pata rota o destripadas.

Por las noches bebían espumoso chocolate, la especialidad de mi madre y permanecían entre los adultos oyendo las pláticas que surgían durante la sobremesa, donde por boca de mi padre se enteraban de sucesos ocurridos en el pueblo en los años cincuenta: asesinatos, zafarranchos y duelos amorosos que él relataba, adornándolos con detalles de su propia invención.

O bien, junto con sus primos veían películas. Como si se tratara de un gran evento, en esas ocasiones, todos ellos preparaban los detalles para su noche de cine. Unos iban a alquilarlas a la tienda de videos, mientras otros colocaban cojines y cobijas sobre el tapete de la sala. Otros más preparaban palomitas de maíz, emparedados, platos con cacahuates, nueces, semillas de girasol, galletas y jarras de limonada. Emilia repartía entre ellos los boletos para ocupar un lugar frente a la televisión.

Sentados entre almohadones y cobijas veían el film entre comentarios y el consumo de aquella montaña de comida y ríos de limonada. Discutían sobre cuál artista era el más guapo, cuál la actriz mejor vestida y lo mal que traducían la película del inglés al español. Y de cuando en cuando la detenían para ir al baño.

Mientras tanto, en la cocina se prendía la estufa y comenzaban a expandirse olores a salsas picantes, a frijoles fritos, a ponche de guayaba y en el patio se armaba la fiesta con tequila, música de guitarra, risas y pláticas.

Las mujeres hacíamos salsas, ensaladas y calentábamos tortillas. Los hombres prendían la lumbre de la parrilla, asaban la carne y apuraban un tequila. Entre tanto, los niños jugaban entre los árboles y recogían las flores del eucalipto para hacer collares. Luego, todos nos sentábamos a la sombra de un eucalipto y en torno a una larga mesa, donde dábamos cuenta de la comida. A ti te gustaba estar ahí entre mi padre, mi hermano y mis cuñados, decías que en mi familia percibías el calor humano. Jugaban a las cartas, platicaban, reían y papá tocaba la guitarra. Todos mostraban su mejor cara, contaban lo mismo las novedades del pueblo, política, chistes y anécdotas sobre la vida y milagros de nuestros conocidos. Como un orquestado caos, en el aire nocturno resonaban gritos, voces, risas, acordes de guitarra y el monocorde canto de los grillos.

Todos hablaban, menos mi padre que se limitaba a oírlos o a tirarlos de a locos. Nunca se sabía. Lo que sí era seguro, era que la pasábamos bien vaciando los platos de botanas y las botellas de tequila. El bullicio duraba hasta el amanecer y terminaba con el rumor de nuestros pasos entrando a los dormitorios.

Markus y Emilia recordaban a menudo aquellas noches de risas, de acordes de guitarra, el humo de la parrilla, el olor a carne y cebollines asados y a fruta madura, noches de cielo estrellado, de cuentos de fantasmas, aparecidos y ratones que recogían los dientes de leche de los niños y a cambio dejaban regalos, narraciones que en su mente infantil sonaban emocionantes.

Las azafatas sirven la comida. Markus y yo hojeamos revistas, vemos una película y en algún momento el sueño nos vence. Despertamos cuando una voz nos pide abrocharnos los cinturones. Amanece. A través de las ventanas contemplamos abajo miles de centelleantes luces de la ciudad. Comienza el aterrizaje con ruidos metálicos del ronroneo de los motores y termina con el largo suspiro de estos al apagarse. Estamos en México.

Cuando salimos del avión un aire caliente nos recibe. Amo el olor y el ajetreo de los aeropuertos: maletas, cintas electrónicas girando, gente impaciente por salir y recibir la bienvenida de sus seres queridos. Markus y yo cruzamos el umbral de la puerta de salida y ahí nos recibe el bullicio. Cafés, restaurantes, tiendas de toda laya. Risas, el melodioso sonsonete de nuestro español mexicano y el sonido de pasos en todas direcciones. Anuncios coloridos de neón.

Entre la muchedumbre busco con la mirada a mis hermanos. Ellos están ahí para llevarnos hasta Los Remedios. Cuando Rosario nos da la bienvenida, nos murmura al oído el pésame. Jesús y Guadalupe se limitan a abrazarnos. Es un día tibio y sobre la capital mexicana se extiende un cielo sin nubes. Me encanta quedarme unos días aquí para acudir al teatro, recorrer las librerías, las exposiciones de arte, conciertos y gozar del bullicio de la metrópoli. Sin embargo, en esta ocasión sólo quiero llegar a Los Remedios y ver a toda la familia. Faltan cuatrocientos cincuenta kilómetros todavía.

Jesús conduce por la autopista. Sembradíos y pueblos se deslizan a través de la ventana.

—No vas a reconocer Los Remedios, ha crecido mucho —dice Rosario a Markus.

—Claro que va a reconocerlo, está igual que siempre sólo que más feo —replica Jesús.

—No le creas a tu tío, ya lo conoces cómo es de sangrón, en verdad que ha cambiado mucho. La zona industrial ha crecido a pasos agigantados, hay hoteles de cuatro estrellas, dos centros comerciales, varios cines, dos restaurantes americanos y un café italiano —replica Guadalupe sonriendo.

—Tu tía dice la verdad, aunque no te ha contado el lado negativo de dicho desarrollo. Nuestro pueblo semeja al cuerpo humano en la pubertad, que crece de manera desigual, un talle muy corto, con las piernas muy largas, los dientes enormes y la boca chica. En fin, ya iremos a dar una vuelta por el pueblo y lo juzgarás por ti mismo.

—Pues mañana mismo podemos hacerlo, tío. Aunque cansado por el viaje, estoy contento de estar aquí con ustedes.

Y mientras observo el paisaje por la ventanilla, mis hermanos se enzarzan en una discusión sobre política, de la que, distraída en mis propias cavilaciones, apenas capto retazos. "Nuestro gobierno no invierte en educación porque para los políticos y empresarios es mejor contar con una masa carente de preparación que ocupe puestos de sirvientas, jardineros y niñeras en casas de gente acomodada o como empleados de fábricas por un salario de hambre, oficios de poca valía: zapatero, costurera o limpiabotas. Y en el peor de los casos, de rateros o asesinos a sueldo al servicio de algún cartel de la droga... El país no crece por la forma en la cual se ejerce el poder político y económico, por la concentración de la riqueza en pocas manos, en las manos de unos cuantos a quienes nuestros gobernantes sirven, y a su vez ellos saquean las arcas públicas para su beneficio personal", tercia Guadalupe.

—Y, ¿los políticos que toman dinero público no van a la cárcel? —pregunta Markus.

—¿A la cárcel? ¿Un político? Jamás. Aunque cometan actos de pillaje descarado, entre ellos impera una impunidad que llega al grado de la desvergüenza. A través de valientes periodistas que arriesgan su vida, día a día nos enteramos de los desmanes que cometen: que un gobernador para irrigar su rancho mandó construir una presa con dinero de las arcas estatales, que otro hizo una carretera hasta sus propiedades, el otro se compró cuatro residencias, una para él y las otras para sus hijos, que la encargada del sindicato de maestros gastó millones de pesos en la compra de un helicóptero privado, casas y cuadros de pintores de renombre mundial valuados en una fortuna, etc. Ejemplos como esos abundan, y ni los partidos opositores hacen algo para castigar a los políticos en cuestión, prefieren recibir una tajada del pastel.

"Lo más seguro es que el único que salga mal parado sea el periodista que denunció el acto de corrupción y sea despedido de su puesto o su vida corra peligro —responde ella con sarcasmo.

—La injusticia es una de las razones primordiales por las que hoy en día en muchos estados del país prevalece la violencia. Inmensa riqueza en pocas manos y una mayoría en la pobreza. Qué camino le queda a la gente sin la posibilidad de obtener un trabajo que le dé sentido a su vida. Sin futuro y esperanza, la necesidad los orilla a aliarse con la delincuencia organizada. Como dijo el otro día en la televisión el comentarista de la peluca verde y nariz de payaso:

"Ignorancia y hambre son el caldo de cultivo para entrar en el negocio de las drogas". Un pueblo bien educado, bien comido y que tiene la certeza de que sus autoridades están trabajando en su favor no tiene deseos de meterse en ese negocio. Por eso no vale la pena que el Presidente de la República le declare la guerra a los narcotraficantes si antes no se pone remedio a los males que imperan en la clase gubernamental. Eso es como darle a un tuberculoso jarabe para la tos y creer que con eso sus pulmones sanarán —agrega Guadalupe.

—Aunque también en muchos de nosotros impera la apatía. En lugar de estudiar o de capacitarnos, ocupamos nuestro tiempo libre viendo telenovelas y programas de cocina. Hoy en día hay tantos espacios televisivos para cocineros como para los culebrones noveleros, un famoso escritor comentó que, cuando él prendía la televisión, el primer ruido que oía era el del romper el cascarón de un huevo —sentencia Rosario.

—Ya lo decía Platón: "el precio de desentenderse de la política es el ser gobernado por los peores hombres", y por desgracia es poca la gente que se da cuenta de ello —concluye Jesús.

Apenas hace unos meses, al igual que ellos, yo discutía con vehemencia sobre la situación política de México y me indignaba ante actos de corrupción, injusticia y sobornos. Pero ahora he perdido el coraje, los arrebatos de pasión y la capacidad de interesarme por lo que ocurre a mi alrededor. Hoy en día, mis oídos están sordos al correr de la vida y no me intereso por nada.

Cerca de ellos, pero a kilómetros de distancia, enfrascada en mis pensamientos, las voces de mis hermanos y Markus se van alejando hasta que dejo de oírlas, y sólo vuelvo a la realidad cuando vislumbro en la lejanía la figura del Cristo Rey con los brazos extendidos. Me hago la ilusión de que me está recibiendo con los brazos abiertos. Jesús coloca las luces intermitentes y dobla a la izquierda en dirección a Los Remedios, luego continúa por la calle principal, El Camino Real, y se estaciona frente a la casa de nuestros padres.

Al bajar del auto, lo primero que registro es un sol de incendio detrás de la montaña. Permanezco un instante ahí para observar la casa en su totalidad: ahí está el barandal donde mi madre me despidió por última vez, el balcón del primer piso donde mi cuñado Eduardo llevaba serenata a Rosario y donde Guadalupe y yo fumamos nuestro primer cigarro. También la jardinera donde florecían los geranios, malvas y gardenias que mamá con tanto esmero cuidaba. Hoy en día, sin nadie que las riegue con regularidad, las flores lucen sus tallos doblados ante el peso del calor.

Conozco cada casa, el nombre de cada vecino. Doña Benita, don Pancho, Marisa, mi amiga de la infancia, su esposo Roberto y los hijos de ambos. Al cruzar la calle me topo con Roberto. Me da el pésame. Busco en su rostro un sentimiento de auténtico pesar y no lo encuentro. Me pregunta si ya he pensado en volver a casarme, pues la vida continúa. Lo fulmino con la mirada: apenas hace unos meses que has muerto y eso queda lejos de mi horizonte. "Quizá", respondo sarcástica. Basura. De preferencia haría como en el comercial del limpiador de vidrios y con papel y líquido lo haría desaparecer como las manchas de las ventanas.

Toco el timbre. Los gritos de la cotorra Pancha son la respuesta a mis timbrazos. "¿Quién es?". "La vieja Inés". "Vete, no votamos por políticos mandilones que obedecen a sus viejas. Tan grandote y tan tarugo". A los gritos de Pancha siguen los de papá. "Cállate, majadera". "Majadera tu abuela". "Gobierno ratero, ratero… El Presidente ranchero es tan grande como sus mentiras". "Que te digo que te calles, pajarraco hijo de tu madre. Te voy a romper el pico", amenaza papá. Pero la cotorra sigue escupiendo insultos, lo cual no es sorprendente, pues repite lo que oye a toda hora porque en nuestra familia las discusiones políticas son tan numerosas como los mosquitos en una tarde de verano. Y cuando nosotros nos enzarzábamos en acaloradas discusiones sobre la ineptitud e inmunidad de nuestras autoridades, Pancha repetía cada palabra, y nuestras voces y la de la lora repitiendo nuestras palabras se entremezclaban en un desatinado concierto. Si algún extraño hubiera entrado en ese instante en la casa, creería que estaba en medio de un campo minado a punto de explotar.

Se abre la puerta, la misma puerta que un día abrí para marcharme contigo a Alemania. En el umbral se recorta la silueta de papá; su cuerpo luce encorvado y su pelo, ausente de color como si fuera algodón. En la cara cuarteada por las arrugas destacan unos ojos negros que miran intenso y un bigote, debajo del cual se pierde una boca sin dientes. No lo recordaba tan envejecido, y a su vez él no me recordaba tan frágil e insegura. Nada queda de la mujer alegre y firme con quien mantenía interminables discusiones sobre la familia y la vida.

Nos abrazamos y cuando deshacemos el abrazo, él se limpia el llanto con el dorso de su mano. Cierro la puerta y juntos entramos a la casa, saludados por los ladridos de Canelo, que al reconocernos echa saltos y mueve la cola de aquí para allá. Markus suelta el equipaje para acariciarle el lomo y pedirle que le dé la pata. El perro le lame las manos y gime contento. En contraste, la cotorra, ocupada en engullir las semillas de girasol que alguien le ha dado, ha dejado de gritar improperios.

Observo a mi alrededor; todo sigue igual que la última vez que vine. Los desgastados sillones en la sala, el sombrío corredor y las floreadas cortinas. En la cocina, la mesa de madera de mezquite con diez sillas y la desportillada vajilla. Sobre una repisa, una foto de mamá y a un lado un florero con violetas. La luz del sol cae sobre el florero y se desliza sobre el suelo.

Rosario se apresura a ayudar a Consuelo a poner la mesa. A través de la ventana veo el patio con el eucalipto que parece dormitar en el calor de las dos de la tarde. Parpadeo y en el vidrio de la ventana me parece ver la silueta de mamá con sus huesos de cristal, su mirada melancólica y profundas arrugas en la frente en donde las penas quedaron grabadas. Creo advertir sus pasos ir de un lado al otro preparando la comida y su voz queda, pidiéndome que volviera pronto. Increíble que ya no esté entre nosotros. Su aspecto frágil y su abnegación contrastaba con su temple. Recuerdo con qué persuasión apeló ante papá para que nos permitiera seguir estudiando, exponiendo argumentos convincentes, y no cesó en su empeño hasta que logró doblegar su obstinada voluntad.

Ella fue una abuela en la que Emilia y Markus encontraron siempre una palabra amable, una sonrisa bondadosa y un bocado exquisito. Ellos se alegraban todo el año de las vacaciones en Los Remedios y lo sentían como un lugar seguro adonde siempre podían volver. Allí en la cocina, en cuya estufa convivían las ollas de café con canela y los tacos de guacamole, Emilia pasaba algunas tardes con lápiz y cuaderno en mano anotando las recetas de su abuela María Dolores, mientras ésta amasaba la masa de los buñuelos y le contaba los secretos para que quedaran crocantes y con una miel de piloncillo que tuviera la consistencia y el sabor perfecto.

Para su doceavo cumpleaños, mi madre le regaló su recetario de cocina. "Tienes talento para cocinar y qué mejor que queden contigo mis garabatos", sentenció.

Cuando Emilia estaba por cumplir los diecisiete años, murió mamá. Para ella y Markus constituyó una gran pérdida, pues aparte de nosotros, ella y mi padre eran lo más querido para ellos, porque a esas alturas la abuela Ana también ya se había ido de este mundo.

—¿Cómo está? —pregunta Markus a mi padre.

—Pues aquí, perdiendo pelo y ganando achaques. Por lo demás bien.

—Usted siempre tan bromista, abuelito.

—Un poco de humor no daña —responde papá y añade—: Siento mucho lo de tu padre.

Un gesto contrito cubre la cara de Markus. Consuelo salva la situación pidiendo que tomemos asiento; la comida está lista.

Agradecido por la desviación del tema, Markus le pregunta si puede ayudarla en algo.

—Sólo necesito que te sientes, hijo. Preparé tu salsa preferida, de chile pasilla.

—Huele delicioso, tía —exclama él, cuando ella abre el horno para sacar el lomo de cerdo con tocino.

—No me queda tan bueno como a tu abuela, pero me defiendo.

Doy un sorbo a la limonada y observo a papá. Él posee una aureola de aventura y una luminosidad propia, que lo protege de la desdicha como una barrera, donde la tristeza rebota. Tiene ochenta y ocho años y así se ve. Es viejo, pero tiene ánimo de joven. El tiempo ha restado donaire a ese hombre dado a las correrías fáciles. También a la risa. A menudo estallamos en carcajadas por cualquier tontería salida de su boca y que vuela como el polvo en el aire.

—Estás muy flacucho, hijo. Pero aquí vas a engordar rápido con los guisos de tu tía Consuelo. Este domingo va a preparar algo especial para nosotros —comenta él.

—Está comiendo y ya está pensando en la comida del domingo —interviene Consuelo.

—Sólo quise que lo supieran. Tu madre era una cocinera de categoría y me enseñó lo que es la buena comida.

—Es por eso que no está precisamente esbelto —dice ella.

—Tampoco gordo. Una cosa es ser fornido y otra obeso.

Cuando nos sentamos a la mesa, en un primer momento todos actúan con cautela y voz queda, como respetando nuestro luto. No obstante, pasada la turbación inicial, cuando Guadalupe pone sobre la mesa un platón con carne, frijoles fritos y salsas todos se relajan y pronto nos enredamos en la evocación de hechos en nuestra infancia. Recordamos las tardes cuando papá se sentaba a la sombra del eucalipto a tocar la guitarra, mientras mi madre zurcía calcetines y nosotros discutíamos trivialidades.

Así seguimos contando anécdotas y durante un rato nuestras risas llenan el cuarto de alegría. Sin embargo, un instante después pienso en la incertidumbre de mi futuro, en que un día salí de aquí en tu compañía para formar mi propia familia y ahora vuelvo sola y con la vida hecha añicos.

—Markus, no prefieres ir a visitar a tus primos, en lugar de aburrirte oyendo las historias de gente vieja.

—No me aburro, abuelito. Me gusta oír la plática de los mayores.

A Markus le encanta oír a su abuelo sacar de su memoria recuerdos de su juventud, de cuando era delgado como vara de nardo a causa del hambre, y ver sus rudas manos que desde su infancia han empuñado un martillo para moldear el hierro. Y Markus que conoce gente que vive en la abundancia y hace rabietas por tonterías, lo admira. Su corazón se hincha de orgullo por ese hombre que nunca se doblegó ante la escasez, y que gracias a los sabios consejos de la abuela María Dolores envió a todos sus hijos a la universidad. Papá comienza a tocar la guitarra. Posee una guitarra más vieja que Matusalén, remendada y vuelta a remendar tantas veces que ya no se sabe de qué marca era la original. La música, al igual que las mujeres y el tequila han sido su pasión.

Se ha hecho de noche y papá sigue tocando la guitarra hasta que Consuelo le hace ver que nosotros estamos agotados.

—Estoy tan contento de tenerlos en casa que olvido que el viaje fue largo y ustedes necesitan descansar —se disculpa papá.

Markus y yo vamos a nuestro dormitorio. Lo abrazo y le doy las buenas noches. Él se sienta en el borde de la cama y mientras escucha el tic tac del reloj de la sala, que a pesar de los años sigue marcando los segundos con fuerza, piensa en su abuela María Dolores. Recuerda los domingos cuando todos íbamos a la iglesia. Menos yo y su abuelo. Él se quedaba en su taller y yo en la cafetería del portal mientras los demás oían misa. Aquello intrigaba a Markus, quien jamás se conformó con frases hechas porque expresar su opinión y discutir lo lleva en la sangre de los Villanueva.

Al salir de la iglesia, él me preguntaba:

—¿Por qué el abuelo no va a misa?

—Porque no cree —le respondía yo sin darle importancia.

—¿Tú tampoco crees?

—¿Que importa lo que yo crea?

—Sí, que importa. Todo mundo habla de Dios, pero nadie lo ha visto. Mi primo Francisco dice que Dios está en el cielo. Yo no lo he visto y vuelo mucho…

—Es verdad que nadie lo ha visto, pero lo siente aquí —y yo señalaba con el dedo a su corazón.

—Mi primo Francisco también dice que el que tiene fe se salvará. Y tú y el abuelo piensan que eso no es cierto.

—¿Cómo sabes que pienso así? —lo inquiría yo.

—Te he oído decírselo a mis tías.

—No hay una verdad única, dos personas pueden ver la misma cosa y dos diferentes a la vez —respondía yo.

Markus sonríe al recordar que siempre fue muy preguntón y por eso a menudo se metía en problemas con sus maestras de religión.

Voy al baño para darme una ducha. El agua cae en mi cabeza y cuerpo y me invade una sensación de bienestar. Cuando salgo del baño y me pongo la pijama, Markus ya está dormido. Escribo un correo electrónico a Emilia para avisarle que ya estamos en Los Remedios.

> Llegamos bien y ya vimos a tu abuelo y tíos. Todos te mandan saludos y les hubiera gustado que también vinieras. Te escribiré con regularidad para contarte de las novedades aquí. Te quiero mucho. Yo.

Estoy en el cuarto donde pasé mi infancia. Ahí descansa el baúl de chapas de latón. Al levantar la tapa de éste escapa un olor a violetas que me transporta a una época pasada, y al hurgar su contenido me encuentro con un revoltijo de antiguos catálogos de moda, tarjetas postales, certificados de estudios nuestros y desteñidas fotos de la familia; un baúl repleto de sueños que, como ropas en desuso, dormitan el sueño del olvido.

Extraigo una foto y al verla evoco la escena de la víspera de nuestra boda. Puedo oír los rumores metálicos del reloj de la sala y la nota monocorde de los grillos, encadenándose al rumor del viento en un son lúgubre que se pierde en los ecos de la noche. Veo la luz opaca de la incipiente luna y cómo en aquella ocasión mamá entró a esta habitación con dos jarros de café en la mano, los depositó en la mesa de noche, caminó hacia la ventana y se volvió sonriente hacia mí. Su sombra alargada se dibujó en el techo. Luego se sentó al borde de la cama, miró el baúl de chapas de latón y lanzó un suspiro, que se confundió con el canto de los grillos. "¡Cuántas veces nos hemos sentado ante este cofre y de nuevo esta noche, quizás por última vez", murmuró.

Aunque hace diez años que mamá ya no está con nosotros, recuerdo con nitidez la palidez de cera de su rostro, su frágil silueta y el sentimiento de su pérdida. Y al mismo tiempo pienso que es impresionante qué rápido se disipa la presencia de un ser humano, y que la vida sea sustituida por el vacío.

Guardo el retrato en el baúl y lo cierro.

Con movimientos automáticos coloco una de mis maletas sobre la cama, zafo las correas, deslizo el cierre, abro la tapa y comienzo a desempacar. A medida que voy sacando la ropa, la voy colgando en los ganchos del ropero que se agitan en un sinuoso vaivén. Abro la otra valija. Ordeno la ropa interior en los cajones de la cómoda y saco una bolsa con cosméticos que coloco en el armario del baño. Ya para entonces se me ha esfumado el sueño. Me distraigo observando el vuelo de los insectos que se pegan en el cristal de la ventana y escucho un carraspeo en la sala.

Salgo del cuarto, dejo la puerta entornada y bajo la escalera.

Mi padre está sentado en la sala y parece esperarme ante una copita de aguardiente. En una casa como ésa, donde hijos, nietos, bisnietos, tíos, primos, cuñados y amigos a cada rato entran y salen, los momentos a solas como éste son tan raros como un cometa y papá parece gozarlos.

—Te lo recomiendo. Es tan claro como el agua, puro agave azul —sentencia y me alcanza un vaso con tequila.

—Prefiero el añejo porque lo dejan reposar en barricas durante años —respondo.

Cambio la conversación.

—Noto cansada a Consuelo.

—Se cansa porque quiere. No tiene necesidad. Tu hermana trabaja de lunes a domingo y de sol a sol. Le digo que no exagere, pero mis consejos le entran por una oreja y le salen por la otra.

Toma un trago de tequila, deja su copita sobre la mesa y añade:

—Sin embargo, me siento orgulloso de ver que tus hermanos han encaminado bien sus vidas. Dios los ha socorrido a todos. Hoy gozan de toda clase de comodidades. Consuelo se ha convertido en una mujer de negocios. Compra casas en mal estado, las renueva y las vuelve a vender. Guadalupe ya se jubiló y junto con su marido se dedica en cuerpo y alma a sus hijos y nietos. Rosario sigue trabajando de abogada en su despacho. Nunca le faltan casos: van desde borrachos alborotadores del orden público, hasta asesinos a sueldo. Su marido ya está jubilado y se encarga de tener orden en la casa. Jesús, por su parte, sigue de profesor en la universidad, amén de ser un vicioso de estudiar; dizque está haciendo otro doctorado. Yo le digo que ya para qué quiere aprender más, sí ya con lo que sabe es más que suficiente. Además de eso, la mejor enseñanza es la escuela de la vida, pero él es igual que Consuelo; no oye consejos.

"En fin, no me quejo, más bien estoy agradecido con la vida, que es más que la verdad. Me llevo bien con todos. Siempre quieren hacer reparaciones en la casa, pintar las paredes, cambiar el piso, los muebles, pero yo no quiero. Así está bien la casa con las cosas que tu madre y yo tuvimos; no necesito de lujos.

Él se frota la frente, bebe el resto del tequila y se pone serio. Entonces me confiesa que la muerte de mamá sigue doliéndole en el alma. Después de años de malentendidos, durante los últimos seis años de vida de ella, ellos se volvieron inseparables. Fue como si hubieran querido recuperar el tiempo perdido, y hasta olvidaron los motivos de sus pleitos y sinsabores.

Ella quiso a mi padre con todos sus defectos y virtudes, aunque supo de sus infidelidades y doble moral. Y en su lecho de agonía, él le juró que las numerosas mujeres que pasaron por su vida no habían dejado rastro alguno en su corazón. El amor por ella había sido el único que había prevalecido a través del tiempo.

Sus ojos se humedecen. Al paso de los años, el corazón de papá se ha reblandecido como se ablanda la fruta cuando madura.

—En sueños la veo llegar en un taxi y decirme que me vaya con ella, pues ya no tengo nada qué hacer aquí. La extraño y me echó mis tragos de tequila para olvidar los dolores del alma. Y también los propios de la vejez. Me duele de continuo la espalda y los pies me pesan como si fueran de plomo. ¡Qué se le va a hacer, la edad no perdona!

Nos miramos por unos momentos.

—Aunque tampoco es para lamentarse. Tengo muchas razones para estar contento y también tengo mis ratos de alegría. Nunca falta quien venga a saludarme. Tampoco trabajo y tengo dinero para comprar tequila, comida y lo que necesite. Mis hijos, con excepción de ti, mis nietos y hasta bisnietos viven cerca. Todos gozan de comodidades y nada les falta. Andan de aquí para allá de vacaciones y comprándose toda clase de aparatos eléctricos y coches nuevos. Yo no tengo nada de eso, pero ni falta me hace; estoy bien así.

"Aquí, la empleada, doña Petra, limpia, lava, plancha y siempre me prepara una olla de comida. Cuando se va, me quedo con Canelo y la cotorra Pancha, ceno, leo el periódico o veo la televisión hasta que me quedo dormido —concluye.

Papá parece muy despierto, pero de un instante al otro, se queda dormido. Lo cubro con una cobija y atravieso el pasillo oscuro hasta la cocina. Los tubos del desagüe y los muebles crujen y el refrigerador ronronea en el silencio de la noche. Enciendo la luz. La desnuda bombilla suspendida del techo se balancea en su cable y arroja danzantes sombras sobre las paredes. Bajo la luz del foco aparecen los anaqueles, el lavabo donde gotea el grifo y un calendario en la pared que muestra una vendedora de flores. Sobre la estufa, una olla con frijoles. La mesa cubierta con el mantel de punto de cruz. Aquí, un día hice las tareas y conversé con mi madre mientras ella calentaba las tortillas y las dos comíamos caldo de res. Han pasado muchos años desde entonces, pero ese recuerdo permanece perenne en mi memoria.

Abro el refrigerador, tomo un vaso con limonada y lo bebo de una sola vez. Salgo al corral ocupado por el entramado de las ramas de los árboles. Gallinas y gallos duermen en las ramas del mezquite, los grillos chirrían, los mosquitos zumban, y en una jaula cubierta con una sábana duerme la cotorra. Vuelvo a la cocina y cierro la puerta. El interruptor está a un lado de la puerta. Apago la luz, subo la escalera, entro al dormitorio, me asomo por la ventana y desde ahí observo la calle. La oscuridad cubre todo, borra el paisaje y la cara de la gente; apenas se distinguen las siluetas alumbradas por la amarillenta luz de los faroles callejeros. En la esquina de la calle dos jóvenes discuten. Uno de ellos tiene en una mano una navaja que brilla en la oscuridad; el otro es más rápido, le da un puntapié en la mano y se echa a correr. Su rastro se pierde cuando da la vuelta en la esquina. Un escalofrío me recorre la piel al recordar aquella mano blandiendo una navaja.

Al rato las parpadeantes luces de un coche deslizándose por la calle rompen la oscuridad. Y el canto de un gallo rompe el silencio nocturno y anuncia la llegada del amanecer.

El aromático café me sacude la soñolencia y a través de los párpados medio abiertos reconozco a Consuelo, que entra llevando dos jarros de café. Un haz de sol se filtra en la habitación y en la penumbra su silueta semeja una aparición.

—Está recién colado —dice y me alcanza un jarro.

Lo bebo a sorbos y su sabor me rescata de la desazón.

—¿Cómo dormiste?

—Mal. A ratos me hago la ilusión de que a medida que transcurren los meses, mi aflicción se va desvaneciendo como las nubes que dejan paso al sol después de la tormenta. Sin embargo, cuando menos lo pienso la pena vuelve y crece en mi interior; el luto es despiadado y no me da reposo.

Ella se limita a asentir con la cabeza y por un rato sólo se oye el tic tac del despertador sobre la mesilla de noche.

—Anda, vístete para que bajes a desayunar. Markus hace rato que se fue a casa de Rosario para ver a sus primos y dijo que volverá por la noche. Papá acaba de irse porque le urge terminar un trabajo, pero estará aquí a la hora de la comida.

Cuando me asomo a la ventana veo a papá alejarse calle abajo, apoyándose en la bicicleta. A sus ochenta y ocho años sigue siendo vanidoso. Utiliza la bicicleta como sostén porque se niega a usar un bastón por temor a que la gente pueda pensar que está viejo. Cuando Consuelo y yo entramos a la cocina, Guadalupe ya ha puesto la mesa: café, jugo de naranja, salsa verde, chilaquiles y huevos revueltos.

—Preparé unos chilaquiles que están para chuparse los dedos. Sólo falta rebanar cebolla —dice ella.

—Ahorita mismo lo hago —respondo y cuando casi termino de hacerlo, me corto un dedo, de donde brota una gota de sangre y cae sobre la cebolla. La arrojo a la basura.

—Déjame hacerlo a mí. Tú come, todo está riquísimo —replica Consuelo.

Pruebo los chilaquiles y vuelvo a dejar el tenedor sobre el plato, no tengo hambre.

—Buenos días, ¿tendrán una taza de azúcar para mí? —dice Marisa a manera de saludo.

—Faltaba más, claro que sí. Pásale —responde Guadalupe.

—Te la devolveré al rato.

—Prueba los chilaquiles, están riquísimos —digo a Marisa.

—¿Ya estás levantada? Creí que después de un viaje tan largo y el cambio de horario estarías aún durmiendo.

—Qué va, apenas pude pegar un ojo. Aunque la intención de este viaje es escapar de la realidad, ni aquí ni en ningún lado puedo olvidar lo sucedido.

Noto el llanto que llena mis ojos. Marisa me abraza:

—Tú lloras la pérdida de tu marido porque fue un buen hombre. En cambio, yo sólo guardo malos recuerdos del mío. Roberto es un egoísta que sólo vive para su placer y deseos. No tiene moral ni vergüenza. Sería capaz de acostarse con su propia madre —sentencia ella y agrega—: mejor olvidarme de él y pensar en algo agradable; hoy por la noche vamos a reunirnos todos.

—¿Dónde?

—En mi casa.

—¿Quién estará?

—Todos.

—¿También Roberto?

—Quizás.

—Entonces estoy enferma. Cenar en compañía de él no es un privilegio.

—Vamos, estarán los demás.

—Es que ése arruina todo. Sabes lo que se le ocurrió decirme...

—Me lo imagino. Ignóralo, Esperanza. Ése es como un elefante en una tienda de porcelana.

—No soporto a ese cuate insensible, machista y fanfarrón. Pero iré por ti.

Por la noche, cuando llego a casa de Marisa busco a Roberto con la mirada, y para mi alivio no lo encuentro. En realidad, él acude raras veces a nuestras reuniones. Hoy no está ahí y nadie parece echarlo de menos. Sólo están mi padre, mis hermanos y Marisa.

Frente al librero, papá le aconseja a Jesús que baje el ritmo de su trabajo y lo previene sobre las consecuencias de dormir poco y pasarse el día corriendo de un lado para otro. Con una mueca de sonrisa, éste para su retahíla de consejos mientras Consuelo saca de una cajetilla un cigarro, lo enciende y aspira con fricción el humo para luego dejarlo salir por la nariz. Papá, al verla, interrumpe su monólogo. Jesús aprovecha la oportunidad para escapar a la cocina.

—No sabía que fumabas —dice papá con la nariz arriscada mientras señala el cigarro.

—Sólo fumo de vez en cuando, pero uno de estos días lo dejo —replica Consuelo.

—Uno de estos días vas a enviciarte.

Consuelo suspira y aspira hondamente el humo para disminuir el estrés o para molestar a papá. No se sabe.

—¿No quiere? Acabo de hacerla —pregunto a papá al tiempo de ofrecerle un vaso con limonada.

—No gracias, soy alérgico al agua. Un tequila sí te acepto. ¿Dónde está Markus?

—Se fue al cine con sus primos. No creo que regresen antes de la medianoche —respondo y regreso a la cocina, donde Rosario da los últimos toques al mole y pica cilantro para adornar el arroz.

Al ver entrar a Consuelo, Rosario le pregunta:

—¿Qué haces aquí?

—Tragarme mi rabia, papá no cesa de sermonearme y sus consejos me caen como patada en el hígado.

—No le hagas caso y no vayas a discutir con él —la previene Guadalupe, que ha ido tras ella.

—Para nada, estoy muy serena —replica Consuelo con sorna y hace una estudiada mueca de sonrisa.

—Lo imaginé, ya vas a empezar.

—Palabra de honor que no.

—No te ofendas, lo hace por tu bien.

Consuelo levanta una ceja y aplasta su cigarro en el cenicero.

—Me cuesta trabajo creerlo. Él siempre fue un padre que prefería pasarse los domingos con sus amigotes que pasear con su familia.

—A su manera, pero te quiere. No negarás que está al pendiente de tu salud y de que cuando vengas no falte la leche, el pan y las tortillas.

—Lo recuerdo. También que durante años me ocupé de mamá, responsabilidad suya y nunca recibí una palabra de agradecimiento. Y ahora quiere hacerme mala conciencia porque ignoro su consejo de dejar el cigarro.

—Estoy segura de que no era esa su intención. Además, es cierto que él es una persona difícil, pero como todo ser humano tiene sus cualidades —ataja Guadalupe.

—En su caso, las suyas han permanecido hasta ahora bien escondidas.

—En fin, sólo te repito que él te quiere, nos quiere a todos.

—¿Nos quiere? En su boca la palabra querer carece de significado y valor, es como una fórmula sin sentido.

Cuando entra Marisa a la cocina cambiamos el tema de conversación.

—Jesús, qué gusto verte —dice ella dirigiéndose a mi hermano.

—El gusto es mío. ¿Cómo le haces? Estás igual de guapa y joven.

—La buena vida y la poca vergüenza.

—Tengo entendido que ahora trabajas en Comanja.

—Sí, allá acabo de poner mi despacho y me ha ido bien, es una larga historia que ya te contaré luego. Y ¿tú? ¿Qué es de tu vida? ¿Sigues dando clases en la Universidad Nacional?

—Entre otras cosas.

—¿Cómo están tu esposa y tus hijos?

—Bien, se quedaron en casa porque los muchachos tienen que asistir a clases.

—La comida está lista —anuncia Rosario y sale de la cocina con una cazuela. Consuelo se sienta a la mesa y coloca las palmas de las manos bajo su mandíbula.

—Hice mole, el platillo preferido de Esperanza —tercia Marisa.

—Está como para chuparse los dedos —interviene Guadalupe y comienza a servirlo.

Todos comemos con apetito. Y cuando Rosario sirve el pastel de zarzamora, sólo se oye el chocar de la cucharilla en la taza del café y el leve rumor del tenedor al recoger un trozo de pastel.

No cabe duda, en torno a la mesa se curan los males del alma tan bien como en el consultorio de un psicoterapeuta.

—Póngase todos juntos para sacarles una foto —propone Consuelo.

—¿A quién quieres asustar? —tercia Jesús.

—Eres un sangrón. Con un hermano así para qué quiero enemigos —replica ella.

Al terminarme el postre voy en busca de los regalos. Para mis hermanas y Marisa, blusas típicas de la Selva Negra y chocolates. Papá, Jesús y mis cuñados, tarros de cerveza.

Al cabo de un rato, me percato de la ausencia de Marisa y voy a la cocina a buscarla. Está inclinada sobre la cazuela con restos de mole, y en su gesto pensativo captó enseguida que no es feliz, seguro que entre ella y Roberto hay tensiones que yo ignoro.

—¿Qué te pasa?

—Nada, sólo estoy cansada, pero me gustaría que me contarás de ti y de tus muchachos. El domingo voy a cuidar a mis nietos, y cuando mi nuera regrese del trabajo podemos encontrarnos en el café de la estación —sentencia ella y me da una palmadita en el hombro.

Marisa tiene cuatro hijos; el menor de veinte años y el mayor de treinta y cinco años. Este último, a su vez, es padre de dos niños.

Cuando regreso a casa, encuentro a Markus en la sala jugando cartas con sus primos y papá ya duerme. Permanezco en el patio mirando el cielo y oyendo el chirriar de los grillos. Eso hacíamos tú y yo cuando veníamos a Los Remedios. "¿Te acuerdas, Max?", murmuro y mi pregunta se pierde en el vacío del cuarto.

Había acordado encontrarme con Marisa en el café que alberga la calle frente a la estación de trenes. Decido ir a pie. Apenas he caminado tres calles, comienza a lloviznar y apresuro el paso para llegar al local antes de que empiece a llover. Pero de un instante al otro relámpagos rasgan el cielo y truenos retumban cerca. Gruesas gotas de agua caen sobre la sombrilla y en fracción de segundos se suelta un aguacero. Aprieto fuerte la chaqueta para protegerme del chubasco, un carro que pasa cerca de la acera me deja empapada. Miro a los lados de la calle, pero de un taxi ni sus luces.

Las lámparas callejeras dan una luz amarillenta y el ruido de mis tacones se mezcla con el alboroto del chubasco. En una esquina, distingo a un hombre con una botella de cerveza en la mano. Es flaco y desgarbado. Su silueta parece flotar en una lluvia del color del acero. El fuerte viento arrastra un torrente de agua y a ratos los árboles aparecen y desaparecen como la luna tras las nubes durante una noche sombría.

— Oiga, ¿tiene un peso para un trago?

—Lo siento señor, no traigo dinero. Pero en casa tengo ropa que puede quedarle, mañana puedo traérsela.

—Prefiero que me dé unos pesos.

—Se los debo para la próxima vez —respondo.

Mis pasos en la calle asfaltada se apagan cuando entro en una de tierra apelmazada, sin pavimentar. Continúo caminando en dirección a la estación, una motocicleta pasa por un charco de agua y me empapa más de lo que ya estoy. Los relámpagos iluminan las calles, la lluvia cae a borbotones en el suelo y corre a las alcantarillas que no están preparadas para acaparar aquella gran masa de agua. El reloj de la iglesia da la hora. Las siete de la noche.

De pronto entre el agua encharcada resuenan pasos diferentes a los míos. Me detengo, volteo y con la luz de un farol vislumbro la silueta de un hombre salir de la penumbra. El corazón me late apresurado y la respiración se me agita más a medida que percibo aquel rumor más cerca. De prisa cruzo la calle. Me detengo un instante para orientarme; a la izquierda está la parada del autobús.

Al doblar la esquina, por encima del hombro veo a mi perseguidor. Corro a toda la velocidad que mis pies me permiten en dirección a la casa con el llamador de bronce en forma de garra de león; la casa del hijo de Marisa. Siento un golpe seco en la cara que me hace ver estrellas; la rama de un mezquite me ha golpeado de lleno.

Percibo sus pasos cerca, muy cerca. Mi corazón late como un tambor, el desconocido me pisa los talones. Me ha alcanzado, siento su brazo rodear mi cuello y su respiración en la nuca. Grito con todas mis fuerzas. Resbalo y al hacerlo logro zafarme del brazo que me aprisiona y aterrizo en el concreto de la calle. Me arranca la cadena de oro que llevo al cuello. Como salida de la nada, una mano se levanta y con un movimiento rápido se estrella en la cara del asaltante, el golpe lo toma desprevenido, retrocede y da un traspié. Parpadeo y veo a mi agresor con la nariz rota y cómo su camisa se va empapando de sangre y su cuerpo resbalando despacio en la pared. Él es corpulento como un toro, pero mi defensor es más ágil y el golpe que le ha propinado en la mandíbula deja al ladrón fuera de combate.

Después de que termina la pelea, aún sigo tirada en un charco de lluvia bajo la luz sesgada del farol callejero. Me chorrea agua de los cabellos. Cuando por fin abro bien los ojos, me deslumbran dos cosas: la luz de la lámpara callejera y el desconcierto: frente a mí están Marisa y su hijo. Intento ponerme de pie, pero mis rodillas titubeantes me fallan.

—¡Qué susto me he llevado! No esperaba un recibimiento con pitos y trompetas, pero tampoco un cuchillo pegado al cuello —exclamo.

—Es peligroso andar sola por estos rumbos, hubiera tomado un taxi —sentencia Beto, el hijo de Marisa al tiempo que me entrega la cadena de oro y la sombrilla.

—No había ninguno en la parada. Tampoco pensé que cayera semejante aguacero.

—¿Estás bien?

—Bien fregada. Me duele todo, pero lo peor es el susto. Gracias.

—No tiene nada que agradecer. Me alegra haber podido llegar a tiempo —responde Beto.

—Vamos al local de doña Mirna, este sobresalto requiere de un trago fuerte —propone Marisa. Su hijo nos acompaña hasta la puerta y se despide con la promesa de venir a recogernos en dos horas.

Entramos al restaurante y nos sentamos en una mesa junto a la ventana. La lluvia resbala por la ventana y forma charcos en la calle. La dueña del local anota nuestro pedido y me ofrece una toalla para secarme. En las paredes cuelgan calendarios y afiches de películas mexicanas. El mobiliario consta de sillas y mesas de madera. Cuando traen los cocteles margarita, Marisa agita el suyo mientras yo le cuento de nosotros.

—Cuando veníamos a Los Remedios, Max, los niños y yo acudíamos a este parque de la estación del tren, y antes de regresar a casa nos sentábamos en este local a comer helado. Y aquí nos quedábamos hasta muy noche porque era verano, estábamos de vacaciones y a nuestros hijos no les decíamos que tenían que ir a la cama, era como si los relojes hubieran dejado de existir.

—Markus siempre fue curioso y no cesaba de hacer preguntas —dice Marisa— "¿ Dónde está Dios?, mamá". "Donde quiera". "Entonces, ¿para qué hay iglesias?". "Porque ahí se puede rezar con tranquilidad". "¿Quién hizo el mundo, los países y a la gente?". "Todo lo que existe lo hizo Dios". "¿A los asesinos también?". "Puede que sí, pero no tiene que ser".

—Fue una linda época —respondo mientras miro la calle. Afuera el griterío de niños y el ruido de la lluvia se mezclan en una ruidosa cacofonía. Luego añado—: Me asusta pensar en el futuro y la idea de saber que voy a vivir sola. ¿Cómo enfrentar que Max ya no está conmigo? Que no estará jamás.

—Tienes que hacerlo.

—A mi regreso empezaré a buscar un departamento —digo con poco entusiasmo y mucha resignación... No sé vivir sola. No puedo —añado.

—Podrás. Tú has pasado por peores situaciones y siempre has logrado salir adelante, y esta vez no será la excepción —responde ella y me abraza.

—No podré.

—No tienes otra elección —replica y me abraza más fuerte.

Me ofrece un cigarro. Con un gesto lo rechazo. En mi ánimo priva la confusión y el caos.

—Míralo como el final de una etapa de tu vida y el inicio de otra, que no se sabe si será mala o buena, sólo diferente. Y recuerda que tarde o temprano el tiempo cura todas las heridas.

—Con qué gusto compartiría tu optimismo, pero me es difícil creerlo. A menudo me pregunto, ¿es posible ir a otro lugar con este vacío? Mi vida está hundida en las tinieblas y frente a mí se extiende un océano sin fin. ¿Cuánto tiempo seguiré sintiéndome así? Quiero dejar la tristeza, pero la tristeza no me abandona a mí. El mundo sin Max me resulta angustioso y extraño. No quiero regresar a mi casa, pero tampoco puedo quedarme una eternidad en la de mi padre ni en la de nadie; ya soy adulta.

Por un rato ambas guardamos silencio. Luego prosigo:

—En fin, tengo miedo, pero me lo voy a aguantar, pues debo guiarme por la razón y no por los sentimientos, porque entonces estaré perdida. Así he actuado siempre y ahora no será la excepción —concluyo con firmeza.

Aunque a veces he evadido hablar de mi aflicción como buena nadadora que esquiva las profundidades para no hundirse, estos días en Los Remedios me han hecho bien. Con toda la familia hemos reído de nuestras debilidades, hablado de acontecimientos de nuestras vidas y ganado la certeza de recuperar el afecto que nos tenemos.

Todos ellos se propusieron distraernos y no se despegan de nuestro lado, visitamos haciendas, museos, exposiciones de arte y pintura. Viajamos en auto, autobús y avión. Por la noche nos quedamos hasta el amanecer evocando viejas historias e intercambiando confidencias. Toda la familia ha pasado estas dos semanas ayudándonos a sobrellevar la realidad, y por instantes Markus y yo hemos encontrado un atisbo de consuelo.

Marisa sonríe.

—Tomemos la última antes de que partas a Alemania —propone ella al ver llegar a su hijo.

Cuando dejamos el local ha dejado de llover.

Mayo de 2012

En el sueño me llega el sonido de la bocina de un auto, rumor de voces, y con los primeros rayos del sol despierto. Entonces domina de nuevo el aquí y el ahora. Miro el reloj sobre la mesilla de noche: son las siete de la mañana. Me tallo los ojos, en los últimos días tengo comezón en el ojo izquierdo y veo puntos negros.

Lo primero que hago al levantarme es dar a Leo una ración de croquetas y luego, escaleras abajo, abro la puerta al gato para que salga a pasear y de paso saco el correo. En el buzón encuentro cuentas de médicos y la vista de los sobres me trae a la memoria el olor a medicina y el ruido de monitores. Cuando subo al departamento camino por el pasillo alfombrado y las paredes adornadas por enmarcadas pinturas. El estudio y el dormitorio al final del pasillo son cuartos bien iluminados, y el armario apenas arroja una sombra sobre el tapete. Desde tu partida, ambas habitaciones duermen un sueño de olvido y en ellos reina el silencio sobrecogedor que dejó tu ausencia.

Entro al dormitorio. En el armario cuelgan tus sacos y corbatas perfectamente ordenados, paso los dedos entre la ropa. En un cajón encuentro un pañuelo con tu nombre grabado, lo aprieto entre mis manos y vuelvo a dejarlo en su lugar. Sobre la mesilla de noche descansa el ejemplar de Hesse que ya no terminarás de leer, tus lentes que ya no usarás, tu despertador desconectado y las pastillas de mentol que ya no tomarás. Tomo las pastillas en la mano, las dejo resbalar entre mis dedos y las tiro al bote de la basura.

Salgo de la recámara.

Cuando abro el estudio me miran desde un cuadro unos infantiles ojos negros. Es la pintura de una niña en la época de la guerra civil en San Salvador. En una pizarra están clavados con chinchetas los rasgados boletos de entradas al cine, de los partidos de fútbol de cuando VFB Stuttgart llegó a campeón de la liga, y cuando jugó en Berlín por el campeonato de la copa alemana. También fotos de cuando nuestro mundo estaba entero: en una de ellas con Markus en una feria frente a un puesto de tiro blanco. Él tiene en la mano derecha un conejo de peluche de pantalón de pechera y sonríe triunfante.

Me detengo ante una serie de fotos instantáneas que nos tomamos en Berlín. En aquella ocasión, en un descuido, te perdí de vista entre la muchedumbre. Te busqué durante horas y rumié mi rabia porque no recordaba el nombre del hotel donde nos habíamos hospedado y tú no traías el celular contigo. Furiosa, juré que cuando te encontrara, te diría lo que merecías por tu necedad de no usarlo. No obstante, cuando te vislumbré recargado en una esquina de la plaza de Potsdam, fumando y mirando para todos lados, lo único que hice fue correr a abrazarte, contenta de verte sano y salvo.

Desvío la mirada hacia el escritorio, y a un lado de tu agenda descubro un cedé sin indicaciones de su contenido, lo tomo, salgo del estudio, paso de largo por los cuartos de Emilia y Markus y me dirijo a la sala. Prendo la televisión y el reproductor de cedés donde lo coloco. Me quedo paralizada de asombro cuando tu cara aparece en la pantalla respondiendo a las preguntas de un reportero de una cadena televisiva de San Salvador. Apago el aparato, no soporto ver tu imagen.

Voy a la cocina con armarios de madera y aparatos eléctricos. Todo está en orden. Ni un solo plato fuera de lugar, ni una sola miga, ni una mancha enturbia el brillo del fregadero. Pongo agua en la cafetera, en el filtro café y prendo la máquina. Con una taza de café en la mano voy al comedor. Me froto la frente cuando mi vista tropieza con la vitrina donde está la vajilla que sólo usábamos en ocasiones especiales; la porcelana parece prisionera en el mueble.

Me siento frente a la computadora y entre la claridad del día y la sombra de las ramas del tilo me dispongo a continuar escribiendo esta carta. Se me hace un nudo en la garganta al observar la mesa donde nos reuníamos los cuatro a comer, en donde Markus imitaba a su maestro de matemáticas, devoraba montañas de pasta y Emilia, con disimulo, por debajo de la mesa le daba trocitos de jamón a Leo, mientras nosotros fingíamos no darnos cuenta. Cuántos gratos recuerdos pasaron en torno a esa mesa envueltos en el aroma a manzanas, vainilla, chocolate, café, clavo, cilantro o tocino.

¿Cuántas veces en esta misma mesa debatimos sobre política o intentamos arreglar los problemas del mundo entero? ¿Cuántas veces discutimos sobre la hora de llegada de ellos, de la disco?, o bien ¿cuándo fue la última vez que alguno de nosotros derramó un chorro de leche o jugo, o manchó el mantel con salsa de tomate? ¡Qué no daría por volver a vivir aquello, aunque sólo fuera una vez! Hoy los tres parecemos desconcertados, sin saber qué hacer con la pena que nos agobia.

Algo en mi interior se agita, crece un mundo de brumas, de algo informe e incierto. Tengo la sensación de perder el contacto con la tierra y flotar sin peso sobre arenas movedizas, han transcurrido varios meses desde tu partida y yo continúo a la deriva. Del estupor del primer tiempo he pasado a la infinita tristeza, al miedo de que vuelva a ocurrir algo malo, y a la apatía mezclada con aflicción.

Días van, vienen y yo sigo con esa desazón que sube como espuma y no mengua. Algo tengo que hacer, algo que me saque de la melancolía. En estos meses no he vuelto al club de golf, ni al estadio, ni a ningún sitio que te recuerde para no dejar que mi mente se pierda en las imágenes que conducen hacia el ayer. No quiero recordar.

Un relámpago cruza el cielo seguido del reventar de un rayo y Leo corre a esconderse bajo el sillón, pues aunque parezca un bandolero del oeste, cuando de ruidos fuertes se trata, se transforma en un miedoso ratón. Por eso hoy, por libre voluntad, se queda en casa. Lo tomo en los brazos y acaricio su lomo. No tengo ganas de escribir, cierro la computadora y me siento en el sofá.

Comienza a llover.

Prendo la televisión para ver las noticias y tomo mi tejido. Leo se echa a mis pies y dormita en su cojín. Se estremece en el sueño; es agradable mirar su cara dormida y algo regordeta. Cuando despierta estira sus patas delanteras mientras mira en dirección al ovillo de lana que estoy usando. Primero sólo lo mira, luego de un zarpazo lo atrapa y encuentra gusto en moverlo entre sus patas. Cuando la bola cae al suelo, él salta enseguida y sigue jugando con ella hasta que la convierte en una maraña, donde queda atrapado y sólo se vislumbra su cabeza y en sus ojos color caramelo se refleja el brillo de la pantalla televisiva. Poco a poco lo libero de aquel enredo y él se echa de nuevo sobre su cojín.

Ha dejado de llover. El sol se refleja entre las ramas de los árboles y llena el balcón de una luz dorada. Leo levanta la cabeza y observa a través de la ventana sin cortinas. Su bigote tiembla. Está impaciente por salir, le gusta husmear en el jardín y tener la posibilidad de atrapar insectos, salamandras, un ratón o un pájaro. La vista de éstos últimos revoloteando entre las ramas de los árboles lo emborracha de gusto.

Dejo a un lado el tejido y sigo sus movimientos. Con paso silencioso atraviesa el comedor, se acerca a la puerta abierta del balcón posterior se cuela entre los barrotes del barandal. Mira hacia el tilo y calcula con ojo de experto la distancia entre éste y el sitio donde se encuentra. Fácilmente vence el obstáculo y de un salto alcanza una rama.

Con donaire se desliza por el tronco del árbol, y con un siguiente brinco aterriza en el jardín. Ahí están los olores a hierba y a tierra húmeda, aderezados con la presencia de escarabajos, grillos, mosquitos, salamandras y ratones.

Permanece un instante indeciso, como pensando hacia dónde debe dirigirse. Husmea entre el pasto húmedo, y sus transparentes orejas con finos pelillos por dentro se quedan atentas a los ruidos cercanos. Concentra la mirada en algo que está entre la hierba. Quizás alerta del correteo sigiloso de una salamandra que, un instante después, sostiene entre los dientes. De pronto la suelta al vislumbrar un pájaro en el árbol. Endereza las orejas, cauteloso trepa al tronco, se desliza hasta una delgada rama y ahí espera a su presa sin mover un músculo. Sus ojos ambarinos brillan, los entrecierra, se relame el hocico al imaginar cómo sus garras y dientes se clavarán en la carne del avecilla. Pero cuando intenta seguir ascendiendo, su peso vence a la delgada rama y aterriza en el suelo con toda su peluda existencia.

Se levanta enseguida y emite un agudo maullido, como retando al pájaro que continúa impávido mirándolo desde su altura. Pobre Leo, es un inexperto cazador, pues jamás ha logrado atrapar un pájaro.

La lluvia regresa y con ella retomo la escritura de esta carta. Escribo hasta que percibo que las lámparas callejeras se han encendido. Apago la computadora. De pie frente a la ventana veo cómo cae la lluvia sobre la calle, abro una de las cajas traídas del sótano y comienzo a hurgar su contenido. Encuentro tus días, tu pipa y un álbum. Veo las fotos y evoco fragmentos de nuestro pasado: el azul del mar, el chillido de las gaviotas y el rumor de las olas en una playa de San Salvador, los coloridos jardines en Guatemala, el olor a mango, el eterno verano y el bullicio de la gente en Bolivia, la tierra colorada y la blanca sonrisa de Davis en Malaui.

Como en retrospectiva centellean imágenes que intento encerrar en lo más profundo de mi memoria. Sobre todo ahora que hallo entre la engrapadora y los clips, el llavero de madera que me diste para un cumpleaños. Habías esculpido una joven con silueta delgada y la cara adornada con una sonrisa. A un lado escribiste. *Feliz cumpleaños, chica. 1992*. Paso los dedos sobre las palabras grabadas e imagino tu mano bajo la mía tallando cada letra.

También encuentro las cartas que me escribiste durante los meses de separación, cuando volviste a Alemania a trabajar y yo me quedé en México a presentar el examen de maestría. ¡Qué alegría me provocaron en aquel tiempo, ahora son motivo de intenso desazón! Suspiro y bebo un sorbo del frío café. Cierro la caja, salgo al balcón y dejo tras de mí la habitación envuelta en el silencio.

Mientras aspiro el olor a humedad que impregna el ambiente, me pregunto: ¿Por qué no me di cuenta de tu grave estado de salud? ¿Por qué no te llevé a rastras al hospital, aún en contra de tu voluntad? ¿Qué voy a hacer con toda esta tristeza que me rezuma por la piel? Turbias conjeturas me torturan recordando alguna discusión nuestra, alguna palabra mal dicha, pensando en los ratos que me perdí de estar a tu lado por haberme salido a pasear con alguna amiga o quedarme hasta altas horas de la noche escribiendo en la computadora. Siento una intensa urgencia por recuperar el tiempo perdido que no pasé a tu lado, por corregir lo que he hecho mal, pedirte perdón por alguna ofensa infringida, por confesarte cuánto te amo. Y al pensar en las veces que no te repetí que te quería se me llena la garganta de las palabras no dichas. Sin embargo, ya es tarde, demasiado tarde para todo.

Pronto me iré de aquí y cuando alguna vez te sueñe, me despertará la nostalgia, añoraré nuestras noches en el balcón mirando el estrellado cielo. Desde que te fuiste ya no reconozco este sitio como mi hogar. Las cortinas de encaje me parecen enaguas tristes que se agitan al compás del viento. Desde que ya no estás, nuestra vivienda, un día bulliciosa y llena de luz, se ha tornado silenciosa y sombría como si estuviera de luto. Tanto que he tomado la costumbre de hablar en susurros. No quiero estar aquí, es como si este lugar ya no tuviera nada que ver conmigo.

En cuanto a la comida es lo que menos me interesa. Como alguna fruta. Aso un pedazo de carne y le pongo sal y pimienta. En otra época lo hubiera condimentado con jengibre, cebolla, ajo y romero, y su aroma me hubiera hecho agua la boca, pero desde que te fuiste he perdido el apetito. Lo mismo les sucede a Markus y a Emilia. El único que no lo ha perdido es Leo.

Es casi la medianoche cuando vislumbro a Leo frente a la puerta del edificio. Corro escaleras abajo para dejarlo entrar. Está empapado de agua y tiene las patas manchadas de lodo. Después de lavárselas y secárselas lo pongo en el suelo. Se acerca a mí rozándome los tobillos con su cabeza, como diciéndome: "¿qué esperas para llenar mi plato de comida?". Y cuando termina de comer, se echa en la alfombra mientras ronronea con placer, satisfecho con su vida.

Cierro los ojos. Quizás al abrirlos resulta que todo ha sido una pesadilla y mi mundo volverá a la normalidad, tú estarás a mi lado, me cubrirás con una manta y sentiré tu mano rozando mi mejilla. Luego, de puntillas abandonarás la habitación para no despertarme.

Abro los ojos; todo sigue igual. Apago las luces y todo se hunde en la oscuridad. Leo salta a mi cama; lo abrazo y lo aprieto contra mi pecho.

Si él supiera que dentro de poco ya no vivirá aquí. Odio esa idea.

Esta tarde Gloria llega a tomar café conmigo, y mientras ella pone los platos y tazas sobre la mesa del balcón voy a la cocina por la leche y el pastel.

—Qué rico está el pastel de manzana —dice ella, deja el tenedor en el plato y se limpia la boca con la servilleta.

—Se lo diré a Isolde cuando la vea, ella lo hizo —respondo mientras contemplo el rosal que planté la primavera pasada y que descansa al lado de la sombrilla verde limón con base de granito que compraste el verano anterior.

Al levantar la vista, descubro al vecino del edificio de enfrente, está a un lado de la ventana y nos observa. En el lado izquierdo, tras la cortina, puedo ver su cara enmarcada por una maraña de pelo blanco. El señor Lewandowski es un hombre solitario que, de tarde en tarde, suele pasear con su perrito. No saluda a nadie y apenas se digna a mirar a los vecinos; puede ser que sea un hombre tímido o un déspota. ¿Habrá estado casado alguna vez? ¿Tendrá hijos? Quién sabe. Ama los perros, pero los gatos no son santo de su devoción, Leo menos que ningún otro, pues sabe que su mascota le tiene miedo.

La cortina se cierra y la cara del vecino con su pelo blanco y espeso bigote desaparece.

En su balcón ondea una bandera de la Unión Europea.

Gloria y yo hablamos de él; de su vestimenta fúnebre y de sus bigotes tiesos como brocha. De súbito ella me pregunta:

—¿Cómo conociste a tu marido?

—Es una larga historia. ¿Te interesa de verdad oírla?

—Sólo si quieres contármela.

—Claro —dice ella, bebe el último sorbo de su frío café y frunce la cara.

—Espera un momento, deja que te sirva café caliente.

Ella le pone una cucharada de azúcar y un chorro de crema a su café y lo bebe con placer, mientras le cuento nuestra historia de principio a fin. Y al hacerlo siento que aligero mi pena.

—¿En qué piensas?, chica —pregunta ella al ver que al final de mi relato permanezco callada.

—En que hay instantes en los que pasa algo que cambia toda tu vida. En las últimas semanas he soñado a Max. En el sueño lo veo sentado en un café en Venecia, leyendo un libro, luego manejando por una autopista en Florida, con una mano en el volante y en la otra sosteniendo un cigarro. En este balcón, él solía sentarse a leer un libro, fumar y ver pasar a la gente. Y cuando yo regresaba de mi paseo, nos quedábamos aquí en silencio oyendo el murmullo de las voces de los vecinos, los pasos de algún transeúnte o mirando las estrellas.

"El septiembre pasado, la víspera de mi partida a México cuando cenábamos aquí, de repente él levantó la vista y me dijo: 'Espero que el próximo año podamos pasar un verano tan bueno como éste'. '¿Qué va a impedirlo?', le contesté. 'Nunca se sabe'. 'No va a ocurrir nada malo', repliqué. 'Si un día tengo que irme… me guardas luto un año y luego vuelves a casarte'. '¿Por qué dices eso?'.

'Porque puede suceder'. '¿Cambiamos de tema?', le dije. '¿Por qué temes hablar del futuro?'. 'Tengo sueño, Max, y tú también debes estar cansado'. 'Miedosa', replicaste.

"Más tarde, cuando ya estábamos en la cama la luna entró por la ventana, su plateada luz jugó con el contorno de la cama y se reflejó en el espejo del armario. Sin embargo, la silueta de Max permaneció oculta en la oscuridad y eso me atemorizó. Tuve ganas de abrazarlo y esconder la cara en su espalda. No lo hice porque no quise interrumpir su descanso, y a la mañana siguiente cuando nos llevó a Emilia y a mí al aeropuerto me dijo: 'Lástima que precisamente ahora vas a México, pues el fin del otoño alemán te gusta mucho'. 'El próximo año no me lo perderé', le respondí entusiasmada. Pero me lo perdí. Lo perdimos todos.

Mi voz se quiebra.

—Lo extraño tanto que mi dolor se vuelve físico; es como si ácido corriera por mi piel.

—Te entiendo porque pasé por lo mismo —responde Gloria.

—Aquella noche, cuando Max acompañado de Markus salió rumbo al hospital y cerró la puerta, me quedé frente a la ventana y lo miré. Llevaba su abrigo gris y su chal de cachemira del mismo color. Él levantó la mano despidiéndose antes de entrar al auto, yo la levanté de vuelta y miré el vehículo hasta que desapareció al final de la calle. Jamás sospechamos que era una despedida definitiva. Su muerte nos tomó a todos por sorpresa; incluyéndolo a él.

"En opinión de su médico internista, Max sólo padecía de una tos como reacción por haber dejado de fumar, y le aseguró que después de unos días se sentiría mejor. Pero no mejoró. Es evidente que él no tuvo buen ojo para darse cuenta de lo que estaba pasando. Dos días después le hizo una visita a domicilio y dio una orden para internarse en el hospital. A las cuarenta y ocho horas de haber ingresado empeoró y fue trasladado a la estación de terapia intensiva, donde tuvo lugar el desenlace.

"A veces me pregunto: ¿cómo fueron sus últimos instantes antes de caer en la inconciencia? Imagino su estupefacción al darse cuenta de que la vida se le escapaba. Debió haberle dado un vuelco el corazón y pensado: "¿Es el fin? ¿Cómo es posible que me esté muriendo? Yo tengo aún planes, la historia de mi vida todavía no está completa. ¿Cómo es posible que acabe así? Pasé tantos peligros para terminar de este modo. No puede ser, esto es una mala jugada del destino. Yo pensaba que podía morir a manos de un asaltante en un país pobre o víctima de la malaria que una vez me tuvo al borde de la tumba. O bien en un accidente aéreo o en la carretera por distraerme fumando, pero no en uno de los mejores hospitales del mundo".

"¿Qué vio? Debió verse las manos. No llevaba más anillos que el de matrimonio. Debió pensar en nosotros. 'Ahora muero sin despedirme de mis hijos y de Esperanza. Esta tarde cuando ella y Markus vinieron a verme no lo hice porque confiaba en que viviría muchos años. Aún me quedan cosas por experimentar, quiero ver a mis hijos casarse, conocer a mis nietos. No es posible morir a causa de una tos mal cuidada. ¿Cómo puedo pasar los últimos instantes entre extraños y lejos de mi familia?'.

"¿Habrá pensado eso? ¿Fue consciente de estar a las puertas de la muerte completamente solo? O quizás agradeció no haber sabido antes que su tiempo en esta tierra estaba contado. ¿Pensó en nosotros? ¿Tuvo tiempo de hacerlo? ¿O cuando le llegó el momento ya estaba inconsciente? Quizás sólo estuvo sorprendido y no tuvo tiempo de sufrir o tener miedo. Simplemente se hundió en el sueño artificial de la anestesia y de un instante al otro pasó de su cuarto de hospital al otro mundo.

—No te tortures pensando en eso. Sólo Dios sabe —replica Gloria.

—Me duele pensar en todas las cosas que él ya no podrá experimentar: el desarrollo de Emilia en su trabajo, la terminación de estudios de Markus, el matrimonio de ellos y el nacimiento de nuestros nietos.

—La vida es dura y parte el alma —murmura Gloria.

Tengo comezón y me tallo el ojo.

—¿Qué pasa con tu ojo izquierdo?, se te ve irritado —pregunta ella.

—Desde hace días veo puntos negros; debe ser que leo bajo una lámpara con mala iluminación.

—Deberías acudir al oftalmólogo, puede ser algo de cuidado.

—Ya fui con uno y me aseguró que todo está en orden, hasta me sugirió operármelos con láser para no usar más los lentes de miope. Pero voy a hacerlo en Turquía, pues allá cuesta la mitad y aprovecho para tener vacaciones. Ya lo hablé con el especialista de allá y el fin de semana va a operarme; es una intervención sencilla. Después sólo necesito reposar dos días y usar lentes oscuros por una semana.

Bajo el calor de la tarde bebemos el resto del café y miramos a Leo correr en el jardín tras otro gato. Leo posee un pelaje colorado, unos ojos brillantes como dos esmeraldas, pero sobre todo un enorme ego. Estoy segura de que cree ser el rey de mi casa y de la colonia entera.

Cuando comienza a oscurecer Gloria se marcha. Recojo los platos y tazas, y coloco todo en la máquina de lavar trastes. Al final, sacudo el mantel y miro hacia la calle.

En el balcón del vecino aún ondea en el aire la bandera de la Unión Europea.

Por la noche cuando comienzo a leer, noto que los puntos negros que veía se han convertido en una línea negra sobre mi ojo izquierdo. Sin embargo, no le doy importancia pues el oculista me ha asegurado que todo está bien y supongo que la causa reside en mi mala alimentación.

El viernes, Emilia y yo volamos a Turquía. Después de registrarnos en el hotel, vamos al consultorio del oftalmólogo. Durante el chequeo, él pone gesto grave cuando revisa mi ojo izquierdo y lo revisa concienzudamente. Me pregunta desde cuándo veo puntos y esa línea negra. Vuelve a hacer más pruebas y al final pronuncia su dictamen final: la retina del ojo izquierdo se ha perforado y deben operarme de inmediato.

El domingo por la noche volamos de regreso a Alemania y el lunes, a primera hora, llamo a mi oftalmóloga, que al oír el diagnóstico me recibe enseguida. Le explico que desde hace diez días comencé a ver puntos negros y desde hace tres una línea negra sobre el ojo.

—¿Por qué no vino en cuanto empezó con esos síntomas? —pregunta furiosa.

—Usted estaba de vacaciones y consulté a su colega de aquí enfrente y él no detectó nada. Claro que los exámenes que me hizo no fueron tan completos como los que ha hecho usted ahora. Al parecer él estaba más interesado en hacerme una costosa intervención con láser para que yo no volviera a usar anteojos. Pensé en dejarme operar en Turquía porque es más barato y allá fue donde me diagnosticaron perforación en la retina.

La doctora mueve la cabeza preocupada, llama al jefe de cirujanos de una renombrada clínica de ojos, le explica el caso y me da una orden para ser atendida de emergencia.

—Si hubiera venido la semana pasada, yo hubiera podido cerrar la perforación con láser, pero ahora se ha desprendido la retina, tendrán que intervenirla quirúrgicamente y aún así no hay seguridad de salvar la visibilidad del ojo.

Tengo la sensación de que el piso se hunde bajo mis pies. ¿Cómo van a tomarlo Markus y Emilia? Un motivo más de preocupación para ellos. "Dime, Señor, si me has abandonado. Dame una señal", murmuro y levanto la vista al cielo. El cielo permanece impávido y quizás eso es una señal.

Emilia aún no se ha marchado a Frankfurt y me lleva a la clínica. En la recepción ella explica el caso y llena un formulario, mientras yo aguardo en la repleta sala de espera del doctor Speer. Recorro con los ojos a los pacientes: lucen caras largas, ansiosas o simplemente cansadas. Intento trabar conversación con alguno, quizá para encontrar cómplices para mi enfermedad, pero nadie parece interesado en platicar. Algunos se preparan una bebida en una mesa donde descansa una cafetera, un hervidor de agua, sobres de té, leche y azúcar. O bien permanecen mirando la nada. Quizá porque no miran nada.

—Nos vemos —dice un paciente al salir del consultorio del doctor.

El verbo ver en esta sala de espera ocupada por casi ciegos suena a chiste.

El doctor, al auscultar mi ojo confirma la gravedad del caso.

Emilia llama a Markus, quien acompañado de Lisa llega enseguida a la clínica. Él pide permiso para entrar a conversar con el cirujano.

—¿Cuáles son los riesgos de la anestesia? —pregunta Markus y lo observo: su rostro está pálido como la cera.

—Las consecuencias de una mala dosificación de la anestesia van desde un infarto, quedar en coma o morir… —dice el médico en un tono mezcla de ironía y broma.

Pero Markus no está para chistes de esa naturaleza, después de lo que acaba de suceder contigo.

—¿Cómo puede usted bromear con algo tan delicado como la vida de sus pacientes? Su respuesta me parece una falta de sensibilidad y de empatía de su parte.

El oftalmólogo se queda sin habla ante sus palabras.

—Yo no estoy obligado a operar a su madre, y si no le agrada mi respuesta puede consultar a otro especialista.

Me disculpo en su nombre y le explico lo que acaba de pasar contigo.

El doctor guarda silencio y al final murmura:

—Esta tarde después de intervenir a dos niños, la operaré a usted.

Markus teme que pueda sucederme algo malo con la anestesia general, y para ahorrarle la preocupación pido al médico que me opere con anestesia local.

—Es muy doloroso.

—Eso no es un problema para mí, no soy delicada.

—También es arriesgado porque el menor movimiento podría poner en peligro el éxito de la intervención.

Cuando salimos del consultorio intento tranquilizar a Markus.

—No te preocupes hijo, todo va a salir bien. Tengo salud de acero.

—Eso mismo dijo papá y mira lo que sucedió.

—Es diferente, él era algo enfermizo, en cambio yo tengo sangre azteca y un azteca no conoce ni el dolor ni los achaques.

—¿Quién cuidará a Leo? —pregunta Emilia.

—Mi vecina del departamento de enfrente puede hacerse cargo de él, ella lo adora y estará encantada de cuidarlo unos días.

—Ahorita mismo la llamo y también yo estoy segura de que todo va a salir bien, mamá. Hasta al ratito —dice Emilia.

Por la tarde, rumbo a la sala de operaciones, veo las caras de los muchachos. Intentan sonreír, pero tienen la sonrisa paralizada. El asistente del jefe de médicos les asegura que el doctor Speer es uno de los más exitosos oftalmólogos del país y al igual que el anestesiólogo desde hace años realiza esa operación varias veces al día y siempre con éxito. Habla de modo sereno y convincente, y logra tranquilizarlos.

La retina de mi ojo izquierdo se ha caído y seré operada precisamente hoy, el día de las madres.

¡Feliz día de las madres!

Estoy ya en la sala de operaciones, el cirujano me da una palmadita afectuosa en el hombro y asegura que estoy en buenas manos; en sus manos. Su amabilidad me sorprende, no se parece en nada al hombre arrogante de esta mañana.

—Entonces, ¿no me voy a morir?

—Algún día, pero hoy no.

Aparte de él, están el anestesista, dos asistentes y una enfermera con sus batas y cabezas cubiertas con gorros azules. El anestesista hace algunos comentarios en relación con la intervención. Luego se dispone a inyectarme y me pide que cuente hasta tres.

—Sí —respondo con un hilo de voz. Llego sólo hasta dos, los gorros y siluetas azules desaparecen frente a mis ojos y me hundo en la nada.

¿Fue esto lo que sentiste, Max?

Cuando despierto, siento frío y a lo lejos me llega el zumbido de un monitor. Con el ojo derecho veo un rostro cerca del mío, y su dueño me informa que estoy en una sala de recuperación y todo salió bien. Dice eso y muchas cosas más, pero aun mis sentidos están entorpecidos y sus palabras se pierden en la niebla de la anestesia. Sólo al cabo de un rato noto que alguien empuja mi camilla por un pasillo. Markus, Emilia y Lisa se ponen de pie en cuanto me ven, y yo intento parecer lo más saludable posible. Es importante que sepan que no va a repetirse tu historia. Por lo menos no ahora.

—Ya pasó todo —les digo.

Me conforta ver el gesto de alivio en sus caras. También encontrarme en un hospital, atendida por amables enfermeras y lejos de la realidad. Con gusto contemplo el rayo de sol que cae sobre el piso y cómo, en su dorada luz, bailan motitas de polvo. Es martes, pero siento que es domingo.

En el preciso instante en que voy a entrar a mi habitación, veo en el umbral a una mujer con un parche en el ojo derecho. Al parecer es mi compañera de cuarto y está acompañada de un anciano que ya se dispone a marcharse.

Una vez nos quedamos a solas, la señora se acerca a mí, me tiende la mano y se presenta:

—Margarete Kohl y él que acaba de irse es mi esposo.

—Esperanza Villanueva y el mío murió hace poco.

—Lo siento mucho —responde ella con sinceridad.

—Todo ocurrió tan intempestivamente que ni siquiera pude decirle adiós. Lo que más me tortura es no saber cómo se sintió antes de fallecer.

—Vamos, no piense en ello...

Ella continúa hablando, sin embargo ya no logro escucharla; estoy débil, cierro los ojos, enseguida me duermo y comienzo a soñarte...

Los minutos se alargan como una liga que se estira lenta, pero continuamente amenazan con romperse. En la mente de Max se mezclan y se superponen hechos pasados con actuales. Recuerda que lo subieron a una camilla y mientras la enfermera la hacía rodar por los pasillos, sus ojos se deslizaron por los techos ocupados en medio por tubos de neón. Había percibido que tenía dos delgados tubos dentro de la nariz, y en su brazo enterrada una aguja con una cánula que seguía el camino hacia una botella de infusión.

De algún lugar le había llegado un rumor como el de las salas de hospital de una serie televisiva.

Después hay un espacio vacío en su mente.

En su cabeza domina una niebla que le entorpece el pensamiento y no puede medir el tiempo. ¿Cuándo ocurrió todo aquello? ¿Hace horas, días, una eternidad, un instante? Max no lo sabe. Ha perdido el sentido del tiempo y del lugar. Tampoco es importante.

En algún momento una enfermera entra y descorre las cortinas que producen un rumor seco. La luz del día hiere sus ojos. Está en un cuarto de un blanco cegador e inhóspito como un bloque de hielo. A su alrededor todo es blanco y él está acostado en una cama desconocida. Alguien le ha puesto una bata y quitado los zapatos. Tiene escalofrío, le castañean los dientes y le cuesta trabajo respirar. Ve frente a su cama a un médico cuyo cabello desordenado delata que es urgente que visite al peluquero. ¿Visión o verdad? Lo ignora.

Y cuando comienza a conciliar el sueño lo traspasa un candente dolor, es tan intenso que lo hace encogerse y le roba la respiración. Se lleva la mano al pecho, a tientas busca y oprime el botón de emergencia para pedir ayuda. Se incorpora, arrastra las piernas hacia el suelo, las rodillas le tiemblan, la cabeza le da vueltas, tropieza con sus sandalias y se derrumba en el piso.

Max ve parpadeantes luces rojas en los monitores. También a un médico, seguido de otro más joven y dos enfermeras que se apresuran a socorrerlo. Alguien le pregunta algo. Él no puede responder; su lengua parece de cemento, sus labios se mueven, pero sólo logra emitir un ronco sonido. El zumbido de los aparatos se torna agudo, insistente y se eleva vertiginosamente.

Escucha una voz que dice "esto no se ve nada bien" y pronuncia la palabra reanimación. Ve cómo maniobran en su pecho, ahí donde el dolor insistía desde hacía días. Sus ojos llenos de angustia se abren desmesuradamente y se encuentran con los del médico; la mirada de éste refleja su propio horror y, en una fracción de segundo, se da cuenta de la gravedad de su estado.

Al cabo de un rato, los rumores a su alrededor le llegan amortiguados como a través de un cristal, y las siluetas de los médicos y enfermeras parecen mezclarse y sobreponerse. En el umbral de la inconciencia, mientras se apaga el último latido de su corazón, mira a través de la ventana de la habitación; le parece ver cómo los árboles cubiertos de nieve se convierten en un mar de blanca espuma y cómo en el cielo el destello de las estrellas, una tras otra, se va extinguiendo. Y aquel paisaje es la última imagen que Max tiene de este mundo.

Un repentino temblor recorre su cuerpo, de su boca escapa un hilillo de sangre y un estertor sale de su garganta. El médico sigue maniobrando en su pecho como si no se resignara a la derrota. No obstante, las curvas y picos en la pantalla del electrocardiograma se van aplanando. Al final se convierten en una línea recta, y un zumbido permanente es lo único que se percibe en la habitación.

Una eternidad después, así le parece, Max tiene la impresión de encontrarse flotando en otra dimensión, fuera del tiempo. Observa su cuerpo que yace sobre la cama. Los médicos no dicen una palabra, pero ve a uno de ellos desconectar los aparatos y a otro cerrarle los ojos, mientras gotas de sudor en su frente brillan como bolitas de cristal. Luego siente que es barrido por un suave viento que lo empuja hacia un túnel rodeado de luces y de un rumor vibratorio como el sonido de un martillo contra el metal.

El tiempo retrocede como cuando las olas refluyen en el mar y sacan la arena bajo los pies. Ve siluetas y oye voces infantiles. Emilia con sus lentes coloridos, su blusa rosada y sus pantalones rayados construye un castillo de arena a la orilla del mar, mientras Markus con una vara dibuja su nombre en la arena. A un lado, estoy yo con el pelo suelto y la mirada pensativa los observo. Los tres estamos tan imbuidos en nuestro mundo que no notamos su presencia. Durante un rato, Max deja pasar aquel carrusel de imágenes por sus ojos.

Luego las figuras se tornan desteñidas, frágiles como las hojas del otoño que arrastra el viento y al final se desvanecen. Se ve a sí mismo caminando a la orilla del mar, siente la brisa en su piel y escucha el rumor de las embravecidas olas, con sus espumosas crestas chocando contra las rocas. Cielo, mar y mundo están oscuros. Sigue caminando y de pronto se encuentra en su ciudad natal. Las callejuelas, el ayuntamiento, la iglesia, la farmacia, la tienda de abarrotes, la mercería, el estanquillo de los periódicos, el correo y las casas de ladrillos rojos; todo está igual que antaño. La memoria le devuelve su propia imagen de niño con pantalón de cuero y chanclos de madera. También la imagen de personas que no había vuelto a ver desde hacía mucho tiempo: el dueño del estanquillo donde su padre compraba su tabaco y el periódico, el peluquero, el zapatero, la florista y el relojero. Y entre todas ellas cree reconocer a su padre con sus ojos castaños, el pelo veteado de nieve y su amplia sonrisa, que con la mano derecha le indica el camino a seguir, el camino hacia el callejón de vuelta al pasado.

La luna continúa escondida y la calle en tinieblas. Max se detiene frente a una casa sin luces y un jardín que la nieve cubre como un blanco sudario. Al frente, un abeto alto, y en el suelo están regadas piñas del árbol: él conoce ese sitio aunque hacía muchos años que no estaba ahí; es la casa donde transcurrió su infancia y adolescencia. Él amaba ese lugar con su chimenea prendida en el crudo invierno, su largo pasillo, su escalera de madera clara y el jardín soleado, donde su familia y él pasaban las tardes veraniegas.

Entra. Cruza el vestíbulo y la sala, en cuyas paredes el invierno ha formado flores de hielo. A su mente le llegan imágenes y el murmullo de rumores del pasado: las voces de sus hermanas jugando a las muñecas en la sala, las siluetas de su madre horneando un pastel y su padre leyendo el periódico. Percibe el quedo *tic tac* de un reloj y la música de un radio. Es una melodía romántica y al mismo tiempo con tonalidades melancólicas, que Marlene Dietrich interpretaba y su madre solía tararear a menudo: *Bitte geh' nicht fort... Lass mich nicht allein...* (Por favor no te vayas... no me dejes sola...).

La luz de una vela al final del pasillo lo conduce por el corredor hasta la cocina. La candela parpadea y arroja sombras en las paredes. Tras él deja la melodía y el *tic tac* del reloj. Al llegar al umbral de la cocina distingue las cacerolas y cucharones que cuelgan de una pared. Una olla descansa sobre la estufa apagada. "¿Hay alguien aquí?", pregunta. "Yo. Pasa, te estoy esperando", le responde una sombra perdida en la penumbra, que le habla con voz suave, como si no quisiera romper el silencio nocturno. La silueta femenina con el pelo del color de la nieve y un floreado delantal se acerca. A la luz de la vela, su sombra se agiganta en la pared, Max la reconoce enseguida y un sentimiento de calor y afecto lo domina.

—Eres tú, madre. Qué alegría verte, qué gusto estar de nuevo en casa. ¿Podría sentarme un momento? He caminado mucho con este mal tiempo, el frío me ha entrado hasta los huesos y estoy agotado —murmura él y se deja caer en una silla.

—Descansa, hijo —dice Ana y toma asiento a su lado.

Max recarga la cabeza en el pecho materno y un agradable calor lo invade. Ana le acaricia la cara con los dedos y le pasa la mano por el pelo, mientras le habla en un alemán claro y puro; el alemán de su niñez. Luego, la imagen de ella se va alejando, su voz tornándose más queda y la luz de la vela apagándose hasta que domina la oscuridad. Ninguna voz, ningún rumor como si el mundo hubiera enmudecido. El pasado, el presente y el futuro desaparecen en un manto hecho de niebla y espuma; el tiempo parece congelarse y se mezcla con la eternidad.

"Todo está bien", le susurra Ana al oído. A Max lo domina una sensación de bienestar, de alivio, de absoluta serenidad y libre de todo dolor. Y en sus labios se dibuja una sonrisa que la frialdad del invierno no logra borrar.

Cuando despierto, en mi cabeza aún flota la voz de Marlene Dietrich y en algún lugar fuera del sueño escucho un murmullo. Al abrir el ojo derecho me percato de la presencia de la señora Kohl, está frente a mí y me tiende un vaso con agua.

—Beba un poco, se sentirá mejor. Usted ha estado muy inquieta como si hubiera tenido una pesadilla —dice.

—Mientras dormía me adentré en los pasadizos de la memoria de mi esposo. Lo soñé en el umbral de la muerte y volviendo a los lugares de su infancia. Lo vi caminando a la orilla de un mar oscuro, entrando a una casa solitaria mientras en el aire flotaba la melodía que su madre solía entonar a menudo. Todo fue tan real como si hubiera visto una película —digo, me siento en la cama y noto que estoy temblando.

La señora Kohl también lo percibe y me arropa como lo hubiera hecho mi madre si aún viviera. Me ofrece que si lo deseo le hablé de ti, de lo que quiera. No creo importante relatarle a qué te dedicabas o de dónde venías, sino de lo que en ese instante pienso de ti. Le digo que te gustaba comer chocolate con avellanas, salami y pastel de manzana, y tu bebida favorita era campari con jugo de naranja. Tenías una cicatriz en el tobillo izquierdo, a causa de una caída de la bicicleta cuando eras niño. Le cuento que te gustaban las novelas de Virginia Woolf, Antón Chéjov, Flaubert y Oscar Wilde, la música de los Beatles, de Mozart y las películas cómicas, en especial la de *Der Killer und die Klette (¡Que te calles!)* con Gérard Depardieu y que la habías visto infinidad de veces. Y la última ocasión que fuimos al cine habíamos visto la cinta *Amigos,* y tú te desternillaste de risa con la actuación del enfermero de los dientes tan blancos como los de un comercial de pasta dental. También le cuento tus fallas: que fumabas como chimenea y el humo de tus cigarrillos se quedaba pegado en las paredes y techo del estudio (por eso estaban cubiertos de un vaho color mostaza); que siempre salías a cumplir tus compromisos con el tiempo preciso, y que por las prisas después conducías como cafre y más de una vez tuviste que pagar multas por exceso de velocidad; que eras un hombre inteligente y al mismo tiempo alegremente ingenuo, y en cuanto a habilidades artesanales poseías dos manos izquierdas. Pero que tu defecto que más me enervaba era que jamás reconocías haberte equivocado, y mucho menos pedías disculpas por ello. Quiero contarle más cosas, pero se me hace un nudo en la garganta que me impide continuar.

La señora Kohl se inclina sobre mi mesa y observa el yogur y el pan del desayuno.

—Usted debe alimentarse mejor —sentencia y añade—: tengo la impresión de que usted no platica toda la verdad sobre su marido, y eso no le hace bien.

Me encojo de hombros.

—La muerte elimina los malos momentos y magnifica los buenos, porque tenemos la convicción de que los muertos están más allá del bien y del mal —concluye ella.

La señora Kohl dice que los muertos son intocables y cuando alguien fallece sólo se recuerdan las cosas buenas de esa persona. Eso no lo puedo decir de mí. Esta mañana después de mi conversación con ella, mientras paseaba por el jardín de la clínica, entre las rosas y macizos de lavanda, me vino a la memoria nuestro altercado en el 2007 al volver de Marruecos. Todo empezó en el aeropuerto de Stuttgart cuando comenzaste a sangrar por la nariz. El médico de urgencias del lugar intentó detener la hemorragia, pero pese a sus esfuerzos la sangre siguió fluyendo como en una fuente. Entonces él decidió trasladarte al hospital más cercano.

Después de tantos años recuerdo ese episodio. Con nitidez veo cómo sales ayudado por los paramédicos rumbo a la ambulancia, dejando tras de ti un reguero de sangre, mientras yo me quedo en medio de la sala de migración con dos maletas, dos equipos de golf y sin las llaves de la casa. Recuerdo que antes de bajar del avión me habías pedido que te diera las mías porque habías olvidado las tuyas.

Un empleado del servicio médico aeroportuario se ofreció a cuidarme el equipaje, mientras yo iba a sacar dinero de un cajero bancario, y después me acompañó hasta la parada de taxis. Al llegar a casa dejé las maletas a la entrada del edificio y fui en busca del conserje para que me abriera la puerta. A la entrada del departamento solté el equipaje y salí de nuevo rumbo al hospital, donde permanecí hasta que te declararon fuera de peligro.

El diagnóstico del médico fue nada halagador: como ingerías anticoagulantes había sido difícil detener la hemorragia. Además padecías de presión alta y los niveles de colesterol también eran elevados.

—Nosotros comemos sano, pocos alimentos grasos… —repliqué.

El médico no me dejó terminar la frase y añadió:

—Hay personas, como parece ser el caso de su esposo, que tienen tendencia genética a producir colesterol, aunado a ello está el posible estrés y su adicción al tabaco. Él me ha dicho que fuma una cajetilla diaria.

—O más —agregué.

—Debería pensar seriamente en dejarlo para siempre.

—¿Qué más debemos hacer para que mejore su salud? —lo inquirí.

—Él debe continuar con una alimentación sana, ejercicio, pero sobre todo abstinencia al tabaco.

Al final sentenció:

—Él perdió mucha sangre, debe quedarse aquí unos días para que le hagamos varios estudios y saber con más precisión la causa de su presión alta.

—Mañana no tienes que venir tan temprano porque la hora de visita empieza a las cuatro —dijiste.

—Entonces hasta el rato.

Cuando volví a casa de madrugada, sudorosa y agotada, me metí bajo la ducha, me puse una pijama y me acosté.

Horas después, cuando me disponía a salir rumbo al hospital, llegaste a casa.

—¿Por qué no me avisaste que te iban a dar de alta? Te hubiera ido a recoger...

—Porque no necesito de una mamacita que me cuide. No soy un niño ni un tonto —replicaste al tiempo de dejar en el piso tu maleta y un sobre amarillo en la mesa.

—Pudo haberte pasado algo en el camino, aún estás débil.

—No iba a sucederme nada, tú te alarmas de todo —sentenciaste, sacaste la cajetilla de cigarros del bolsillo de tu chaqueta, tomaste uno, lo encendiste y aspiraste con placer el humo, para luego dejarlo salir lentamente por la nariz.

—Tus pulmones deben estar renegridos.

Nadie decía nada, hasta que me atreví a romper el silencio.

—¿Son esos los resultados de los estudios que te hicieron? —te pregunté señalando el sobre que habías dejado sobre la mesa.

—Sí.

Abrí el sobre y comencé a leer el informe médico: arterías calcificadas a la altura de los pies, de los riñones y en diversas partes más del cuerpo y con riesgo a provocar ulceraciones...

—¿Cómo es posible que acabando de salir del hospital y sabiendo cómo estás, empieces a fumar? Puede darte un infarto, una embolia...

—Mi internista ha dicho que tengo pulmones de atleta y él sabe lo que dice, porque para eso estudió y tú sólo hablas tonterías —sentenciaste.

Tus palabras y el tono con que las pronunciaste me ofendieron, pero más aún tu mirada despectiva, como si estuvieras hablando con una iletrada. Tu actitud me resultó grosera y desagradecida. Sentí como si estuviera hablando con un desconocido.

Por casualidad, un rato antes había oído en la radio a un hombre que había sufrido un percance similar al tuyo y llamaba a la estación radial para darle las gracias a su mujer, por haberse preocupado por su salud y disculparse por los contratiempos que le causó con su repentina enfermedad. Por ello, me resultó ofensiva tu respuesta en la que no escuché una pregunta de cómo logré organizar mi regreso a casa con tanto equipaje y sin llaves, y mucho menos la palabra *gracias*.

A causa de ese incidente evoqué otros que te reclamé: tu incapacidad de reconocer tus errores, de disculparte y tu habilidad para abochornarme frente a mis amigas, cuando tu franqueza con algunas de ellas rayaba en la grosería.

—¿Lo dices por tu amiga Erika cuando llamó un domingo antes de las nueve de la mañana? ¿Porque le informé que a esa hora y en día de asueto no se llama a casa de nadie y le colgué? ¿O porque le sugerí a tu amiga Petra ponerse a dieta, pues está tan gorda que la creí embarazada?

—Entre otras muchas cosas más.

—Eso se llama ser sincero y no grosero.

—Eso se llama carecer de sensibilidad y de sentido común. Uno nunca hace a otros lo que no le gustaría que le hicieran a uno. Te falta sentido común.

—¿Sentido común?, yo a eso lo llamo ser hipócrita.

—Me incomoda invitar a mis amigas aquí porque nunca sé cómo vas a tratarlas. Todo depende del estado de ánimo con que amaneciste. O las atiendes como reinas o les dices que es hora de que se marchen porque estás cansado.

—A mí no me gusta darle rodeos al asunto.

Discutimos y me acusaste de ser rencorosa, y de no reconocer que siempre me habías ayudado cuando lo había necesitado. Y no sé cómo llegamos a ese punto, pero me recordaste los esfuerzos que hiciste los primeros años de mi estancia fuera de México para arrancarme la intensa nostalgia. Te resultaba incomprensible esa mentalidad de apego a la familia, cuando en Europa, en general, los jóvenes abandonan el hogar cuando cumplen la mayoría de edad o al concluir el bachillerato cuando van a la universidad. En cambio, en México permanecen en el hogar y dependen emocionalmente de los padres hasta el día que se casan.

—Eras incapaz de alegrarte por tu nueva cocina, por tus muebles, por nuestros viajes por Venecia, las Islas Seychelles o Kenia, etcétera, todo era México y tu familia, ¿por qué?

—Lo sé y te estoy agradecida por todo tu apoyo, recuerdo que cuando me veías decaída, me preparabas tazones de chocolate caliente y me ofrecías tu hombro para que desahogara mi pena, pero...

—¿Pero qué?

—Por aquel entonces no podía evitar extrañar a mi gente, a mi pueblo, aunque gozara de más comodidades o hubiera ciudades mil veces más lindas que Los Remedios. Para mí lo más importante no son las cosas materiales, sino la esencia de los seres humanos que yo quiero.

—Eso es absurdo.

—Para ti, pero yo no pienso como tú. Para mí tienen más trascendencia mis raíces, mi gente. Además, aunque tardé años para acostumbrarme a vivir lejos de todo ello, lo logré y hoy en día Alemania es mi segunda patria.

Aquél fue el altercado más grave que tuvimos en casi treinta años y cada que intentábamos aclararlo terminábamos discutiendo a gritos; fue la primera vez que dormiste en el estudio tres semanas consecutivas.

Un día tuvimos otro intento de reconciliarnos y fuimos a dar un paseo por un parque cercano. Esa ocasión coincidió con el cumpleaños de tu hijo Frederick. Te pregunté por qué no lo invitabas a venir de vacaciones con nosotros, ya que a Markus y a Emilia les encantaría conocer a su hermano mayor.

—Él siempre fue un muchacho difícil y mi ex, Katherine, una mujer posesiva y egoísta. Mi hijo no quiere saber nada de mí desde su pleito con ella —suspiraste hondo y agregaste—: Y él no me reprocha nada que yo no me reproche.

En el tono de tu voz percibí cuánto te dolía su ausencia y por un instante olvidé el motivo de nuestra discordia.

—Eso pasó hace mucho tiempo, estoy segura de que si vuelves a hablarle, a explicarle... Hoy he visto la foto de él que tienes sobre el escritorio, qué niño más hermoso. Ahí debía andar por los cinco años, ¿no?

—No, apenas tenía cuatro cuando se la tomé. Fue unos meses antes de irme de la casa. Siento como un pinchazo en el pecho cuando recuerdo aquel día. Cuando él me preguntó por qué me iba y le dije las tonterías que se dicen en esos casos; que lo quería mucho, que iría a visitarlo a menudo, pero que ya no viviríamos juntos porque su madre y yo ya no nos entendíamos. Tengo tan presente cómo se abrazó a mis piernas, cómo corrió escaleras abajo, su llanto y su voz desesperada: "No te vayas, papá, no te vayas...". Esa voz, ese ruego es la culpa más grande que llevo conmigo. En aquel tiempo yo era un joven egoísta que había tenido que elegir entre el amor de mi hijo y el de una mujer. Elegí el último. Sacrifiqué a Frederick por una pasión pasajera. Y la vida se encargó de cobrármelo: un par de años después, aquella mujer me engañó con mi mejor amigo.

"Mientras Frederick fue pequeño nuestra relación fue buena, a pesar de que tanto él como mi segunda esposa no se llevaban bien. Después, poco a poco nos fuimos alejando porque él tenía amigos, otros intereses y en su vida había menos espacio para mí. Aún así disfrutábamos de nuestro tiempo juntos.

"Pero cuando Frederick llegó a la pubertad y yo me casé con Katherine la situación empeoró; mi tercera esposa era muy celosa, decía que no soportaba tener en casa al hijo de otra y siempre que él nos visitaba las peleas entre nosotros ya estaban programadas. Él tampoco me la ponía fácil pues se comportaba agresivo, caprichoso y yo le llamaba la atención, quizás de modo inadecuado.

"Quise ser un buen padre, pero cometí muchos errores. Muchos. La última vez que me visitó, Katherine y él pelearon, ella llegó al grado de amenazar con suicidarse. Él se fue de la casa antes de lo planeado y desde aquel día, pese a mis intentos de reconciliación y de escribirle a menudo, rompió el contacto conmigo y mis cartas son devueltas sin haber sido abiertas. Él se limita a enviarme el certificado con las notas escolares y es a través de su madre que sé algo de su vida...

Aquel día te sinceraste conmigo y confesaste que estabas consciente de que nuestros intentos de aclarar nuestra situación habían resultado ser una acumulación de frases malogradas, cargadas de reproches. También de tu precaria salud, pues sabías que podía darte un ataque de apoplejía y temías no llegar a ver a nuestros hijos casarse o el nacimiento de nuestros nietos o, en el peor de los casos, quedarte en una silla de ruedas o en coma. Pensabas que al salir airoso de aquel percance en el aeropuerto, el destino, en su imprevista generosidad, te daba una oportunidad de seguir viviendo.

—Entonces, ¿por qué me llevas la contraria? —te pregunté.

—Porque tengo espíritu *fregativo* —respondiste a manera de chiste.

Mientras hablabas, te observé. En tu mirada, en el tono quedo de tu voz percibí la autenticidad de tus sentimientos.

Sin embargo, apenas tu amigo Peter llamó a tu celular, el tono de tu voz volvió a tornarse seco, y cuando te preguntó cómo seguías, pues él me había notado afligida, le respondiste que se había tratado de un ligero malestar, nada de cuidado: "Esperanza tiende a exagerar las cosas, yo estoy perfectamente", sentenciaste. Y cuando colgaste ya habías vuelto a adquirir la actitud indiferente de antes y cerraste la pequeña hendidura que me había dejado vislumbrar tu verdadero sentir.

Al volver a casa quise retomar el tema, y después de cenar al verte tan relajado te pedí que platicáramos.

—¿De qué? ¿Sobre qué?

Miraste a lo lejos, encendiste un cigarro, aspiraste el humo y luego lo dejaste salir lentamente por la nariz.

—De lo mismo —respondí y señalé tu cigarro.

—No hay razón para inquietarse. Son tus miedos los que te hacen actuar así.

—No tengo miedo por mí, sino por ti.

—Tu inseguridad la quieres reflejar en mí. Mi internista dice que tengo pulmones de deportista.

—No lo creo. O él se equivoca o tú me estás ocultando la verdad.

—Hablas sólo por hablar. Él sabe lo que dice; para eso es médico. ¿No tienes algo mejor que hacer que meterte en mi vida? Yo estoy bien y tú deberías de ocuparte de hacer algo más provechoso que molestarme. ¡Déjame en paz!

—No lo haré porque tu vicio no es sólo un problema tuyo, sino que concierne a toda la familia porque también perjudicas a los muchachos y a mí que somos fumadores pasivos.

—Cuando ellos están en casa me salgo al balcón a fumar y tú ya no tienes que soportarme en el estudio, ya que te mudaste a trabajar en el cuarto de visitas.

—Pero después de la comida, del desayuno y de la cena fumas en el comedor, en la sala y a tu cuarto de trabajo nadie puede entrar sin arriesgarse a sufrir una intoxicación. Ahí flotas en una nube gris y tanto el techo como las paredes en algunas partes ya tienen un color mostaza.

—Exageras, exageras.

Suspiré hondo para tranquilizarme y cambié de tema:

—¿Por qué no intentas de nuevo acercarte a Frederick? Sé que sufres lo indecible por su ausencia y su rechazo, y a nosotros nos alegraría mucho tenerlo aquí el tiempo que él decida quedarse. Mira, si quieres yo le escribo a nombre mío…

Apretaste los labios, me miraste de modo extraño y dijiste:

—No quiero hablar más de eso.

—Siempre censuraste a tu madre porque no solía mostrar sus sentimientos, porque según ella eran un asunto de incumbencia meramente personal. Luchaste tanto por no ser como Ana y al final te comportas igual. ¿Quieres de esa manera limpiar tu conciencia por los años de incomprensión que tuviste con ella? ¿Quieres rendirle tributo de esa manera? ¿Piensas en nosotros? No, no lo haces, sólo piensas en ti, en tu placer, eres egoísta y necio…

Como si no hubiera algo más importante, te pusiste a buscar el periódico del día.

—Aquí está —te dije y te lo entregué.

—¿Por qué insistes en afirmar que estás sano si tienes que tomar anticoagulantes? ¿Por qué no dejas de fumar?

—¿Por qué? ¿Por qué? Que te importa. Es mi salud, es mi asunto y no tienes por qué meterte en asuntos que no te conciernen —sentenciaste, diste un manotazo en la mesa, te levantaste y saliste de casa dando un portazo.

El día siguiente de aquella discusión coincidió con el fin de cursos en la Universidad Popular donde yo había impartido por primera vez clases de español. Al bajar del tren, ahí estabas esperándome con una sonrisa en los labios y en las manos un ramo de rosas. "Felicidades, chica, lograste pasar la prueba de fuego. El próximo semestre ya será fácil para ti", exclamaste con exultación. Y al llegar a casa me encontré con la mesa puesta, mantel de lino, flores, velas y vino. Te atravesaste una servilleta en el brazo, recorriste la silla y dijiste:

—Tome asiento, señora, he preparado asado de res con guarnición a base de ejotes y coliflor, y de postre, pastel de manzana con salsa de vainilla. Espero que la comida sea de su agrado.

Comimos con verdadero apetito, bebimos y platicamos hasta la medianoche. Cuando salimos al balcón, respiré el aire fresco de la noche y cerré los ojos. Hacía tan bien sentirse libre de preocupaciones y reír de trivialidades, que desee que el tiempo se eternizara. Y tus inesperadas atenciones me conmovieron y las entendí como una manera de disculparte sin expresarlo. Tu lema era: "Los hechos hablan más que las palabras".

Me siento en un banco frente a un estanque donde nadan algunos peces. A la orilla de la laguna una tortuga toma el sol escondida bajo su concha y al verla te asocio con ella. Te gustaba ayudar, pero te negabas a recibir ayuda, lo sentías como una debilidad. Quizás porque en el fondo eras débil. Y así no querías ser visto por nadie. Preferías esconderte como la tortuga bajo un caparazón.

Mis intentos de confrontarte con la verdad te enervaban. Tu petulancia al sentenciar que fumabas pero no eras adicto me sacaba de quicio. En realidad atrás de tu sólida fachada se escondía un cuerpo consumido por la enfermedad y la sospecha de que ya no había vuelta hacia atrás. Tu pensamiento y ánimo estaban divididos entre la realidad y la apariencia donde tu debilidad por el tabaco te había arrojado con paso lento pero seguro. Y en tu afán por ignorar la verdad no percibiste que la enfermedad se apoderaba sigilosamente de tu cuerpo y ánimo como un ladrón en la oscuridad nocturna.

Me pasé días, semanas con el *por qué no dejas de fumar* en la boca. Tanto discutimos sin resultado alguno, que llegó un momento en que dejé de abrumarte y no volví a tocar el tema. Hablábamos de todo: el nuevo libro de José Saramago, de la política de Ángela Merkel, del protocolo de Kioto, del tiempo, de las constelaciones solares o de los avances musicales de nuestra vecina, etcétera. Pero nunca de tus achaques.

Tanto me aseguraste que gozabas de una salud de hierro que poco a poco me tranquilicé y me volví desinteresada. Llegué a creer que tenías razón y que eras más saludable de lo que yo suponía. ¿Acaso no te habías enfermado en repetidas ocasiones y siempre te habías aliviado? No sé si lo creí o quizás quise creerlo por cansancio o por mi afán de que predominara la armonía entre nosotros.

Así que no di importancia a tu nueva costumbre de dormir con una bolsa de agua caliente en los pies, varias almohadas bajo la cabeza, a tus dificultades para respirar y a tu paso vacilante que a veces te hacía derramar gotas de café o de salsa sobre el mantel; no percibí cómo la enfermedad consumía tu optimismo y alegría.

Tampoco me preocupó percibir que tus cambios de humor y de irritabilidad se acentuaran. No los tomé como síntomas de deterioro físico sino como una consecuencia propia del camino hacia la vejez. Cuando ibas a visitar a Emilia o a Markus te preguntaba si llevabas las pastillas para la presión, tu celular y el cargador a la mano por si sucedía algo imprevisto. "Voy a Metzingen o a Frankfurt, no a la selva o al desierto", replicabas con un tono de voz enfadado que quizás escondía tu impotencia o temor.

Sin embargo, era evidente que tu cuerpo se iba desgastando por dentro, lo maltrataste tanto que un día la vida te pasó la cuenta. Para confirmarlo miro la foto que te tomé con mi celular el día de tu cumpleaños, trece días antes de tu partida final: tu cara luce pálida como la cera, los labios contraídos y tu sonrisa semeja a una mueca de dolor.

Como una puerta que se abre al pasado, pienso en tus aciertos y defectos. Te imagino dividido en dos partes: una clara y otra oscura. Podría definirte como una persona impredecible. Dos personas que te conocieran en diversas circunstancias pueden decir cosas tan divergentes de ti, que cualquier espectador ajeno diría que se trata de dos seres diferentes. Esta duplicidad tuya me provocaba inseguridad cuando estábamos frente a otros porque no sabía cuál lado sacarías a relucir en esa ocasión.

El Max bueno impartía clases privadas, sin costo, a los hijos de nuestros vecinos que lo requerían; en los países donde vivimos pagaba a sus empleados el doble del sueldo que los demás expertos internacionales ofrecían y los enviaba a tomar cursos de capacitación. Ese Max jamás escatimó en tiempo y dinero para ayudar a cualquier persona que él creyera que lo requiriera para seguir adelante, y a riesgo de perder su puesto denunció cualquier forma de corrupción o injusticia de la que fuera testigo. Pero sobre todo fuiste un padre amoroso y responsable.

Tu lado oscuro, en cambio, era decir lo que pensabas o sentías, sin un ápice de consideración hacia los demás, sin reflexionar si herías a la otra persona. A veces por nimiedades como que el chofer del taxi manejara a una velocidad más alta de lo previsto —aunque tú lo hicieras a menudo— o que un mesero te trajera el guiso frío o demasiado caliente o la cajera del supermercado no te hubiera atendido como creías que debiera haberlo hecho, por todo ello armabas un escándalo y exigías hablar con sus jefes. Y si alguna amiga mía osaba llamar por teléfono a una hora inadecuada o visitarnos sin previo aviso se arriesgaba a que le cerraras la puerta en las narices o le colgaras el teléfono. También si alguien no era santo de tu devoción se lo hacías ver de modo evidente.

Asimismo, eras más terco que una mula. ¿Por qué ignoraste los consejos de los médicos que te advirtieron que estabas jugando a la ruleta rusa con tu salud al fumar como chimenea, y a sabiendas de que padecías presión alta y tenías tendencia a generar colesterol? ¿Por qué negaste tus malestares, como si negándolos dejaran de existir? Alguna vez, cuando te pregunté si eras brusco con la gente y contigo mismo para esconder la sensibilidad que había tras de tu caparazón de tortuga, me miraste desconcertado sin entender lo que quería decirte.

De pronto me vienen tantas preguntas a la cabeza, se revuelven entre sí logrando confundirme. Ya no sé si las cosas fueron como las evoco o son producto de mi imaginación, porque a veces la memoria es caprichosa y adúltera, y revuelve los recuerdos a la medida de nuestro gusto. ¿Qué sentido tiene recordar esto? Estoy cansada y prefiero hacer una pausa. A dormir se ha dicho.

Tres días después me dan de alta. Margarete y yo intercambiamos direcciones y teléfonos con la promesa de continuar en contacto. El médico me da instrucciones sobre las gotas que debo aplicar en el ojo y la prohibición de hacer esfuerzo físico. Asimismo, me advierte que habrá que esperar seis semanas antes de que vuelva a mirar con nitidez.

Volver a casa me provoca un vacío en el estómago; no quiero regresar. No obstante, debo hacerlo y enfrentarme a las sombras de mi destino. No quiero vivir ahí más allá del inicio del verano. No podría soportarlo. Cuando llego a la puerta del edificio, encuentro a Leo tomando el sol en el jardín. En cuanto me ve, va tras de mí. A veces pienso que los gatos entienden más de lo que suponemos. A menudo, cuando voy a la panadería o hacia la parada del autobús, va tras de mí y tengo que ahuyentarlo para que no lo haga. Es como si presintiera que él y yo vamos a separarnos muy pronto. Lo tomo en los brazos y le acaricio el lomo mientras le digo palabras cariñosas. En un anaquel de la cocina están sus latas de comida: salmón, carne de res y pollo. Saco una de salmón y la vacío en su plato.

Cuando termina de comer, Leo se limpia las patas a lengüetazos, se afila las uñas en su árbol de mecate y toma una siesta. Una hora después, luce relajado como si de un plumazo hubiera olvidado sus temores y se para demostrativo frente a la puerta como diciendo: "¿Qué esperas para llevarme al jardín?". Leo gusta de la cercanía de la gente. No le sucede lo mismo con animales de su misma especie. Mucho menos con los de otra. Normalmente los mira pasar al otro lado de la calle con indiferencia, echado en el pasto del jardín. Pero si osan acercarse a su territorio, a mi gato con botas le sale la parte salvaje de su raza felina y gato callejero. Esto le sucede con el perrito del señor Lewandowski, el vecino de enfrente.

Al verlo meterse a su territorio, a Leo se le eriza la cola, encorva el lomo, empieza a caminar como un león al acecho de su presa, y antes de que el perro pueda reaccionar le tira un arañazo en la cara. El perro lanza un alarido de dolor y huye despavorido. Su dueño se queda pasmado observando cómo escapa cual ratón asustado. En cambio, Leo tranquilamente vuelve a echarse sobre el pasto. Cuando el señor Lewandowski sale de su asombro, le lanza una mirada despectiva y se apresura a ir en busca de su mascota.

Me sobresalta el timbre del teléfono.

Es Gloria. Su voz suena lejana, tan lejana como su alegría. Me pregunta cómo estoy.

—Con estas negras ojeras y el cabello reseco parezco una loca escapada del psiquiátrico. Además, en los últimos meses mi memoria parece un cedazo. A veces olvido empacar lo que compro en el supermercado o que me devuelvan el cambio, un día de estos olvidaré la cabeza. Pero lo peor es mi desgano, mi energía de antes parece haberse apagado como el pábilo de una vela.

—Tienes que alimentarte mejor. Te invito mañana a comer.

—No puedo, necesito empezar a empacar.

—Yo te ayudaré. Mañana a las dos paso por ti.

—Mejor ven a la hora del café.

Con la mirada recorro el librero vacío y los montones de libros en el suelo. Preparo café, me sirvo una taza y me instalo ante la laptop. La pantalla de la computadora centellea expectante, mas carezco de ánimo para escribir. Al ponerme de pie, percibo el ruido de la rama de un árbol chocar contra la ventana, empujado por el soplo del viento. De entre un montón de libros, extraigo un álbum, comienzo a hojearlo y veo las fotos. Nosotros, recién casados. Nosotros con Emilia de dos semanas de nacida, en la tina de baño, el fondo de cortinas blancas y una palmera escuálida. Fotos de la navidad en la que Emilia recibió un rompecabezas de quinientas piezas y Markus una caja de Lego. Recuerdo cómo se puso a armar el avión y no paró hasta que terminó de construirlo. Cada foto, cada página del álbum muestra una época de nuestra vida en común.

Cierro el álbum, mi magullado corazón me impide continuar.

Principios de junio de 2012

Al abrir la puerta del dormitorio la claridad del pasillo dibuja un triángulo sobre la alfombra y atrapa en su luz mis sandalias olvidadas a un lado de una caja de cartón. Parte de lo que fuera nuestro dormitorio y el estudio están ocupados con cajas de libros, cuadros y canastos con ropa. Hoy he comenzado a desocupar tu armario, y al abrirlo me sale al paso el olor de tu loción. Ahí cuelgan tus pantalones y camisas, y en las tablas de arriba descansan suéteres de varios colores y materiales, sobre todo de cachemira. Te fascinaba ese material suave y acogedor. Cuando descuelgo las camisas, los ganchos chocan entre sí haciendo un ligero rumor y al cerrar el clóset en el espejo se refleja mi cara demacrada, mis oscuras ojeras y labios resecos como después de una noche de parranda, sólo que sin la huella de las risas y la amena plática de una divertida fiesta.

En las semanas pasadas restañé las peladuras de la pared, retiré las telarañas de los rincones, el polvo de los quicios de las puertas, y con la ayuda de Markus y el padre de Lisa pinté las paredes. Markus y yo vendimos o regalamos, o tiramos a la basura muebles, libros y enseres domésticos que no deseaba conservar. También llevamos ropa, zapatos y libros a la tienda de beneficencia de la iglesia. Aceptaron todo, menos la media docena de valijas que me sobraban y esto era un contratiempo. ¿Adónde llevarlas? Podía solicitar al servicio de la basura municipal que viniera a recogerla, pero tardarían varias semanas en atender mi petición, y yo no disponía de ese tiempo.

De regreso a casa descubrí en una calle lateral un montón de muebles y aparatos domésticos sobre la acera. Alguien había solicitado el servicio de basura voluminosa. ¿Podría dejar ahí las maletas? ¿Podrían incluirse en esa basura?, me pregunté y quise pensar que sí. Además estaban en buen estado y quizás hasta alguno de los encargados de la recolección podría necesitar alguna para sus próximas vacaciones.

Sin pensarlo más, frené y me eché de reversa hasta que sentí chocar con algo. Miré hacia todos lados para cerciorarme de que nadie me viera. Abrí la cajuela y con rapidez empecé a sacar una, dos, tres, cuatro, cinco y seis maletas. Luego cerré la cajuela, abordé la camioneta y con la velocidad de un rayo desaparecí del lugar.

El restante mobiliario, así como la ropa, cuadros, enseres domésticos, tus diapositivas, cartas y libros los metimos en cajas que dejaré en el almacén de una empresa de mudanzas, mientras decido dónde establecerme. Nuestro vehículo se lo ofrecí al mecánico griego y buen amigo tuyo; él lo compró enseguida. Sólo quedan pendientes los muebles de la cocina y nuestro ropero. Mañana vendrá un agente inmobiliario con el futuro inquilino y espero que éste decida comprarlos. Salgo del dormitorio.

Asimismo, las pilas de documentos que descansaban sobre la mesa del comedor han ido disminuyendo, a medida que los escaneamos y colocamos su contenido en el disco duro de la computadora. Después aquellos testimonios irán a parar a la basura o a cajas de cartón ordenadas y clasificadas por asunto y fecha.

En la cocina abro el refrigerador y tomo una botella de jugo de naranja. Me sirvo un vaso y le doy un sorbo; está echado a perder, hago un esfuerzo para no escupirlo y tiro su contenido al lavabo y el frasco al bote de la basura. Además, encuentro un trozo de mantequilla y una lechuga marchita. Preparo café. Pienso en la otrora cocina con olor a pan y a comida recién hecha, el rumor de las voces de los muchachos y la tuya. Te imagino preparando un pastel de manzana, prender la radio y dar vueltas bailando vals como si en tu alma convivieran un adulto y un niño.

Tomo el bote de basura y salgo del departamento. En las escaleras me encuentro a mi vecina Greta que sube los escalones sonriendo como si flotara en las nubes.

—Te ves muy contenta —le digo.

—Hoy tiene lugar una noche literaria en la iglesia evangélica del pueblo de al lado y yo soy la encargada de la parte musical. Empezará a las siete y terminará a la medianoche. ¿Quieres venir? En un rato voy para allá y podemos ir juntas.

—Claro. En menos de lo que canta un gallo, tiro la basura y estaré lista.

Diez minutos después salgo de casa sin echar una ojeada a la correspondencia que aún debo responder. El alma me vuelve al cuerpo agradecida de tener una cita, aunque sólo sea para encontrarme en una sala llena de gente extraña.

Cuando llegamos, Greta me presenta a la señora Reus, la pastora evangélica y anfitriona del evento.

—Hoy leeremos pasajes de libros de Saramago, Thomas Mann y Hesse —dice ella mientras nos invita con un gesto a tomar una de las bebidas que descansan sobre la mesa.

—De los tres mi favorito es Hesse —asevero.

—Seguro que los has leído a todos —tercia Greta y dirigiéndose a la señora Reus, añade—: Esperanza escribe novelas.

—¿Qué tipo de novelas?

—Creo que es hora de empezar —interrumpe alguien antes de que yo pueda responder.

Pasamos a donde tendrá lugar el maratón de lectura con intervalos musicales. Es un sitio adornado de manera sobria con luces indirectas, plantas, sillas y al fondo descansan cojines y colchonetas para quienes deseen sentarse en el suelo. En medio de aquella atmósfera acogedora, en la que los acordes del violín de Greta flotan en el aire, me siento a salvo de mis inquietudes. El murmullo de voces es música en mis oídos, da calor a mi alma. No atiendo a la lectura de poemas y relatos, no me interesa, lo único que quiero es seguir aquí entre la gente y lejos de la realidad.

Al cabo de una hora hay una pausa para cenar. Mientras damos cuenta de las brochetas, tomates con queso mozarela y frutas, las asistentes hacen comentarios sobre las obras leídas y yo me limito a escuchar. Luego continua la lectura. Me da lo mismo que lean un poema o un cuento, sólo deseo que se eternicen esos momentos de paz y olvido.

De nuevo pausa y café. El tiempo vuela y la velada llega a su fin con una presentación teatral y la participación de todas las asistentes que bailamos, cantamos y encendemos velas. Después comemos sopa y bebemos café. Entre tanto, las conversaciones se han tornado más serenas y las voces han bajado de tono, en el ánimo de las asistentes se percibe el cansancio. Poco a poco la gente se va retirando y al final a Greta y a mí, la pastora nos regala las flores de la decoración y se despide diciendo: "La última apaga la luz".

Cuando vuelvo a casa, Leo ya espera frente a la puerta del departamento. Lo tomo en brazos y lo acaricio bajo la barbilla. Apenas abro la puerta, la pena vuelve y me quema como el fuego que todo lo reduce a cenizas. Como cada noche, la casa se encuentra sumida en un espeso silencio, hasta el andar de Leo se ha tornado cauteloso como si temiera hacer ruido. En la cocina, mientras él come croquetas, cierro las puertas de lo que fue nuestro dormitorio y el estudio, y junto con el pasillo esta parte de la casa queda en una oscuridad que hace un excesivo contraste con la iluminación de la sala y el comedor.

Me siento en el sofá y Leo se echa en mi regazo. Enciendo la televisión y paso de un canal a otro. Hay anuncios publicitarios y un programa con chismes de gente famosa. Miro el último. Muestran la ropa que lleva Eva Longoria, los últimos rumores sobre la vida sentimental de Tina Onassis y de Jennifer López... A ti no te hubiera gustado que viera ese tipo de programas, dirías que es una pérdida de tiempo y tendrías razón. Pero no tengo fuerzas para moverme de aquí. Ni siquiera para ir a la cama. Me cubro con una cobija y fijo la mirada en la pantalla televisiva.

Debo haber dormido muchas horas porque cuando despierto ya ha salido el sol, la ventana no está del todo cerrada y un suave viento agita las cortinas. Estoy hundida en el sofá con la ropa arrugada, el cuello tieso y las piernas heladas porque la manta se resbaló y cayó al suelo. Leo está parado sobre el respaldo del sofá y me mira atento. Estiro la mano para acariciarlo. Pero él, con elegancia, salta al suelo y desaparece bajo el sofá. Me agacho para sacarlo de su escondite y a su lado toco un papel. Me inclino para recogerlo. Quizás cuando abrí la cajita fuerte donde guardabas documentos importantes se cayó bajo el sillón. Lo recojo, es un sobre cuadrado. Sin ver de qué se trata lo dejo sobre la mesa del comedor y voy a la cocina a dar a Leo sus croquetas para después llevarlo hasta la puerta del edificio.

Más tarde, cuando salgo al balcón veo a Leo en el jardín, tiene las orejas paradas y la mirada clavada en un arbusto, en algo que no puedo distinguir. De repente se levanta, camina sigilosamente como al acecho para luego echarse a correr. Todo sucede tan rápido que apenas veo atravesar una bola de pelos rojizos con la velocidad de un relámpago, para luego lanzar zarpazos a diestra y siniestra como un luchador en una arena de boxeo. Sus maullidos enfurecidos y los desesperados de Félix, el gato del vecino llegan hasta mí. Corro al jardín a separarlos y después de recibir varios arañazos lo consigo. Félix aprovecha mi intervención para escapar y Leo echa a correr entre los arbustos.

Pronto se le pasará la frustración y volverá a casa. A una casa que pronto dejará de ser la suya. También para mí. En eso nos parecemos los dos: pronto iremos a parar a nuevos hogares, pues el actual se ha derrumbado como un castillo de naipes.

Tengo que dejar a Leo, no puedo llevarlo conmigo, yo misma andaré con un par de maletas de la Ceca a la meca. Espero que él logre acostumbrarse a su nueva casa y familia, y se olvidé de nosotros. Espero que él lo logre porque nosotros no podremos, lo queremos como a un miembro de nuestra familia y siempre lo recordaremos. Muy pronto cada mañana cuando despierte ya no oiré sus arañazos en la puerta ni sus maullidos impacientes a la espera de su comida. Tampoco lo veré limpiarse las patas y cara hasta hacerlas relumbrar. Ya no me necesitará para que lo lleve al jardín.

Cuando me dispongo a continuar respondiendo la correspondencia, reparo en la carta sobre la mesa y que había encontrado bajo el sofá: es un sobre de un papel de exquisita textura. Está hinchado por su grueso contenido y por ello una de sus esquinas está algo arrugada. Al voltearlo reconozco tu inconfundible caligrafía sin florituras, fluida y de trazos firmes. Y al leerlo me quedo perpleja: *Aniversario de bodas. Abrirlo el 30 de diciembre de 2012.*

Está bien que esté sola porque así nadie ve cómo, con la respiración agitada, repito muchas veces tu nombre. Para cerciorarme de no estar soñando, cierro los ojos mientras sostengo el sobre en las manos, parpadeo y finalmente los abro de nuevo. Paso la mano sobre las letras, las acaricio. Lo palpo, pero no se siente más que papel. Lo miro a contraluz y distingo dentro dos sobres más pequeños. Pero aunque deseo fervientemente abrirlo, conocer su contenido y estoy tentada a abrirlo, obedezco la indicación y no lo hago.

¿Habías planeado con tanta anticipación mi regalo de aniversario? ¿Por qué? ¿Sospechabas tu fin? Me pregunto y al hacerlo un desfile de imágenes, retazos de pensamientos y sentimientos me sumergen en las movedizas arenas del pasado. Esta fecha siempre había sido precedida de una gran ilusión y suspenso a la espera de saber con qué me sorprenderías, y tú gozabas de ver mi gesto de emocionada impaciencia.

Algunas de esas sorpresas las recuerdo con especial gusto. Por ejemplo, cuando en pleno corazón de África me sorprendiste con un insólito grupo de mariachis que me dio serenata en el jardín de la casa. ¿Cómo conseguiste ese grupo? Lo ignoro. Tampoco me lo dijiste. Y era la primera vez que en Malaui se oía aquella música y se veían aquellos enormes sombreros y trajes de charro. Me parece verte frente a la ventana del comedor, en medio del grupo musical cantando *México Lindo y querido.*

Y el pasado aniversario, cuando después del desayuno me propusiste hacer un paseo. "¿Adónde?", te pregunté. "Por ahí", respondiste. Con emoción fui a vestirme, pues sospeché que detrás de tu despreocupada respuesta, una sorpresa se escondía.

Te pusiste el suéter de cachemira azul y un pantalón de lana del mismo color. Luego, sacaste el auto del estacionamiento, lo pusiste frente al edificio y me abriste la puerta. "Adelante señora", dijiste haciendo una reverencia.

Tomé asiento y me dejé llevar por ti. Al principio parecía que en realidad sólo viajábamos sin rumbo fijo. Luego noté que mirabas con atención el nombre de los letreros en la carretera.

—¿Qué buscas?

—Sólo quiero ver dónde nos encontramos.

—¿Un lugar en especial?

—Algo cerca de aquí.

—¿Qué?

—No seas impaciente, mujer.

—Por mi parte podemos ir a cualquier lugar, pues el paisaje invernal donde quiera es maravilloso.

Tomaste un camino en medio de un bosque, y al cabo de un rato nos detuvimos frente a un restaurante rústico con una chimenea y una cerca de madera que separaba el restaurante de los pastizales donde estaban tres caballos: era el local donde habíamos comido en nuestro primer aniversario. Tú sonreíste de satisfacción y me abrazaste para que reaccionara porque me había quedado muda de la emoción. A sabiendas de que me había gustado tanto, habías seguido buscándolo todos estos años hasta que diste con aquel sitio.

Había sido difícil encontrarlo, pues en los alrededores había muchos locales más o menos parecidos a ése. Algunos, al paso del tiempo, habían sido renovados o cambiado por completo sus fachadas, pero aquél lucía igual que hacía casi veintisiete años: su interior típico, el piano, las cabezas de venado adornando la pared y el aroma de la deliciosa comida.

El restaurante estaba lleno de gente. Por doquier se oían pláticas y risas. Los meseros iban y venían entre las mesas balanceando charolas o con su bloc de notas en la mano. Tú habías reservado una mesa con vista a los campos cubiertos de nieve y te habías cerciorado de que aquel día hubiera asado de venado con salsa de frambuesas. También te acordaste del vino que nos sirvieron en aquella ocasión y lo pediste.

Cuando comíamos el postre, el pianista comenzó a interpretar la melodía que aquel desconocido había tocado en nuestro primer aniversario y tanto nos había conmovido.

—Qué hermosa sorpresa Max.

—Sólo quiero mostrarte lo mucho que significas para mí.

En esa fecha tenías la costumbre de renovar nuestro matrimonio por un año más. Ese aniversario no lo hiciste y acertaste; ya no habría ningún siguiente aniversario.

Es la víspera de mi partida a Frankfurt, estoy en el balcón con los codos apoyados en el barandal y hasta a mí llegan las risas de los niños de la vecina de abajo. Es un atardecer veraniego vestido de colores. Los jardines lucen verdes, los balcones repletos de flores y el cielo limpio. Tanta belleza. Sin embargo, yo no la disfruto porque al pensar que son los últimos días de mi estancia aquí, me domina una mezcla de alivio por alejarme de los recuerdos. También de infinita aflicción por la separación de Leo y porque después de trece años de inmovilidad, pronto dejaré este sitio adonde llegamos imaginando muchos eventos en nuestras vidas, pero ninguno como éste.

Observo el rosal que florea como si ignorara tu partida definitiva y aguardara tu regreso. ¿Te acuerdas cuando lo planté? Fue la primavera pasada, tú leías aquella tarde *Verblendung* de Stieg Larsson, yo regaba las flores y Leo dormitaba bajo la sombrilla. Pero en cuanto él vio el gotear del agua de la jardinera, despertó y empezó a jugar intentando atrapar las gotas con una pata delantera.

Ahora ya nada es igual. Falta tu presencia en el balcón, en el sillón de la sala o frente a la computadora en el estudio. Quisiera no pensar o sentir, ser como un árbol en el invierno que espera la llegada de la primavera para que el sol ahuyente el frío y lo devuelva a la vida.

Estos meses de luto han hecho tambalear los cimientos de mi seguridad. No sé dónde me estableceré en el futuro, sólo sé que por ahora viviré donde Emilia. Al principio pensé en volver a México. Una parte de mí deseaba hacerlo. Allá viven mi padre y hermanos y es el lugar donde nací. Pero fue una tentación instantánea, pues mis hijos y en el futuro los hijos de ellos vivirán aquí en Alemania. Y ellos son la esencia de mi vida. Quizás debo dejarme llevar por las aguas del río de la vida y que ellas me señalen el rumbo de mi destino.

Cuando salgo del edificio, alzo la vista y parpadeo cuando el sol se refleja en mis lentes. Observo nuestro departamento, desde ahí se ven los canastos de flores en el balcón, la ventana con su marco y las paredes del estudio. Al otro lado de la calle, un local recién pintado y en lo alto de su fachada el letrero Cafetería Weber. En una de las mesas de afuera está sentada Brigitte, una de las empleadas. Fuma un cigarro y al verme con un gesto me invita a sentarme.

—¿Café? —me pregunta.

—No, gracias.

Me mira por un instante como si quisiera decirme algo; al final guarda silencio. ¿Se habrá acordado que en el verano en una de estas mesas bebías café y leías el periódico?

—¿Qué hace por aquí? —me inquiere.

—Pasear un poco y, ¿usted?

—A esta hora hay poca clientela y aprovecho para hacer una pausa. Tengo ganas de ir de vacaciones. Me gusta mi trabajo, pero quisiera pasar más tiempo con mi hija ahora que todavía vive conmigo. Este año cumplirá diecinueve y el próximo se mudará de casa a otra ciudad para ir a la universidad —responde y da un sorbo a su café.

—¿Qué va a estudiar?

—Algo que tiene que ver con computadoras. Una de esas carreras nuevas, el nombre exacto no lo sé. Pero a ella le gusta y según el orientador vocacional, esa profesión tiene buen futuro. ¿Y usted cómo está?

—Ahí voy, ocupada con la organización de la mudanza y la renovación del departamento, en fin… —digo y evito decirle la fecha de mi partida. No quiero despedirme de ella ni de nadie. No sé decir adiós.

—La vida es así. Trabajar y… tomar las cosas como vengan; no queda de otra.

—Tiene razón —sentencio.

—¿Cuánto hace que vive en Pattonville?

—Trece años —respondo.

El sol está en su apogeo y su luz nos deslumbra. Enfrente está la parada de autobuses y varios estudiantes bajan del vehículo. Mientras observo cómo bromean entre sí el grupo de muchachos, pienso en nuestra llegada a la colonia. Por aquel tiempo no había tanta gente joven. Tampoco tantos autobuses. Éramos pocos habitantes y nos conocíamos todos. Los veranos me parecían más bonitos, quizás porque había más árboles, los cuales al paso del tiempo han desaparecido y ahora nuevos edificios ocupan su lugar.

—Yo ya llevo aquí doce años. ¡Cómo pasa el tiempo! —comenta Brigitte al cabo de un rato.

—¿Qué razón me da de Magda?

—En las últimas semanas apenas la he visto, pues se compró un departamento en Marbach y anda ocupada con su próxima mudanza.

—Usted la debe echar de menos pues eran inseparables. Casi cada tarde las veía pasar por aquí cuando iban a pasear.

—Así es —respondo y me siento triste.

—Unos se van, otros llegan y yo sigo aquí —dice ella, mira su reloj de mano y se despide: su pausa ha terminado.

Mientras ella entra en la cafetería, observo la calle. Por esta avenida con la parada del autobús frente a la cafetería es fácil llegar hasta la calle Tucson, número cuatro, con la fachada color crema, las ventanas blancas y los balcones con pisos de madera: nuestro edificio.

Cruzo la avenida sin fijarme en el semáforo en rojo. Un conductor frena bruscamente, toca la bocina y me grita algo. Por toda respuesta me encojo de hombros y sigo mi camino. Me recargo en un auto estacionado frente a nuestro edificio y contemplo los jardines por donde suele pasear Leo. Quiero impregnarme de la imagen de este paisaje y que se marque con fuego en mi memoria para evocarlo cada vez que quiera. Permanezco largo rato ahí, despidiéndome de mi antigua vida.

El silencio es rodeado por el olor a pasto recién cortado, donde flotan recuerdos como espíritus que vienen del pasado y me dicen adiós. El día que nos conocimos, nuestras vidas se entrelazaron como dos haces de pelo en una trenza, y a tu lado me sentí resplandecer como una luciérnaga brillando en la oscuridad. Los paseos bajo la lluvia, las partidas de cartas por las tardes, nuestras noches en la penumbra del balcón, los domingos en pijama leyendo el periódico y discutiendo sobre los acontecimientos del mundo. Todo eso me dio la convicción de estar a salvo de los avatares de la vida y de poder seguir así para siempre.

No obstante, la vida juega malas pasadas y cuando uno se siente más seguro que nunca nos asesta un golpe mortal. Después de lo sucedido, todo esto me habla de un mañana que ya no se cumplirá y muestra que los recuerdos son sólo briznas de lo que pudo ser mi vida. Nuestros destinos, que por casi treinta años unieron su cauce y formaron uno solo, se han separado para no volver a unirse más. Nuestros planes de envejecer juntos y ver a nuestros nietos se convirtieron en ceniza, la soledad es mi realidad; tú sólo un recuerdo. Tu partida ha destruido mi mundo: mi presagio se ha convertido en una certeza, en un dolor que me roe el alma y me deja un río de lágrimas.

En el camino de regreso a casa percibo el horizonte que se enciende rojizo y una música se difunde por los árboles y llega en sordina hasta mis oídos. Invadida por la zozobra subo lentamente la escalera hasta alcanzar nuestro piso. Al entrar al departamento me quito los zapatos y calzo las pantuflas.

Me acerco a la ventana de la cocina. En el balcón posterior la hamaca se mece sola y en ese instante un pájaro aletea en la rama de un árbol, y el barrio y tú se funden en una imagen de lo que ya se ha ido.

Es tiempo de partir. Una etapa de mi vida ha terminado.

Son las tres de la tarde de mi último día en este departamento. Ya he quitado los restos de pintura del piso, tirado la basura y empacado las maletas que llevaré a Frankfurt. Aparte de los muebles de cocina, el perchero y nuestro armario que he vendido al nuevo inquilino, no queda nada más. Hace días una empresa de mudanzas recogió el resto de mis pertenencias para almacenarlos en una bodega mientras decido dónde instalarme definitivamente. Estoy en medio de la sala y al observar la habitación me domina un sentimiento de cariño por esas paredes, testigos de mis alegrías, aflicciones y que fueron mi refugio. ¿Qué dirías si vieras esto? Tú amabas este lugar y no querías irte de aquí.

Ayer Emilia y yo llevamos a Leo a la casa de la familia Sommer. Markus prefirió quedarse aquí; para él ha sido un verdadero golpe separarse de Leo. Cuando le informé de mi decisión de dejarlo con otra familia no le agradó la idea, pero no se opuso. Estaba tan vencido como el árbol que ante el embate de un huracán ve doblarse sus ramas y sabe que no puede evitarlo.

La señora Sommer, al ver nuestro gesto abatido nos contó sobre la comida y juguetes que su esposo y ella han comprado para Leo y asegura que lo cuidarán bien. A su vez, Emilia le informó sobre sus gustos y costumbres. Fue entonces cuando abrí su jaula y lo animé a salir. Salió despacio y enseguida lo tomé en los brazos, escondí la cara en su lomo para ocultar mi consternación. Cuando lo deposité en el suelo emitió un agudo maullido, sus ojos brillaron oscuros y me dirigió una mirada interrogante, como diciendo: "¿Qué me estás haciendo?". Después corrió a esconderse bajo un sillón. Tuve ganas de agarrarlo y escapar con él de ahí. No hice ni lo uno ni lo otro. Permanecí sentada con la mueca de una sonrisa forzada en la cara. La señora Sommer continuó hablando sobre su afecto por los gatos. A mis oídos llegó el susurro de su voz, pero no atendí a sus palabras, pues toda mi atención estaba concentrada en Leo que me miraba desde su escondite. Al cabo de una eternidad, así me lo pareció, Emilia y yo salimos de ahí sin mirar atrás. En tan poco tiempo volvía a decir adiós.

Controlo que las ventanas estén cerradas y el refrigerador y la estufa apagados. Huele a cera, a jabón y a pintura fresca. A través de la ventana miro la calle. Tanta gente alegre y despreocupada. Todo tiene aire de gusto por la vida, un día también fui así, pero ahora sólo soy un nudo de penas. No me despedí de nadie pues mis amistades saben que no soporto hacerlo y a los conocidos no se los informé.

En ese instante llega Emilia en un carro de alquiler y Markus en su auto. Él me ayuda a bajar el equipaje y acomodarlo en el camión. Ella se detiene en el umbral y con el ceño fruncido desliza la mirada por la sala. Mira hacia un rincón con cierta inquietud, luego da la media vuelta y se marcha.

La secundo y cierro la puerta del departamento y al hacerlo dejo tras de mí el silencio y los fantasmas del ayer. No obstante, creo que aunque lejos, una parte de nosotros quedará en este sitio y sus recuerdos no nos abandonarán. Quizás algún día podremos recordar los momentos felices que pasamos aquí.

En la calle Emilia y yo abrazamos a Markus. Observo la cara de él tratando de descubrir una leve sonrisa. Pero nada encuentro. No decimos nada. Sin palabras nos comprendemos. Cuando abordamos el vehículo, Emilia baja el vidrio de la ventanilla, se inclina hacia fuera y levanta la mano en señal de despedida. Markus agita la suya diciéndonos adiós, aborda su auto y al igual que nosotros emprende la marcha hacia su nueva vida en compañía de Lisa. Atrás queda el edificio, los jardines y nuestro balcón, donde el rosal agita sus flores al compás del viento.

El camión da vuelta hacia la avenida principal en dirección a Stuttgart. Al cabo de un rato el sol se apaga y una racha de viento sacude los árboles. Un rayo rasga el cielo, comienzan a caer las primeras gotas de agua y enseguida la lluvia se convierte en un aguacero. Al cruzar la ciudad damos la vuelta en una esquina de la Schillerstrasse, pasamos al lado del departamento donde tú y yo vivimos el primer año de casados. Miro el angosto caminito cerrado al tránsito y el viejo arce con sus espesas ramas sombreando el balcón. La fachada está pintada de beis como antes, pero la puerta de madera ha sido sustituida por una de metal y cristal.

Ahí Emilia pasó los primeros meses de vida y era la única bebé en un mundo de adultos. Nuestros vecinos, la familia Birk, nos acogieron con afecto. Otmar recogía nuestro correo cuando nos ausentábamos por un par de días, Úrsula, su mujer, nos traía pastel de cebolla y vino dulce en otoño, y Birgit, la hija de ambos, cuidaba a Emilia cuando nosotros íbamos al cine. Al irnos al extranjero perdimos el contacto con ellos. Siento ganas de volver a ver a esas personas que forman parte de nuestro pasado.

Mientras observo la blanca línea en medio de la carretera me parece que el vehículo me lleva hacia un destino ya fijado. Siempre tuve la sensación de que a tu lado mi vida estaba resuelta, contigo no había problemas, se arreglaban o no existían. Desde tu partida he perdido el gusto por todo. Hundida en la niebla de la melancolía no percibo el correr de la vida. Sin ti me queda sólo un vacío y la vida se me ha convertido en puntos suspensivos e indecisión.

Cuando tomamos la autopista el tránsito es denso. A ratos el viento trae un olor a estiércol. Por la ventanilla del camión se deslizan sembradíos, colinas cubiertas de colza, trigo, cebada, centeno, viñedos y aquel paisaje verde y dorado tiene en mi ánimo un efecto tranquilizador.

Sin pensarlo tarareo el *Claro de Luna,* la pieza musical que de tarde en tarde solía tocar nuestra vecina. Y eso basta para que entre las hendiduras de mi mente se cuele el recuerdo del día que empacamos tu mecedora que a última hora decidí conservar. Aquella tarde, al verla la empujé a un rincón y pensé en venderla. Sin embargo, enseguida volví a colocarla en su sitio porque aquel aparente desánimo se diluyó al percibir tu olor a lavanda y supe que los recuerdos viven agazapados entre la tela del sillón.

También aquel día Emilia, Markus y yo platicamos sobre cuándo es que llevaste ésta o aquella ropa, o bien cuándo la compraste; si durante las vacaciones en Egipto o en una playa de Marruecos. Y ahí llegaron de nuevo la risa y el llanto, porque en cada prenda penden reminiscencias. Besé cada una de ellas, sobre todo las que llevaste por última vez y aún conservan tu olor.

—Me gustaría quedarme con la chaqueta de piel de papá —había dicho Markus.

—Claro. ¿Quieres sus mancuernillas y pisa corbatas?

Él negó con la cabeza. Sacó de debajo de la cama tus pantuflas, las tomó entre las manos, con los dedos dibujó el contorno que tus pies habían grabado en ellas y al final las calzó.

—Preferiría quedarme con sus sandalias. También con su viejo reloj.

Es un cronómetro de manecillas doradas y sobre el número tres tiene una ventanilla redonda que muestra el día. Fue un regalo de tus padres cuando terminaste el bachillerato y a Markus le recuerda la escena de una película, donde alguien obsequia a su mejor amigo el reloj de su padre y le dice: "Este reloj perteneció a un buen hombre".

—Tú también puedes llevarte lo que quieras, Emilia.

Ella había mirado la pluma con tu nombre grabado, jugado con ella entre los dedos y dejado de nuevo en su lugar. Había olisqueado una rosa marchita del florero y arrojado al bote de la basura.

—Quiero el traje que llevó el día de mi fiesta de graduación y su suéter color limón —había respondido, tomado la prenda y apretado ésta contra su pecho. Yo le había contado cómo tú, por descuido al fumar, le hiciste un hoyo y la reparación había salido más cara que el precio de la prenda, pero eso no te importó, querías rescatarlo porque yo lo había elegido, dijiste.

—Cuando uno pierde a un ser querido, uno ya no vuelve a ser el mismo —había musitado Emilia y su rostro se contrajo en un puchero.

Yo la había observado con admiración, pues ella había aceptado lo sucedido con resignada lucidez, como el roble acepta el huracán que lo remece hasta las raíces. Luego nos habíamos sumido en un silencio sólo roto por el rumor del ronroneo de Leo. Al unísono habíamos volteado a verlo durmiendo despatarrado en el sofá y boca arriba. En ese preciso instante había abierto un ojo y fijado la mirada en nosotros. Se veía tan gracioso que nos habíamos echado a reír.

Emilia me acaricia la mejilla haciéndome volver a la realidad.

Hemos llegado a Mannheim y ella se detiene para cargar gasolina. Después enciende el motor, tuerce a la derecha y vuelve a introducirse en el tráfico. Parece preocupada, pero no dice nada y continua mirando la carretera a través del vidrio, donde los limpiaparabrisas retiran la copiosa lluvia. El aguacero decrece y por un instante da paso al sol. Sin embargo, al cabo de un rato regresa la lluvia y entre un velo de agua aparecen a lo lejos las siluetas de rascacielos. Dejamos la avenida, torcemos hacia una calle lateral y entramos a una colonia donde los inmuebles son antiguos y los árboles altos y tupidos de hojas. Nos estacionamos frente a un edificio de ladrillo con puerta de madera y cristal.

—Es asombroso que hoy en la mañana haya salido el sol y luego caído semejante chubasco —dice Emilia.

—El clima está loco... Saquemos las cosas de una vez; al mal paso darle prisa —sugiero al tiempo que noto el agua que se introduce en mi cuello y desciende por la espalda.

Emilia abre la puerta trasera del camión y se dispone a bajar el equipaje. A la primera caja se sucede la segunda, la tercera, las plantas y maletas. Ráfagas de lluvia rebotan en el parabrisas y nos empapa la ropa, los zapatos y nuestros cabellos caen mojados sobre la cara. Sin detenernos a pensar en el aguacero seguimos trabajando hasta dejar el vehículo vacío.

Cuando terminamos de descargar todo, estamos empapadas hasta la médula. Nos duchamos, cambiamos de ropa y mientras preparo té y una sopa, Emilia va a devolver el camión a la agencia.

A su regreso cenamos. Desde la ventana puedo distinguir las luces de la ciudad iluminando la noche. A lo lejos se oye el ulular de una sirena, en la escalera pasos que se pierden en el segundo piso y de la planta baja me llegan murmullos.

—¿Quién reza a esta hora? —le pregunto a Emilia.

—Los vecinos de abajo son musulmanes.

—Y por el aroma a curry y comino que emana de su puerta, el de enfrente debe ser asiático.

—Adivinaste.

—Y escaleras arriba, ¿quién vive?

—No lo sé. Nunca los he visto.

—Pero seguro los has olido.

—Me muero de sueño —dice Emilia y se va a la cama.

Aunque el ajetreo de los últimos días ha agotado mi energía, empeñada en seguir escribiendo esta carta abro mi laptop. Casi enseguida me quedo dormida con las manos sobre el teclado, pero los dedos siguen en el sueño tejiendo esta historia como una hacendosa araña su tela.

Hoy lunes, después de que Emilia se va a trabajar, ordeno mi ropa y pertenencias en el ropero, aspiro y trapeo el piso del departamento. La mañana transcurre volando y por la tarde salgo a pasear. Camino entre calles limitadas por ringleras de árboles, casas de fachadas antiguas, restaurantes, un parque y cafés al aire libre, dejando que el viento me despeje las ideas.

No lejos de ahí diviso el río Main con sus barcos cargueros y en torno a ellos, patos y cisnes de estilizadas siluetas. Las orillas semejan un paraíso hecho de agua y árboles, donde hombres, mujeres y niños pasean, hacen deporte, asan carne, beben cerveza, limonada o simplemente toman el sol. La ciudad rezuma verdor, alegría y color, y con un poco de imaginación uno puedo pensar que se encuentra en una ciudad del sur del mundo.

Llego a la zona peatonal. En un poste cuelga un cartel de propaganda electoral, alguien ha pintado al candidato del anuncio un bigote como pinzas de alacrán. Frente a un aparador de la tienda C&A, dos mujeres cubiertas con mantos negros y una mirilla en los ojos discuten sobre el color de un vestido. Al otro lado de la avenida se encuentra la salida de la estación del metro, donde la gente sale y se desparrama por la zona peatonal como si fueran hormigas en torno a un puñado de azúcar; las personas se apresuran a llegar a alguna parte o se sientan en torno a la mesa de un restaurante.

Más atrás vislumbro los rascacielos bancarios, sumergidos en la dorada luz del atardecer y que parecen mirar altivos a una vetusta fortaleza centenaria que se yergue delante de ellos. Todo el paisaje habla del verano. La gente pasea, toma helados, mira los aparadores de las tiendas, los espectáculos de músicos, malabaristas, magos y artistas de toda laya. Por doquier resuenan diversos idiomas, bullicio y música. A un lado de McDonalds un hombre predica el juicio final y la necesidad del arrepentimiento oportuno. Más adelante dos jóvenes reparten ejemplares gratuitos del Corán y recitan algo en árabe.

Frankfurt es una ciudad cosmopolita, dinámica y donde dominan las aglomeraciones. Me gusta ese sentimiento de anonimidad y perderme entre la multitud. Lo mismo se ve gente del mundo de la economía y las finanzas —hombres y mujeres llevando un portafolio, un celular en la mano y vestidos con ropas formales o modelos de moda—, que mujeres con ropa casual, o bien enaguas coloridas, hombres con playeras enormes y pantalones fajados a media cadera, otros con ropajes oscuros, turbante, argollas en la nariz, orejas o en las cejas, tatuajes y cabellos teñidos de chillantes colores, grupos de turistas asiáticos, cantores sudamericanos e irlandeses, y por último pordioseros de nacionalidad desconocida, mostrando sus miembros lisiados y sus ojos ciegos para despertar compasión.

Entro a una sucursal bancaria a retirar dinero, a la entrada un hombre tendido sobre una cobija murmura algo impreciso. Detrás de mí entra una pareja de mediana edad: "En los últimos años una masa de limosneros venidos del extranjero ha invadido la ciudad como una plaga bíblica", dice el hombre a la mujer con un tono de desprecio. La mujer asiente con molestia.

Cuando salgo del banco, busco un sitio libre en uno de esos cafés que en verano invaden la zona peatonal y las calles. Pido una cerveza y ensalada. En la mesa de al lado está sentado un hombre. Lleva una camisa café presionada a la altura del estómago y que le obliga a dejar abiertos los últimos botones. Tú odiabas las camisas de color café. Miro a los transeúntes que pasan frente a mí: mujeres con niños, ancianos, turistas y parejas. Hay muchas parejas. ¿Hubo siempre tantas ? ¿Por qué nunca antes las vi?

El mesero vuelve con la cerveza, un canastito con pan, mantequilla y la ensalada. Y al levantar la mirada me topo con el letrero de la cadena de tiendas Karstadt, donde nosotros solíamos comprar utensilios para la casa. Ya no lo haremos más. Te has ido, Max, y no volverás jamás. Nunca más volveremos a discutir por el color de la vajilla, la calidad y el precio de la batidora. Nunca más oiré tu carraspeo en el baño, tu risa, tu voz imitando mi acento latino, nunca más al despertar estarás a mi lado, nunca más harás bromas al levantarte moviendo el trasero y caminando como un pato. Tampoco tomaremos el té en el balcón mientras oías mis dudas y con inmutable serenidad me tranquilizabas. De ti sólo me quedan recuerdos. Recuerdos que duelen más mientras más hermosos son.

El llanto corre por mis mejillas, lloro sin importarme la mirada de la gente a mi alrededor. El hombre de la camisa café se pone de pie y se acerca a mí:

—El pañuelo está limpio —dice y me lo tiende.

Con un gesto le doy las gracias, dejo un billete sobre la mesa, abandono el restaurante y me apresuro en dirección a la avenida, donde tomo un autobús. Bajo en la parada de los Nibelungos, cruzo la avenida y camino hasta nuestro edificio. Al subir la escalera me llega la voz del vecino recitando estrofas del Corán así como un olor a comino y azafrán.

Cuando entro al departamento y me encuentro con un sitio solitario, me alegro al pensar que pronto llegará Emilia. Pero un rato después, ella llama para avisarme que no la espere a cenar, pues se encontrará con unos colegas. La vivienda posee un breve pasillo con el baño a un lado y la recámara al otro. Enseguida la cocina; amplia con pisos ajedrezados, techo alto y una ventana que da al jardín. Al final del pasillo se accede a la sala y comedor. En esta habitación descansan dos estantes atiborrados de libros y adornos. Meses atrás, tú ayudaste a Emilia a armarlos. Sobre una de las tablas, fotos nuestras, de ella, Markus y de Leo. Detengo la vista en una tuya tomada en el estadio de Stuttgart. Llevas una chaqueta del VFB, tu equipo de fútbol. Tu cabello blanco y rubio brilla en la luz del atardecer. Beso la foto.

Después de una cena compuesta de pan, salmón ahumado, tomates y una copa de vino blanco, salgo al balcón. Líneas de autos como collares de brillantes ocupan la calle y arriba, en el cielo, el sol continua alumbrando, negándose a dejarle paso a la luna. Entro. Aparte del rumor de los autos y el ulular lejano de una sirena de policía, todo es silencio. Tengo frente a mí la interminable noche.

Desde que te fuiste tengo en el pecho una mezcla de honda tristeza y horror. Parte de mi corazón se ha convertido en un puñado de cenizas. ¿Cómo puedo sobreponerme a tu partida y a la incertidumbre de no saber adónde dirigir mis pasos? Me siento como un barco a la deriva, en medio del mar y sin timón ni compás.

Dejo las cortinas sin correr y abro la computadora portátil. Cuando me dispongo a retomar la escritura de esta carta me distraigo mirando las sombras de las hojas del tilo reflejarse en el vidrio de la ventana.

Desde el primero de julio vivo en Frankfurt o por lo menos es mi punto de partida y llegada. Desde que me instalé en el departamento de Emilia, mi vida se ha convertido en un continuo vagabundeo, en una continua huida. Viajar es un modo de sortear los problemas o como ver una luz al final de un túnel.

Desde el primer día me he acostumbrado al desarraigo, a ir de un lugar a otro. Viajar, no importa adónde. Me siento desorientada y sin hogar. Tengo la sensación de que soy como una avestruz que ha metido la cabeza en la arena para no ver la realidad. Voy a todas partes y a ninguna. Bajo de un tren, subo a otro y paso muchas horas en las salas de espera de diversas estaciones de tren. Duermo en el cuarto de visita o en el sofá de las casas y departamentos de Markus y de mis amistades.

Mientras espero la llegada de mi tren entro a las librerías de la estación y compro libros. Los amo. Fue Consuelo, mi hermana, la que me abrió la puerta al universo de la literatura cuando llevó a casa las obras de Hermann Hesse. Rondaba los catorce años cuando descubrí *Bajo la Rueda*. Apenas había leído unas hojas, conmovida con la sensibilidad de Hans Giebenrath, el protagonista, y con la mente ya me había trasladado a la Selva Negra. Desde entonces, leer fue para mí un modo de volar con el pensamiento, lejos del angosto ambiente de mi pueblo hacia el mundo entero, y los libros, una ventana al mundo.

Más tarde, en la biblioteca del colegio donde cursaba el bachillerato descubrí a Stendhal, *Rojo y Negro,* Virginia Woolf, *Las Olas,* Franz Kafka, *La metamorfosis*, etcétera. Desde entonces soñé con ser escritora. Al mismo tiempo pensaba que eso no pasaba de ser un deseo. La muchacha de pueblo a quien a regañadientes su padre había permitido hacer el bachillerato por considerar que el destino de las mujeres era casarse y tener hijos, jamás pisaría una universidad. Mucho menos llegaría a escribir ni siquiera un panfleto.

En la panadería compro un café y un pan, y en el andén correspondiente permanezco a la espera de la llegada de mi tren. Mientras escucho la voz que emana de los altoparlantes dando información, miro las palomas revoloteando en los techos, el correr de las agujas del reloj suspendido a gran altura de mi cabeza, el panel de anuncios mostrando las salidas, llegadas o retrasos de los trenes. Veo a la gente descender de unos tranvías o entrar a otros, beber café o des aparecer por los pasillos rumbo a la salida de la estación. Cuando llega mi tren, tomo mi maleta en la mano y con paso lento lo abordo. Es una valija pequeña con dos mudas de ropa interior, una pijama, un pantalón, dos blusas, dos libros y cosméticos; lo necesario para un par de días de viaje. Camino por los pasillos de los vagones, me siento en algún sitio disponible y al cabo de un rato escucho un *pip pip* seguido del cerrar de las puertas.

Siempre se repite el mismo ritual. Después de tomar asiento, saco de mi bolso un libro y cuando comienzo a leer olvido el mundo que me rodea y entro al de la ficción; mi refugio para escapar de la realidad. Me sumerjo en la vida de los personajes de la novela para no pensar en la mía propia. Tampoco en el pasado o en el futuro. Siento alivio y olvido aunque ese bienestar sólo sea efímero.

El rítmico deslizarse del tren tiene un efecto adormecedor, tanto que en algún momento el libro resbala de mis manos, mi cabeza se dobla y cierro los ojos.

—¿Alguien subió en Frankfurt? —pregunta el controlador del tren y me toca el hombro.

Somnolienta lo miro interrogante, sin acordarme dónde estoy. Tardo un momento hasta encontrar en mi bolso el boleto y mi tarjeta del tren. Él revisa ambas cosas, me las entrega de regreso y me desea un buen viaje.

Los viajes y la lectura ahuyentan la tristeza y los recuerdos; es como posponer la realidad.

Aunque sólo sea por instantes.

Hoy no tengo ganas de hacer nada y paso el día tejiendo un chal hasta que se me acaba el hilo. Entonces salgo a caminar por la avenida. Vivir en Frankfurt no borra la congoja del pasado, pero por lo menos no tengo que ver los edificios, los jardines ni las calles donde estuve los últimos trece años. Suspiro. El viento me refresca la cara y el ánimo. Deambulo entre calles soleadas, y cuando alcanzo el museo de arte percibo el cansancio en las piernas. Entro en un restaurante y pido una limonada. El ruido de vasos, el murmullo de pláticas me provoca nostalgia por un hogar. Deseo tener un departamento, un grupo de amigos, un local donde sea cliente asidua, un grupo de amigas con las que haga deporte, vaya a tomar café y con quienes converse.

Intento imaginarme en una nueva vivienda con nuevos muebles. Pero, ¿adónde ir? ¿Tendré valor para enfrentar la soledad? Mi futuro es un océano de incertidumbre y yo un barquito en la inmensidad azul. El mes entrante Magda se mudará a otra ciudad y vivirá en su nuevo departamento. En cambio, yo no sé por dónde empezar o qué hacer con mi vida. Mi futuro es tan lejano como las estrellas, como el océano y como tú.

Cuando regreso al departamento, decido continuar escribiendo esta carta. Pero al sentarme frente a la computadora permanezco con las manos quietas y sin acertar a oprimir la primera tecla, porque mis pensamientos vuelan de un lado al otro sin orden ni concierto. Sin embargo, nuevos incidentes me sacan de mi marasmo y demuestran que aún el destino me tiene más calamidades reservadas.

Son las siete de la noche, cuando el timbre del teléfono me sobresalta: es Emilia.

—Tienen que intervenirme de emergencia porque hay riesgo de que el apéndice se reviente.

La noticia me hace el efecto de un golpe en la mandíbula. La noche anterior se había quejado de dolor de estómago, y cuando me levanté a prepararle un té percibí que estaba lívida y sus ojos parecían más grandes en su delgada cara. Le aconsejé consultar a un doctor, pero jamás imaginé que fuera algo de cuidado.

A la mañana siguiente se sintió mejor y lo olvidó, pero por la tarde, cuando el malestar volvió, acudió de emergencia a una clínica. Ahí le tomaron la presión, el pulso, tocaron el estómago donde persistía la dolencia y le hicieron análisis de sangre. Los resultados del laboratorio y los síntomas indicaron que padecía de apendicitis aguda.

—¿Qué te dijo el médico? ¿Cuál es la causa de la repentina inflamación?

—No lo dijo.

—¿Dónde queda el hospital? Ahora mismo voy para allá.

—No tiene caso que vengas ahora, pues no permiten a nadie quedarse aquí. Ven mañana —después de una pausa añade—: Precisamente ahora que estoy en periodo de prueba voy a faltar al trabajo.

—La apendicitis es algo que no puede esperar —replico y al percibir inquietud en su voz añado—: Tranquilízate, Emilia, esa operación es algo sencillo y todo va a salir bien.

Lo digo sin mucho convencimiento pues yo misma me siento al límite de mi resistencia.

—Dame la dirección de la clínica, mañana estaré ahí a primera hora. ¿Qué quieres que te lleve?

—Ropa interior, una bata, libros y mi chal. La bata está en el armario del sótano.

El corazón me retumba como un tambor. En una bolsa empaco ropa interior y libros, y me dispongo a bajar al sótano en busca de su bata. No me gusta ir allá porque es un sitio lúgubre, húmedo y con olor a abandono. Bajo la escalera con cautela, escalón por escalón como si aquel lugar estuviera lleno de peligros, me estremezco al caminar por el pasillo sombrío y me asusto más cuando veo la puerta del sótano de Emilia: está abierta y el candado roto. "¿Qué demonios?", exclamo y empujo la puerta, enciendo la luz y me quedo paralizada sin comprender lo que ha pasado. Todo está hecho un caos. Los cajones del ropero están fuera de su lugar, cajas abiertas y vaciadas, libros tirados por el suelo, ropa, vajilla, muñecas, etcétera. Alguien ha robado las cosas más valiosas, entre ellas el equipo de golf que tú le habías regalado. Me recorre un escalofrío, quizás el ladrón todavía está cerca. De prisa abandono el sótano.

De inmediato denuncio el robo y al cabo de diez minutos dos policías llegan a confirmar el hecho. Aprovechando su presencia, meto en una caja las pocas cosas de valor que los ladrones dejaron y arrojo a la basura la ropa que ha quedado diseminada por el suelo. No utilizaremos prendas que manos extrañas manosearon. Luego de levantar un acta del saqueo y pedirme que pase otro día a su oficina, uno de los policías me comenta que será difícil dar con el o los autores del delito, pues en la mayoría de los casos se trata de bandas profesionales que no dejan pistas. Al final me entrega una tarjeta con su nombre y número de teléfono.

Cuando abandono el sótano estoy ebria de cansancio y angustia. Sin embargo, cuando despido a los policías en la puerta del edificio me invade un sentimiento de impotencia, de ira. "Carajo, carajo", grito con fuerza apenas entro al departamento. Mi vista se detiene en el florero que se encuentra en la mesilla del teléfono y lo arrojo con fuerza por la sala. Flores, agua y añicos de vidrios quedan esparcidos por el suelo. Pateo el bote de los papeles, el sillón y cuanto encuentro a mi paso, hasta que el timbre del teléfono detiene mi borrachera destructiva. Alguien se ha equivocado de número y me pregunta cómo estoy.

—Estoy —respondo y cuelgo.

Me pongo un chal sobre los hombros y me recuesto en el sofá, enrollada en posición fetal. Quisiera volver a casa, recostarme a tu lado y con Leo a mis pies, y mirar *Espejo del Mundo* en la televisión. Si eso fuera posible, tú me cubrirías con una cobija, abrirías una botella de vino tinto, prepararías algunos bocadillos y me trasmitirías un sentimiento de serenidad. En lugar de eso estoy aquí: sola y llena de pavor.

Es muy cierto el dicho de que las desgracias nunca vienen solas, es como cuando se mueve una ficha de domino y el resto cae en una sucesión imparable. Tengo el sentimiento de que voy a derrumbarme; a cada rato aparecen nuevos problemas que tienen que ser solucionados y siento la necesidad de asirme a algo firme, de contar con alguien que me apoye en este difícil momento. Pero no hay nadie, sólo la mujer del cuadro colgado en la pared, con la mirada fija y la sonrisa congelada. Suspiro y me aferro a la esperanza de que pronto todo mejorará.

Prendo la televisión. Hay programas publicitarios y uno en el que los invitados son una mujer flaca y un hombre gordo de cabello grasoso y una red de venillas reventadas en la nariz, se insultan mutuamente y el público aplaude. Cambio de canal. Publicidad, novelas policíacas y películas antiguas. En otro, un veterinario va a operar a un caballo y muestra los intestinos de fuera... Arrullada por el murmullo de voces me quedo dormida.

Con febril nitidez me sueño navegando en las aguas revueltas de un océano, y de repente te vislumbro en medio de una espesa niebla. Te grito, pero tú no me ves. Tampoco me oyes. Te alejas poco a poco hasta que desapareces en la lejanía. Algo explota en mi pecho y sollozo sin lágrimas. Por suerte, un teléfono en el programa televisivo me despierta y al abrir los ojos percibo la luz de la luna que entra a través de la ventana iluminando la sala de color plata.

Conforme transcurren las horas aumenta mi zozobra. Estoy en el límite de la inquietud y trato de pensar en algo agradable. La noche transcurre lentamente y apenas amanece, salgo corriendo a la calle. No tengo idea de dónde se encuentra la clínica. Por fortuna, justo al otro lado de la avenida hay un sitio de taxis.

—¿Adónde?

—A la clínica Espíritu Santo. Por favor, apúrese, me urge llegar cuanto antes. ¿Queda lejos de aquí?

—No, está cerca.

Cuando el chofer se integra en el tráfico me platica sobre un primo al que operaron en ese lugar y de lo eficiente que son los médicos ahí. Habla sin parar. Apenas le pongo atención, miro ansiosa hacia afuera tratando de vislumbrar algún letrero del hospital. Unos minutos después nos detenemos a las puertas de un edificio, a cuyo lado derecho se encuentran ambulancias y paramédicos. Al mismo tiempo que nosotros se detiene otro taxi y bajan algunas personas, seguramente familiares de algún enfermo.

—Son siete euros cincuenta. ¿Necesita recibo? —pregunta el chofer.

—No —respondo, le entrego un billete de a diez y, sin esperar el cambio, bajo del vehículo y corro en dirección a la recepción, donde pregunto cómo se encuentra mi hija.

—¿Cómo se llama ella?

—Emilia Klug, la operaron anoche del apéndice.

La recepcionista mira en la pantalla de la computadora y dice que la están sacando de terapia intensiva. Al oír donde se encuentra, echo a correr rumbo a los elevadores. En una sala con ese nombre estuviste tú.

—Señora, usted no puede entrar, la hora de visita comienza a las nueve y media —afirma la recepcionista

—Quiero saber cómo está mi hija —respondo con aire resuelto.

La mujer vuelve a mirar en la pantalla y hace una llamada telefónica. Luego se dirige a mí diciendo:

—Se encuentra bien, pero aún está bajo los efectos de la anestesia.

En la sala de espera doy vueltas de un lado al otro como fiera enjaulada, esperando el momento de subir al cuarto de Emilia. Suena mi celular. Es Markus. Al hablar utilizo mi tono más falso de alegría y consigo conversar con él sin que mi voz delate mis sentimientos ni emociones. No le cuento que han operado a Emilia. Tampoco lo del robo. No quiero intranquilizarlo ahora que tiene un examen en la universidad. Al contrario, quiero transmitirle el sentimiento de que nosotros podemos controlar nuestra vida.

—Prometiste venir mañana.

—Es que tengo clase de yoga…

—No sabía que para ti era más importante practicar yoga que festejar conmigo el resultado de un examen tan importante.

"Hay una gran cantidad de cosas que no sabes y que ni a ti ni a Emilia les hago saber porque cuando uno ama a alguien trata de protegerlo", pienso pero no lo digo en voz alta. Echo mano de mi habilidad histriónica para esconder mi zozobra y le respondo con aparente naturalidad:

—Por supuesto que no. Lo de la yoga era una broma. Allá estaré mañana.

—Qué bueno que vienes, creí que lo habías olvidado.

—Por supuesto que no —respondo y me despido aliviada de que no haya descubierto la verdad. Él, al igual que Emilia, posee un sexto sentido para descubrir cuando algo anda mal, pero por suerte esta vez no lo ha percibido.

A las nueve y media, cuando entro al cuarto de Emilia, ella duerme. Sin embargo, al notar que se encuentra bien me siento ligera como una pluma, como si se me hubiera caído un gran peso de la espalda. Estoy tan contenta que si pudiera gritaría de alegría.

Al cabo de largo rato suspira, se estira en la cama, abre los ojos y sonríe.

Al ver su desordenado cabello, bromeo con ella:

—Le estás haciendo la competencia a Einstein, tienes un cabello que parece que te agarró la luz. Pero fuera de eso te ves fresca como una lechuga.

—Sí, pero después de haberla guardado una semana en el refrigerador.

—¿Qué ha dicho el doctor?

—Que estuve a punto de tener una peritonitis, pues el apéndice estaba a punto de reventarse, pero que la operación salió bien. Ahora sólo es cosa de tomar los medicamentos que me prescribió y descansar. Creo que la causa fue… tú sabes, lo de papá, lo que hemos pasado en los últimos meses.

Le acaricio la mano y le sonrío desde la niebla de mi apuración. Me siento impotente para devolverle la paz a su alma, percibo en su voz cansancio; no es un cansancio físico sino emocional, un agotamiento que viene de adentro.

—Sabes, mamá, cuando aún estaba bajo los efectos de la anestesia, sentí la presencia de papá tan cerca que pude percibir en el aire un olor a cigarro y a mar. Oí su voz tan nítida que creí que era realidad. Me decía que no temiera, pues todo iba a salir bien.

—Y tuvo razón pues la operación fue un éxito y tú ya estás en el camino de la recuperación.

—También me soñé como cuando era pequeña. Estábamos sentados a la orilla del lago Malaui, contemplando a un grupo de hipopótamos, veía cómo su piel húmeda brillaba con la luz del sol y hasta mí llegaba el chapotear del agua. Luego me vi correteando tras un pájaro y papá iba tras de mí. De pronto la luz dorada del sol se tornaba gris como la penumbra y en el lago aparecía un bote, papá lo abordaba y poco a poco se alejaba hasta que él y la lancha se perdían en la lejanía.

"Papá siempre trató de que estuviera contenta y me llevaba adonde yo quería, aunque a él le chocaran esos lugares. Como cuando me sacaron una muela y para compensarme las molestias que había aguantado con el dentista me invitó a McDonalds. Por ese tiempo era mi restaurante favorito, y la cara que puso cuando bebió el café al que yo en lugar de azúcar le eché sal… Lo extraño mucho —afirma y noto que al mencionarte, su cara se contrae y parpadea en un acto de defensa.

Intento distraerla y le cuento de Teddy, el perro que Lisa y Markus acaban de comprar.

—Mi hermano debe estar encantado, con lo que le gustan las mascotas.

—Sí, está que no cabe de gusto y así compensa la pérdida de nuestro gato. Aunque como Leo no hay dos.

—¿Qué clase de perro es?

—Es una mezcla de chihuahua y maltés. Tiene el tamaño del primero y el aspecto del segundo; apenas pesa un kilo. Me mandó una foto por email, pero ya tendré oportunidad de verlo personalmente... Emilia, tengo que dejarte sola un día para ir con tu hermano, se lo había prometido porque hoy presenta un examen muy difícil. Él no sabe que te han operado y prefiero no decírselo. No vale la pena afligirlo más de lo que ya está. Pero mañana mismo me regreso.

—No te preocupes.

—No me preocupo —respondo.

Claro que me preocupo. Me aflijo por todo y por todos.

—Volveré mañana, hija —repito y le doy un beso en la frente.

Abro despacio la puerta y antes de cerrarla tras de mí, Emilia me pregunta:

—¿Crees que papá estaría feliz si supiera que todo salió bien?

—Seguro que sí, pero siempre y cuando no tuviera que acompañarte a comer comida chatarra, ni que le pusieras sal a su café y no lo asustaras con tu pelambre al estilo Einstein.

Ella ríe y arroja una pequeña almohada en dirección a la puerta.

Camino por el pasillo pensando en el robo del sótano, en Markus, en ella y en mi ojo operado. Hace semanas que ya debería haber recuperado la vista por completo. Sin embargo, sigo viendo como entre brumas con el ojo izquierdo. “Esperemos hasta principios de diciembre y si hasta entonces no se recupera habrá que operar de nuevo”, me dijo el cirujano. Eso tampoco se lo he contado a los muchachos.

Gloria llama y le narro lo sucedido.

—Esperanza, me preocupa que andes yendo de un lado para el otro cuando tu ojo izquierdo aún no se recupera y con el otro sólo miras a medias, pues estás miope. Aunado a eso tu estado de ánimo anda por los suelos.

—Markus me necesita y, aunque ciega como un topo y asustada como un ratón, iré —afirmo con vehemencia.

Respiro hondo. Sobreviviré.

"En pocos minutos alcanzaremos Metzingen", anuncia una voz por los portavoces del tren.
Me apeó en la estación de Metzingen, donde Markus ya me espera en el andén. Esta mañana ha tenido lugar su examen y, a pesar de estos meses de pesadilla que todo lo tornan gris, él sonríe.

—Mamá, ¿Cómo te ves?

—¿Cómo que cómo me veo?

—Mal. Estás tan pálida que parece que en cualquier momento vas a desmayarte. No comes bien. Además de eso, podrías comprarte ropa nueva y acudir a la peluquería. ¿Por qué no te quedas un par de días con nosotros para ir de compras? Lisa y yo podemos acompañarte. Aquí hay unas tiendas fabulosas y ropa de las mejores marcas a buen precio.

Ni la falta de alimento ni mi vestuario son las causas de mi aspecto, y no soy capaz de ahuyentar los nuevos acontecimientos de mi pensamiento. Me paso una mano por la frente, esbozo una sonrisa y respondo con aparente naturalidad:

—Esta vez no. La próxima mejor.

—Sí, sí, mañana, mañana…

—Te lo prometo. ¿Cómo te fue en tu examen?

—Tengo un buen sentimiento.

—Estoy orgullosa de ti —le digo.

Markus empuja los lentes hacia la punta de su nariz. Mira al cielo y calcula que tendremos buen tiempo.

Al cabo de un rato estamos frente al edificio, en donde él y Lisa viven. Saca el correo del buzón y llama al elevador. Al entrar a su departamento nos recibe el olor a manzana y canela; Lisa está sacando un pastel del horno. Markus me sirve un vaso con limonada y yo les sugiero ir a comer fuera. Después en casa podemos tomar el café y comer pastel.

—El restaurante japonés de aquí cerca es bueno y ahí permiten que uno lleve a su perro —propone Lisa.

Hace una semana Lisa y Markus lo compraron. Fue idea de ella para mitigarle a él la pena por la pérdida de Leo. Teddy semeja una bola de algodón con ojos de botón, que no cesa de mover la cola y gemir para demostrar su alegría.

En el restaurante tomamos el buffet: rollos primavera, sushi, arroz, pollo, carne y verduras. Pedimos vino, agua y brindamos por el, seguro, buen resultado del examen.

—Es bonito estar aquí con ustedes, al igual que con Emilia me siento como en casa.

—Puedes venir cuando quieras, Esperanza —responde Lisa y añade—: Te noto nerviosa.

Sonrío, pero atrás de mi risa se adivina una oscura nube de pánico.

—Estoy bien, lo que pasa es que anoche dormí poco.

Ella percibe que algo malo me pasa, pero no insiste.

—Estoy seguro de que tienes algo, te veo mal —interviene Markus mientras se lleva a la boca un trozo de sushi.

Me escurro como una anguila ante sus preguntas y repito que he dormido poco.

—Y ¿Emilia?

—Con mucho trabajo, pero también bien.

Markus da un sorbo a su limonada, arruga la frente y mira en la lejanía. Al notar que lo observo sonríe.

—Y tú, hijo, ¿estás bien?

—Más o menos... —responde y tamborilea con los dedos sobre la mesa. Parece querer decirme algo más, la palabra cuelga de sus labios y yo espero que terminé la frase, pero nada sucede. Lo veo mirar la calle con talante pensativo y podría jurar que sus ojos se han humedecido.

Lisa lo mira de modo extraño, sin embargo tampoco dice algo.

—¿Has hablado con mis tías? —pregunta él cambiando de tema.

—Sí. Tu primo Carlos se casa el veintiocho de diciembre y tu tía Rosario nos invita a la boda.

—Esta vez prefiero quedarme porque a principios de año tengo un examen y no disfrutaría de las vacaciones sabiendo que tengo que estudiar.

—Lo entiendo. Emilia y yo queremos pasar Nochebuena y Navidad con ustedes. Sólo tenemos que decidir dónde. Puede ser aquí en Alemania, en Mallorca o dónde ustedes prefieran. Aún tenemos tiempo para pensarlo. Después ella y yo volaremos el veintiséis a México.

—Por cierto, mamá, que hace días, cuando estaba revisando la ropa de papá, me di cuenta de que tengo un abrigo que no es de él. Creo que en la confusión de aquel día no sólo recogimos el de papá sino el del jefe de médicos —dice Markus, va a buscarlo y me lo muestra.

Se trata de un abrigo de fina calidad; una mezcla de cachemira, alpaca y lana peinada.

—Cuando puedas, mándaselo por correo —sugiere él.

—No lo haré. Primero porque no urge; estamos en pleno verano, segundo la estancia de papá la cobraron a precio de oro y tercero ese hombre gana montones de plata. Pienso que podemos dárselo a alguien que lo necesite y le proporcione una alegría.

—Ay, madre, quieres jugar a ser Robin Hood.

Sonrío divertida.

Lisa cuenta algo y yo lleno mi silencio con asentimientos de cabeza. Markus toma a Teddy en los brazos y le habla cariñosamente, como yo lo hacía con él cuando era niño, le cambiaba la ropa y lo arrullaba a la hora de dormir. Ese pensamiento me entristece. Si pudiera retroceder el tiempo para ayudarlo a vestirse, leerle cuentos, tenerle toda la paciencia que quizás no siempre le tuve. Todo esto me viene a la cabeza, en tanto él cuenta las maravillas que hace su mascota y me parece verlo como cuando era un bebé.

En casa bebemos café, comemos pastel, cenamos, jugamos cartas, de cuando en cuando me escapo al baño y desde ahí hablo con Emilia. El tiempo vuela y sin percibirlo llega la noche.

El repicar de las campanas de una iglesia cercana anuncia el inicio de un nuevo día. Cuando despierto creo que todo sigue igual que antes y por un instante soy feliz. Luego recorro el cuarto con la mirada y vuelvo a la realidad. "¿Qué hago aquí?", me pregunto. "No sé dónde estoy. Claro que lo sé; estoy aquí tratando de evadir la realidad", me digo mientras veo la sombra de un árbol reflejarse en la ventana. Permanezco acostada mientras espero que pase el tiempo y volver al lado de Emilia.

Después de comer los tres vamos al parque, nos sentamos en una banca y vuelvo a preguntarle a Markus cómo está.

—Ni mal ni bien —responde distraído.

Pero no me doy por satisfecha hasta que recibo otra respuesta. Él me cuenta que hace unos días al pasar por un restaurante al aire libre, vio que en una mesa estaban sentados sus amigos del equipo de basquetbol. Escuchó sus alegres voces y el chocar de sus vasos de cerveza. La escena le resultó agradable y espontáneamente decidió unirse a ellos.

Él los conoce desde hace varios años. Se acordó de las muchas veces que compartió con aquel grupo tantos momentos plenos de bromas y risas.

Todos le tendieron la mano y lo saludaron. Él acercó una silla y tomó asiento, "¿Cómo va todo?", les preguntó. "Muy bien. Si nos ponemos listos, de repente ganamos el primer lugar como equipo de baloncesto", le contestaron. Platicaron del equipo, de los contrincantes, de sus novias y de las próximas vacaciones.

—Hablaron como si no hubiera pasado nada, como si todo estuviera en orden y yo no acabara de perder a mi padre. Con una indiferencia que no me hubiera imaginado, como si hubieran olvidado las veces que él los recogió en la camioneta para llevarlos a los sitios donde debían entrenar o jugar, las veces que los invitó a ver un partido de fútbol en el estadio. Ni siquiera lo mencionaron.

"Cuando agotaron los comentarios no supe qué decir. No encontré el hilo para comunicarme con ellos. Sentí un enorme vacío. Pensé que la vida sigue sin cambios, como si la ausencia de papá no tuviera efecto en el diario acontecer. Él estaba aquí y luego ya no estaba. Me pregunté: '¿Qué hago aquí? ¿Qué he perdido?'. El tiempo se me hizo interminable. Apreté una mano contra la otra para tolerar la inmovilidad. Luego, tamborilee sobre la mesa y troné los nudillos de mis manos. Un rato después, me levanté, dejé un billete sobre la mesa y abandoné el local.

"Me ofendió que no expresaran sus condolencias y al mismo tiempo agradecí que no lo hicieran. En realidad ya no sé ni lo que quiero. Todo aquí dentro es un desastre, está roto y nada me consuela —concluye él golpeándose el pecho.

Por un instante ambos nos sentimos extraviados en esa masa pegajosa del vacío y el silencio. Lisa le pasa la mano por la espalda y le acaricia el brazo. Teddy duerme a los pies de Markus enrollado y con el hocico entre las patas.

—Te entiendo, hijo. Sin embargo, acuérdate de la solidaridad y sensibilidad con que se han comportado la mayoría de tus compañeros. Quizás ellos lo hicieron para no apabullarte con sus caras largas y pésames. Tú mismo dijiste que agradeciste que no expresaran sus condolencias porque eso te haría sentir peor. Muchas veces la gente no sabe cómo actuar.

—Es cierto.

—¿Qué les parece un café con pastel de manzana? —propone Lisa.

—Es exactamente lo que necesitamos ahora —respondo.

Nos ponemos de pie y echamos a caminar calle abajo. Él me pregunta sobre la hora de salida de mi tren.

—A las cuatro cuarenta y ocho de la tarde.

Y mientras Markus se ducha, Lisa y yo conversamos en la sala, y sin saber cómo llegamos a la madrugada cuando el padre de ella llegó con la noticia de tu fallecimiento. A medida que ella va hilvanando las palabras en mi mente voy poniendo su narración en escenas.

Ella y Markus dormían profundamente cuando el sonido del timbre los hizo saltar de la cama. Miraron el despertador. Las cinco treinta de la mañana. "¿Quién es?", preguntó él intrigado. "Soy yo", respondió una voz conocida. Markus abrió la puerta y en el umbral apareció la silueta del padre de Lisa. "¿Qué pasa?", lo inquirió y al ver la expresión contraída de su rostro, las piernas le temblaron y la voz se le atascó en la garganta, dominado por un mal presentimiento. "Tenemos que ir al hospital ahora mismo. Tu padre acaba de morir".

En el primer instante, Markus permaneció paralizado y con el más ferviente deseo de estar soñando, sin acertar a discernir si aquello era realidad o una pesadilla. Por fin un quejido salió de su garganta tan lastimero como nunca, ni siquiera cuando su bicicleta se estrelló contra la ventana y se rasgó el antebrazo.

Al llegar a Stuttgart recogieron en la estación del tren a Emilia. Y ahí Markus le dio la mala nueva. Durante todo el camino, ella lo único que repitió fue: "No puede ser, no puede ser".

—En un instante se puede destruir todo y cambiar el rumbo de la historia de una vida —murmuró Lisa.

—Así es, todo puede pasar en un instante, comenzar una guerra, desatarse un huracán, un maremoto o derrumbarse una vida —añado, levanto la vista y nuestros ojos inundados de llanto se encuentran.

Miro el reloj. Las tres cuarenta y cinco de la tarde. Falta una hora para abordar mi tren…

Cuando Markus sale de la ducha me despido de Lisa y él me acompaña a la estación. A esa hora los coches se forman en una fila y se mueven lentamente sorteando las obras públicas. El municipio ha llenado la ciudad de excavadoras y vallas de rayas blancas y rojas que convierten la calle en un embudo.

Cuando el tren arriba nos abrazamos y él me desea un buen viaje.

—Hasta pronto. Te quiero mucho.

—Yo a ti más —responde él y sonríe.

Deshago el abrazo y me dejo llevar por la multitud de pasajeros. El tren comienza a moverse, a alejarse de la estación y por fin desaparece en la lejanía. Apenas tomo asiento, llamo a Emilia para preguntarle cómo sigue y decirle que ya voy de regreso a Frankfurt.

—Hoy ya no puedes venir al hospital porque cuando llegues, la hora de visita ya habrá pasado.

—Lo sé. Mañana a primera hora estaré contigo. ¿Necesitas algo?

—Todo. Me trajiste la ropa y al despedirte te la volviste a llevar.

—Lo siento, tengo la cabeza en los pies, mañana te la llevo. ¿Qué te ha dicho el doctor?

—Que estoy bien y pasado mañana ya puedo regresar a casa.

Al oír esas palabras por primera vez disfruto de la vista del paisaje: sembradíos, sauces y tilos, aquí y allá un cerro, un puente, un pueblito, la luz del atardecer, el murmullo de voces a mi alrededor y el olor a café cuando pasa el carrito de las bebidas por el pasillo del tren.

La noche del sábado, cuando Emilia regrese a casa, le contaré lo del robo en el sótano y que la policía carece de pistas sobre sus autores. Imagino que será un duro golpe para ella saber que no rescataremos su bolsa de golf, el último regalo tuyo; no diremos una sola palabra y nos abandonaremos a un silencio tan profundo que podremos oír el vuelo de una mosca. Al final, ella se encogerá de hombros y sonreirá. Pero a pesar de su sonrisa se sentirá triste; pienso e imagino la inmensidad de su congoja aunque también su empuje por seguir adelante.

Suspiro hondo. También yo seguiré adelante y a partir del próximo lunes, retomaré la rutina de antes. Calzaré mis zapatos deportivos y saldré a caminar por las calles de Frankfurt.

Es viernes. Gloria y Magda han venido a Frankfurt a visitarme. A ésta última la conocí hace ya varios años, pues Markus y su hijo David cursaban la misma clase. Desde el primer momento ella y yo nos hicimos buenas amigas. A ti nunca te simpatizó, presumías que era una persona falsa y torpe. En mi opinión, Magda es una mujer pragmática, que intenta devolverme al mundo de los vivos y sacarme del limbo del dolor donde me sumerjo.

A Gloria no llegaste a conocerla. Apenas supe de su existencia hace cinco meses, un día que tomé el autobús hacia Ludwigsburg. Había dejado el auto en el garaje, pues mi concentración no estaba en su mejor momento y a menudo olvidaba dónde había estacionado el carro o me distraía al manejar, hasta llegué a meterme en sentido contrario en la calle donde se encuentra la oficina de la policía.

El autobús venía lleno y una anciana se quejaba de la poca educación de la juventud actual, que los jóvenes no cedían el asiento a los mayores y telefoneaban a gritos haciéndolo a uno partícipe involuntario de sus chismes. A mi lado una señora hizo un comentario sobre el calor en el interior del vehículo. Su acento me resultó agradable. Hablamos un rato más sobre el estado del tiempo y cuando toqué el timbre para anunciar mi bajada le pregunté de donde venía: "Sudamérica". "Entonces, ¿por qué estamos hablando en alemán?". Ella se encogió de hombros. "Mi esposo murió hace poco", dije espontáneamente. "El mío también. Rezaremos por los dos", respondió ella y al punto bajamos del autobús.

En la parada del autobús platicamos largo rato y le conté de tu fallecimiento, de los muchachos, de mis planes, y me asombré de exponer mis pesares ante una desconocida. Pero quizás es precisamente por eso que le confié todo mi sentir y al final intercambiamos números telefónicos.

A la mañana siguiente ella me llamó y dos días después ya desayunábamos juntas en mi departamento. Desde entonces nos volvimos inseparables, intercambiamos recetas de cocina, trucos de maquillaje, cocinamos, bebemos vino tinto y hablamos de nuestras familias. Y así es como ella me ha acompañado durante este espinoso periodo. Es increíble, pero es como si nos conociéramos de siempre, nos contamos nuestras inquietudes y nos ayudamos mutuamente.

Ahora que vivo en Frankfurt, a menudo voy a visitarla y me quedo en su casa durante varios días. Vamos al cine, al teatro, a exposiciones de arte, pintura y discutimos sobre política. Es viuda, madre de tres hijos y coincidimos en que el amor a la familia es lo más importante en la vida. Ella me ha hecho caer en la cuenta de que hablo de ti en presente como si no me acostumbrara a decirlo en pasado.

Magda y Gloria se conocieron hace poco a través mío y aunque sean tan diferentes entre sí y no simpatizan, por consideración a mí, intentan tolerarse. Esta tarde, las tres vamos al centro. Magda se ha tomado libre el viernes para pasar un largo fin de semana conmigo. Entramos a una cafetería.

La tarde es agradable, el sol moderado y la brisa como seda.

Apenas abre la boca, Magda encamina la conversación a su tema favorito: los hombres. A pesar de llevar a cuestas varias experiencias desagradables que van desde hombres depresivos, aburridos, estafadores, hasta, en el mejor de los casos, algún tacaño que ha querido impresionarla con regalos mezquinos.

—Estoy volviendo a disfrutar de las cosas cotidianas y que dan sabor a la vida. Quizás sólo es placer sexual. Ustedes saben lo que es eso, ¿no? —comenta Magda dirigiéndose a nosotras.

—Vagamente me acuerdo —dice Gloria.

Ella prende dos cigarros y le da uno a Gloria.

—No cabe duda que cuando uno menos lo espera encuentra el amor. Amor, Santo Dios, cuánto tiempo hace que no lo sentía. Qué bonito es estar enamorada, tener pensamientos afiebrados, el corazón ardiendo como atole borboteando y una inquietud que te eleva hasta el cielo y te arroja hasta las entrañas del infierno. Por fin encontré por internet al hombre de mis sueños. Tiene cincuenta y siete años y se llama Peter —comenta Magda.

—Pero ándate con cuidado, no te vaya a resultar un cazafortunas —la previene Gloria.

Magda tiene un pastel de chocolate frente a sí y lo come en pequeñas porciones. Sonríe, saca de su bolso una foto y nos la muestra.

Gloria mira la foto con cuidado.

—Aunque con esa cara de bobo apenas llegará a mendigo. Pobre cuate, qué fregado se ve —corrige y me pasa la foto.

—¿Qué puedo decir yo con estas ojeras de mapache? —intervengo. En el supermercado una empleada me preguntó: "¿No quiere comprar la oferta de pañales para sus nietos". Cuando lo dijo, volteé a ver a la abuela a quien le estaba hablando y tardé unos segundos en darme cuenta a quién se refería: a mí. Tartamudee y negué con la cabeza. Sin embargo, le di la razón cuando el vidrio de un aparador devolvió mi imagen con inexorable contundencia: el pelo reseco, la cara demacrada y el gesto amargo, nada que ver con las chicas de pelo sedoso, ojos brillantes y amplia sonrisa de los anuncios publicitarios.

—Lo que tú necesitas es un tratamiento facial, buenas cremas y ropa adecuada. Te vistes como una abuela y ese cabello tan oscuro te hace ver diez años más vieja de lo que eres —afirma Gloria.

Magda asiente.

—En lugar de estar aquí acumulando calorías atragantándonos de pastel, vayamos a la tienda a hacernos aconsejar por una experta. Una crema para cubrir las ojeras, otra para las arrugas y una más para la falta de color —propone Gloria.

—Color me sobra; ojeras negras y piel verdosa —replico.

—Pero no el que necesitas.

Magda retoma el tema de su nueva conquista.

—Peter no será guapo, pero es el hombre más caballeroso que conozco, me besa la mano, me ayuda a ponerme la chaqueta, me dice cumplidos

—¿A qué se dedica? —pregunta Gloria.

—Es banquero, es decir, trabaja en un banco aunque no sé exactamente qué hace ahí.

—Mejor pregúntale, no vaya a resultar como uno que encontró una amiga mía y le dijo que era hotelero. Ella pensó que por lo menos era el recepcionista hasta el día que lo fue a buscar y supo que era el botones.

Magda mira a Gloria con un mal disimulado desprecio y con impotencia por sentir que quizás hay algo de verdad en su afirmación. No obstante, replica:

—Por su modo de expresarse estoy segura de que Peter es, por lo menos, jefe de departamento.

—Bueno, no perdamos el tiempo con especulaciones y vayamos a buscar las cremas para ti —sentencia Gloria.

—¿Por qué no lo dejamos para otra ocasión? —sugiero sin éxito.

Al entrar a la tienda nos dirigimos a una de las vendedoras de cosméticos. Ella me invita a sentarme y con una lupa y gesto grave revisa mi piel.

—Necesita un tratamiento completo: crema limpiadora, tonificante, loción refrescante, mascarillas, crema de día, de noche, de ojos y la rutina de hacerlo cada día.

—Pero yo sólo quería una crema para prevenir las arrugas —protesto.

—Si quieres quitarte ese aspecto de anciana y conseguirte un hombre tienes que seguir los consejos de la experta —interviene Magda.

—No tengo interés en conseguirme uno —respondo.

Las compradoras a mi lado paran las orejas. Enrojezco como un tomate maduro y quiero que me trague la tierra. "Por suerte que a esta gente no volveré a verla en mi vida", pienso. Luego de limpiarme la cara, untarme lociones, rociarme agua mineral, cremas y un sin fin de menjurjes, la vendedora me coloca color sobre los párpados, rímel en las pestañas, maquillaje en la cara, colorete en las mejillas y en la boca un labial rojo. Al final me pone un espejo frente a la cara y suspira satisfecha de su trabajo.

—No quedó nada de la mujer envejecida que entró hace un rato. Ahora pareces una mujer de clase —dice Magda.

—Más bien parezco un payaso —replico medio en broma.

Le doy las gracias a la vendedora y pago.

Ella empaca mis cremas y lociones, agrega un puñado de muestras, me las entrega y me desea suerte. Dejo la tienda con una bolsa repleta de cremas, lociones, jabones y mascarillas. Cuando entramos a un local a beber una copa de Cava y brindar por mi transformación, observo mi imagen reflejada en el vidrio de la ventana y sonrío; me agrada mi nuevo aspecto.

El lunes a las cuatro de la tarde me encuentro con Emilia frente a la Liebieghaus, ella se ha tomado la tarde libre para ir conmigo al museo, donde se exhiben las obras del artista norteamericano Jeff Koons, que a decir de los críticos contienen motivos extraídos de la cultura pop, de la publicidad y su obra consiste tanto en escultura conceptual como instalación, pintura y fotografía. Emilia y yo cruzamos el jardín, entramos al museo y avanzamos por las salas. Con atención observamos las figuras hinchables llamadas *Readymades* entre las que se encuentran la langosta roja inspirada en Dalí y otra en forma de Piolín.

Emilia se detiene ante la escultura de Michael Jackson esculpida en porcelana blanca con pelo, traje y zapatos dorados. La figura está sentada sobre un tapete blanco y sostiene en el brazo derecho un chimpancé. El mono también está hecho en porcelana blanca y con el pelo, cejas, barba y traje dorados. Emilia contempla la obra arqueando las cejas como si no pudiera sustraerse de la atracción que ejerce en su ánimo. O quizás sorprendida por el contraste que hace la escultura al lado de féretros egipcios del año 3 000 a. C.

Después, permanece frente a las obras pintadas a mano de Popeye y Hulk y las mira absorta durante largo rato. Al final vuelca toda su atención y permanece concentrada en las esculturas similares a las de Rubens y que aparecen cubiertas con la **S** de la camiseta de Superman y están colocadas junto a imágenes de vírgenes de la Edad Media de la colección permanente de la Liebieghaus.

Cuando salimos del museo nos sentamos en la terraza de un café al aire libre. Un mesero se acerca a nuestra mesa a tomar nuestra orden. Pido agua mineral y una ensalada. Emilia pide lo mismo. Es septiembre. El aire tibio nos da una sensación de bienestar y del inicio del otoño.

—¡Qué interesante es la interacción entre lo sublime y lo banal! —sentencia ella y comenta sobre algunas obras singulares que atrajeron su atención y remarca el contraste entre las expuestas de modo permanente en el museo y la del norteamericano—. Son muy ciertas las palabras del periodista que escribió un artículo sobre esta exposición: las obras de Koons provocan un fuerte contraste con el edificio histórico y su colección de figuras que abarcan la historia de la escultura desde la Antigüedad al Neoclasicismo.

—¿Por qué habrá elegido Jeff Koons a Michael Jackson como parte de su obra? La verdad que yo sé poco de arte moderno y aunque las obras de este artista son fabulosas, no me embriagan de gusto, no entiendo bien su razón de ser —comento mientras observo a lo lejos un letrero de neón cambiar de azul a rojo.

Emilia ríe y carraspea, quizás divertida de mi comentario. Se pregunta si la exposición de las obras de Koons entre las esculturas de civilizaciones antiguas y la cultura pop son una provocación o un contraste.

—Sea como sea me parece una fantástica exposición. A papá le encantaba el arte moderno y era un entendido en la materia. Estoy segura de que le hubiera gustado verla así como hacer un análisis más acertado de las obras de Koons que el mío. Y hubiera sido capaz de comprar el póster que anuncia el evento y enmarcarlo junto con los boletos de entrada —concluye.

Asiento con la cabeza.

Max, si estuvieras aquí estarías tan fascinado con la exposición como ella y ambos hubieran podido discutir sobre el contenido de la misma. Si estuvieras aquí nos explicarías cada obra en la que irías posando la mirada y descubriendo detalles que por desconocimiento yo paso por alto, ponderarías su originalidad y significado.

Y si estuvieras aquí y hubieras visto los afiches anunciando la exposición, seguro que harías lo mismo que en Karlsruhe cuando fuimos a una exhibición de pintura y te comenté que quería comprar el afiche, pero que no podía porque la tienda del lugar ya había cerrado.

¿Te acuerdas que antes de abandonar la sala en las narices de los vigilantes comenzaste a despegar los bordes del cartel, lo descolgaste, enrollaste, lo tomaste junto con tu sombrilla y te dirigiste a la salida. Lo hiciste con tal naturalidad, que quizás ellos pensaron que eras un empleado de la sala o el pintor mismo. Temblando de miedo como gelatina salí a tu lado, esperando que en cualquier momento alguien nos detuviera. En cambio, tú caminaste con paso sereno y seguro. Una vez en la calle me lo entregaste. "Aquí tiene su póster, señora", dijiste. Cuando percibiste mi bochorno alegaste que sólo era un anuncio publicitario y una vez que terminara la exposición iría a parar a la basura.

Max, ahora cuando pienso en ti, siento una opresión en el pecho, te imagino recorriendo esas salas, comentando y suspirando por cada una de esas obras.

Con la llegada de las ensaladas, Emilia cambia el giro de nuestra conversación.

—Hoy al mediodía cuando iba con mi jefe a comer, en la calle se me atoró el tacón del zapato entre dos adoquines. Él no se fijó que yo no iba a su lado y siguió hablando hasta que volteó y me vio descalza, luchando por rescatar mi zapato de la ranura. Me disculpé diciendo que no llevaba el calzado adecuado, pero él respondió: "No se preocupe, Emilia, a mi esposa seguido le sucede lo mismo".

Continuamos conversando sobre su trabajo. Al cabo de un rato pedimos la cuenta y nos encaminamos a la parada del tranvía. Ya ha caído la noche y las luces callejeras alumbran los techos y paredes como retando a la oscuridad del cielo. En lo alto de una grúa brilla un punto amarillento. Gente cargando paquetes llena las calles y entre aquella multitud distingo a un hombre. Lleva un pantalón café y una camisa verde: "Max", pienso y lo miro ansiosa. Aquella silueta avanza hacia mí, el corazón me late apresurado y tengo la impresión de verte flotando entre aquel gentío. Sin embargo, al acercarse lo veo con desilusión pasar a mi lado. No eres tú.

El tiempo corre sin ningún plan concreto de vida. Los días soleados se van y avanza el otoño. Cambia el color de la hierba y de las hojas de los árboles y llegan las primeras ráfagas de viento. Puñados de hojas secas bailan en las calles, se quedan quietas y con el soplo del aire forman remolinos y vuelven a moverse. Me siento como una hoja que es arrastrada por el viento, incapaz de controlar mi destino.

Llega noviembre, los días se tornan cortos, las noches largas y los pájaros se marchan a la búsqueda de climas más benignos. La penumbra cubre la ciudad, el paisaje adquiere el color de la ceniza y el río Main desaparece en la niebla donde apenas se distingue la silueta de un barco meciéndose en el embarcadero. Y en un abrir y cerrar de ojos llega diciembre. Se acerca la época de olor a galletas de canela, vainilla, de vino caliente con especias, de almendras tostadas, de ganso relleno de castañas, de árboles adornados con esferas y de conciertos navideños.

Despierto y los rojos números del despertador que marcan la hora y la fecha son lo primero que vislumbro al abrir los ojos: son las siete treinta de la mañana del veintitrés de diciembre. Emilia ya se ha marchado a la oficina. El ulular de la sirena de una ambulancia rompe el silencio y el rosario de luces de autos rasga la penumbra mañanera.

No tengo ganas de levantarme. Entre las cobijas evoco los domingos cuando nuestros hijos eran pequeños e iban a nuestra cama, donde desayunábamos los cuatro. A veces yo imitaba voces de niños y ruidos de animales al tiempo que les contaba alguna anécdota. Tú suspirabas y decías: "Tienes alma de niña". ¡Qué sabio es aquello de que uno debe disfrutar de los instantes de felicidad porque nunca se sabe si volverán a repetirse! Diciembre es un mes que Emilia y Markus adoraban. Tú les comprabas un calendario de adviento con veinticuatro ventanillas, que iban del primero hasta el veinticuatro de diciembre. Cada mañana podían abrir una, sacar y comer la consabida figura de chocolate.

Navidad era una fecha en la que se acentuaba el calor de hogar y la armonía entre nosotros. Con anticipación, Emilia, Markus y yo horneábamos galletas navideñas y tú preparabas tus especialidades:

quiche lorraine y torta de manzana. Además escribías una reflexión alusiva a la celebración. El árbol lo adquirías días antes, pero sólo aceptabas que fuera puesto por los muchachos el día veinticuatro por la tarde. Bajo el mismo colocábamos los regalos. Tú ponías la estrella en la cúspide y yo el Nacimiento: figuras de ébano y barro; los Reyes Magos, la Virgen María y San José. Y sobre un trozo de heno y mirando con ojos fijos al Niño Dios, los camellos, elefantes y tigres al lado de ovejas, un buey y un burro. En las ventanas colgaba estrellas de paja o cristal, la mesa la cubría con un mantel blanco y encima de éste velas rojas. De la cocina emanaba el aromático olor del ponche a base de vino rojo, jengibre, canela, clavo, nuez moscada y cáscara de limón y naranja.

A las ocho de la noche nos sentábamos a la mesa en una agradable paz. Bebíamos ponche y entonábamos canciones navideñas. Durante la cena a base de salsas, pan y fondue de carne, evocábamos nuestros viajes y vida en tres continentes. Recordábamos anécdotas de nuestras navidades en diferentes países, tú hablabas del asado, del pan recién horneado y del calor de la cocina en casa de tus padres. Por mi parte contaba cómo festejaban las fiestas decembrinas en México al ritmo de avemarías, padrenuestros, letanías, cantos de villancicos, el romper de piñatas y el crujido de buñuelos crocantes rebosados de azúcar.

Seguía una pausa. Leíamos algún cuento navideño y enseguida venía el intercambio de regalos. Llenos de tensión, los muchachos esperaban el momento de abrir los obsequios, pues cada paquete envuelto en papel de regalo y cintas plateadas les deparaba una auténtica sorpresa. Me parecía que la emoción de desgarrar el papel era mayor que el contenido de los regalos. Aquello era una escena fascinante y yo era feliz de contemplarla. Emilia o Markus tomaban un paquete tras otro, leían los mensajes con el nombre de la tarjeta y entregaban el regalo a quien le correspondiera.

Con anticipación y de modo sutil, te informabas sobre lo que deseábamos. Y por supuesto siempre encontrabas el regalo exacto para sorprendernos: el avión de legos y el juego de laboratorio químico que Markus había anhelado, la cadena de plata y las sandalias rojas para Emilia, los boletos para el concierto de mi artista preferido y un vale para cenar en un restaurante exclusivo. Y ya que desde hacía seis años que Leo estaba con nosotros, tampoco faltaba un paquete de sus croquetas y bocadillos preferidos, un ratón eléctrico o una pelota. Tú abrías con calma los obsequios que yo te había hecho y al verlos sonreías, pues a diferencia de los tuyos no eran nada originales.

Tomábamos fotos y me preguntabas si me habían gustado tus regalos. Yo te abrazaba, los niños se unían a nosotros y así permanecíamos largo rato trenzados en un abrazo, mientras veíamos cómo caía la nieve sobre los árboles.

Comíamos el postre, volvíamos a repetir algún bocadillo y platicábamos hasta el amanecer.

El veinticinco de diciembre, después del desayuno, hacíamos un paseo por los alrededores. Nos tirábamos en la nieve y agitábamos brazos y piernas para dibujar un ángel. Me gustaba quedarme un rato en esa posición, sintiendo la crujiente nieve bajo mi abrigo. Al final terminábamos en alguna pastelería donde bebíamos cacao caliente y comíamos pastel de manzana y zarzamoras.

Sin embargo, este año preferiría pasar por alto estas festividades, mejor estar lejos de aquí o durmiendo para no darme cuenta de nada. Cala tanto en mi ánimo tu ausencia. También la de Leo, tanto que en ocasiones he pensado que cuando tenga un departamento iré al parque donde pasea y lo secuestraré.

Temo mucho la llegada de estas fiestas con sus calles engalanadas con guirnaldas y focos coloridos, mercados y árboles navideños, papás Noel y tu sitio vacío en la mesa.

A causa de mi desánimo, he permanecido anclada en la indecisión. Lo mismo les sucedió a Emilia y a Markus. Durante semanas discutimos sobre dónde y cómo festejar la Navidad. "Da lo mismo. Podemos ir a alguna playa, cenar en un restaurante otra cosa que no sea fondue. Mejor festejémosla como siempre. Pero ya nada es como siempre". Al final decidimos que en lugar de cena, haríamos una comida y en lugar de carne de res, comeríamos pescado y festejaríamos la Navidad en el departamento de Lisa y Markus.

Mientras continuo cavilando, voy a la cocina, preparo café y con la taza en la mano llamo a Markus. Con el teléfono apretado entre la oreja y el hombro, bebo el café mientras espero hasta que salta el contestador. "De momento no estamos en casa. Por favor deje su mensaje, le devolveremos la llamada lo más pronto posible". Cuelgo. Él debe estar bajo la ducha o camino a la universidad y Lisa en la oficina.

Al atardecer decido ir a pasear al centro de la ciudad. Antes de salir de casa meto en una bolsa el fino abrigo del jefe de médicos, que por error creyendo que era el tuyo, me lleve a casa aquella madrugada del veintiocho de enero. Cuando me di cuenta de la equivocación habían pasado varios meses y pensé que se lo regalaría a alguien que lo necesitara más que su propietario. Una interminable línea de luces alumbra la ciudad. Sin prisa ni rumbo fijo camino por la avenida entre las sombras de los árboles, mientras pienso en Leo. Me gustaría saber si sufre, me extraña o me odia.

El aire gélido me corta la cara, me detengo en una parada del tranvía. Ahí una joven tiembla de frío, el novio le sube las solapas de su abrigo y le frota la nariz. Abordo el tranvía en dirección al centro. También la pareja sube y se sienta frente a mí. Ella lleva guantes rojos y un chal del mismo color. Él le susurra algo al oído y ella sonríe. Los vidrios de las ventanas lucen opacos por el frío y algunos pasajeros dormitan en sus asientos.

Bajo en la parada frente a la zona peatonal y deambulo entre los puestos del mercado navideño. El olor a canela y a almendras tostadas perfuma el aire.

La figura de Santa Claus con su saco de regalos a la espalda y montado en su carro tirado por venados ocupa un sitio protagónico en un aparador. En el interior del almacén suena una canción alusiva a la Navidad, interrumpida de cuando en cuando para dar paso a los anuncios publicitarios de toda clase de artículos, que van desde calcetines hasta abrigos de piel.

Mi estómago gruñe. Desde anoche no he probado alimento. Compro una jarra de vino caliente y una salchicha. Limpio un banco con una servilleta de papel y me siento. Mientras bebo el vino me llegan imágenes del primer fin de año juntos, cuando festejamos con Emilia en medio de una lluvia de confeti y serpentinas. Quisimos preparar pizza pero terminamos empolvados de harina y salpicados de salsa de tomate cuando me hiciste cosquillas y solté la cazuela con la salsa. En esas fachas estábamos cuando la señora Riedler, nuestra formal y seria vecina, llamó a la puerta para darnos nuestro regalo de Navidad. Al vernos con harina y tomate hasta en las pestañas y muertos de risa, se quedó aturdida por la sorpresa y sin decir ni media palabra nos dio la botella de vino y se marchó de prisa.

En la calle veo pasar muchas parejas que, tal vez, van a pasear, de compras, pelean, platican o se reconcilian. Yo ya no pertenezco a ellos. De ti, de nuestra vida en común ya sólo puedo hablar en pasado. Este ambiente habla de alegría y calor de hogar, de cosas que ya no poseo. ¿Por qué unos seres humanos son sometidos a pruebas tan duras? ¿Por qué para unos todo es fácil y para otros tan difícil? ¿Cómo olvidar? ¿Cómo y dónde empezar de nuevo? Suspiro y me paso la mano por la frente como para desechar esas preguntas. Prefiero creer que tarde o temprano las aguas volverán a su cauce y nuestra alma recuperará la paz y el gusto por la vida.

Cerca de la parada del autobús está sentado un vagabundo con bolsas plásticas a su lado. Llora. Le pregunto si puedo hacer algo por él. Niega con la cabeza. ¿Puedo regalarle algo? Sin mucha convicción asiente con un gesto. Le alcanzo la bolsa que llevo conmigo y cuando saca su contenido se queda sin habla. Lo mira, me mira como si creyera que se trata de una broma, un malentendido. Luego de aquel titubeo, se quita la chamarra sucia que lleva puesta y se pone el fino abrigo del jefe de médicos. Sonrío, contenta de haber hecho feliz a alguien. Pero antes de que me dé las gracias, doy la media vuelta y me marcho; me siento Robin Hood regalando algo que no me pertenece.

Hoy es veinticuatro de diciembre. A las seis y media de la mañana, Emilia y yo tomamos un autobús hacia la estación de trenes. Las luces callejeras alumbran la avenida. Está nevando y el aliento del invierno se siente en el aire.

A pesar de la temprana hora, la estación está muy concurrida. Los cafés están repletos de gente. Trenes que salen y otros que llegan con hombres y mujeres cargados de equipaje, familias con niños adormilados se estorban unos a otros, unos bajan y otros suben. Domina el caos, la nieve y los retrasos. Personas y voces de los altavoces inundan los andenes. La muchedumbre mira inquieta cómo cambian los horarios de salidas de los trenes en los pizarrones. El nuestro sale puntual. A las siete con quince de la mañana lo abordamos, se oye un *pip pip* y las puertas se cierran. La máquina abandona la estación y sigue su camino a través de la penumbra mañanera en dirección a nuestro destino. Miro por la ventana. Nunca olvidaré el color del cielo de esta mañana; la mañana de la primera Nochebuena sin ti.

Al llegar a Metzingen vamos al centro de la ciudad a comprar un par de ingredientes para la comida y algunos regalos. Un tibio sol invernal alumbra la ciudad y su débil fuerza logra derretir un poco el hielo de las calles, mas no logra calentar mi ánimo. A las once de la mañana ya hemos comprado los ingredientes que necesitaba para el postre, pero nos faltan los regalos. En una tienda encontramos para Lisa una secadora de pelo y un chal, para Markus un portafolio.

Minutos después nos encontramos en el centro con ellos. La zona peatonal está adornada con motivos navideños y domina el acostumbrado bullicio; hasta donde alcanza la vista hay puestos de comida y regalos: vino caliente, salchichas, dulces y toda clase de adornos navideños. El aroma a almendras tostadas, azúcar y canela son los culpables de que el pasado vuelva con fuerza y choque con el presente. Las imágenes son tan nítidas que parece que fue ayer cuando las viví: los paseos por el lago, las noches invernales frente a la chimenea oyendo la caída de la nieve...

Nos detenemos en un puesto a beber vino caliente y se me encoje el corazón cuando un cantor callejero comienza a entonar *Everybody have somebody*. Siento como si me clavaran un puñal en el pecho, pues yo soy la excepción a esa regla; tú no estás a mi lado. Tengo ganas de gritar, de pedirle al cantor que se calle, de taparme los oídos, correr y escapar de ahí. No hago ni lo uno ni lo otro. Apuro mi bebida y permanezco ahí de pie con el sentimiento de que en esta Navidad llevo sobre los hombros toda la tristeza del mundo.

A la una de la tarde, Lisa y Markus preparan la comida, Emilia el postre y yo pongo la mesa. Esta vez es una Navidad con sol, sin árbol de Navidad y sin Nacimiento, pero la pasamos francamente bien. Con apetito damos cuenta de la ensalada, el pescado, los mariscos y las papas. Comemos, bebemos y contamos anécdotas graciosas mientras un sol de oro inunda el comedor y los ladridos de Teddy que reclaman nuestra atención nos alegran.

Durante la sobremesa de esta tarde dedicada a distraernos, Markus platica con entusiasmo de sus exámenes, Lisa y Emilia hablan de su trabajo, hablamos de todo y de nada. Sólo al final cuando te mencionan, algo se cuela en mi garganta, algo que me impide continuar la plática. Y cuando Emilia me abraza, experimento la ilusión de creer que abrazo a aquella niña traviesa que yo protegía cuando se enfermaba, se había caído o tenía hambre. La retengo en mis brazos y apoyo mi cabeza en su pecho y ella me detiene en esa posición. "¿Por qué crecieron? ¿Por qué tan rápido?". Markus y Lisa se acercan y nos abrazamos los cuatro.

Y desde lo más hondo de mi corazón percibo que no estoy sola en este mundo.

Es veintisiete de diciembre, la víspera de la boda de mi sobrino Carlos, y Emilia y yo nos encontramos hospedadas en un hotel en Puerto Vallarta, México. Mi hermana Rosario es amante de las fiestas y nos invitó a la boda de su hijo. Markus prefirió quedarse con Lisa en Alemania.

Emilia hace rato que se ha ido a desayunar con sus primas y seguro se pasará el día en la playa. Quedito abro la puerta de la habitación y salgo de puntillas, pues Rosario aún duerme. Al salir del hotel deambulo por la playa sin la intención de llegar a un determinado lugar. Un grupo de jóvenes bailan al ritmo de los tambores y golpean el suelo con la planta de los pies. El viento me despeina; paso la mano por el cabello, me quito las sandalias y arremango el pantalón para sentir en la planta del pie la arena. Las olas van y vienen, coronadas por blanca espuma y arriba revolotean las gaviotas con sus alas abiertas.

Me pregunto cuánto tiempo tendrá que pasar hasta que pueda alegrarme ante la vista de tanta belleza. Agobiada por la tristeza duermo poco y como menos. Da lo mismo lo que me lleve a la boca, toda la comida me sabe a nada. Me siento frente al mar y suspiro ante la vista de una familia. Tú y yo amábamos la vida familiar, los paseos, las comidas juntos, las noches con sus rituales de llevar a nuestros hijos a la cama, leerles un cuento y después quedarnos en la sala contemplando el fuego de la chimenea. ¡Qué placer era platicar contigo sobre el pasar de nuestro día! Qué comodidad era tener a quien contarle mis problemas y saber que entre dos se solucionaban más fácil, tener un oído atento para escucharme.

Cuando nuestros hijos eran pequeños, tú ibas a la oficina y yo ocupaba mi tiempo en llevarlos y traerlos a la escuela, y por la tarde a clases de natación, canto, gimnasia y tenis, ayudarlos con sus tareas escolares, acudir a las juntas de padres de familia, ayudar en la escuela en los agasajos del día de la madre, organizar las fiestas navideñas y los cumpleaños de ellos. Cuando crecieron, los llevaba y recogía de la discoteca hasta el día que obtuvieron su licencia de manejar y prescindieron de mis servicios de chofer, no así de mis consejos y compañía. Mi vida giraba en torno a nuestra familia y de este modo transcurrieron los años; pensaba que en nuestra vida jamás iba a cambiar nada, como si viviéramos protegidos por una campana de cristal.

Sin embargo, de un instante a otro nuestros destinos, que por casi treinta años unieron su cauce y formaron uno solo, se separaron para no volver a unirse jamás. Desde el día que te fuiste se me ha hecho costumbre ir de un lado al otro, creyendo que así puedo evadir la congoja. Es un error, pues a medida que intento acallar la verdad más me ahogo en la pena.

Contigo no había problemas, se arreglaban o no existían. Sin ti, soy como un alma en pena que se arrastra por la tierra. Cada noche me voy a la cama con temor de que en el sueño vuelva a hundirme en sombrías pesadillas, donde nadie puede defenderme de mis fantasmas. Ahora sólo me queda reunir los pedazos de mi vida para alimentarme con las reminiscencias de lo que un día fue y ya no será más. Ahora, en lugar de una persona de carne y hueso debo conformarme con la sombra de un recuerdo. Quizás es la ley de la vida quedarse solo como cuando uno nació.

Continúo mis cavilaciones hasta que el ronco rugido de un barco anunciando su partida me distrae. Contemplo cómo se aleja y se vuelve pequeño hasta que desaparece y sólo es un punto en el horizonte.

Al regresar al hotel, Rosario me espera y al verme el gesto contrito adivina mis inquietudes.

—Uno debe ser fuerte para sobrevivir en la vida —sentencia.

—Pero yo no lo soy. Su ausencia me agobia.

Ella se quita un hilo imaginario de su vestido como si buscara alguna frase en su cerebro.

—Debes olvidar.

—Si supiera cómo.

—Lo aprenderás.

—Olvidar a veces es más difícil que recordar. Y tampoco lo quiero. No quiero que el recuerdo de Max se diluya como ocurre con la arena al ser lavada por las aguas del mar.

—Acompáñame a recibir a los invitados —propone Rosario desviando la conversación.

Durante el transcurso de la mañana, los familiares y amigos de Carlos y Sonia llegan al hotel. La recepción se llena de gente cargada de maletas, paquetes y regalos. Los novios, visiblemente emocionados, les dan la bienvenida y los ponen al día sobre la buena comida y maravillas que ofrece el lugar. A su lado están Eduardo y mi hermana Rosario, ambos rebozan energía y vitalidad. También María y Pedro, los padres de la novia.

—Yo necesito arreglarme el pelo, pero la peluquera no tiene lugar para mí, pues sólo cuenta con una empleada. ¿Cómo es posible eso en un hotel de cinco estrellas? —critica Rosario. Lleva un vestido y sandalias cafés. Con motivo de la boda se ha teñido el pelo del mismo color.

—Eso no es problema, tú puedes arreglártelo sola. Lo importante es que tienen varios bares, una sala de billar y una televisión gigante donde puedo ver el partido del León contra el Guadalajara —replica Eduardo, mi cuñado.

—A estos hombres lo único que les importa es el fútbol y ahogarse en alcohol.

—*Qué culpa tengo yo de que me guste el vino, si encuentro en la embriaguez dicha y dulzura* —tararea él, mientras Rosario suspira.

Los padres de Sonia sonríen. María es una mujer menuda con pelo castaño, ojos vivarachos y una nariz pequeña que Sonia heredó. En cambio, Pedro es robusto, con gesto severo y nariz aguileña. Ambos llevan pantalón corto, playera verde del equipo León y zapatos deportivos.

María habla de la variada comida que ofrecen en el restaurante, de los innumerables eventos nocturnos que tienen lugar en las instalaciones del hotel, alaba el confort de las habitaciones y suspira por la belleza de la playa.

Poco a poco la gente se va retirando a sus habitaciones. Al cabo de un rato, los cien invitados se acomodan en las mesas del restaurante con vista al mar; beben tequila, vino tinto, blanco, cerveza y comen pescado, carne de res, pollo, arroz, papas asadas y salsas variadas. El aire se llena de voces, risas y ruidos de cubiertos y el chocar de copas. Los novios van de mesa en mesa saludando a sus invitados.

Entre tanto, Rosario nos cuenta sobre los detalles de la boda, de sus idas y venidas a recoger los centros de mesa, sobre la peinadora, el dobladillo que tiene que hacerle a su vestido, aún demasiado largo para ella.

—Yo necesito horas para arreglarme —concluye.

—Ándale, ándale ni que fueras la novia —replica su marido.

Eduardo está haciendo una apuesta de quinientos pesos a favor del equipo de León con el resultado de 1-0.

—Adiós dinero. Ese equipo va que vuela para la segunda liga. Sólo a ti se ocurre apostar en su favor —interviene Rosario.

—Es el amor a la camiseta.

—Pues yo le tengo más amor a los quinientos pesos que a la camiseta.

—Mujeres, divinas mujeres, pero de fútbol no saben nada —dice él y levanta su copa para brindar por su equipo.

—Tú sabes tanto que por eso vas a perder dinero con tu apuesta.

Jesús propone un brindis por los novios y por la oportunidad de estar toda la familia y amigos reunidos. Todos levantan sus copas.

—Pretextos quiere el diablo para emborracharse —murmura su esposa.

—A la prima Marta le hubiera gustado venir, pero padece de reumatismo y apenas puede caminar —comenta mi hermana Guadalupe.

—Al contrario, el clima tropical le hubiera hecho bien —interviene Eduardo.

—Es que no sólo tiene esa dolencia sino una docena más: gastritis, migraña, dolores de espalda, tos, agruras, etcétera. Ella se pasa los días en la sala de espera de toda clase de especialistas —dice Consuelo.

—Hipocondriaca debe ser —tercia de nuevo Eduardo.

—No lo dudes. Eso es consecuencia de los mimos exagerados con que la trata el marido —añade mi prima Teresa, la hija del tío Pablo, mientras se acomoda los lentes tan gruesos como asientos de botella.

Teresa habla de su boda.

—Hace treinta y cinco años que nos casamos; una eternidad.

—A mí me parece como si hubieran transcurrido diez minutos —objeta su esposo.

—¿En serio?

—Sí, pero bajo el agua.

—Eres un pesado.

—Pues ponlo a dieta, comadre —tercia un joven que no reconozco; de guayabera, sombrero panamá y un llamativo reloj. Viene acompañado de su novia. Ella lleva en el cuello y orejas un conjunto de perlas cultivadas. Tiene el pelo tan largo como cortos son sus pantalones.

—Dele cuerda compadre y no la va a parar.

—¿Los conoces? —pregunto a Eduardo en voz baja.

—Es el hijo de Severiano, ese diputadillo de a dos por cinco, que utilizó el puesto para llenarse de plata los bolsillos. El muchacho es Director de Obras Públicas Municipales y este fin de semana, encargado de vaciar la bodega de licores del hotel.

—Y ella, ¿qué hace?

—Se hace, dirás. Dizque ocupa un buen puesto en el Tribunal Estatal de Justicia. Dios los hace y ellos se juntan. Por ahí se rumora que se acuesta con un secretario estatal. Puros rateros y oportunistas.

—Baja la voz que van a oírte —replica Rosario.

—Qué van a oír estos cuates, si están más borrachos que una cuba. No saben ni dónde están parados, están chupando desde las siete de la mañana.

En ese instante, la chica de los pantaloncillos cortos le grita algo a su novio al verlo comerse con los ojos el prominente trasero de una turista recién llegada.

—Casi se te cae la baba por estar mirándole el…

—No te apures, mi reina, que ésa no te llega ni a los tobillos, porque tiene cuerpo de tentación, pero cara de arrepentimiento.

—No les dije, esos están hasta el copete de borrachos —afirma Eduardo.

Rosario se encoje de hombros.

Por la noche, jugamos billar en el salón de juegos y acudimos a un espectáculo de bailes típicos. Al final cenamos en el restaurante al aire libre, rodeado de arbustos y alumbrado por faroles y un cielo estrellado.

—¿Invitaste a Marisa? —le pregunto a Rosario.

—Sí, pero no la he visto. La pobre, por fin se liberó del patán de su marido, ya lo dejó.

—¿Bromeas?

—No, es en serio. Ahora le va mejor, aunque ya pronto se irá de Los Remedios, ya puso su casa en venta y pronto se mudará a Comanja. No me creas, pero parece que le va tan bien en el trabajo que hasta el gobernador la va a condecorar.

—Hablando del rey de Roma y él que se asoma, ahí viene ella.

—Te dejo, luego nos vemos hermanita, aún tengo mucho qué hacer —dice Rosario.

Cuando Marisa se acerca a mi mesa noto su gesto sereno.

—¿Es cierto que te separaste de Roberto?

—Sí —responde y me cuesta trabajo esconder mi alegría.

—¿Estás bien? —le pregunto.

—Nunca estuve mejor, querida. Desde que lo dejé siento que volví a nacer —dice.

Y mientras damos un paseo Marisa me narra lo sucedido. Guardo silencio y echo a volar mi imaginación. Pongo sus palabras en escenas y hasta me parece oír voces alteradas.

La situación entre ellos había ido de mal en peor. Sin embargo, aunque era evidente que la engañaba, ella se había negado a separarse de él hasta la ocasión en la que lo llamó a su oficina y la secretaria le informó que había salido a comer con el señor Smith.

Un rato después, sonó el teléfono.

—Diga. Casa de la familia Díaz —respondió ella.

—Soy el señor Smith. Mi vuelo se ha retrasado y quiero aprovechar para agradecer a su esposo por la rapidez con que esta mañana arregló mi asunto. En su oficina me informaron que estaba comiendo con su esposa.

—Pues entonces hable con ella.

—¿Cómo? ¿ No es usted la señora Díaz? Entonces, ¿quién es usted?

—Su criada.

—¿Puede comunicarme con su esposa?

—Con ella está hablando.

—Usted dijo que era la sirvienta.

—Es que para él sólo soy la gata que le sirve para todo y a quien puede tratar con las patas, pues a mí su secretaria me dijo que estaba comiendo con usted. Seguro que está en casa de su amante. Allá debe llamarle.

Se hizo un tenso silencio.

—Es mi equivocación, no entendí bien, señora —se apresuró a corregir el señor Smith.

—Qué equivocación ni qué carajo. No trate de componerle, ya lo echó de cabeza —concluyó y sin esperar respuesta alguna colgó.

Desolada por el desengaño permaneció de pie en medio de la sala oyendo el impertinente *tic tac* del reloj, mientras un helado entumecimiento la paralizaba. Aspiró hondo pues sintió que le faltaba el aire. Despacio volvió a la cocina, se sentó en una silla con la cabeza entre las manos. En ese instante comprendió que el miedo le había robado la capacidad resolutoria y manchado con el lodo del sometimiento. Mientras lo esperaba lloró rendida ante la realidad: la separación sería un proceso doloroso, pero no había otro remedio. Cuando oyó pasos, se limpió los ojos y continúo sentada a la mesa, donde aún permanecía su plato con ensalada.

Roberto dejó su portafolio en la sala junto con su saco, se allegó hasta la cocina, la besó en la mejilla y tomó asiento frente a ella. Encendió un cigarro y dejó la cajetilla sobre la mesa.

—Mientras trabajaba perdí la noción del tiempo —sentenció él.

—Lo que has perdido es la vergüenza.

—Estoy cansado —dijo él previniendo una discusión—. Mañana podemos hacer algo juntos. Almorzaré con Juan y a las cinco estaré de regreso.

—El jueves pasado dijiste que habías comido con él y ayer cuando lo encontré en el supermercado me dijo que no te ha visto desde su cumpleaños.

—Debió olvidarlo, él es pésimo para recordar fechas. En fin, hoy cerré un negocio con el director de una empresa americana.

—¿Estuviste con él al mediodía?

—Sí. Después de la comida firmamos el contrato.

—¿En la cama de qué hotel lo hiciste? —lo inquirió Marisa con sarcasmo mordaz y la cara encendida de rabia. Empujó la silla hacia atrás, arrojó la servilleta sobre el plato y se levantó a medias de su asiento, volcando el vaso con agua y gritó—: ¿Crees que soy idiota? Tus embustes ramplones son una ofensa a mi inteligencia. No estuviste con él y no me es difícil suponer con quién.

—Tus suposiciones son producto de tus desvaríos —afirmó él.

—¿Sí? Me vienes con el cuento del trabajo mientras te revuelcas con la puta esa.

—No me hagas hablar. No quiero meter la pata.

—Claro que no, lo que a ti te gusta meter es otra cosa.

—¡Basta de vulgaridades!

—Dios santo, he abochornado al honorable señor. Debo disculparme por mi ordinario vocabulario ante tan fina persona —replicó ella con sorna.

—Queremos rehacer nuestro matrimonio, ¿no es cierto? —interrumpió él.

—Queremos me suena a manada. Yo pensaba que esa era tu intención.

—Y ésa es mi intención.

—Si quieres engañarme, inventa algo más ingenioso. El señor Smith llamó aquí porque quería despedirse de ti. Estoy harta de esta situación: agarra tus cosas y lárgate.

Roberto hizo un gesto de desconcierto y replicó:

—No podemos separarnos, tenemos cosas en común: esta casa...

—La casa te la puedes meter por donde te quepa. Quiero que te decidas ahora mismo.

—No puedo decidirlo así.

—Pero yo sí. Se acabó. Estoy harta de esta infame situación. Me da asco. Lárgate para siempre —afirmó ella y se fue al dormitorio.

Roberto fue tras ella.

—Claro que me voy, pues a mí no me basta con tener una casa y una familia. Eso es para mediocres sin aspiraciones como tú. ¿Querías la verdad? Ahí la tienes —dijo él fuera de sí.

Por un instante, ella no dijo una palabra. Después, su voz irrumpió en oleadas de furia y de su boca salió una cascada de obscenidades como una arrabalera sin recato. Miró a su alrededor y descubrió su retrato de bodas, lo arrojó al suelo y lo pisoteó con inusitada furia. Enseguida la emprendió con los frascos de perfume y las cremas que descansaban sobre una cómoda y que cayeron al piso produciendo un tintineo de campanas al aire.

Luego Marisa se encaminó a la cómoda, y sacó de un tirón los cajones, hurgó en el interior de éstos: calzoncillos calcetines, camisetas y los arrojó por la ventana. Después se dirigió al ropero y arrancó de la percha ganchos con camisas, pantalones y sacos que siguieron el mismo camino. Al final volaron por la ventana cajas con zapatos y junto con lo demás aterrizaron en plena calle.

—¡Detente!, te has vuelto loca.

—Loca estuve al casarme contigo —subrayó ella con firmeza.

Los pasantes comenzaron a arremolinarse para ver de cerca el escándalo que estaba armando la pareja. Un borracho se abrió paso entre los curiosos que atestaban la acera, recogió una camisa y un pantalón, se quitó los que llevaba puestos y con su nueva indumentaria comenzó a dar vueltas como si estuviera modelando. La gente empezó a reír divertida del espectáculo, primero quedito y al final soltaron la carcajada.

Al oír aquel alboroto, Roberto sentenció en tono escandalizado:

—Me has puesto en ridículo delante de toda la gente, esto vas a pagarlo muy caro...

Él interrumpió su amenaza al ver el rostro de ella teñido con una expresión de la más pura resolución, capaz de cualquier cosa. Entonces Roberto sólo acertó a salir de prisa del dormitorio y de la casa. Ella permaneció de pie, oyendo los pasos de él que se alejaron hacia la calle y enseguida el rechinar de las llantas del vehículo.

—Mejor que se fue porque en aquel momento le hubiera partido la madre —dice Marisa mientras hurga con la punta del zapato en la arena.

—Mejor debiste partirle la boca para que se callara.

—Yo tuve la culpa, quién me mandó casarme con ese Pedro Navajas, pirujo de cinco centavos.

—Olvídalo. Eres muy valiente al cortar con tu pasado y atreverte a emprender una nueva vida sola.

—No soy valiente, sino que no tengo elección. Tardé mucho para decidirme. Me negué a ver la realidad. No lo entendí porque me había esmerado por construirle una vida con todo lo que creí necesario para que fuera feliz. Al principio de nuestra relación él y yo habíamos pertenecido al mismo lugar, pero nuestras diversas experiencias cambiaron nuestro modo de pensar, nos convertimos en otros y por ende el territorio común desapareció.

—Búscate otro, que hombres abundan en esta tierra bendita de Dios. Con paciencia encontrarás a tu adonis.

—Me conformo con Gael García —replica Marisa.

—Ya está casado.

—No soy celosa.

En una hora tendrá lugar el casamiento de mi sobrino. En el camino hacia la playa me tropiezo con él. Luce nervioso. Lleva un impecable traje color beis con una rosa roja en la solapa de su saco.

Aprovecho la oportunidad para darle la bendición como corresponde a una madrina católica. El verlo convertido en un hombre a punto de casarse me hace recordarte y al pensar en ti un vacío se instala en mi estómago.

—Lamento que mi boda te haga recordar a mi tío Max —dice él al percibir mi congoja.

—Al contrario, Carlos. A fin de cuentas, es un privilegio haber disfrutado del amor verdadero y por tantos años. ¿Cuántas gentes pueden decir eso? Hasta sentir ese profundo dolor que penetra hasta la última célula de mi cuerpo es también un don. No todos los seres humanos tienen el privilegio de sentir tan intensamente.

Nos abrazamos. Luego le acomodo la flor en el ojal de su saco, le doy una palmadita en la espalda y digo:

—Parece que fue ayer cuando jugaba contigo a las escondidas y te hacía renegar negándome a darte coca cola.

Luego añado:

—Vamos que se te hace tarde.

Él asiente y continua su camino.

La boda tiene lugar a la orilla del mar, donde han colocado un arco azul, el color de los vestidos de las madrinas de la novia. Las mesas adornadas con flores, velas, conchas marinas y cintas azules están situadas en torno a un entarimado; la pista de baile está armada al aire libre y de su piso de acrílico blanco escapan reflejos de coloridas luces.

En torno a los asistentes sobrevuelan un par de gaviotas, sus alas semejan pañuelos agitados al compás del viento. "...Aquí los declaro marido y mujer", finaliza diciendo el juez civil.

Los invitados gritan "Beso, beso" y los novios no se hacen del rogar. Las voces y risas me inclinan a evocar detalles del día de nuestro casamiento: las flores blancas de mi ramo de novia, los anillos de bodas y tu cara llena de cariño. Fue una noche de verano olorosa a gardenias. Estábamos en el patio de la casa de Los Remedios, hundidos en los reflejos plateados de la luna. El eucalipto lucía florido y los grillos llenaban el aire con su canto monocorde. Yo llevaba un vestido blanco y tú un impecable traje gris con corbata. Tenías la cara colorada debido al calor y la copa de tequila que bebiste con mi padre. Evoco el temblor de mis manos cuando las tomaste entre las tuyas mientras el juez pronunciaba las palabras que tejieron los lazos entre nosotros y unieron nuestras vidas.

Los meseros reparten copas de Cava y el aire se llena del chasquido de los corchos de botellas, el tintinear de copas, risas y voces. La algarabía y las exclamaciones de sorpresa resuenan en el aire en todo momento. Un fotógrafo no cesa de sacar fotos de los novios con la familia y amigos mientras un DJ se encarga de la música de fondo. Bajo un toldo, sobre una larga mesa destacan esculturas de hielo entre los platones de comida; la gente forma una cola para servirse toda clase de delicias: carne de res, lechón, pollo, pescado, etcétera. A las ocho de la noche el ambiente está en su apogeo. Sonido de platos, cubiertos y copas. Tomo asiento en el sitio donde está escrita una tarjeta con mi nombre. En la mesa pronto se desarrolla una agradable conversación y una vez que el licor hace efecto, las voces y risas suben de tono.

Cuando llega el momento de dar un discurso, Eduardo golpea su copa con un tenedor y todos los ojos se dirigen a él. Las risas callan. Él se aclara la garganta y alisa su pelo. Hablar en público no es su fuerte. Tampoco le preocupa. Se limita a brindar por la felicidad de los novios y le asegura a la novia que un hombre mejor que su hijo no podía haberse encontrado.

Aplausos, risas y brindis.

—Este platillo está para chuparse los dedos —sentencia Rosario y su voz me devuelve a la realidad.

Ella come pescado en salsa blanca y me cuenta el secreto para lograr la adecuada consistencia y exquisito sabor. Es una excelente ama de casa y su pasatiempo favorito es cocinar.

—Yo prefiero un pescado asado a las llamas y aderezado con limón que carne salpicada de esa espuma como si fuera vomito de gato —tercia su marido.

—Eres un cochino, Eduardo.

—Mucha gente ha de pensar lo mismo, pero dicen lo contrario para parecer gente fina —replica él y se para a bailar con su nieta.

—Pruébalo, sabe delicioso —dice Rosario y coloca un trozo de pescado con salsa en mi plato.

—Eduardo tiene razón por lo menos en lo que a la apariencia se refiere —digo al ver la salsa espumosa y añado al probarlo—: Pero sabe exquisito.

—¿Te acuerdas que cuando éramos niñas en Semana Santa el único marisco que comíamos era camarón seco?

—Sí. Sabía espantoso. Era tan salado que ardía la lengua, pero era lo único que podíamos comprar, el dinero escaseaba en casa.

—A veces pienso que los años actuales nos han redimido de nuestra dura infancia. ¿No te asustas cuando te acuerdas de todo lo que tuvimos que pasar para poder estudiar y llegar a donde estamos?

—No sé. A veces pienso que antes era más feliz porque tenía ilusiones y desconocía muchas cosas de la vida.

—¿Aún duermes mal?

—Sí. Cada noche tengo pesadillas, en las que nunca falta una cama de hospital, un rostro de cera, unas manos sosteniendo un ramito de flores mientras un sentimiento de impotencia me domina. Creo que siempre me quedará la inconformidad de no haber podido despedirme de Max, de no haber podido decirle cuánto lo quiero, pedirle perdón por alguna cosa que hice o deje de hacer.

—Ustedes fueron un matrimonio normal con todo lo que conlleva una vida en común: amor, alegrías, sufrimientos, rutina, pequeñas discusiones y reconciliaciones. Y él sabía cuánto lo querías. Saber de antemano que iba a morirse no hubiera sido menos doloroso.

—Pero hubiera tenido la posibilidad de despedirme de él.

—Eso hubiera sido peor. Tú jamás has soportado las despedidas. Mejor piensa que el tiempo te ayudará a aceptar que todo eso pertenece al pasado.

—Para mí es como si acabara de suceder.

—Vamos, Esperanza, ya ha pasado lo peor.

—No lo siento así. Al contrario, me domina un sentimiento de vacío, de agobio. Es posible que idealice nuestra vida porque él se ha ido para siempre y la muerte lo torna superior, sagrado. Aunque en realidad fuimos una pareja común y corriente que se quiso, peleó, compartió alegrías y pesares.

—Además debes recordar que te queda algo muy valioso: tus hijos —replica ella y da un sorbo a su copa.

—Tengo miedo de que les pase algo, por ellos me he vuelto temerosa.

—Te equivocas, estas experiencias te han hecho más fuerte.

Levanto mi copa para beber un poco de vino y no veo acercarse a una persona hasta que escucho su voz a mis espaldas.

—¡Qué elegante! El vestido negro con el collar y aretes de perlas te va de maravilla.

—Gracias, Sofía —respondo. Es la nuera de mi tía Eulalia.

—¿Dónde está Max?

La pregunta me aturde como un golpe en el estómago. Permanezco petrificada con la copa en alto, mientras adivino en sus ojos una interrogación. Despacio deslizo la vista a mi alrededor. Todo parece moverse como en cámara lenta: el platón de la ensalada, el asado decorado con perejil y zanahorias, las copas, la botella de vino, la vajilla blanca y las servilletas azules. Veo la cara sonriente de Sofía, su cabello negro, su boca llena de blancos dientes y su roja lengua preguntando por ti.

—¿Has venido con tu esposo?

Niego con la cabeza.

—¿Y eso?

No respondo, me limito a dejar la copa sobre la mesa. Ella sigue mirándome, noto que espera una respuesta. Rosario tose y se limpia la garganta, intenta alertar a Sofía y pedirle que se calle. Pero ésta tiene la vista clavada en mí y no lo percibe.

—Max murió a principios de año —digo y mi cara se contrae en un gesto de consternación.

La risa muere en los labios de Sofía y se tapa la boca con las manos:

—Dios mío, no lo sabía. Nadie me lo dijo. Pancho y yo apenas llegamos ayer de Chihuahua, pues él tuvo que trabajar allá durante todo un año. Lo siento mucho, Esperanza —dice sinceramente.

Enseguida le cuento del espinoso camino que hemos tenido que andar los muchachos y yo para seguir adelante. También que durante el día, con el ajetreo de los asuntos a resolver, lo olvido por instantes, pero por la noche mi mente pierde la dirección y se extravía por caminos desconocidos.

—Él estaba aquí y luego ya no estaba. Aún después del tiempo transcurrido las imágenes de la madrugada en que se fue para siempre son tan nítidas que parece que fue ayer cuando sucedió.

—Sé lo que significa perder a un ser querido. Mi única hermana, Rosalía, falleció hace dos meses. Es tan fácil decir que con el tiempo te conformarás y que los recuerdos serán tu compañía. Eso dicen. También que los recuerdos son un tesoro, que buscar una actividad extra ayuda a distraerse. Tonterías —afirma y sus ojos se humedecen.

Mientras ella habla, Eduardo se nos acerca y dice:

—Sofía, tu marido ya ni la jode, está tan borracho que se cayó en plena pista de baile.

Sofía no responde y Eduardo nota el llanto en sus ojos.

—¿Qué pasa? Te sientes mal por la palabra joder o porque tu marido hizo el ridículo delante de la gente.

—Hace calor. Voy a caminar un poco —dice ella y se retira.

—Voy al baño —digo yo.

—Uy, qué delicados son aquí, parecen de azúcar; no aguantan nada de nada —sentencia él.

—Cállate, Eduardo —interviene Rosario.

—¿Y ahora qué hice? —pregunta él sorprendido.

Entro al baño, me encierro en una cabina y recargo la frente en los frescos azulejos de la pared. Así permanezco no sé cuánto tiempo, sin atender a las conversaciones de las mujeres que entran y salen, hasta que de pronto escucho la voz de una mujer.

—No te imaginas de lo que acabo de enterarme —dice.

—¿De qué? ¿De quién?

—Se trata de Esperanza, se le murió el marido. No sé cómo puede soportar vivir tan lejos de su patria y sola —agrega otra.

—¿El tal Max ha muerto?

—Como lo oyes.

—Pobre de ella. Qué espantoso que le pase a uno eso. No quisiera estar en su pellejo. Si a mí me pasara, aunque Tomás a veces sea tan gacho, me volvería loca. Es feo de pronto quedarte sola como perro sin dueño.

—Ella sabrá arreglárselas. No estará mal. Tiene dos hijos que son como la continuación de él.

La puerta del baño se abre, un grupo de chicas entra y las mujeres cambian de tema, terminan de maquillarse, arreglarse el cabello y salen. Cuando siento que no hay nadie más ahí, salgo de la cabina. Coloco mi bolso a un lado del lavabo, me inclino sobre éste y me mojo la cara. El agua me cae en las pestañas y la pintura corre bajo mis ojos. Me miro en el espejo del baño. Parezco un payaso. Con una toalla de papel me seco la cara y trato de borrar las huellas del rímel. Parpadeo, no más lágrimas por hoy. Retoco la pintura de labios y me pongo rímel en las pestañas. Respiro hondo, salgo del baño y con paso firme cruzo el salón. Luzco bien, ahora sólo necesito sentirme bien para disfrutar del resto de la fiesta.

En mi mesa la gente calla cuando me ve regresar; Sofía ya les ha contado la noticia. Pero al rato todo vuelve a la normalidad. Cuando ya la mayoría de los invitados han probado el postre comienza de nuevo el baile. Entre las mujeres se reparten sandalias para que dejemos los elegantes, pero incómodos, zapatos de tacón. Camino en dirección a la pista de baile. Entre los bailarines vislumbro a Marisa moviéndose al ritmo de una cumbia entre las luces de los reflectores y contra el cielo estrellado. Los niños bailan entre los adultos. La música es contagiosa, ritmos modernos y tropicales que me trasmiten alegría y euforia. Bailo, giro, me muevo al compás de la música, rio, palmeo y me dejo arrastrar por los demás bailarines. Entre la multitud veo a Emilia, baila con mi hermano, mis cuñados y sobrinos, hasta que la música hace una pausa.

Algunos invitados cambian de lugar y saludan a la gente de otras mesas.

A la medianoche se oye el estrépito de un estallido, los cohetes zumban y encuentran su camino hacia el cielo. Todas las miradas se dirigen hacia arriba; las luces plateadas iluminan la noche y caen al mar convertidas en una lluvia de chispas de colores. En las alegres caras se reflejan las luces de los cohetes y las figuras.

Al clarear el alba, camino descalza por la playa solitaria, percibo la caricia de la arena en la planta de los pies y escucho el golpear de las olas contra las rocas. A esas horas el mar y el cielo son mis únicos compañeros; la madrugada no podía ser más maravillosa. Continúo caminando, siguiendo la dirección de las estrellas hasta que éstas se apagan una tras otra y allá en el horizonte empieza a salir el sol.

Me doy la vuelta para ir a mi cuarto, mientras tras de mí la marea borra las huellas de mis pies.

A las siete de la noche, cuando meneo el pudín que tengo sobre el fuego y platico con Marisa, suena el timbre de la puerta. Retiro la olla del fuego, me paso los dedos por los cabellos y voy a abrirla.

En el umbral aparece Roberto. Entra hasta la cocina y pasea la vista por la habitación.

—Me lleva el demonio —masculla entre dientes Marisa.

—¿Cómo te va? —le pregunta él a ella.

—Muy bien. La semana que entra recibiré de manos del gobernador una medalla por mi contribución en la defensa de mujeres víctimas de maltratos de los maridos.

Roberto abre la boca, resopla y se deja caer en una silla como un costal de papas. Supongo que jamás imaginó ver a su mujer valerse por sí misma, mucho menos que se codeara con el gobernador y que éste la fuera a condecorar. Le resulta desagradable pensar que su supuesta tonta esposa alterna con funcionarios de tan alto nivel y que hasta vaya a salir en el periódico y televisión. Sin embargo, se traga su frustración y no hace ningún comentario.

—Necesito hablar contigo a solas —dice él.

—Hay café recién hecho —digo antes de salir.

—Con gusto me tomaría una taza —dice él.

Con un gesto, ella lo invita a tomar asiento y le sirve café.

—¿Azúcar?

—Por favor.

—¿Qué se te ofrece?

Por un momento, Roberto permanece pensativo. Toma el periódico que descansa sobre la mesa, lo hojea distraído y vuelve a dejarlo en su lugar. Recorre con la mirada la habitación. Le cuesta trabajo encontrar las palabras adecuadas. Habla de la renovación de su oficina, sobre la boda de su primo Juan para luego continuar con la posible firma de un jugoso contrato. La cara serena de Marisa le da confianza y le comenta que quiere hablarle de Inés.

—¿Cómo está ella? —pregunta Marisa.

—Algo sorda desde que le gritaste tan fuerte en el teléfono.

—Tu querida es sorda de nacimiento y lo que le falta de agudeza auditiva le sobra de maña.

—¿Estás celosa?

—Para nada. Me da lo mismo que te revuelques con Inés que con la estatua de la Independencia.

—Fue una broma. Olvídalo —dice Roberto. Hace una pausa y agrega—: Hace unos días Inés decidió dejarme; su decisión me cayó de perlas. Fue una relación que sólo incluía dormir, comer y pelear. Nada más.

—Quizás las relaciones amorosas están hechas de compartir esas pequeñas cosas —replica Marisa.

—Contigo fue diferente. Quiero volver a casa —dice él de súbito—. Piensa en todo lo que nos une: nuestros hijos, nuestra casa, amigos mutuos; todo.

—No podemos juntarnos sólo porque tenemos hijos, amigos mutuos y asuntos de carácter material.

—La última vez que te vi no pensabas así.

—Eso fue antes. Han pasado muchas cosas.

Él bebió café.

—Tú lo dijiste, pensaba; tiempo pasado.

Roberto volvió a insistir, seguro de que al final Marisa cedería a sus propuestas.

—Lo que sucedió con Inés… fue porque somos como el agua y el aceite. En cambio nosotros somos parecidos.

—La similitud no es garantía de éxito en el matrimonio, tus padres que tienen el mismo nivel educativo y origen, aún así fracasaron.

—Ándale, di que sí —sentencia él a manera de broma.

—¡Qué chistoso! ¿Debo reírme?

—Por lo menos inténtalo. ¿Qué opinas?

—Opino que es hora de que te vayas a tu casa.

—Antes no eras tan ingeniosa.

—Un poco de ingenio no daña. Sobre todo cuando se trata de ti. Increíble, hablas de una reconciliación como si hablaras de cambiar un par de zapatos por otro. No pronuncias ni una disculpa, aunque tampoco la esperaría de ti, porque eres incapaz de un gesto tan bello. Para ganarte a tu esposa necesitas mucho más que desear regresar a casa.

—¿Qué esperas? ¿Qué me tire de rodillas a tus pies?

—No espero nada.

—Estás confundida.

—Te equivocas, nunca estuve más clara en la cabeza que ahora. A ver ayúdame un poco, quién provocó la separación.

Roberto se sirve más café, bebe un sorbo y replica:

—Las mujeres no saben lo que quieren. Al principio, Inés era cariñosa y mansita. Pero en cuanto se acabaron los regalos, las estancias en hoteles de cinco estrellas y supo que era mi amante y que no sería más, sacó las uñas. Mujeres como ella sólo tienen en la mira el dinero y desean ocupar el puesto de la esposa.

—Esa presunción es fea.

—No es una presunción, sino un hecho. En cambio tú y yo fuimos felices durante años.

—Tú lo dijiste: fuimos, tiempo pasado. En los últimos años nos peleábamos por todo y por nada. Nuestras peleas eran antipatía pura. Así que dejemos las mentiras a un lado, querido.

—Te amo, Marisa… —él quiere añadir algo más, pero ella lo ataja.

—Tú no lo crees. Tampoco yo. Ya no.

Cuando Roberto se marcha, Marisa y yo nos sentamos en el patio. Ella con las manos entre las piernas como si tuviera frío. La luz de la luna se tamiza entre las ramas de la bugambilia que se alza al fondo del jardín y cubre el muro.

—Creo que dejé de quererlo cuando me di cuenta de que soy inteligente y que me costaba trabajo aparecer como una tonta. En la actualidad encuentro en Roberto tanto interés como en el color de sus zapatos. Ninguno. Él ya no logra tocar mi corazón. Su voz y palabras me dejan un sabor a café recocido y amargo. Imbebible —sentencia ella y cambia el tema de conversación—: ¿Cartas o dominó?

—Cartas.

En el comedor ella abre la caja de las cartas y tras barajarlas, las reparte. Revisa las suyas, echa la cabeza hacia atrás y arquea las cejas. Pongo una tercia de reyes. Suspira y suelta sus cartas: una tercia de Ases.

—Afortunada en el juego, desafortunada en el amor. Algunos hombres son unos sinvergüenzas cuando no son unos babosos. Y de todos no se hace uno entero —dice Marisa, prende dos cigarros y me da uno.

—Cuando conocí a Roberto era demasiado joven y no tuve tiempo de afianzar mi voluntad, caí bajo el dominio de un hombre que tenía la necesidad de aplastarme para sentirse grande. Me hizo perder la confianza en mí misma hasta convertirme en una mujer sumisa, y no dejaba pasar la oportunidad de censurarme.

Además rechazaba a mi familia porque es pobre. Él sólo mira hacia arriba. Hacía abajo no quiere mirar. ¿Y a mí? ¿Me quiso algún día? Quién sabe. Qué sabe uno del ser con el que convive. Quizás algo. Quizás nada.

"En él sólo encontré exigencia. Casi me puso a elegir entre mis intereses y él. Me decidí por lo último. Dejé de pensar por mí misma y me puse en sus manos. A lo largo de los años, me transformé en la que él quería que fuera. Por un tiempo fui feliz. Comparaba mi vida con las de otras y me sentía una privilegiada: llevaba una existencia sin carencias.

"Sin embargo, lo que al principio consideré una gracia empezó a pesarme. En mi interior anhelaba ser yo misma. Sentía un vacío interior, pues mi felicidad se basaba en cosas materiales y no en algo que venía de adentro. La vida espontánea de otras me resultaba fascinante, una contraposición con la mía, planeada hasta el mínimo detalle. En esas condiciones nuestra vida conyugal se deslizó entre pleitos y reconciliaciones.

"Al principio nuestras diferencias fueron como finas hendiduras. No obstante, con el correr del tiempo se convirtieron en rajaduras que deterioraron los cimientos de nuestra relación. Las discusiones y los silencios se hicieron más frecuentes que los ratos agradables. Sin embargo, el día que lo eché de casa me ahogué en licor para no ahogarme de tristeza. Sufrí tanto por la pérdida de mi supuesto gran amor. Ahora sé que no existió tal. Tardé mucho en abrir los ojos porque el proceso de maduración requiere de meditación y soledad. Ahora sé que la única que puede cambiar es uno misma.

"Lo ideal sería que desde el principio cada uno pusiera las cartas sobre la mesa y dijera claramente que es lo que espera del otro. ¿Por qué no pueden decirle a uno qué es lo que les desagrada? No, señor, esperan hasta que ya todo se rompió para decirnos: 'lo siento, querida, pero no eres mi tipo, no me gusta tu pelo color ratón, tus caderas pequeñas o tus dientes de conejo'.

"Nosotras actuamos igual porque cuando uno está enamorada pasa por alto las cosas que detesta; como oír sus ronquidos, ver sus babas, su aliento oloroso a cebolla, etcétera. Pero una vez que se acaba el amor, las fallas se ven con crudeza y uno ya no tiene miramientos para estampárselas en la cara. Entonces empiezan las riñas, los silencios y la indiferencia.

"En fin, no tiene sentido analizar cada evento de mi vida con Roberto, pero sí los puntos que me ayudarán a ganar claridad y a recuperar la alegría por la vida.

Marisa da el último sorbo a su café y prosigue:

—Tú estás triste porque perdiste a tu marido. En cambio yo, si el mío se borrara del mapa para siempre, haría una fiesta.

—Qué cosas se te ocurren.

—Si lo conocieras me darías la razón.

Después de quedarnos algunos instantes en silencio Marisa me pica las costillas cariñosamente.

Mis ojos se humedecen.

—¿Qué te pasa?

—Quiero a mi marido.

—Te regalo el mío.

—Pesada.

El sobre con tu carta descansa en el cajón de la mesita de noche, es lo primero que me viene a la cabeza cuando el tañido de las campanas de la iglesia me despierta. Hasta mí llega el ruido de escobas barriendo la calle y la tos de algunos madrugadores. A través de la ventana vislumbro el alba lechosa, la calle vacía de autos y las puertas de las casas cerradas. Hace casi un año que te fuiste, que dejé de verte, de oír tu voz y risa. Hoy es treinta de diciembre, día de nuestro aniversario de bodas.

Enciendo la lámpara sobre la mesilla de noche, y del cajón extraigo el sobre portador de tu sorpresa de aniversario. Es cuadrado y con tu puño y letra está escrito: *Regalo de bodas. Abrirlo el*

30 de diciembre del 2012. Hoy por fin puedo abrirlo. Hubiera querido hacerlo el día que lo encontré, pero imaginé que reprobarías mi decisión y con tu dedo índice me acusarías de impaciente. Mi corazón late apresurado y siento un repentino mareo. Me dejo caer en la almohada y hago un esfuerzo para recuperarme del vahído, mientras a contraluz percibo que el sobre a su vez contiene otros dos más pequeños en su interior.

Tomo la carta que tiene el número uno, paso los dedos sobre las letras, las beso, abro el sobre y comienzo a leer su contenido:

> Esperanza:
>
> Si alguna vez ya no estoy contigo quiero que sepas que tú apareciste en mi vida como un arco iris después de la lluvia. Tú la cambiaste. Me aceptaste como soy, sin escandalizarte de mi pasado. Me diste lo mejor de ti. Fuiste la madre de mis hijos y la compañera que siempre deseé y que vino a terminar con mi soledad y el vacío de mi existencia. He sido feliz a tu lado y si no te lo digo es porque es tan fácil acostumbrarse a la felicidad, a darla como un sobreentendido.
>
> Tu Max

Leo el mensaje a trompicones y las últimas palabras salen a pedazos porque la voz se me quiebra. Estoy perpleja. Escribiste esta misiva como si hubieras presentido tu fin. Recuerdo que por aquellos días, cuando debiste hacerla, a iniciativa tuya pasábamos mucho tiempo haciendo un recuento de nuestra vida. ¿Por qué? ¿Lo presentías? ¿Qué sabemos de nuestros seres queridos? Poco o nada.

Un soplo de viento agita con violencia la ventana y la abre.

Quiero leer el segundo mensaje, pero me detiene la nota engrapada al frente.

Atención:

No puedes abrir el segundo sobre. Primero tenemos que trasladarnos esta noche a la cima de la montaña de Cristo Rey. Allá podrás leerlo.

Desde la ventana de mi dormitorio puedo ver la estatua del Cristo Rey; descansa en la cima de la montaña. La escultura fue construida en los años cuarenta, luego de que el monumento anterior, levantado en los veinte, fuera dinamitado por órdenes del entonces presidente de la República, Plutarco Elías Calles. Es una estatua de veinte metros de altura, hecha de bronce. A sus pies, dos ángeles arrodillados le ofrecen dos coronas: la del martirio y la de la gloria. La escultura reposa sobre un hemisferio de concreto que simboliza el universo con sus meridianos y paralelos terrestres. A su vez, esta esfera descansa sobre ocho columnas, y al pie de la estatua, en forma de globo terráqueo, se encuentra la Basílica.

Cuando bajo al comedor donde se encuentran Rosario y Jesús les muestro tu carta y ellos se ofrecen a acompañarme a la montaña. Jesús conducirá el auto.

Comienza a salir el sol.

Las horas transcurren con lentitud y tras una eternidad, así me lo parece, las sombras llegan anunciando la caída de la noche. Para subir a la montaña se rodea el cerro por una pendiente empedrada y con curvas cerradas hasta llegar a una glorieta que funciona como mirador y estacionamiento. De ahí hasta la cima sólo puede llegarse a pie.

La montaña está sumida en el silencio cuando ascendemos por un sendero limitado por una hilera de mezquites que, lamidos por el viento, se bambolean desgreñados y parece que en cualquier momento se doblarán. Nos detenemos en el mirador y desde ahí contemplo la estatua. La luz de la luna rocía de plata la cara del Cristo, que parece sonreírme como si quisiera trasmitirme un mensaje de alegría y sobre mi cabeza brillan las estrellas.

Mis hermanos permanecen en silencio a mi lado. Saben que en estos momentos pienso en ti, en el invierno juntos, en el otoño, en México, en Alemania y donde quiera.

Abro la segunda carta y a la luz de una lámpara de mano comienzo a leer el mensaje.

Esperanza,

Hoy festejamos nuestro aniversario de bodas número veintiocho. ¡Dios!, ninguna mujer me aguantó tanto tiempo. Tampoco yo a ella. Tú eres atrevida, ruidosa, cariñosa, y no me hubiera gustado que fueras diferente.

Hoy quiero darte un regalo especial: sé que hasta ahora has vivido con el corazón dividido en dos: tu familia en México y nosotros en Alemania. Sé lo mucho que amas el lugar donde naciste. Quizás tanto como a nosotros. Por eso quiero unir tus dos amores para la eternidad a través de una estrella. ¿Recuerdas que en esta fecha domina la constelación zodiacal representada por una cabra con cola de pez? En la mitología se dice que Capricornio se creó a partir de la guerra de los dioses, cuando Pan escapó al Río Nilo y la mitad de su cuerpo sumergido se transformó en el de un pez. Cuando terminó la guerra, Zeus le devolvió su forma natural y dejó en las estrellas un recuerdo de aquella criatura.

Varios habitantes de los alrededores de la Montaña de Cristo Rey con los que hablé me aseguraron que cada treinta de diciembre a la medianoche aparece una pequeña estrella en la frente de Capricornio. No me preguntes cómo, pero ahora esa estrella lleva tu nombre. La he comprado para ti y cuando yo ya no esté en este mundo, mira al cielo y sabrás en qué dirección encontrarme.

Y otra cosa: me siento honrado cuando dices que sin mí no podrías vivir. Que mejor sería morir los dos al mismo tiempo tal y como tú cantas: "que nos entierren juntos y de ser posible en el mismo cajón". Eso no será posible, Esperanza: tú me sobrevivirás muchos años, pues eres más joven que yo y posees una salud de hierro.

Sé feliz. Recuerda que debes vivir por nuestros hijos y los hijos de ellos. Es tu deber. Cúmplelo. Te estaré vigilando desde la estrella que lleva tu nombre.

Tu Max

Con dificultad termino de leer el mensaje, me inunda la impotencia y el dolor estalla en mis entrañas con el estruendo de un zapote maduro al caer del árbol. Quiero correr hasta olvidar tu ausencia. No sentir, no recordar. Corro entre montículos de piedras, asciendo y me interno en la pendiente hacia la cima. Se me salen las sandalias, me resbalo, caigo y me desgarro la piel de las palmas de las manos; llevo los pies y manos sangrantes como mi alma.

Continúo corriendo y subiendo la empinada ladera. Al llegar a la cima caigo de rodillas al pie del Cristo Rey, y con la mirada dirigida hacia Él y la cara empapada por el llanto, golpeo con los puños el piso y pregunto: "¿Por qué te lo llevaste? ¿Por qué?". Grito con todas mis fuerzas y mi grito suena como el aullido de una fiera herida. Al final me dejo caer de bruces con la cara contra las losetas del suelo. Derramo lágrimas por mi incierto futuro, por la confusión que domina dentro de mí, por tu ausencia y por la certeza de saber que nunca más estarás conmigo. Nunca más.

Al cabo de largo rato percibo el chirriar de los grillos y la mano de Rosario sobre mi espalda. Con las piernas tambaleantes me incorporo y murmuro:

—Me siento tan desorientada, como un barco sin brújula en medio de un océano y que no sabe adónde dirigirse. Todo fue tan intempestivo que no tuve tiempo de nada. Cuántas palabras que no se dijeron, cuántas cosas que no se llevaron a cabo. Si por lo menos hubiera tenido oportunidad de despedirme de él y decirle cuánto lo quiero.

—No era necesario, Max lo sabía.

—Yo tuve la culpa por no prohibirle fumar y haber sido consecuente.

—No eres culpable de nada y es imposible salvar a alguien de sí mismo. Y tú sabes bien que él no se dejaba convencer de nadie.

—La última tarde que lo vi, cuando se despidió me sonrió. Fue una sonrisa de despedida. Quizás él sospechaba su fin.

—Tú también le dijiste que era el mejor marido y padre del mundo y no sabías lo que iba a pasar. Eso fue una casualidad.

—Su repentina muerte me hace imposible poder confrontarla. Lo extraño.

—Nos tienes a nosotros —replica Jesús, que ahora se encuentra a mi lado.

—Lo sé, pero es distinto. Fui feliz sin saberlo y tanta felicidad la confundí con las cosas banales de la vida, del diario acontecer. En los últimos días cuando escribo en la computadora, tengo la sensación de que se encuentra tras de mí, que se inclina sobre mi hombro y lee la carta que le estoy escribiendo, o que la mano que abrió la puerta para marchar al hospital volverá a abrirla para entrar —digo.

—Lo siento mucho —dice Rosario y su voz suena clara en el silencio que se extiende por toda la montaña, las colinas y la noche. Nos abrazamos y poco a poco un sentimiento de paz me domina. Observo con cuidado las estrellas que, como puntos luminosos, se unen en grupos y se mueven en el cielo. Y entre ellas vislumbro una diminuta ubicada en la frente de la constelación zodiacal Capricornio; ésa es mi estrella. Centellea como un diamante y con su fulgor parece hacerme guiños.

La celebración del treinta y uno de diciembre también es diferente este año. Cuando tú estabas cenábamos queso fundido, papas, salsas a base de especies y frutas exóticas. Antes de la medianoche mirábamos el cortometraje inglés *Dinner for one* y tratábamos de tranquilizar a Leo que, al oír el tronar de los cohetes en la calle, se escondía bajo la cama y metía la cabeza dentro de una de mis botas.

Con una copa de champaña en la mano, esperábamos a que en el reloj del comedor sonaran las doce de la noche para comernos doce uvas, pedir la misma cantidad de deseos, abrazarnos y dar la bienvenida al Año Nuevo. Luego salíamos al balcón a mirar el espectáculo de los juegos pirotécnicos, los abrazos de la gente, el bullicio de los niños, los gritos de algún borracho y la música de alguna fiesta de vecinos. Al final, sentados en la sala, escuchábamos música y platicábamos hasta que el sueño nos vencía.

Esta vez, como me encuentro en México, propongo a mis hermanos festejar el Año Nuevo con una fiesta, y mi familia siempre dispuesta a festejar se prepara enseguida para el agasajo. Por la mañana entre Consuelo, Jesús, Emilia y yo arreglamos el patio de la casa. Colocamos cables con focos de colores y farolillos entre las ramas de los árboles y sobre las mesas flores, velas y servilletas rojas.

Para la cena cada uno contribuye con un guiso; ensalada, canapés, pastel de fresas, gelatina con rompope, etc. Alrededor de las ocho de la noche, cuando abro la puerta, niños y jóvenes entre gritos y llamadas de atención de los adultos, se precipitan a la sala con platos de comida, canastas de frutas, pastel, guisos y bocadillos. Los nietos de Rosario y Guadalupe entran llamando a Canelo y a la cotorra Pancha.

Acuden todos: mis hermanos, cuñados, sus hijos y los hijos de éstos. La casa se llena de risas, voces y música. Papá mira a dos de sus bisnietas haciendo collares con flores, otro más con una rodilla sangrante por haberse caído del columpio, a Guadalupe y a mi cuñada María sacando el pavo del horno, Rosario repartiendo ensalada y Consuelo limonada mientras la cotorra Pancha engulle cuanto bocadillo le acercan los niños, y entre pausa y pausa sigue repitiendo maldiciones mezcladas con canciones rancheras. Mi padre no cabe de contento ante la avalancha de familiares.

—A poco no es bonito tener cerca a tanto muchachillo aquí conmigo, qué más puedo pedirle a Dios —sentencia satisfecho, mientras observa cómo los niños corretean entre los árboles, brincan y hacen gran alboroto.

Mientras cenamos nos tomamos fotos y conversamos. Los mayores nos dedicamos a evocar viejas historias y los jóvenes a soñar con el futuro. Todos nos ayudan a Emilia y a mí a olvidar la tristeza, y se muerden la lengua y guardan para otro momento viejos y normales rencores en una familia, y así durante toda la noche reina la alegría y el cálido afecto. Abundan los abrazos e intercambios de buenos deseos. Cantamos y bailamos hasta el amanecer. Y, mientras brindo por la llegada del Año Nuevo, rio contenta.

—La risa más alegre que te he oído en mucho tiempo. Sobre todo porque ahora ríes tan raramente —dice mi padre.

Inicia el año 2013.

Ignoro cuánto tiempo he dormido, pero cuando me levanto, en el silencio sólo se escucha el *tic tac* del despertador. Es una mañana fresca. Arrebujada en un chal me acerco a la ventana, y a través de los pliegues de las cortinas veo entre dos mezquites una hamaca que se mueve de forma regular, mientras los mosquitos revolotean en torno a un zapote maduro. El sol ya se ha puesto en el horizonte, y los primeros rayos dibujan líneas claras sobre el patio. Las flores del eucalipto forman una alfombra amarilla en el suelo. Huele a tierra mojada. Consuelo está inclinada frente a un geranio y corta las hojas secas mientras el agua de la manguera corre en hilillos entre las hierbas. "Cuando vuelva a Europa debo tomar decisiones importantes. ¿Lograré organizar mi nueva vida? ¿Seré capaz de comenzar sola? No lo sé. Lo único seguro es que nada es seguro", pienso.

Llaman a la puerta.

—Esperanza, ¿estás despierta? —pregunta Guadalupe, quien después añade—: Acabo de colar café.

—Bajo enseguida —respondo.

Me lavo las manos y cara, y cepillo los dientes. Mientras me visto, pienso en mi madre, antes de irme quiero ir a la iglesia donde están depositadas sus cenizas.

En el momento que bajo la escalera, Consuelo entra por la puerta trasera de la cocina.

—Hasta el patio me llegó el olor del café y de la salsa de tomate asado —dice saboreándose.

—Y el guacamole está de atracón. Me esmeré en el desayuno porque hoy se van Emilia y Esperanza —responde Guadalupe y señala las salseras sobre la mesa.

—¿Dónde está Pancha? —pregunto al no ver la jaula de la lora.

—Ayer tragó tantas chucherías que un poquito más y hubiera muerto de indigestión. Gracias a que el gallo cacareó a deshoras y despertó a papá, él se dio cuenta de que Pancha estaba con los ojos en blanco, acurrucada en un rincón de la jaula echando espuma por el pico. Papá la hizo tragar tanto aceite de ricino que ahora tiene una diarrea de pronóstico. Tanto que pensé que si Pancha no murió de congestión lo haría por vaciarse como un calcetín.

—¿Y se murió?

—Qué va, esa lora tiene más vidas que un gato y hierba mala nunca muere. Sólo la eché al corral para evadir el hedor de su cagantina, pero está vivita y coleando y no tardará en empezar a recitar su rosario de palabrotas.

—¿Dónde está Emilia?

—En casa de Rosario. Allá se quedaron a dormir todas las primas.

—Entonces nosotros ya podemos desayunar.

—Gracias, pero aún no tengo hambre. Prefiero ir a la iglesia donde están las cenizas de mamá.

Ellas asienten y yo salgo de casa.

A las ocho de la mañana me detengo frente al pórtico de la parroquia de Los Remedios. En un puesto en la entrada compro un ramo de violetas, las flores favoritas de mamá. Entro. El lugar está frío y a través de una ventana la luz cae perpendicular en el suelo. Las figuras de los santos arrojan una sombra sobre el suelo.

No hay misa, ni gente. Sólo se escucha el rumor de mis pasos y el aletear de una paloma en lo alto del recinto. Los destellos de las velas llenan la iglesia de sombras y la sumen en la penumbra. Paso a un lado de las imágenes y del altar de madera; tras de mí hay docenas de bancos.

En un rincón descubro la presencia de un hombre desplomado en una silla de ruedas; con la cara suelta de un lado como una máscara de hule que ha estado cerca del fuego. A pesar de su deformidad sonríe con serenidad beatifica. De pie, a su lado está su mujer con la mirada dirigida al altar. Tiene un rosario entre las manos y mueve las cuentas a la par de sus rezos.

Las paredes de la estancia donde descansan las cenizas de mamá están ocupadas por nichos. Me cuesta trabajo encontrar el suyo entre aquel sinnúmero de losetas cubiertas con flores y veladoras. Frente al de ella hay una canasta de rosas marchitas y un rayo de sol hace brillar la placa con su nombre. Me persigno y rezo un padrenuestro y tres avemarías. Durante un rato en aquel rincón de la iglesia platico con ella. "Sabes, mamá, desde que murió Max he tomado la costumbre de entrar a alguna iglesia y rezar por las personas que están cerca de mí; he recuperado la fe perdida en mi adolescencia".

Suspiro hondo y prosigo: "El día que nos vimos la última vez tomaste mis manos entre las tuyas, y aún hoy cuando te evoco siento el calor de tu piel y percibo tu mirada cargada de expectativas. Sé que siempre quisiste que volviera a Los Remedios, como dice la canción... *regresar a casa como regresa el viento...*".

"Madre, lamento que ya no tengamos la oportunidad para repasar nuestra vida, de disculparme, de decirte que te quiero, que con el correr de los años te voy comprendiendo mejor, que sé lo que se siente cuando los hijos dejan el nido, que entiendo tu preocupación por nosotros, preguntarte si tuviste miedo de morir, de envejecer, contarte cómo me siento yo, mi desamparo, mi incertidumbre.

"¡Cómo ha cambiado todo! No hace mucho aún vivían tú, Ana y Max. 'La vida nos da personas que queremos y que después tenemos que devolverle. Algunos como Marisa que se van lejos, cuando el pueblo les resulta pequeño para su desarrollo personal y otros como ustedes que se van para no regresar jamás. Me quedan aún muchos años por vivir. Todos sin ti y sin Max. Esto es cruel, pero qué se le va a hacer. Hoy en día te comprendo y quiero más que nunca, pues fuiste la mejor madre del mundo, la más amorosa y comprensiva. Descansa en paz", murmuro y acaricio con infinita ternura el sitio donde está grabado su nombre y las fechas de nacimiento y fallecimiento.

Me persigno y antes de abandonar el recinto volteo a mirar el nicho. Entonces creo adivinar lo que me responderías si pudieras. "Tú encontrarás la solución. No pienses tanto, sólo sigue adelante. Adelante, ese ha sido siempre el lema de tu vida".

Al volver a casa, mientras Guadalupe calienta tortillas y Consuelo pone la mesa, termino de empacar mi maleta. Son las nueve y media de la mañana, en unas horas Emilia y yo volaremos de Los Remedios hasta la capital mexicana y una vez ahí abordaremos el avión a Frankfurt, Alemania.

Cierro la maleta y bajo al comedor, es el último momento que disfrutaré del afecto y protección de mi familia. Oigo que tocan la puerta y el alboroto de voces de mi hermano, mi cuñado Eduardo y sus nietos, Emilia y mis sobrinos. Casi enseguida llega mi padre.

Eduardo lanza un silbido al ver a Guadalupe con el pelo teñido de rubio y sentencia:

—Aquí tenemos a la Marilyn Monroe mexicana.

—¿Quieres insinuar que con este color de pelo parezco el animal del anuncio de las papas fritas? —pregunta ella.

—Cómo crees, yo sería incapaz.

—Le dije a la mensa peluquera que me hiciera unas discretas mechas rubias, pero me las hizo tan anchas que parezco zorrillo.

Eduardo suelta una carcajada.

—Sangrón —replica ella y le pica las costillas.

—Lo dijiste tú, no yo.

—No le hagas caso, ya quisiera él tener la abundancia de pelo que tú tienes —interviene Rosario disimulando la risa.

—Órale, órale, ya no me ayudes. Con esta esposa para que quiero enemigos —replica Eduardo y se toca las profundas entradas de la frente.

Luego me dirijo a toda la familia y afirmo que gracias a todos tanto Emilia como yo hemos ganado un poco de paz y por ello estoy agradecida. Jesús tiene en su regazo a uno de los nietos de Rosario y le da sorbos de jugo de naranja. A su lado mi padre escucha al otro nieto de mi hermana que le cuenta en voz baja que su maestra le ha mandado una carta a su mamá quejándose porque no hace las tareas, pero él aún no se la ha entregado.

Cuando papá nos despide en la puerta, entrega a Emilia una caja llena de figuras en miniatura: arados, pinzas, tenazas, yunque, martillos…; todos los implementos que necesita un herrero. A pesar de sus años, todos estos días él ha estado trabajando, cincelando y moldeando en acero esas pequeñas herramientas.

—Son para ti y para Markus —le dice orgulloso al ver la cara de sorpresa de ella.

—Gracias abuelito, qué regalo más bonito —responde Emilia y lo abraza.

Luego él se dirige a mí y pregunta preocupado:

—¿De verdad estás bien?

—Sí. No se apure por mí. Tengo muchas razones para estar contenta y estos días entre ustedes he logrado poner en orden mis pensamientos, y también he ganado valor para comenzar a dar mis primeros pasos en esta nueva etapa de la vida.

Él asiente y le doy un beso en la mejilla.

Cuando Emilia y yo entramos al taxi todos agitan las manos en señal de despedida. Papá se inclina como fingiendo que se amarra un zapato para ocultar su gesto de congoja. Y mientras el vehículo se aleja de Los Remedios, pienso en él, soñando noche a noche con mamá y esperando, como me confesó en algún momento, que yo vuelva a los Remedios para quedarme. Como dice la canción: "*regresar a mi pueblo por el camino viejo… Regresar a casa como regresa el viento*".

Enero de 2013

A las cinco de la tarde del veintisiete de enero abandonamos el aeropuerto de Frankfurt. Es una tarde invernal y al parecer anoche nevó fuerte. Durante el viaje en taxi, noto que los adornos navideños ya han sido retirados.

Cuando Emilia y yo llegamos al departamento reviso el correo. Nada inusual, las habituales nimiedades burocráticas y publicidad de hoteles, clubes de golf, la carta de una organización caritativa y una cuenta médica. Luego registro el parpadeo del botón del contestador del teléfono y lo aprieto. Tengo treinta mensajes. Magda, Miriam, Isolde, Magda, Gloria, un empleado de la aseguradora médica, la oficina de finanzas, de nuevo Miriam, la octava vez alguien colgó sin dejar recado... Dejo de oír los mensajes, prefiero hacerlo más tarde.

Salgo al balcón. Las sombras de la tarde empiezan a cubrir las calles, los edificios, todo. En la calle gente va y viene y los autos llenan la avenida. Me froto las sienes y entro. Desempaco las valijas, ordeno la ropa limpia en los armarios y la sucia la meto a la lavadora, trapeo, sacudo y cocino algo.

Después de cenar, Emilia se queda en la sala leyendo y yo limpio la cocina. No paro de trabajar. Cuando por fin me voy a la cama, intento concentrarme en el *tic tac* del reloj o en el paso de un carro. Pero todo está en silencio. En la recámara no está el reloj y por la calle no pasa ningún auto.

Pienso en ti y te imagino entrando al cuarto. Pero no a éste sino a nuestro dormitorio con su cama ancha, su armario con dos espejos, las cortinas de figuras sobre un fondo azul, las paredes color beis y el florero con margaritas. Luego, la escena cambia y veo el cuarto del hospital con todos sus detalles: las flores amarillas entre tus manos, el parpadeo de la veladora, tu rostro pálido en el que se dibuja una leve sonrisa…

Miro el despertador. Son las dos de la mañana. Estoy ebria de tristeza y siento ganas de correr y gritar hasta que retiemble la tierra. Me levanto y con la frente recargada en la ventana observo cómo la calle escarchada brilla a la luz del farol callejero; los árboles cubiertos de nieve parecen encontrarse sumidos en un sueño invernal a la espera de que la primavera los despierte.

Un rumor proveniente del dormitorio de Emilia me saca de mis cavilaciones. Hacia allá me dirijo. En la penumbra percibo su silueta; está sentada sobre la cama. Tiene las rodillas dobladas y la cabeza entre las manos.

Al oír mis pasos ella levanta la cabeza; me siento a la orilla de la cama.

—¿Estás pensando lo mismo que yo? —le pregunto.

—Sí —responde.

Ambas sabemos que hoy es la víspera del primer aniversario de tu fallecimiento. Un año sin ti. La herida vuelve a abrirse. Y cuando nuestras miradas se encuentran, es como arrojarle un cerillo a un tanque de gasolina. En una fracción de segundo nuestras caras se contraen en un gesto de desconsuelo y nos abrazamos unidas por los sollozos, mientras pensamos en tu partida. Ella desahoga la tristeza de todo ese año en que ha tratado de aceptar tu partida, hacerse a la idea de que ese padre amoroso y protector que estuvo a su lado en los momentos más importantes de su vida, desde el ingreso al kínder hasta su graduación en la universidad, ya no existe.

—La última vez que lo vi, fue en el carril de la estación de ferrocarriles, cuando iba de regreso a casa después del juego de Schalke contra Stuttgart. Me abrazó. Aún tengo presente su olor a cigarro, a jabón y a lavanda. También recuerdo sus últimas palabras antes de abordar el tren: "Nunca te dejes pisar por nadie y jamás dejes de creer en ti". Al final, me quede ahí viéndolo partir mientras agitaba la mano tras la ventanilla, despidiéndose de mí. Desearía tanto verlo, hablarle, aunque sólo fuera una última vez —dice ella.

—Te comprendo y está bien que te desahogues porque si te guardas la congoja, sólo alargarás el proceso de recuperación. Aceptar su partida es un largo y empinado camino que el tiempo y el afecto de nuestros amigos y familiares facilitará. Este año nos ha pasado de todo. Sin embargo, ya tocamos fondo y cuando estás en lo más profundo del abismo lo único que queda es subir, es una ley de la naturaleza. En el transcurso de nuestra vida muchas cosas que amamos nos son arrancadas y pensamos que no lo soportaremos, pero somos más fuertes de lo que imaginamos.

—Tú no perdiste a tus padres a mi edad.

—Pero a tu edad renuncié a otras cosas...

—¿A cuáles?

—A mis raíces, por ejemplo. Hay una imagen que durante muchos años persistió fresca en mi memoria: el día de mi partida a Alemania, cuando toda la familia fue a despedirme al aeropuerto de México. Aún puedo verlos con nitidez. Mis hermanas y yo con los ojos anegados de llanto mientras tu tío Eduardo llevaba el equipaje hasta la taquilla de la línea aérea; Jesús mirándome de soslayo y mi sobrino Manuel con los ojos muy abiertos y el gesto desconcertado sin entender aquellos lagrimones y caras acongojadas. Puedo verlos a todos a la luz del mediodía con sus manos alzadas diciéndome adiós, sabiendo que jamás volveríamos a vivir juntos.

"Durante mucho tiempo me acosó la nostalgia por el terruño, y a pesar de la distancia el lazo familiar jamás llegó a romperse. Al principio tenía la esperanza de que algún día volvería a asentarme en México, hasta que con el paso de los años comprendí que mi partida había sido un camino sin regreso. Tener la certeza de que no volvería a vivir en la tierra que me vio nacer, a oír el sonido y tonada de nuestra lengua, nuestros dichos y modo de hablar, a aspirar el aroma a limas, a guayabas, oír las voces de las abuelas contando cuentos de aparecidos, leyendas y cuentos de zafarranchos y dramas pasionales reales o inventados, para una pueblerina como yo fue como morir un poco y sólo lo comprende quien lo ha experimentado. La nostalgia convierte un sitio tan sencillo como Los Remedios en un paraíso.

"Se dice que uno aprende a apreciar su patria cuando está lejos de ella. Por eso los poemas y las canciones más sentidas las escriben quienes viven fuera del país. Lo comprobé la ocasión cuando acudí a un concierto de Mercedes Sosa y ella entonó aquella canción de '*desgraciado es aquel que tiene que marchar a vivir una cultura diferente...*', los chilenos que vivían en el exilio armaron un revuelo porque el mensaje les llegó al alma.

"Sé que mucha gente no lo entenderá. Se preguntaran por qué me sentía triste si tenía la oportunidad de conocer muchos países, de vivir con más lujos que antes. Pero para mí lo importante de un lugar es su esencia, son los seres que lo habitan y yo quiero; los bienes materiales no me importan tanto.

"Sin embargo, cuando estás enamorada como yo lo estaba de tu papá, el amor te ciega, eres capaz de dejarlo todo y seguir hasta el fin del mundo a la persona que amas.

—¿Aún sientes melancolía por vivir fuera de México?

—No. Sin darme cuenta poco a poco mis raíces fueron introduciéndose en esta tierra hasta volverse firmes y fuertes. Hoy tengo aquí familia y amigos a los que quiero tanto como a los de allá. Y Alemania con su gente, su paisaje, sus ciudades medievales y modernas, sus lagos y su idioma, se ha convertido en mi segunda patria.

—...No puedo dormir —dice Emilia.

—Tampoco yo. ¿Qué te parece si preparo la bebida favorita de papá para brindar en su honor? —le propongo.

Asiente y pasamos el resto de la noche bebiendo campari con jugo de naranja y brindando en tu honor, mientras le refiero cómo eran Los Remedios cuando yo era una niña.

—Por aquel tiempo, el pueblo aún poseía un paisaje verde, casas de adobe, calles empedradas y faroles callejeros...

Y mientras hablo, Emilia cierra los ojos y se traslada a un tranquilo y soleado lugar que no conocía y cuyos pobladores vivían de la cosecha de lechugas, limas, tunas y papas, su alma se alimentaba de las voces de sus antepasados arrullados por una orquesta formada del canto de los grillos y de los pájaros.

Le cuento de la muñeca que me regaló mi madrina el día de mi primera comunión, la que abría y cerraba los ojos y un día olvidé en una rama del eucalipto donde el sol y el viento destiñeron sus ropas y el rubor de sus mejillas, del columpio de lazo donde jugaba cada tarde en el corral y de la placa dental de la tía Eulalia donde se le atoró un trozo de carne y al querer sacárselo de un tirón, la dentadura postiza salió disparada hasta el corral del vecino y luego tuvo que buscarla entre el estiércol de las vacas. A sus ojos descubro el pueblo y la familia de mi infancia mezclado con el actual.

Continúo hablando hasta que el efecto del campari y el cansancio nos vence, y yo sueño con muñecas de ropas desteñidas y dentaduras postizas brillando entre el estiércol.

El invierno tocaba su fin, cuando una madrugada tuve un sueño. Fue tan nítido que parecía un empalmo de la imaginación con la realidad. El sol del crepúsculo aumentaba la sensación de ensueño en la que yo flotaba. Estaba sentada sobre una piedra a la orilla del río de Los Remedios y a la sombra de un mezquite. Rumor de pasos. Una voz. “Esperanza”. Mi nombre salido de tus labios cobró vida, la sonoridad de la palabra vibró en el aire llenándome de asombro.

Levanté la vista y con la misma incredulidad con que se ve un sueño, te vislumbré. Tu sombra pareció ondear en las aguas del río. Movías la cabeza y agitabas tus cabellos todavía más claros debido a las mechas plateadas que con el tiempo te aparecieron entre las doradas. Tu mirada era serena como la de los sabios e irradiabas energía como si fueras un árbol de fuertes raíces al que ningún vendaval puede doblar.

Un sentimiento de alegría se extendió sobre mi ánimo y corrí a tu encuentro. Nos abrazamos y aquel abrazo fue como una curativa pomada en mis heridas. Me hiciste dar vueltas en torno tuyo y mi falda giró como un reguilete de colores. Quise preguntarte mil cosas, pero estaba tan emocionada que no pude articular palabra.

Deshicimos el abrazo y por fin pude hablar.

—Max.

—¿Estás bien?, Esperanza.

Tu voz era inconfundible.

—Ahora estoy bien. Mejor. Mucho mejor porque estás de regreso.

—Lo siento, Esperanza, sólo he venido a decirte adiós antes de irme.

A la par de tus palabras, un rayo rasgó con un zigzag plateado el cielo y fue a reventar a lo lejos. El viento aulló y las ramas del mezquite temblaron como asustadas por la presencia de un peligro invisible; se desató una tormenta. Tomados de la mano corrimos saltando entre los charcos y nos guarecimos bajo un tejado donde permanecimos agazapados hasta que dejó de llover y comenzó a oscurecer. Era una noche irreal, con la luz de la luna brillando en las aguas del río al igual que los ojos del tecolote que nos observaba desde una rama. ¡Qué instante tan fabuloso! "¡La gloria!", pensé y deseé que el tiempo se detuviera en ese instante de explosiva alegría.

—¿Sabes, Max?, cuando veo a nuestros hijos es como si te viera a ti. En Emilia hay mucho de tus rasgos, la cara ovalada y tu nariz recta. Markus heredó tu mirada melancólica y tu barbilla partida.

Sonreíste y juntos contemplamos el firmamento lleno de estrellas.

—¿Te acuerdas del verano pasado, cuando tumbados en la hamaca de nuestro balcón nos quedábamos ahí hasta la medianoche, hasta que la frescura del aire nos vencía? Por aquel entonces creíamos que el destino está escrito en las estrellas —dije y al pronunciar aquella frase, la alegría dio paso a la congoja porque en hendiduras abiertas por la memoria se coló la realidad y las palabras me salieron a borbotones—: La muerte te sobrevino de manera repentina, brusca. Me pregunto, ¿por qué tú? Tu partida dejó un inmenso vacío en nuestras vidas. Desde la madrugada invernal que te fuiste, nuestros hijos y yo hemos caído en una tristeza permanente, tu ausencia es una herida que no deja de sangrar. Tu vida terminó en un instante y no puedo hacer nada. No puedo retroceder el tiempo. Tú ya no regresarás. Nunca. Nunca más.

"Desde que te fuiste estoy encerrada entre los muros de mi angustia y el recuerdo de todo lo sucedido en este año me produce un sentimiento de impotencia. Mis piernas son como de arena y se niegan a sostenerme. El dolor es insoportable, quema, golpea hasta la última célula de mi cuerpo; me encierra en un caparazón de acero, del que nada ni nadie puede liberarme. No sé si algún día me sentiré bien. Nuestros hijos no están mejor. Los dos llevan en la mirada una estela de melancolía y algo en su modo de ser los muestra vulnerables. Es normal después de haberte perdido en una fracción de segundo.

Te dije también que lo sentía por ti, ya que no verías la mañana siguiente, ni el rosal en el balcón floreando, ni los partidos de fútbol del Stuttgart. Pero más lo sentía por mí y por nuestros hijos. Y luego por aquel silencio sin fin, más inmenso que el cielo y más hondo que el océano, ante el cual yo no encontraba asidero. Eso no era justo.

—La vida no es justa. En la vida real no siempre hay finales felices como en los cuentos y hay que aceptarla —respondiste.

—¿Por qué?

—La vida es un enigma pleno de incertidumbre. Además, si me hubiera salvado quizás hubiera vivido con medio cuerpo paralizado, sin poder hablar y tú hubieras tenido que asearme, darme de comer en la boca y llevarme a pasear en silla de ruedas. Y aunque sé que lo hubieras hecho con gusto, yo hubiera sufrido por la impotencia de no poder valerme por mí mismo, por saber que era una carga para ti. Eso no hubiera sido justo para ninguno de los dos.

Mis mejillas se humedecieron.

—Ya no llores.

—¿Cómo puedes pedirme eso, si te he perdido y con ello he perdido parte de mí? Mi alegría era mi vida contigo, nuestros hijos y Leo. Nuestra felicidad era el departamento donde pasamos los últimos trece años. No puedo imaginármelo cobijando otras vidas que no sean las nuestras. Tampoco a nuestro gato lejos de mí. Me remuerde la conciencia no haberlo llevado conmigo, aunque sé que la familia Sommer lo quiere mucho, no puedo olvidar la forma en que me miró cuando lo dejé allá, como diciendo "¿qué me estás haciendo?".

—La vida no es como queremos, está llena de sorpresas. Cuando menos lo esperamos cambia radicalmente, ocurren tragedias y no vale la pena oponer resistencia. Mira hacia delante, hacia el futuro. Tú eres fuerte, jamás flaqueaste ante la adversidad y por eso podrás sobrellevar mi ausencia. Siempre admiré tu fortaleza. Escucha tu corazón y cuida de nuestros hijos.

—Qué fácil es decirlo. Me pesa tu ausencia, pero más me pesa la añoranza. Te fuiste sin decirnos adiós. Tampoco quiero oírte pronunciar esa palabra. Nunca he soportado las despedidas.

No respondiste. Te quedaste mirando a lo lejos la montaña de Cristo Rey.

Luego sentenciaste:

—Estos sinsabores se compensan. Un día volverás a ser feliz. Lucha por ello y cada día ganarás un poco de serenidad y alegría. Haz como has hecho hasta ahora, que caes de rodillas, pero vuelves a levantarte. Tú jamás te has dado por vencida, pase lo que pase siempre has echado para adelante. Un día no muy lejano nuestros hijos y tú volverán a ser felices. ¿Me crees?, Esperanza. ¿Me crees?

Una intensa nostalgia me dominó. Sabía que aquel instante se rompería como una pompa de jabón, porque nada tenía que ver con la realidad que aparecía con mayor fuerza a medida que se acercaba el amanecer; sabía que al final sólo me quedaría una intensa desazón.

Sin embargo, respondí:

—Te creo, Max, y no lloraré más. Por nuestros hijos y por ti mis piernas se harán fuertes, mi corazón curará sus heridas y volveré a sonreír.

Sentí tus dedos en la cara cuando limpiabas mis lágrimas. Cerré los ojos para que los últimos instantes a tu lado se quedaran grabados en mi memoria. Luego depositaste algo en la palma de mi mano.

—Es el anillo que colocaste en mi anular el día de nuestra boda. Ahora te lo devuelvo y con ello la libertad y la oportunidad de volver a ser feliz. Adiós, Esperanza —sentenciaste y te diste la media vuelta.

Y aunque supe que te irías para siempre, no intenté detenerte. Te fuiste alejando y antes de que tu silueta se diluyera en la luz de la mañana te llevaste la mano a la boca y la extendiste en dirección a mí. En el silencio del amanecer resonó el chasquido de tu beso, anunciando el fin de un tiempo y el inicio de otro.

Entonces murmuré:

—Adiós, Max.

Cuando despierto, tu voz aún resuena en mis oídos. Me siento envuelta en la paz del amanecer y en mi interior percibo un sentimiento ya casi olvidado de amor a la vida. Atisbo el contorno de los muebles y el silencio es apenas interrumpido por el paso de un auto. Suspiro convencida de que tu espíritu siempre estará cerca de nosotros, y aquel pensamiento desencadena en mí un sentimiento de serenidad.

El sueño de la noche anterior ha sido como la irrupción de un rayo de luz en medio de las tinieblas.

"Después de una tormenta siempre sale el sol", pienso.

Enciendo la lámpara que descansa en la mesilla de noche. Me levanto, corro la cortina del dormitorio y el sol penetra en la compacta oscuridad. El marco de la ventana está cubierto de nieve y más allá de los tejados frente al edificio se levanta la punta de una iglesia rodeada de palomas. Preparo café y pan tostado, voy al buzón a recoger el periódico. Por cuestiones de trabajo, Emilia se encuentra de viaje, así que desayunaré en la cama mientras leo el periódico. Cuando llego a la sección internacional me detengo a leer un artículo sobre las nuevas empresas extranjeras que han llegado a asentarse en México, cerca de Los Remedios. En el Bajío se han establecido novecientas setenta y tres empresas extranjeras. Entre las actividades más comunes se cuenta con la fabricación de automóviles, fibras, hilos, productos farmacéuticos, calzado de cuero, productos químicos, plásticos, etcétera. Quién hubiera dicho que aquel pueblito se convertiría en una importante ciudad industrial.

Después de leer el periódico de cabo a rabo, llevo la charola del desayuno a la cocina, tiendo la cama, lavo el baño, trapeo y plancho ropa. El tiempo transcurre sin que lo perciba y al terminar de planchar, miro por la ventana y me doy cuenta de que las lámparas callejeras ya se han encendido. Cuando cuelgo un vestido de Emilia en el ropero, percibo un bulto en el rincón. Supongo que algún saco se debe haber descolgado y estará hecho bolas entre los vestidos. Empujo los ganchos hacia el otro lado de la percha para sacar la prenda. Pero lo que vislumbro es una caja de madera. Es un cofrecillo donde suelo guardar cosas con valor puramente sentimental. No me explico cómo llegó aquí. Lo tomo, me siento en el borde de la cama y lo abro: una piedrecilla con una rosa pintada, me la regaló Emilia un día de mi cumpleaños, una tarjeta con las manos de Markus impresas, una pluma de papagayo, un lápiz con tinta dorada, una goma de borrar, un corazón de madera, un dibujo con un poema que me escribió Markus en un día de las madres: "Mamita querida, mi cielo y mi amor. Eres tan hermosa y tan primorosa, no hay nadie en el mundo que te quiera más que yo, mamita, mamita".

Más al fondo encuentro una nota tuya escrita con tinta roja. "Voy a la junta de padres de familia. Regreso a las ocho. *Ich liebe Dich*!, te amo". Miro el papel largo rato y cuando me dispongo a regresarlo a su sitio, distingo algo que brilla bajo el corazón de madera. Lo hago a un lado y ahí está tu anillo de matrimonio que había extraviado desde la madrugada que me lo entregó la enfermera en el hospital.

Y enseguida resuenan en mi cabeza las palabras que pronunciaste en el sueño de la noche anterior, cuando depositaste el anillo en la palma de mi mano: "Esperanza, es el anillo que colocaste en mi anular el día de nuestra boda. Ahora te lo devuelvo y con ello la libertad y la oportunidad de volver a ser feliz".

Finales de marzo de 2013

La noche ha caído cuando salgo al balcón. Observo la claridad lechosa de la luna y a lo lejos los destellos de las luces de autos moviéndose de aquí para allá. Es un anochecer pacífico en el que sólo resuena el rumor del viento. Emilia está ausente desde hace días por motivos de trabajo. Pero eso no me ha preocupado, porque así yo he tenido tiempo para reflexionar sobre cómo encontrar mi lugar en este mundo por el resto de mi existencia. Sin duda, tu partida me arrojó al fondo de un abismo, pero por fortuna el tiempo y el amor de mis seres queridos me han ayudado a salir poco a poco a la superficie, y con las piezas restantes de mi existencia anterior reconstruiré una nueva vida y llegará el día en que recupere la fortaleza interior.

Distraída en mis cavilaciones, no siento la llegada de Emilia y sólo percibo su presencia cuando me toca el hombro.

—Es bastante fresco para estar en el balcón —afirma.

Me encojo de hombros.

—¿Estás bien?, mamá.

—Sí. En un mes me mudaré a mi nuevo departamento.

Se sorprende al verme tan serena. En lugar de encontrar a una madre asustada se encuentra con una bastante animada, que cuenta que ha visto en internet un departamento ubicado en el lugar ideal para visitar a sus amigas y estar cerca de Markus. Hablo sin puntos ni comas y ella piensa que estoy delirando. Le hablo del sueño que tuve hace unos días.

—Es decir, que soñaste a papá y él te aconsejó que debes ser feliz y por eso te pusiste a buscar un departamento y estás decidida a tomar el primero que encontraste.

—No, elegí el que me gustó, hablé con el agente inmobiliario y es casi seguro que lo recibo.

—Pero, ¿fue por el sueño que tuviste que decidiste tomarlo?

—No, así no es la cosa —respondo mientras miro el paisaje de la temprana primavera—. En el sueño papá lucía feliz, sereno, y para mí era importante saber que él está bien. Ahora el viaje de regreso al sur de Alemania ya no me resulta temeroso.

—Estoy segura de que vas a sentirte bien estando cerca de donde vivimos antes.

—También yo. Tengo que demostrarme que puedo vivir sola. Aunque extrañaré tu compañía, nuestras pláticas sobre religión, política, sociedad y familia. Igualmente nuestros juegos de dominó, cartas, nuestras pequeñas diferencias, tu afecto y tu risa.

—Puedes venir cuando quieras.

—Lo sé.

Las dos callamos por un rato. Por un instante, el cielo se llena de la palidez amarillenta de las lámparas callejeras.

—Vamos adentro, hace frío —propone ella y se acomoda un mechón de pelo tras la oreja.

Abro la puerta y entramos al calor de la sala.

Ella llena una jarra con leche y chocolate y la mete al microondas. Sirve dos tazas y las levantamos para brindar por la nueva etapa de mi vida.

Invierno de 2013

Estoy en el balcón de mi nuevo departamento, disfrutando de la vista del paisaje invernal y por un instante veo mi vida pasar ante mis ojos, pero no la pasada sino la presente. Me cuesta trabajo creer que he vuelto a sentir una serenidad que creía haber perdido para siempre. Han transcurrido casi dos años desde tu partida y comienzo a emerger del duelo. Por primera vez pienso que fue un regalo de la vida conocer el sentimiento de amar y ser amada, y el mejor testimonio de ello son nuestros hijos. Siento un profundo agradecimiento por haberte conocido y por los años junto a ti.

Durante los últimos tiempos olvidé lo que era reír con ganas, gozar de las cosas agradables de la vida, sentir emoción al leer un poema o despertar con un sentimiento de armonía. Tampoco pude alegrarme al evocar nuestro pasado, aunque la gente dijera que recordar es vivir. Sin embargo, ahora sé que tenían razón y que uno puede alimentarse con las reminiscencias, y yo poseo innumerables guardadas en el desván de mi memoria.

He vuelto a ver a mis viejos amigos y he encontrado nuevos.

Sobre todo me satisface saber que nuestros hijos caminan con pasos seguros hacia el futuro y que son independientes, aunque eso los aleje un poco de mí. El dolor que apenas me permitía respirar, con el paso del tiempo ha comenzado a darme breves descansos. Sé que volverá, pero también que irá disminuyendo. He logrado ver de nuevo tus fotos sin echarme a llorar y hace días me di cuenta de que ya comía de nuevo con apetito. Y continúo escribiendo esta carta para recuperar los recuerdos del ayer y que no se pierdan en el naufragio del olvido.

Hoy sé que la vida es como una montaña rusa que puede subir hasta el cielo y bajar hasta el infierno. Gracias a la esperanza que ha ido ocupando su lugar, estoy saliendo del fondo del abismo en el que caí. Y espero que por ahora mi vida siga su camino hacia arriba y que cuando descienda lo haga despacito.

El tiempo ha ido regresando poco a poco las cosas a su sitio. He visitado a Leo. Lo vi echado en el jardín de la casa de los Sommer. Lucía tan relajado, tan a gusto, que decidí no inquietarlo con mi presencia. Me limité a verlo desde lejos. No tiene caso remover en su mente incómodos recuerdos. Si con nosotros vivía como príncipe, con sus nuevos dueños vive a cuerpo de rey. La familia entera lo quiere y cumple todos sus deseos. Sobre todo la bisabuela de la familia, una anciana de noventa y tantos años que lo adora, pues lo confunde con un gato que tuvo cuando era niña.

Y la noticia de que Markus y Lisa pronto serán padres de una niña ha sido para mi corazón como la lluvia sobre la sedienta tierra tras una larga sequía. Significa el fin del silencio que parecía haberse asentado en nuestras vidas. Estoy segura de que te alegrarías al saber que serás abuelo; lo anhelabas tanto. En tu honor la llamarán Máxima, hasta por cierto, su nombre coincidirá con el de la reina de Holanda. Así como tu ausencia nos hundió en las tinieblas, el anuncio de la llegada de un nuevo miembro familiar nos da la oportunidad de renacer. He decidido aceptar la parte de sufrimiento que conlleva evocar los instantes felices, pues estoy convencida de que en algún momento las aguas volverán a su cauce. Tengo la certeza de que en la vida no sólo hay abismos, oscuridad y caídas en los que uno pierde el alma y el ánimo, también existen campos floridos, sembradíos y un mar azul que se une en el horizonte con el cielo. Sólo debo tener paciencia, seguir adelante asimilando los golpes de la vida y así poco a poco la melancolía se irá diluyendo en el tejido del tiempo.

Suspiro. Levanto la vista, observo el cielo con su constelación de estrellas, y al cabo de un rato vislumbro el diminuto lucero cerca de la frente de Capricornio; centellea como si me hiciera guiños con su resplandor y entonces me parece escuchar tus palabras: "*te estaré vigilando desde la estrella que lleva tu nombre*".

Índice

Una estrella con tu nombre, de Sandra Sabanero
se terminó de imprimir y encuadernar en febrero de 2016
en Programas Educativos, S. A. de C. V.
Calzada Chabacano 65 A,
Asturias DF-06850, México